DE LIMA À STOCKHOLM

TOME 1

Violaine HARRIS

Les événements, lieux et personnages mentionnés dans ce livre sont fictifs. Toute ressemblance avec des personnes réelles, vivantes ou décédées, ou avec des lieux existants, serait purement fortuite.

De Lima à Stockholm
Violaine HARRIS

6 la carotterie 86260 LA PUYE

Prix : 18,90€ TTC
ISBN : 979-10-982021-0-0
Dépôt légal : Février 2026

Couverture réalisée par Leafline Covers
Mise en page réalisée par Leafline Covers

***De Lima à Stockholm* est une dark romance qui n'entre pas dans les codes de la romance classique.**

La romance rime avec violence, et certaines scènes peuvent surprendre ou offenser les lecteurs non avertis.

Trigger warnings :

enlèvement – séquestration – violence physique – violence psychologique – coups et blessures – description explicite de blessures – sang – torture – meurtres – actes sexuels – abus sexuel

Table des matières

I. Un nouveau tourment 7

II. Un trajet agité 19

III. Une haine sans nom 31

IV. Ami ou ennemi ? 51

V. Amstragram 75

VI. Transfert 87

VII. Basilic 115

VIII. Une sorte de jeu 129

IX. Une Renaissance 153

X. Rendez-vous aux Enfers 171

XI. Gentleman Détective 189

XII. La Maison aux Souvenirs 217

XIII. Le reflet des souvenirs 247

XIV. L'orage arrive 275

XV. Affronter son destin 295

XVI. Devinettes 313

XVII. Nectarine 351

XVIII. Extraction 375

XIX. Je t'aime 389

I. Un nouveau tourment

Dans ce fourgon noir arrêté, ils étaient trois. Un homme était installé derrière le volant. Les deux autres étaient assis sur deux banquettes distinctes, face à face, à l'arrière. Le silence était d'or. Personne n'osait briser cette règle. Leur concentration était à leur paroxysme. Tandis que l'un se préparait à commettre l'irréparable, l'autre sentait en lui une excitation malsaine et dévorante. Le troisième restait dans sa bulle, habitué à ce genre de situation. Il savait ce qu'il devait faire et ne se préoccupait pas des autres passagers. Pensées diverses, mais un objectif en commun : une mission. L'erreur leur était interdite. L'opération avait été créée à la hâte malgré la traque qui durait depuis plusieurs jours. Le temps leur était compté. La cible ne devait pas leur échapper. C'était ce soir ou jamais. Alors ils attendaient patiemment, dans un silence de plomb, qu'elle se présente à eux…

Pendant ce temps, non loin de cette scène…

Journée de merde.

Cette pensée ne quittait pas Ana. Son poing s'enfonçait dans sa joue tandis que son regard se perdait devant son écran d'ordinateur en veille. De temps en temps, ses ongles claquaient sur les touches de son ordinateur pour donner l'impression qu'elle travaillait. Néanmoins, ses soupirs d'exaspération et ses bâillements la trahissaient. Il était 19h37 ce vendredi et tout son travail en tant que secrétaire médicale était terminé depuis longtemps. La pile des dossiers pré-opératoires de chirurgie oculaire menaçait de lui tomber dessus. Les trois prochaines semaines étaient bouclées. Elle jeta un coup d'œil rapide au téléphone qui ne sonnait plus depuis longtemps. La souris bougea. Elle entra le mot de passe et parcourut la boîte mail. Vide. Nouveau soupir. Il était 19h38. *Putain...*

Il y avait encore une personne dans la salle d'attente. Les doigts de la jeune femme jouaient à présent avec un stylo. Bâillement. Elle le savait, elle ne pourrait pas assister à son cours de jiu-jitsu, son défouloir sacré. Elle aurait apprécié lâcher la pression, ressentir la puissance de son coup à travers ses phalanges. L'appel de l'adrénaline la traversait de tout son être. Mais c'était le travail qui lui permettait de vivre et non sa passion pour le combat. Soufflant de plus belle, Ana s'empara de son téléphone et envoya un message à son entraîneur :

"Salut, Stéphane, je ne pourrai pas assister à ton cours ce soir... Mon patron me fait faire des heures supplémentaires... J'essaierai de passer tout à l'heure si je sors de ma prison. Bises".

Elle lança son portable sur le bureau, à côté d'un globe oculaire en plastique. Ce zieutiste, comme l'appelaient ses patients, était dépourvu d'humanité. Il ne voyait en Ana qu'une main-d'œuvre qu'il pouvait sous-payer et traiter comme une moins que rien. Elle ne se défendait pas non plus. Elle avait besoin de ce job et acceptait toutes les corvées qu'il lui confiait. Il en profitait. Pour lui, il n'y avait que les opérations chirurgicales qui rapportaient. Le reste n'avait que peu d'importance. Son cabinet, situé dans un coin perdu de la campagne française, était apprécié par les personnes âgées. Il était aussi le cauchemar des enfants, notamment quand l'heure des gouttes sonnait.

Ana cliqua sur la souris. Elle était encore sur la page d'accueil de la messagerie. Elle appuya plusieurs fois sur le bouton "rafraîchir" de sa boîte mail, espérant que quelque chose arrive pour occuper son esprit. Mais il n'en était rien. Jusqu'à ce que la porte de la salle d'examen s'ouvre.

La quadragénaire passa le seuil. Sa démarche était peu assurée, légèrement titubante. Quelques secondes auparavant, le docteur Osman avait vérifié son fond d'œil et avait usé de la lumière pour mener à bien cet examen. D'ailleurs, sa voix forte brisa le silence en appelant le dernier patient. Le dossier de la chaise dans la salle d'attente se cogna contre le mur et ses pieds glissèrent sur le sol. L'homme sortit de la salle d'attente d'un pas assuré.

La femme s'assit devant la jeune secrétaire, tandis que le dernier patient disparut dans un couloir derrière elle.

— Eh bien ! s'exclama la patiente en regardant l'heure sur son portable. Vous allez dormir ici !

— Je n'ai pas vraiment l'intention de passer mon week-end ici, soupira Ana en lui rendant la carte vitale.

— Oh ? s'étonna la dame. Vous avez des projets ?

Des coups de poing dans un sac de frappe jusqu'à l'épuisement, songea-t-elle en premier. Puis, la réalité la rattrapa. Cela sera sûrement des séries et chiller[1] sur son canapé en surfant sur un site de rencontre.

— Allez savoir ce que la vie me réserve, lança-t-elle. Cela fera cinquante euros, s'il vous plaît.

La transaction effectuée et la dame partie, Ana s'empressa d'ouvrir la fiche du dernier patient. Rien de particulier. Pas de pathologie connue. Pas de traitement oculaire. Les corrections optiques semblaient être dans la norme. Dernière consultation l'année dernière. Ana sourit. Cela ne durera pas très longtemps. Sans perdre une minute, elle bondit de son siège et se dirigea vers la salle d'attente. Ana passa devant la statuette du

---

1 verbe familier dérivé de l'anglais to chill, qui signifie se détendre.

dieu Thot qui lui rappelait sans cesse son premier jour. Le docteur Osman était fier de lui montrer cette antiquité. Il lui avait expliqué que Thot était le dieu de l'écriture et possédait un savoir illimité en Égypte ancienne. Aussi, il lui avait interdit d'y toucher, sa valeur était inestimable. Pourtant, elle était fièrement mise en évidence, à la vue de tous, sous le serment d'Hippocrate. Lorsqu'Ana pénétrait dans la salle d'attente en journée, des paires d'yeux la contemplaient. Les tableaux représentant les différents problèmes oculaires étaient accrochés aux quatre coins de la pièce. Elle baissait le regard à chaque fois. Elle était mal à l'aise, comme si elle devenait le centre du monde.

Ana se dépêcha de remettre les chaises et les magazines en ordre avant de retourner à son bureau. 19h50. Le bruissement de la porte retentit. Des bruits de pas se pressèrent vers elle. Elle sourit. L'heure de la sortie de prison avait sonné.

— J'ai commencé à dilater les pupilles de Monsieur Dupont, lança la tête aigre aux cheveux poivre et sel. Remettez-lui d'autres gouttes dans deux minutes. Et pas celles du flacon jaune, ne vous trompez pas comme la dernière fois !

Le docteur sortit de la salle et partit en direction des toilettes. Ana ne répondit pas. Elle soupira longuement, se prenant la tête dans ses mains. Le temps de dilatation pouvait varier d'une personne à l'autre. Parfois, cela mettait dix minutes. D'autres fois une demi-heure. Elle tourna la tête vers le flacon rouge qui trônait dans un coin de son bureau.

Si je mets deux gouttes au lieu d'une seule, est-ce que l'effet sera plus rapide ?

Tentée par cette expérience, elle s'en empara et se rendit dans la salle d'examen. L'homme, peu enclin à se laisser faire, n'apprécia pas la fermeté dont faisait preuve la secrétaire lorsqu'elle lui ouvrit son œil. La première goutte tomba. Agacé par les picotements que provoqua le produit en contact avec sa cornée, il repoussa Ana d'un geste. Sa main s'enfonça dans son ventre moelleux. Elle recula aussitôt, bouche bée. Il ne s'excusa pas. Au lieu d'exprimer son mécontentement, elle choisit le silence. Recommençant l'opération de l'autre côté, elle anticipa toutefois le rejet et se mit un peu plus en arrière. Elle salua le patient puis se dirigea vers la porte. Le docteur Osman lui barra soudainement la sortie. Les gémissements du patient l'avaient alerté. D'autant plus que celui-ci s'empressa de se plaindre du comportement de la secrétaire. Ana serra la mâchoire. Elle savait ce qui allait lui tomber dessus. Son patron la sermonna fortement. Il aimait lui rappeler d'où elle venait et qui était le chef. Aussi, elle ne protesta pas. Sa tête s'inclina vers le sol, les yeux à la recherche du vide. Une fois que le docteur eut fini son mélodrame, Ana retourna vers son bureau et attendit la fin de la consultation.

Lorsque l'homme revint, hésitant sur ses deux jambes, elle s'empressa de lui faire régler la consultation en espérant ne plus le revoir avant un bon moment.

Puis, elle se dépêcha de sortir le solde de toutes les opérations du jour et de comparer avec le logiciel. Aucune erreur n'était à signaler. Ana éteignit l'ordinateur, enfila sa veste et s'empara de son sac à main. Elle était parée pour la grande sortie. Elle fila dans le bureau du docteur pour lui apporter le ticket.

— Alors ? demanda-t-il en prenant le bout de papier. Le chiffre est bon ?

— En nette progression depuis le début de la semaine, répondit la jeune femme en reculant vers la porte.

Il sourit en entendant ses propos. Voyant Ana s'enfuir de son bureau, il la rappela.

— Ana Maria ! Ne vous sauvez pas, j'ai encore quelque chose à vous dire !

Un long soupir émana de ses lèvres. Elle détestait quand elle l'appelait ainsi. Il était le seul à utiliser encore son prénom composé. Elle avait commencé les démarches pour faire radier “Maria” avant de commencer à travailler pour lui. Mais l'administration française était longue. Ses documents officiels comportaient encore ses deux prénoms et le docteur Osman n'avait jamais accepté de l'appeler autrement que par celui-ci. À vrai dire, il n'en avait rien à faire de savoir ce que cette appellation pouvait raviver chez elle. Aussi, la jeune femme revint vers lui, tête baissée. Elle savait ce qui l'attendait. L'heure des reproches avait sonné.

— Je trouve que vous faites du bon travail, mais il n'est pas excellent. Vous pouvez faire mieux que ça, l'encouragea-t-il dans un premier temps. Si on reprend toutes les erreurs que vous avez commises depuis lundi, cela en fait quand même encore trop ! Notre travail doit être parfait !

Et tandis qu'il se lança dans un monologue de reproches, alternant entre piques et représailles, le son de sa voix diminua dans le creux de ses oreilles. Ana releva la tête. Les lèvres bougeaient, rien n'en sortait. Une absence. Son cerveau avait appris à se protéger des propos de cet homme. Tel un mécanisme de défense, sa tête oscillait de haut en bas, approuvant les commentaires désagréables. Lorsqu'elle pressentit qu'il eût terminé avec ses marques d'affection, l'usage de la parole lui revint.

— J'ai entendu ce que vous avez dit et je ferai plus attention la prochaine fois, dit-elle à voix basse.

— Haut les cœurs ! s'exprima-t-il en levant les mains au ciel. Bonne soirée, Ana Maria.

Un vent frais envahit l'atmosphère tandis qu'elle s'échappait de sa prison dorée. Elle claqua la porte et la barra derrière elle, enfermant le docteur à l'intérieur. En effet, celui-ci restait dans son bureau jusqu'à ce qu'il ait fini le reste de la paperasse de la journée.

Dans l'avenue principale, il n'y avait personne. Les rayons du soleil se devinaient derrière les façades des bâtiments. Les volets des maisons attenantes étaient fermés. Tel un cimetière glacial à la nuit tombée, la ville était froide et peu peuplée. Les principaux résidents vivaient dans des hospices et la jeunesse s'épanouissait de 8 à 17 heures. Ensuite, les bus les emportaient vers d'autres contrées plus animées. Lorsque l'église sonnait à 20 heures, il était certain que l'on ne trouverait plus rien dehors.

Ana emprunta le trottoir pour descendre en contrebas, vers sa voiture. Un crissement de pneus retentit dans une allée adjacente. Elle leva les yeux vers les hauteurs. *C'est étrange,* songea-t-elle. Il était rare d'entendre ce son à cette heure-ci. Machinalement, elle ajusta les lanières de son sac sur son épaule. Arrivée à la portière, elle chercha ses clés dans les poches de sa veste. Un nouveau vrombissement reprit. Le bruit se rapprocha à vive allure. Ana releva la tête. Un fourgon noir descendit l'allée à bride abattue. Puis, il freina brutalement, non loin de la jeune femme. Ana fronça les sourcils. *Qu'est-ce qu'il me veut, cet abruti ?* se demanda-t-elle en serrant son sac contre elle.

Le véhicule s'immobilisa devant elle. La porte latérale s'ouvrit d'un coup. Deux individus bondirent.

— Enfin ! hurla l'un d'entre eux d'une voix exaltée. Chopez-la !

Quoi ? Ana n'eut pas le temps de réagir. La scène se déroula au ralenti. Les deux hommes arrivèrent à sa hauteur. L'un des assaillants approcha sa main vers sa bouche, tandis que le second tenta de lui prendre les jambes. Les yeux grands ouverts, le sac serré contre elle, Ana se retrouva paralysée. Cela ne pouvait pas se produire. Pas encore. Son cœur s'emballa. À chaque battement retentissant dans sa poitrine, les individus se rapprochaient, masqués et habillés de noir. Ses lèvres s'entrouvrirent pour demander de l'aide. Puis, la voix de Stéphane, son entraîneur de jiu-jitsu, retentit dans sa tête. "*Si on peut fuir, il faut le faire. Dans certaines situations, on ne peut pas. On est obligés de se défendre. Alors, Ana, si jamais cela recommence, promets-moi de défoncer ces enfoirés. Utilise ta colère pour les empêcher de te poursuivre et sauve-toi le plus vite possible*". Elle recula d'un pas en inspirant. Lorsqu'elle expira, une nouvelle lueur explosa dans ses pupilles. Le gant d'un de ses agresseurs toucha ses lèvres tandis que les paumes du second se posèrent sur ses genoux. *Maintenant !* Ana gesticula pour libérer sa tête. Elle mordit ardemment le gant du premier homme. Celui-ci la relâcha en poussant un juron. Déconcerté par le cri, le second homme desserra son emprise. Ana en profita pour asséner un violent coup de genou dans sa tête. Puis, elle jeta son sac à main à la figure de l'homme qu'elle venait de croquer. Elle enjamba le corps au sol et se mit à courir comme une folle. Elle dévala la pente, risquant à plusieurs reprises de chuter. Elle ne pouvait pas crier. Sa respiration haletante l'en empêchait.

Le fourgon la poursuivit sur la route. Il n'eut aucune difficulté à la dépasser. Il se gara devant elle, lui barrant la route. Ana ralentit et tenta de le contourner par la droite. Elle ne vit pas l'homme au gant saignant derrière elle. Il l'attrapa par le bras avant d'enfoncer ses doigts dans le muscle de la jeune femme. Elle ploya son genou sous la force de l'homme. Elle se mordit la lèvre. Elle se redressa et se retourna en projetant sa jambe vers l'assaillant. Il attrapa son pied et la lança sur le côté. Le corps de la jeune femme rebondit sur le bitume. Animée par la colère, elle se redressa aussitôt, les poings en avant. Elle ne craignait plus la douleur ni le sang. Ils en avaient après elle, et il n'y avait qu'elle pour se sauver. Sa course l'avait entraînée vers des maisons inhabitées. Elle jeta un rapide coup d'œil au fourgon avant de revenir vers l'homme masqué.

— Qu'est-ce que vous me voulez ? demanda-t-elle entre deux souffles.

L'homme se mit à rire.

— Ton pote a eu tellement mal qu'il ne veut plus descendre ? Il a peur d'affronter une gonzesse ? poursuivit-elle en se donnant un genre de dur à cuire.

— Parce que tu comptes vraiment te défendre ? ricana-t-il.

Il sourit sous son masque et pencha la tête sur le côté. C'était exaltant de voir sa proie lui faire face. Un plaisir malsain s'empara de son être.

— Dépêche-toi, putain ! ordonna une voix venant du véhicule.

— On a tout notre temps, répondit son complice à l'intention de la jeune femme.

— Pas moi ! grogna Ana. Amène-toi, que je t'arrange ta sale gueule !

Un second rire retentit, attirant l'attention de la jeune femme. Une masse s'extirpa du véhicule. Elle était plus grande que les deux autres, plus imposante. Une goutte de sueur coula le long de sa tempe tandis que les battements de son cœur s'emballèrent encore.

— 'Tain ! T'es pas drôle ! lança l'homme au gant saignant en détournant le regard. Je voulais m'amuser un peu…

Une diversion parfaite. Ana profita de ces quelques secondes pour reculer. Elle reprit sa course sur le côté. L'homme comprit son erreur et se jeta sur elle. Il était plus rapide. Il la rattrapa par les côtes puis la plaqua au sol. Le silence se déchira par un cri de terreur. Elle sentit les mains de l'homme passer sous elle. Ce contact la transcenda. Un mauvais souvenir surgit dans son esprit. En un instant, la guerrière avait disparu, emportant avec elle tous ses cours de jiu-jitsu. Son corps se contorsionna. Elle enfonça ses ongles tout en se tortillant comme un ver de terre. Elle chercha même à le mordre. Il était bien plus fort et les blessures infligées ne semblaient pas l'atteindre. Il ne lâcha pas son emprise. D'un coup, il la souleva comme une plume. Le ravisseur bloqua un de ses bras, la ceinturant avec son autre biceps. Il lui comprima la cage thoracique. Essoufflée et à bout de forces par ces derniers ébats faiblards, elle s'avouait vaincue. L'immense Colosse se dressa devant elle. La vue brouillée par des larmes grandissantes, elle le supplia.

— Laissez-moi, s'il vous plaît… Je vous en supplie, je ne vous dénoncerai pas…

Il ne l'écouta pas, concentré sur autre chose. Elle le suivit du regard et aperçut une seringue remplie de liquide entre les gros doigts.

— Putain, c'est quoi ? demanda-t-elle en tremblant.

L'homme ignora la question.

— C'est quoi, ça ? insista-t-elle. Vous allez me faire quoi ??

Elle se vit passer au journal télévisé comme portée disparue. La police retrouvera son corps quelques semaines plus tard, dans un état de décomposition avancée avec des membres manquants, arrachés par des chiens errants. L'autopsie confirmera une torture lente et douloureuse. L'épouvantable songe de la jeune femme l'électrisa. Elle gesticula malgré la contraction du biceps sur sa poitrine. Un nouveau réflexe s'éveilla. Elle exerça une pression dans le sol avec ses pieds, puis remonta ses genoux le plus haut possible. Elle pencha la tête en arrière frénétiquement pour allonger ses jambes dans l'espoir de faire tomber la seringue. Le geste était vain, elle était trop courte pour l'atteindre. Le Colosse recula malgré tout. Elle se cogna contre la tête de l'homme au gant saignant. Un craquement net retentit. Le cartilage du nez se rompit sous l'impact. L'homme s'obligea à rester debout tout en la cramponnant de plus belle. L'ultime attaque de sa proie le fit sortir de ses gonds. Il empoigna la chevelure dorée d'Ana et la tira violemment sur le côté. Elle hurla de douleur. Ce cri enivra l'homme de plaisir. Il bascula aussitôt dans un fantasme. Il s'imagina, l'espace d'un instant, la violer et enfoncer tout ce qu'il trouverait dans ses orifices. Arracher ses ongles et ses cheveux, la scarifier, la dépecer, pour entendre encore et encore ses lamentations jusqu'à l'extase. Et recommencer. Un sourire sadique apparut sous sa cagoule. Oh oui, il voudrait tellement vivre cette expérience. Il revint à la réalité lorsque l'ombre du géant s'interposa devant lui. Pour le moment, il devait suivre les ordres. Mais après…

L'aiguille s'introduit dans la peau tendue du cou, apportant un dernier frisson au fantasme de l'individu.

Ana sentit le produit agir rapidement. Ses membres s'engourdirent. Elle ne tenait plus. Elle glissa vers le sol. Ses cheveux toujours tirés à l'extrême la maintenaient debout. Elle ne ressentait néanmoins aucune douleur. Sa vision se troubla. Quelqu'un la souleva et l'emmena vers le fourgon. Elle aperçut le troisième homme se décaler sur les sièges en se tenant la tête.

— Fais attention, putain ! crut-elle entendre.

Elle sentit la banquette sur laquelle on la posait. Une odeur de cuir s'empara de ses narines. Elle reprit ses esprits, pour une courte durée. Tel un pantin désarticulé, la tête de la jeune femme explosa. *Putain de journée de merde.* Dans un sifflement aigu, elle partit au pays des cauchemars. Finalement si, cette journée pouvait être pire qu'elle ne l'aurait cru.

II. Un trajet agité

Dans l'habitacle de la voiture

Le fourgon redémarra doucement, sans à-coups. Ils quittèrent la scène du crime dans un calme olympien et se dirigeaient à présent vers le sud. Les dernières maisons rétrécissaient dans le rétroviseur.

L'un des ravisseurs à l'arrière ne cessait de bouger. Son jean glissait sur le cuir de la banquette. À moins que son mal de tête grandissant ne soit la cause de sa perte d'équilibre. De même, son ego avait été percuté par le coup de pied d'Ana. Il avait merdé. Il l'avait sous-estimée. Il n'avait pas pu exécuter correctement ce pour quoi il était présent. Se maudissant, il jeta un coup d'œil par la vitre. Le soleil n'était pas encore couché. Il illuminait de sa faible clarté la cime des arbres lointains. Les champs n'étaient pas encore moissonnés, trop tôt encore. Il n'y avait aucune voiture, aucun tracteur, pas même un cycliste. *Faut avoir de bonnes raisons pour se planquer dans un tel endroit,* songea-t-il en portant sa main à son front. Elle glissa jusqu'à sa tempe, encore douloureuse. Puis, il se tourna vers leur otage. Elle était profondément endormie à ses côtés, sur les deux autres places de la banquette. Il soupira. Le dossier d'Ana avait mis en évidence son incapacité à réagir en cas d'attaque. Tout avait été relevé. Sa journée de travail aux horaires variables, ses envies, ses passions, ses désespoirs… Qui elle était, quelles réactions elle avait face à certaines situations. Elle était innocente, sans danger, à la limite de la pureté. Elle subissait le harcèlement sans broncher. Elle préférait se laisser faire plutôt que de riposter, malgré les quelques notions de jiu-jitsu qu'elle s'obstinait à apprendre. Elle n'avait aucune combativité malgré le traumatisme qu'elle avait subi deux années plus tôt. Elle vivait encore dans le passé.

L'homme le savait, car c'était lui qui avait établi le profil psychologique d'Ana. Il l'avait suivie à son insu. Il avait décrypté ses faits et gestes, décortiqué ses mots, ses lapsus et ses malentendus. C'était son métier d'autrefois. Et Ana venait de montrer une nouvelle facette. Le kidnappeur lui adressa un sourire admiratif avant de sombrer dans l'amertume. Cela ne devait pas se passer ainsi. Pire encore, le traumatisme d'antan n'était pas guéri. Cette nouvelle blessure risquerait de la faire sombrer. Il s'interrogea. Cette nouvelle perspective pourrait-elle forger son caractère et l'aider à s'en sortir sans trop d'égratignures psychologiques ?

La jeune femme bougea dans son sommeil. Il resta aux aguets, prêt à la retenir à la moindre chute. Il retira sa cagoule et passa sa main sur son crâne rasé. Une douleur attira son attention. Ses yeux gris perle se découvrirent dans le reflet de la vitre. Il détourna son visage et examina la zone rougeoyante au-dessus de son arcade sourcilière. L'ecchymose grandissait. *Cela ajoutera un petit plus à mon charme naturel,* songea-t-il en souriant. Il vérifia toutefois qu'il n'avait aucune autre blessure. Après tout, il avait une belle gueule d'ange avec son absence de pilosité, ses traits rassurants et ses yeux gris qui savaient captiver toute une assemblée. Enfin, il détourna le regard, rassuré de ne pas être plus amoché. Il s'arrêta sur son coéquipier, en face de lui. Celui-ci avait enroulé son doigt dans la cagoule. La mâchoire d'acier de la jeune femme avait transpercé le gant, laissant probablement les marques de ses crocs. L'homme arbora également un mouchoir rougeoyant dans les narines. Elle ne l'avait pas loupé. Son visage, rond et grassouillet, avait doublé de volume. La colère qui l'animait ne désemplissait pas. Ses sourcils fournis étaient arqués. Sa mâchoire était contractée, faisant ressortir son bouc. La cagoule avait électrisé ses cheveux châtains.

— Quelle sale garce, marmonna-t-il d'une voix basse et féroce lorsqu'il croisa le regard de son acolyte.

La tension monta d'un coup.

— La prochaine fois, vous m'écouterez ! brailla le blessé. Je vous avais dit que c'était une sauvage et qu'il fallait la traiter comme telle ! Faudrait l'abattre d'une balle entre les deux yeux !

— Ce n'est pas ce qui était prévu, Tonio, répondit l'autre en serrant le poing.

— T'as vu ce que cette furie m'a fait ?? hurla ledit Tonio en montrant sa main. Tout ça parce qu'un sale enfoiré de mes deux n'a pas été à la hauteur ! Fallait lui faire mal, à cette garce !

— Il était hors de question de la blesser ! répliqua-t-il en fronçant les sourcils. C'était même la première consigne !

— Tu te fous de ma gueule ? s'emporta Tonio. Elle s'est barrée, cette connasse ! Il a fallu que je lui coure après parce que t'étais complètement HS ! Et l'autre gros tas au volant ne devait pas intervenir ! T'as été inutile, Juan !

Ce dernier croisa ses bras contre son torse.

— J'avoue que je me suis fourvoyé sur ses aptitudes physiques, sourit-il, un brin provocateur.

La vitre séparant la cabine du conducteur de l'habitacle descendit. Le bruit interpella Juan. Il détourna le regard et aperçut celui du conducteur dans le rétroviseur intérieur. Ses yeux noirs le fusillèrent.

— Effectivement, l'autre "gros tas" n'aurait jamais dû descendre ! lança le chauffeur d'un air mauvais. Personne ne devait être blessé, aucune course poursuite n'aurait dû se faire ! Cela devait être une attaque éclair ! Choper la fille et repartir !

— Comment j'aurais pu prévoir cette réaction ? s'esclaffa Juan. Je ne lui ai jamais parlé ! On m'aurait laissé entrer en contact avec elle, j'aurais sûrement pu anticiper le coup ! Et même, est-ce que tu crois qu'une demoiselle aurait suivi sans broncher trois types cagoulés dans un fourgon ? Tu aurais fait ça, toi, Julio ?

Le Colosse lui jeta un regard noir.

— Ne projette pas tes trucs de psychanalyse sur moi, Juan, grogna-t-il.

— Déformation professionnelle, mea culpa ! répondit-il avec un sourire malicieux.

Il détourna le visage vers la jeune femme, toujours inconsciente.

— Est-ce que vous l'avez appelé ? demanda-t-il d'un air assuré.

Il revint croiser le regard du conducteur dans le rétroviseur. Il capta une légère panique.

— Il doit se demander pourquoi son second n'a toujours pas donné signe de vie, poursuivit-il calmement.

— Quand tu le feras, dis-lui que nous avons un boulet dans l'équipe, défendit Tonio. Qu'il n'a rien foutu et que cette stupide gonzesse a failli se tirer.

Juan se tourna vers l'individu, menaçant.

— J'espère bien que tu tiendras ta langue quand tu parleras d'elle devant lui. Je me ferais un malin plaisir de te l'arracher, si c'est pour le satisfaire.

Tonio se redressa, plus agressif. La bave monta aux commissures tandis que ses narines crachèrent de la fumée.

— Si tu me touches, je te jure que je ne répondrai plus de moi. Je te poursuivrai et te pendrai par les couilles.

Julio les rappela à l'ordre. Juan s'enfonça dans son siège tout en gardant un “eye contact” avec Tonio. Celui-ci ne décolérait pas. Au contraire. Son agressivité et sa rancœur avaient peu à peu nécrosé son cœur, et cela depuis la mort de sa femme, Suzannah, il y avait presque trois ans. Tonio n'avait pas su la protéger de la maladie, c'était ce qu'il avait pensé pendant un temps. Puis, il avait reporté la faute sur elle-même : elle ne s'était pas défendue. Elle s'était laissée emporter par le crabe sans mener un réel combat. Suzannah l'avait abandonné, comme toutes les autres auparavant. De toute façon, ces "gonzesses", comme décriait Tonio, n'était qu'une perte de temps. Elles étaient là pour mener les hommes par le bout de leur nez et les lâchaient dès qu'ils étaient accros. Sa colère se transforma rapidement en haine. Une animosité malsaine et dévorante envers toute la gent féminine. Enfin, presque... Et cette opération "kidnapping" reflétait ce qu'il y avait de plus mauvais en lui.

Aujourd'hui plus qu'hier, Juan prenait conscience du véritable danger qu'encourait Ana auprès de Tonio. Il faudra la protéger pendant son périple. Il en avait la certitude.

Juan se détourna de son complice pour prendre les constantes de la jeune fille. La respiration était calme et régulière. Les pulsations étaient correctes. Le propofol[2] continuait de faire effet. Elle devrait rester dans les bras de Morphée pendant un petit moment encore.

Cependant, quelque chose attira l'attention de l'homme. Il se pencha vers elle, doucement. Sa veste en cuir était déchirée. Il déglutit et détacha sa ceinture de sécurité. Un bip sonore épouvantable résonna dans tout le véhicule.

— Mais bordel, qu'est-ce que tu fous, Juan ? s'emporta Julio au volant. J'allais l'appeler !!

Le regard sombre, le passager se releva, affrontant celui du conducteur.

— Quand tu lui feras le compte-rendu de mon inefficacité, précise-lui que l'un de vous l'a abîmé.

Surpris par cette révélation, Julio freina brusquement. Juan anticipa cette réaction. Il se jeta sur Ana pour la protéger d'un éventuel coup supplémentaire. Tonio, quant à lui, subit le freinage de plein fouet. Sa tête heurta son appui-tête. Il jura et insulta le chauffeur.

---

2 agent anesthésique intraveineux de courte durée d'action

— Comment ça, elle est “abîmée” ? s’inquiéta Julio en ignorant les menaces de son complice.

— T’as rien vu ? demanda Juan d’un ton sec.

Il entreprit de retirer délicatement la veste de la jeune femme sous l’œil attentif de ses acolytes. Il remonta la manche de son t-shirt. Des ecchymoses commençaient à apparaître.

— D’ici quelques heures, je suis persuadé qu’on verra les empreintes de la main, commenta le psy.

Le conducteur devint blanc comme neige. Juan remit le vêtement en place et poursuivit son inspection. L’abdomen de la jeune femme changeait également de couleur.

— Putain, TONIO ! s’emporta Julio en faisant volte-face. Qu’est-ce que t’as foutu ?

Ce dernier ne répondit pas. Il détaillait la jeune femme. La couleur bleutée sur sa peau blanche l’attirait. Oui, c’était lui. C’était son œuvre. Et il en ressentait une grande satisfaction. Ce regard n’échappa pas à Juan. Il recouvrit aussitôt la blessure, sortant Tonio de son admiration malsaine.

— Qu’est-ce que tu as foutu ? répéta Julio en l’attrapant par le col.

Tonio se mit à sourire.

— Elle s’est sauvée, la garce, répondit-il calmement.

Il se tourna vers son collègue, un regard malicieux.

— Tu étais là aussi, je crois. Quand je l’ai attrapée. Tu m’as vu faire.

Son ton était rempli de sous-entendus.

— Tu te rends compte de ce que tu as fait ? le secoua Julio fébrilement. Tu sais ce que ça veut dire ?

— Tu m’as vu faire et tu n’as rien fait pour m’en empêcher, sourit Tonio en soutenant son regard.

— Je ne pensais pas que t’avais mis toute ta force, espèce de sombre crétin !

— C’était nécessaire à la mission, elle s’était barrée. Il fallait bien que je la rattrape…

Le ton malsain de Tonio interpella Juan. Julio, quant à lui, serra les dents. Le rouge de ses joues et sa respiration saccadée ne lui permettaient pas de réfléchir. Il passa brièvement sa main dans ses cheveux de jais. Le Patron fera la peau de Tonio, il en était certain. Mais lui ? Son fidèle second. Comment allait-il gérer la crise ? La peur de décevoir lui faisait horreur. Surtout, un ami. À cet instant, il eut le sentiment de l'avoir trahi. Lui en qui il avait placé toute sa confiance...

— Je vais l'appeler, interrompit Juan en devinant les douloureuses pensées du Colosse.

Julio desserra légèrement sa prise et leva les yeux vers lui.

— Je vais l'appeler, répéta-t-il d'une voix plus douce en lui tendant la main.

En un regard, le conducteur se radoucit. Julio lâcha le col de Tonio. Ce dernier se dégagea de son emprise d'un coup dans le bras. Il réajusta son habit en grognant. Le Colosse attrapa le portable sur le siège passager et le donna à Juan. Il composa directement le numéro. Son regard fut interpellé par des fils d'ange sur les doigts de Tonio. Comprenant sa provenance, il blêmit aussitôt avant de prendre une voix condescendante.

— Oh, et Tonio, si tu ne veux pas crever comme un chien ce soir, il faudrait que tu retires les cheveux de la gamine qui se sont nichés dans les fibres de ton gant.

Ce dernier leva la main. De longs fils blonds transperçaient de part et d'autre sa main à travers les dernières lueurs du soleil. Il sourit.

— Ne t'inquiète pas pour ça, je saurai quoi faire, ricana-t-il.

Juan secoua la tête. Abasourdi, Julio se retourna vers le pare-brise. Il remit le contact et reprit sa route.

— Qu'est-ce que tu vas lui dire ? demanda le chauffeur, inquiet.

— La vérité, répondit Juan en appuyant sur le téléphone vert de l'écran.

Le temps qu'il porte le portable à son oreille, Juan entendit déjà la voix du Patron.

— Qu'est-ce qui s'est passé ? demanda le commanditaire d'un air mauvais.

— Le colis est en cours d'acheminement, lança Juan calmement.

— Qu'est-ce qui s'est passé ? s'agaça l'interlocuteur. Et t'as intérêt à me dire la vérité, Juan. Je le saurai si tu me mens, tu le sais !

— Loin de moi cette idée, Patron. On a bien le colis, mais... il y a eu quelques complications...

— Et de quel genre ?

Cette fois-ci, la voix était plus menaçante. Juan déglutit. Il inspira. Trop longtemps au goût de son interlocuteur.

— Juan... somma le Patron d'une voix profondément terrifiante.

— Elle m'a mis KO et elle s'est enfuie, avoua-t-il dans un souffle. Tonio a dû user de la force pour la maîtriser.

Un rire nerveux retentit au bout du fil. Juan leva les yeux vers Tonio. Il ricanait également.

— Excuse-moi, Juan, je n'ai pas très bien compris, reprit l'interlocuteur.

— Hélas, je crains que si...

— Tu t'fous de moi ? demanda-t-il d'un ton sarcastique.

Il inspira de nouveau.

— Non, Patron, répondit-il d'un souffle.

Un grognement résonna dans le portable. Juan passa sa main sur son crâne rasé et essuya une goutte de sueur sur son front au passage.

— Quelques bleus, s'empressa t-il d'annoncer. Enfin, voici ce qui s'est passé...

***

À l'autre bout du fil, le Patron ne l'écoutait plus. Il fixait son verre de scotch posé sur le bureau, imaginant le cauchemar de la jeune femme.

Sa mâchoire se crispa. Aucun mal ne devait lui être fait, c'était la règle, la seule qui comptait plus que tout ! Et voilà qu'elle était marquée parce qu'elle avait fui. Sa respiration s'accéléra. Il ne fallait plus que cela se produise.

—Juan, coupa-t-il. Veille sur elle. Plus personne ne doit la toucher, c'est compris ?

— Oui, Patron, répondit son homme de main d'un air solennel.

— Ne dors plus et ne mange plus tant que je ne l'ai pas récupérée.

— D'accord, Patron.

Il souffla longuement. Mais si jamais elle recommençait ? Si elle tentait de s'échapper, encore ? Si elle se blessait ou pire ? Il se pinça les lèvres. Une idée fleurit dans son esprit. Elle ne l'enchantait pas. Cependant, il n'avait pas le choix.

— Il va falloir l'entraver, dit-il d'un ton solennel.

— Oui, Patron, attendez, quoi ? s'étonna Juan.

— Ne serrez pas trop les liens, je n'ai pas envie que son corps soit encore plus marqué.

— Je refuse de faire ça, lança son subordonné d'un air sec.

Le Patron haussa un sourcil, surpris de la tournure de la discussion.

— Je ne participerai pas à cela, poursuivit Juan.

Le Patron inspira en serrant son poing.

— Tu es en train de discuter mes ordres ? demanda-t-il d'une voix sévère.

— Exactement, répondit le psy en gardant le ton ferme.

La langue du Patron claqua contre son palais.

— Passe-moi Julio, ordonna-t-il froidement.

— Il conduit.

— Passe-moi Tonio, alors, insista le Patron agacé.

— Non plus.

— Juan, tu commences sérieusement à me les briser. Passe-moi Tonio.

— Encore moins.

Le Patron s'empara de son verre de scotch et le lança à travers la salle. Celui-ci s'écrasa contre le mur dans un fracas, renversant l'alcool encore présent sur la tapisserie.

Le commanditaire se releva de son fauteuil en soufflant fortement.

— Je dois la protéger de tous les dangers possibles, n'est-ce pas ? demanda Juan d'un air condescendant. Alors je ne ferai rien qui pourrait contrecarrer tes plans.

— Passe-le-moi !

— Non.

— Je te jure que si tu ne me le passes pas dans les prochaines secondes, tu le regretteras.

— Je ne fais que mettre en application les ordres, s'obstina Juan.

Le Patron fronça les sourcils. Il comprit enfin le message subliminal, de même que la respiration saccadée de son homme se fit entendre. Cela l'intrigua.

— Comment ça ? demanda-t-il plus posément.

— Je ne ferai rien qui pourrait la mettre en danger, répéta son homme de main.

Les mots prononcés semblaient sincères et pourtant retenus. Comme si le danger venait de l'intérieur du fourgon. Le Patron serra la mâchoire. *Putain, Tonio… qu'est-ce que tu as encore fait ?* songea-t-il. Une pointe d'appréhension émergea dans sa poitrine. Il fallait qu'il sache. Il devait faire taire cette voix qui lui faisait craindre le pire et surtout, la voir Elle.

— Je viens vous retrouver au premier poste, lança-t-il.

Le soulagement de Juan fut audible. Cela confirma ses craintes.

— Je compte sur toi, lança le Patron avant de raccrocher.

Une fois l'écran éteint, il s'empressa de s'éloigner du bureau, enfila son manteau et quitta la pièce sans perdre une minute.

***

Juan écarta le téléphone chaud de son oreille en soupirant. Son regard s'accrocha à celui de Tonio. Ce dernier avait cessé de contempler les cheveux piégés de la jeune femme dans son gant. Toute son attention s'était focalisée sur la discussion. Et ce qu'il avait entendu l'avait on ne peut plus émoustillé. Un large sourire machiavélique franchit ses lèvres.

— Alors ? demanda Julio en levant les yeux dans le rétroviseur.

— Juan est farouchement opposé à ce qu'on ligote la fille ! répondit Tonio d'un air malsain. Pourtant, c'est un ordre du Patron.

— Je ne te laisserai pas faire, grogna Juan à son intention.

— Les ordres sont les ordres, rejoignit Julio. S'il l'a dit…

— Je dois la protéger ! gronda Juan.

— On est deux contre toi, lança Tonio. Tu n'as aucun pouvoir ici. Attendons qu'il nous rejoigne et nous pourrons aviser.

Juan serra la mâchoire. Sans s'en rendre compte, il se raccrochait aussi à la cheville de la jeune femme.

— Tonio a raison, conclut Julio. C'est moi le chef de cette escouade. On va faire comme le Patron t'a ordonné de faire.

Oh non, pas toi ! Tu ne vas pas t'y mettre toi aussi, songea Juan, dépité. Une ombre passa sur son visage.

— Et vous savez quoi ? continua Tonio plein de malveillance. J'ai déposé exactement ce qu'il fallait à notre première halte.

Juan écarquilla les yeux. Qu'est-ce que ce fou avait prévu ? Peu rassuré, il posa les yeux sur Ana. Il espérait à cet instant qu'elle soit dans un monde sans cauchemar, loin de toutes ces idées menaçantes et de ce trajet animé.

III. Une haine sans nom

Le dernier souvenir qu'Ana avait emmené avec elle fut celui d'un monstre lui broyant le corps, tandis qu'un second lui enfonçait une seringue dans son cou. Elle voyait sans cesse cette scène, encore et encore telle une boucle infernale. Les mêmes images, les mêmes sons, les mêmes peurs. Elle se souvenait d'avoir tremblé, se rappelait de sa chute, d'avoir défailli. Et cela tournait dans sa tête tel un navire en pleine tempête : secouée dans tous les sens. Comme une journée sans lendemain, elle voyait ces mêmes hommes et sa minable défense. Son professeur de jiu-jitsu aurait eu honte… Elle avait été incapable de faire quoi que ce soit. Elle était en colère contre elle. Et elle avait peur. Peur de la réalité. De se réveiller et de découvrir un nouvel Enfer dans lequel elle s'était enfermée. Et si, finalement, ce n'était qu'un cauchemar de plus parmi les autres ?

Elle commença à reprendre le contrôle de ses pensées. Elle se disait que cette histoire n'avait pas eu lieu. Quelqu'un l'avait sauvée à temps. *Lui.* Cet homme qu'elle connaissait à peine, mais dont le regard et le sourire avaient créé un lien imperceptible entre eux. Ana se raccrocha à cette pensée fragile et se sentit presque en sécurité.

Les souvenirs sombres disparurent peu à peu, laissant place à une fraîcheur inattendue. Sa peau frissonna. Elle revenait à elle. Ses pensées retombaient dans un certain silence qu'elle se mit à apprécier. Elle espérait rêver, mais il n'en était rien. L'espoir d'un sauvetage se réduisit à néant. Cette douleur qu'elle ressentait au niveau de son cou l'en dissuadait. Elle se rappelait tout ce qui s'était passé. Elle l'avait vécu réellement, elle en était convaincue. L'empreinte de la seringue dans sa chair était distincte. Ana savait à présent. Elle avait été enlevée. Pourquoi ? Les motivations étaient encore floues. S'étaient-ils trompés de victime ? Avait-elle vu quelque chose qu'elle n'aurait pas dû ? Personne ne paierait une rançon pour une parfaite inconnue. Serait-ce un de ces nombreux barjos qui rôdaient dans les campagnes ? Allait-elle devenir une esclave sexuelle ? Un objet que l'on prendrait et que l'on jetterait ? Allait-elle se faire torturer jusqu'à ce que mort s'ensuive ? Est-ce qu'on la retrouvera un jour ? Elle espérait que oui.

Cependant, son esprit lui montra un cercueil, six pieds sous terre, vivante. Elle déglutit. Et si sa crainte se révélait avérée ? Comment faire pour y survivre ?

La panique la saisit. Elle sut qu'elle fera tout pour s'en sortir. Ses ongles se casseront à force d'essayer d'arracher le capiton. Les griffures couperaient la peau des doigts. Sa chair serait en sang. Celui-ci coulera longuement et fera glisser chaque pan de tissu sur sa peau. Et si, par miracle, elle arrivait à briser le bois de sa prison souterraine, que se passerait-il ensuite ? La terre entrera. Comment faire pour remonter à la surface, sans air ? Et en position allongée ? Si le poids de la terre lui comprimait les jambes, les bras, comment parviendrait-elle à se hisser ? À quel moment devra-t-elle cesser de respirer ? Et les insectes ? Est-ce qu'il y en aura ? Ne risquerait-elle pas de toucher un de ces asticots gluants ? Quelle serait sa réaction ? La panique et l'étouffement immédiat ? Si elle se met à crier, qu'est-ce qui pourra rentrer dans sa bouche ? Qu'est-ce qui sera ingurgité ? Mourra-t-elle asphyxiée, engloutie par la terre ?

Ses sourcils se rejoignirent au-dessus de son nez. Son estomac se retourna. Sa tête lui fit mal. Ana eut un haut-le-cœur. Elle ouvrit enfin les yeux. Elle ne distinguait rien. Ses paupières clignèrent plusieurs fois.

Rien, que le néant. Elle reprit connaissance et ressentit ses membres doucement. Sa gorge était sèche. Elle tenta de déglutir. Un goût de vieux drap humide lui parvint en bouche. Ses lèvres étaient entravées par un morceau de tissu. Ana esquissa plusieurs nausées. Les mains remontèrent vers son visage. Ses poignets étaient liés, tout comme ses chevilles. Elle abaissa le bâillon et prit quelques inspirations. L'air pénétrant dans ses poumons était empreint de poussière. Elle toussa. Elle se tourna et se cogna contre une paroi. Surprise, elle fit de même de l'autre côté. Le cœur d'Ana s'accéléra. Elle leva ses mains au ciel. Il était bas. Bien trop bas. À quelques centimètres de son front. *Putain, non...* Ana arracha le lien de ses poignets avec ses dents. Elle parcourut ensuite la surface. Moelleux et doux. Ses mains glissèrent sous son dos creux. La même texture animait ses doigts. *Ils m'ont foutue dans un cercueil....*

Paniquée, Ana posa ses mains sur le plafond et commença à soulever. Elle parvint à ouvrir le couvercle de quelques millimètres. Aucune terre ne lui tomba dessus. Soulagée, elle reprit son exercice lorsqu'elle entendit une voix.

— Tiens, tiens ! Mais c'est qu'elle serait réveillée la garce !

À ces mots, Ana sentit une pression immense sur le couvercle, le rabattant aussitôt. Elle posa ses mains dessus et tenta de soulever. *L'enfoiré ! Il s'est assis dessus !*

— Tout doux, sale garce, entendit-elle à travers. Tu ne sortiras pas de là tout de suite.

Ses sourcils se froncèrent. Elle ne comptait pas se laisser faire. Elle cogna partout où elle pouvait, espérant créer un trou dans la structure. À gauche, à droite. Elle remua dans tous les sens. Le palpitant s'accéléra de plus belle. Le passage de l'air se rétrécit au fur et à mesure de ses mouvements. Son corps expulsa la poussière par la bouche. Plusieurs fois. La trachée s'assécha, irritant la gorge.

— Dégage de là, Tonio ! lança une autre voix. Elle va mourir étouffée !

L'air ne passait plus. Ses poumons et ses bronches devinrent subitement douloureux. Une crise d'asthme commençait à venir.

— Certainement pas ! Je la surveille, parce que tu l'as laissée toute seule alors que tu n'en avais pas le droit ! répondit l'infâme d'un air moqueur. T'as vraiment un problème avec les ordres du Patron, aujourd'hui.

— Je vais te buter si tu ne te casses pas de là tout de suite ! s'agaça Juan.

— Vas-y, viens ! Je t'attends ! Tu ne peux rien contre moi !

Quelqu'un se rapprocha rapidement d'elle. Elle entendit des coups à l'extérieur, des insultes. Un bruit sourd la fit sursauter. Un air d'espoir vain. Ana tenta de soulever le couvercle. La poussière lui tomba dessus. Elle l'inhala. Une nouvelle quinte de toux s'empara d'elle. Elle cessa sa manœuvre. Sa respiration devint incontrôlable. La crise domina son corps.

— Où est-elle ? lança une nouvelle voix.

La jeune femme cogna contre la paroi plusieurs fois en guise de réponse. Cet effort l'éreinta. Son poing s'aplatit et se relâcha.

— Espèce de... Putain, sortez-la !

Le couvercle tomba sur le côté. La lumière aveuglante rétrécit ses pupilles. Elle gémit. Puis, l'air frais pénétra dans ses poumons douloureux. Plusieurs mains l'attrapèrent et la sortirent. Ils l'allongèrent sur le sol. Ana se tourna pour tousser. Le sol en pierre n'apaisa pas ses douleurs thoraciques. Sa vision se brouilla.

— Allez me chercher son sac ! poursuivit cette voix en s'agenouillant à côté d'elle.

Ana leva faiblement les yeux vers cette ombre. La lumière l'en dissuada.

— J'espère sincèrement que la Ventoline est dedans... murmura l'homme à son encontre.

— Je n'ai pas... l'intention... de crever ici... souffla-t-elle en prenant plusieurs inspirations.

Le sifflement aigu des bronches le tétanisa.

— Mais qu'est-ce que vous foutez, putain ?! hurla-t-il à ses acolytes.

Il s'assit derrière la jeune femme et la redressa tel un pantin. Elle distingua un mur en pierre face à elle.

— Restez avec moi, Ana, dit l'homme d'un air inquiet.

Elle échappa un rire avant de tousser de nouveau.

— Vous me foutez… dans un cercueil… et là… vous voulez… que je reste… avec vous ? Vous n'êtes… qu'un sale… répondit-elle en prenant plusieurs inspirations.

Pourri, devina-t-il en la coupant dans son élan.

— Gardez votre air pour vous, Ana. Essayez de vous calmer. Je sais que le contexte porte à confusion, mais…

Elle fronça les sourcils et cracha ses paroles.

— Allez… vous faire… voir.

Elle tenta d'humer de l'air, mais c'est l'odeur de l'homme qui s'empara de ses narines. Ce parfum agréable la fit éternuer. Ses bronches se contractèrent, provoquant une nouvelle douleur thoracique. Elle porta sa main sur sa poitrine en réprimant un gémissement.

— Calez votre respiration sur la mienne en attendant votre inhalateur. Ni vous ni moi ne souhaitons votre mort.

Ana s'esclaffa. Pourtant, le ton employé laissait penser qu'il était sincère. Sa mâchoire se contracta brièvement et malgré tout, elle concéda à lui faire confiance. L'homme prit une longue inspiration. Elle sentit le torse derrière elle se gonfler. Elle l'imita. Puis ils expirèrent ensemble. L'oxygène avait du mal à pénétrer dans l'organisme de la jeune fille. Chaque bouffée d'air faisait siffler davantage son organisme. Le brouillard dans lequel elle se trouvait devint de plus en plus épais. Son corps se relâcha, au bord du malaise. Elle vacilla lentement.

— Ça y est ! lança un homme en courant vers eux.

Il glissa sur le sol, à côté de la jeune femme et lui tendit quelque chose. Une certaine couleur bleue apparut dans son modeste champ de vision.

Ana l'attrapa du bout des doigts et fit sauter le capuchon. Elle expulsa l'air puis inspira longuement, prenant une première bouffée. Puis une seconde. Ses bronches s'ouvrirent rapidement. Sa cage thoracique se décontracta. Sentant que la pression qui l'obstruait s'amenuisait, le corps d'Ana lâcha prise. Elle se sentit partir en arrière. Sa tête heurta le torse de l'homme. Bien que cette sensation la dégoûtait, elle n'avait pas d'autre choix que de subir. Après une telle crise, il lui fallait du temps pour reprendre possession de ses moyens. Instinctivement, ses paupières se fermèrent.

— Elle doit être encore sous l'effet du produit, commenta un des hommes autour d'elle.

— Ana, vous m'entendez ?

— Allez tous vous faire voir, répondit-elle plus distinctement.

Le Patron sourit derrière elle.

— Je vais vous emmener ailleurs. Vous pourrez vous remettre de votre crise tranquillement.

Elle s'obligea à ouvrir les yeux, péniblement. Le brouillard n'avait pas disparu. C'était même l'inverse, il était encore très épais. De même que quelques acouphènes s'étaient joints à la symphonie depuis quelques minutes, modifiant ainsi les voix de ses interlocuteurs. Son poing se referma sur lui-même. C'était même étonnant qu'elle soit encore consciente avec la dose que Julio lui avait administrée. Cependant, cela n'allait plus durer très longtemps.

Elle aperçut la silhouette du dénommé Juan avec son regard de fer qui la fixait.

— Si vous me remettez dans votre cercueil, je vous jure que vous allez le regretter, lança-t-elle de manière agressive.

La menace était vaine. Pour autant, son audace surprit le principal intéressé, mais également son supérieur.

— Rassurez-vous, je n'ai aucune envie de vous enterrer, rétorqua le

Patron. Mais il y en a bien un qui va finir six pieds sous terre avant la fin de la journée…

À ces mots, il leva les yeux vers ses hommes et les foudroya un par un. Ana, quant à elle, ne releva pas les propos.

— Non pas que la position m'est inconfortable, mais vous m'empêchez d'agir à ma guise, Mademoiselle Ana, poursuivit-il.

Elle sentit l'homme se dégager et la soulever de terre.

— Ne me touchez pas ! s'agaça-t-elle.

Il ne l'écouta pas.

— Reposez-moi !

Elle tenta vainement de lui donner un coup dans la poitrine. Le propofol agissait encore dans son organisme. Son poing se desserra, faisant simplement claquer le bout de ses doigts contre l'homme qui la maintenait.

— Vous trois, vous ne bougez pas, ordonna-t-il en l'ignorant. Je n'en ai pas terminé avec vous.

Ana battit des paupières. Elle distingua des masses noires devant elle, comme dans son souvenir. Ses yeux se levèrent vers le ciel. Elle n'aperçut que partiellement quelque chose qui devait être une pomme d'Adam ainsi qu'un menton saillant. Elle comprit.

— Oh, putain, souffla-t-elle, groggy. C'est vous, l'enfoiré qui a orchestré tout ça ?

Ignorant les propos de la jeune femme, il quitta la pièce avec elle dans les bras.

— Répondez ou vous allez le regretter !

Elle pensait avoir crié. Ce n'était qu'un murmure.

— Je n'en doute pas, se moqua-t-il doucement.

Il monta une marche, puis une autre. Ana tenta de découvrir où elle était enfermée. Il lui était impossible de distinguer les contours des objets. Sa tête lui faisait mal. Elle ne voulait plus qu'une chose : dormir.

Ils s'arrêtèrent en haut de l'escalier. Une porte grinçante s'ouvrit devant eux. En quelques enjambées, il la déposa avec la plus grande délicatesse sur un lit.

— Reposez-vous, Ana, souhaita-t-il en lui écartant une mèche de cheveux de son visage.

Elle se surprit à sourire, déconcertée par ce geste. Elle leva encore les yeux vers cet individu. Elle ne distinguait pas les contours de son visage, ni même quoi que ce soit. Elle avait l'impression d'être sous l'effet des gouttes dilatantes qu'elle utilisait au travail. Sauf que là, c'était tout son corps qui était en train de se détendre.

— N'en profitez pas trop, répondit la jeune femme téméraire. Quand j'aurai repris des forces, je saurai me défendre, bien plus que vous ne pouvez l'imaginer.

L'homme sourit à son tour.

— Pour l'instant, reposez-vous. Et même si vous vous sentez moins droguée, ne tentez rien. N'essayez pas de vous enfuir.

— C'est ce qu'on verra, lança-t-elle d'un air rebelle.

Ses yeux se refermèrent.

— Vous avez ma parole que personne ne vous fera du mal, promit le Patron.

— Trop tard, c'est déjà fait, murmura-t-elle avant de sombrer aussitôt dans les bras de Morphée.

Il devina ses beaux yeux bleus lancer des éclairs sous les paupières. Il s'arrêta quelques instants sur son petit nez retroussé, ses taches de rousseur et l'arc de Cupidon de ses lèvres. La respiration de la jeune femme était devenue silencieuse. Elle semblait à présent paisible. Il s'adoucit davantage. Enfin, il s'écarta d'elle après s'être assuré de son confort. Cependant, quelque chose l'intriguait : la veste déchirée au niveau de la manche. Bien que Juan l'eut informé de cette mésaventure, il décida de voir à quel point elle avait été malmenée. Il approcha sa main doucement avec une certaine hésitation. Il inspira longuement. Ses doigts tremblèrent.

— Pardonnez-moi, Ana, mais je dois voir… lui murmura-t-il.

Il la redressa délicatement tout en lui tenant la tête. Il fit glisser la veste le long de ses bras. Elle ne bougeait pas. Il la rallongea avec toute la délicatesse dont il pouvait faire preuve. L'homme s'attarda de nouveau sur son visage, et notamment sur ses lèvres. Puis, il détourna le regard vers son bras lorsqu'il distingua une ecchymose violacée. Ses sourcils se froncèrent. Il remonta la manche et découvrit avec stupeur l'étendue de la blessure, semblable à une paume de main. Son humeur changea subitement.

— Oh, putain… grogna-t-il en mettant le poing contre ses lèvres.

Juan lui avait parlé des bleus sur son abdomen. Piqué par la curiosité, sa main s'avança vers le tissu. L'homme s'arrêta juste avant de la toucher. Il ne pouvait pas franchir cette limite. Il s'imaginait pour autant l'état de sa peau lézardée d'hématomes. Cette vision le révulsa, le plongeant dans une sombre colère. Il déposa la veste sur la jeune femme, puis il s'éloigna d'elle rapidement. Il ferma la porte, la barra à double tour, glissa la clé dans sa poche et s'empressa de dévaler l'escalier en furie.

Il arriva en trombe dans la salle où attendaient ses acolytes. Il fonça directement vers Tonio et lui décocha un poing dans le visage. La déviation de la cloison nasale s'entendit nettement tandis que le cartilage se fissurait de nouveau sous l'impact. Le coup était si violent que l'homme de main tomba à la renverse, KO.

Le Patron se tourna vers les autres hommes.

— Maintenant, faites-moi votre rapport ! aboya-t-il.

Julio s'avança, les mains le long du corps et s'élança dans son récit, le plus précisément possible. Sans rien omettre. La fureur du Patron s'amplifia au fur et à mesure. Lorsque le comportement de Tonio fut évoqué, il se tourna vers lui. Ce dernier était toujours au sol. Du sang coulait le long de son visage. La fracture était visible. Mais ce n'était pas assez. Il l'attrapa par le col et le releva. Puis, sa main gifla ses joues plusieurs fois.

— Réveille-toi, sale enfoiré !

Tonio revint lentement à lui, guidé par la douleur omniprésente de la fracture nasale. Lorsqu'il reprit possession de ses moyens, sa respiration s'arrêta. Le Diable était face à lui. Ses veines s'exhibaient du front. Le teint était rempli d'une fureur sans nom. Le regard était foudroyant, la mâchoire serrée. Cet homme et la prestance dont il faisait preuve feraient pâlir n'importe quel être doté de bon sens. Tonio esquiva rapidement son regard, redoutant un nouveau coup.

— Si jamais tu recommences, je te jure que cela ne sera pas ton nez que je vais briser. Mais ta nuque !

Les lèvres retroussées et le regard haineux, le Patron tentait de se contrôler.

— C'est bien compris ?

Tonio, encore secoué, ne répondit pas assez vite. Le Patron le secoua hargneusement. Le sang de son visage l'éclaboussait de toutes parts.

— T'as compris ? répéta-t-il en le bousculant.

Tonio leva les yeux vers lui et tomba sur le masque de l'Enfer. C'est ainsi qu'il le définissait. Quand son Patron était dans une rage incontrôlable, tout ce qui pouvait s'apparenter à de l'humanité disparaissait afin que les émotions négatives prennent place et lui rongent les pores. Et là, ce fameux masque était taché de gouttelettes de son sang. Tonio sourit brièvement. Le rouge lui sciait à merveille. À cet instant, il osa l'affronter, regarder à travers son âme. Puis son cerveau disjoncta, sombrant dans une douce euphorie. Il s'imagina, quelques instants, échanger leurs places, avoir le sang du Patron sur son visage. Cette intention déclencha une réaction physique inattendue : un membre au garde-à-vous. Il tenta de se concentrer tant bien que mal sur le visage de son Chef. Malgré les vives secousses orchestrées par celui-ci, Tonio resta dans le délice de le tuer. Oui, c'était ça qu'il désirait à présent. Lui faire mal. Un petit bruit retint son attention. Celui d'une clé claquant contre une autre. Surpris, son plan machiavélique prit alors un nouveau tournant. Il revint au présent, une nouvelle baigne dans le visage.

Julio tenta de s'interposer entre les deux hommes. Le Patron le réprima sèchement. Tonio profita de cette parade pour s'échapper de son emprise et feindre la folie.

— Pardon, Patron, clama-t-il d'un air innocent. Pardon ! Je ne sais pas ce qui m'a pris.

Il s'empressa de se cramponner au manteau, le faisant bouger dans tous les sens afin de découvrir où se trouvait la clé.

— Je ne voulais pas faire de cette mission un échec ! se morfondit-il en lui attrapant le col d'un air stupide.

Surpris par ce comportement inhabituel, le Patron essaya de pousser l'homme.

— Arrête de faire le con ! lui ordonna-t-il. Tes excuses valent que dalle. T'es vraiment pathétique.

— Je comprends que j'ai fait du tort… Mais je ne voyais que votre intérêt !

Juan toussa en dissimulant le mot "menteur". Cela n'échappa pas à son acolyte qui le fusilla du regard avant de reporter son intérêt sur son supérieur.

— Ayez pitié de moi, Monseigneur !

Il fit glisser ses mains le long du manteau.

— Arrête ta comédie ! lança le Patron en le rejetant.

— Je ne recommencerai plus, c'est promis ! poursuivit Tonio en s'agrippant de nouveau à lui.

— Il a dû cogner sacrément fort pour qu'il se mette à le supplier, murmura Juan à l'intention de Julio.

Ce dernier n'arrivait plus à regarder la scène pitoyable qui se jouait devant lui. Le sol devenait plus intéressant. Jusqu'à ce qu'un nouveau pied ne perturbe son champ de vision.

— Ça va aller, murmura de nouveau Juan.

Ils échangèrent un regard en silence. L'envie de prendre la main de l'autre, d'être rassuré par ce contact se manifesta. Julio souffla en signe de désapprobation. Il y avait malheureusement trop de témoins pour le moment. Concentré sur l'autre, aucun des deux hommes ne vit les gros doigts de Tonio se hisser dans la poche pour attraper la clé. Le Patron lui-même, focalisé par le comportement de son subordonné, ne sentit rien. Il le repoussa violemment. Tonio se laissa tomber en arrière, le trophée en main.

— T'es complètement taré ! lança le Patron en s'époussetant. Recommence ton cirque et je te jure que tu le regretteras ! Juan, avec moi, poursuivit-il en se dirigeant vers la porte. Toi, Julio, surveille-le. On n'en a pas encore fini, lui et moi !

Le Colosse se rapprocha de son ami. Faisant mine d'être captivé par la démarche assurée de son employeur, Tonio glissa la clé dans sa poche avant d'être découvert.

— Il t'a vraiment amoché, compatit Julio en lui tendant la main.

— Il tient beaucoup à sa salope, c'est normal.

Le Colosse fronça les sourcils en entendant l'insulte. Tonio se releva sans prendre en considération le geste de son ami.

— Qu'est-ce qui t'a pris de faire ça ? lui demanda doucement Julio. Tu savais très bien dans quel état il allait se mettre et les conséquences que cela impliquerait !

— J'en ai rien à foutre ! cracha-t-il. Il peut aller se faire, c'est la dernière fois que je bosse pour lui, de toute façon.

— Tu sais bien qu'au fond, il n'est pas comme ça. Et toi non plus, tu n'étais pas comme ça ! Qu'est-ce qui s'est passé ?

Tonio grogna en le dédaignant du regard. Ce stupide gorille de deux mètres de haut et lui étaient amis depuis l'armée, se soutenant et luttant contre des ennemis communs. Ils avaient tant vécu ensemble qu'à une certaine époque, il le considérait comme son frère. La mort de sa femme Suzannah avait malheureusement tout emporté dans son sillage. Tout le monde était responsable et personne ne comprenait.

— Je vais me passer de l'eau sur le visage, changea-t-il de sujet froidement. Je reviens.

— D'accord, s'avoua vaincu Julio face à la fuite de son ami. Mais ne traîne pas trop.

— Non, non, ne t'inquiète pas.

Julio ne vit pas le sourire machiavélique fendre le visage de celui qui sera le futur ennemi de la bande.

Dans un monde sans réelle lumière, là où les pensées et les désirs se mêlent, Ana était ailleurs, dans un monde parallèle sans véritable loi physique. La drogue dans son organisme avait recréé un espace qu'elle ne connaissait que trop bien : son lieu de travail. Elle retrouvait son bureau, son ordinateur et les patients de toutes sortes. Les bons comme les mauvais. Les jeunes et les vieux. Les urgences et les contrôles de routine.

Elle se leva de son siège et passa la pièce au crible. Rien n'avait changé. La peinture était toujours crème et les meubles gris. Elle traversa la petite foule agglutinée à son bureau non sans sentir une certaine angoisse l'envahir. Elle longea le petit couloir pour se retrouver dans la salle d'attente. Les statuettes égyptiennes trônaient toujours sur le côté. De même que l'œil d'Horus et les différents tableaux ne cessaient de la suivre : toutes les pupilles l'espionnaient. Elles communiquaient en silence. La jeune femme se sentit oppressée, incapable de fuir.

Puis, elle entendit une voix. Un immense bonhomme avec des cheveux très courts et des lunettes en "cul de bouteille" lui sourit. Elle le lui rendit. C'était son ami Arthur, l'ambulancier. Elle le prit dans ses bras, heureuse de trouver un visage connu. Elle lui demanda comment il allait, ce qu'il faisait ici. Il ne répondit pas, se contentant de sourire. Il lui fit signe de le suivre et s'éloigna d'elle. Elle l'imita, confiante. Il l'entraîna hors de la pièce... dans un guet-apens sans nom. L'obscurité s'empara de la lumière artificielle. Elle se retrouva à nouveau dans ce cercueil, prise au piège avec ses démons. Au bord de l'asphyxie, elle paniqua encore. Une odeur agréable prit le pas sur celle de la moisissure et des draps humides. Elle était différente. Fraîche et sensuelle. Une odeur qu'elle adorerait garder sur elle après une folle nuit d'amour. Intriguée, elle chercha de toutes parts d'où elle provenait. Le cercueil disparut, laissant Ana dans un tunnel sombre. Elle leva les yeux vers une silhouette tapie dans l'ombre. Elle se sentit en confiance et avança. L'étrange apparence était celle d'un homme sans visage. Elle leva la main pour le toucher. Le contact glacial transforma le fantôme en roche volcanique avant de disparaître dans un écran de fumée. Ana tourna sa paume vers elle. Ses doigts étaient teintés d'une substance noire. De nouveau seule, elle entreprit de parcourir la grotte, guidée par un instinct inconnu. D'un coup, elle sentit une vile menace planer au-dessus de sa tête. Une peur incontrôlable s'empara de son esprit. Elle chercha dans les alentours d'où provenait ce terrible danger. Elle découvrit au-dessus d'elle des stalactites, prêtes à la transpercer. Elle se colla contre la paroi, apeurée. Boum Boum. Son cœur ne suivait plus le rythme de ses émotions. Ana porta sa main sur sa poitrine douloureuse. Boum Boum. Un éclair frappa le sol, créant un trou béant. La jeune femme chuta dans des abysses plus sombres. Son cri n'eut aucun écho. Et pourtant, quelqu'un la rattrapa. Les pieds dans le vide, sa chute s'arrêta net. Elle leva les yeux vers son sauveur. Il n'avait pas d'ailes et pourtant, il semblait être son ange gardien. Une sensation réconfortante l'envahit. Elle eut l'impression de le connaître. Elle lui sourit. La lumière fendit le plafond, éclairant cet être dénué de forme humaine. Elle crut reconnaître l'ombre au doux parfum.

— Est-ce vous ? demanda-t-elle.

— C'est moi, répondit-il.

Ana se redressa d'un coup, suffocante. Elle se prit la tête quelques secondes, réalisant que ce n'était qu'un rêve. Elle jeta un petit coup d'œil rapide. Elle était seule dans cette chambre qu'elle ne connaissait pas.

La jeune femme souffla rapidement et se hissa hors du lit. Elle avança vers la porte, déterminée à sortir. La poignée était bloquée. Elle se retourna et découvrit une fenêtre. Ses jambes l'emmenèrent vers elle pour l'ouvrir. Elle passa la tête à l'extérieur. Il semblait n'y avoir qu'un seul étage. La maison était entourée de champs. Aucune habitation attenante. Ils étaient seuls au milieu de tout. Déçue, Ana la referma et prit du recul. Son pied écrasa la veste au sol. Elle la ramassa. Une odeur masculine envahit son espace. Elle huma délicatement le parfum imprégné. Elle fronça les sourcils. C'était le même que dans son rêve...

La jeune femme entendit une clé pénétrer dans la serrure. Elle se tourna face à la porte. Un homme au visage sanguinolent pénétra. Elle écarquilla les yeux. Il était, lui aussi, surpris de la voir debout. Ils se dévisagèrent quelques instants. Les blessures de l'individu étaient sans équivoque. Il avait été passé à tabac. Ana déglutit devant l'amas de sang. Tonio n'a pas pris la peine de se laver le visage. Son nez continuait de ruisseler.

— Qu'est-ce que vous me voulez ? demanda Ana, hésitante en serrant la veste contre elle.

Tonio entra et ferma la porte derrière lui. Puis il entreprit de la regarder dans son intégralité avec une certaine fascination dérangeante. Le visage de la jeune femme essayait de paraître neutre, mais son regard était fuyant. Tonio restait captivé par cette poitrine indécente qui ne cessait de monter et descendre à un rythme endiablé. Un appel. Il devina une goutte de sueur couler le long de sa tempe. Il passa sa langue sur sa lèvre coupée. Le goût du sang pénétra dans sa bouche. Exaltation.

— Qu'est-ce que vous me voulez ? répéta Ana peu sûre d'elle.

Il se rapprocha d'elle, le pas lourd. Elle recula de quelques pas puis fut stoppée par le froid de la vitre. Elle regretta de l'avoir fermée quelques secondes plus tôt. L'homme pencha sa tête sur la droite tout en continuant d'avancer. Ses yeux pétillaient d'excitation, ce qui n'échappait pas à Ana. Elle se mit à trembler.

— Partez, dit-elle, terrorisée. Partez ou vous le regretterez.

Il ricana.

— Tout ça pour ça, dit-il en s'arrêtant à quelques centimètres d'elle. On aura mis du temps avant de te trouver, mais maintenant... Tu es à nous !

Elle blêmit à ces mots. Elle n'avait plus le choix... elle devait fuir, maintenant !

Ana lança sa veste vers la tête de Tonio qui tenta de l'attraper au vol. Elle passa sous son bras et courut vers la porte. Il la chopa par l'épaule. Elle gémit. Il la ramena vers lui. Ana se retourna et, d'instinct, lui colla son poing dans la figure. Ses phalanges s'enfoncèrent dans la joue. Le coup, porté par l'adrénaline, n'eut pas l'effet escompté. Il ne sentit rien. Envahi par le désir de faire du mal, l'homme resserra son emprise. Les jambes de la jeune femme flanchèrent sous l'impulsion.

— Tu n'es qu'une sale garce ! gronda Tonio.

Il balança Ana sur le lit et se jeta sur elle. Elle hurla. Il s'allongea dessus, usant de tout son poids. Elle tenta de lui donner des coups. Cela ne lui faisait rien. Il ne ressentait qu'un désir malsain. Il attrapa son débardeur par le col et le déchira en tirant violemment dessus.

— Non ! hurla-t-elle au bord des larmes.

— Oh que si ! cria-t-il à son tour, les pupilles dilatées par l'excitation.

Elle sentit l'air frais envahir sa poitrine. Il attrapa le cou d'Ana et le serra. Elle mit ses mains sur les siennes pour empêcher la prise. Il continua de forcer. Elle se débattit, ouvrant la bouche pour aspirer un peu d'air. En gigotant, elle aperçut des traces de dents sur une de ses mains. Ses ongles s'agrippèrent à la chair à vif. Tonio poussa un hurlement et relâcha son cou. Il s'écarta légèrement d'elle. Ana dégagea son genou et lui donna des coups dans les côtes. Son agresseur tangua vers elle. Elle profita de cette occasion pour enfoncer ses pouces dans les globes oculaires. Il hurla de plus belle. Il glissa sur le côté, libérant Ana de son poids. Elle en profita pour tomber hors du lit. Une fois au sol, elle se releva et courut vers la porte de la chambre. Elle fit tourner la poignée. À peine fut-elle dans le couloir que la main poisseuse de Tonio l'empoigna de nouveau et la ramena de force vers l'intérieur de la pièce. Un hurlement terrifiant franchit ses lèvres. La porte se referma d'elle-même.

Il jeta Ana au sol et lui colla un coup de poing au niveau de la tempe. L'oreille de la jeune femme se mit à siffler. Tonio profita de son étourdissement pour se coller à elle. Ana sentit les mains de son adversaire se balader au niveau de son jean. *Non, pas ça,* songea-t-elle en larmes. *Je dois... agir...* Elle se redressa et attrapa la tête de son agresseur. Elle le fit cogner contre son genou, plusieurs fois en hurlant et en pleurant. Déboussolé, Tonio réussit malgré tout à s'accrocher aux poignets de la jeune femme. Il enfonça ses doigts dans la chair. Ana lâcha prise. Lorsqu'il releva la tête, une nausée s'empara d'elle. Tonio était comme en transe, insensible à la douleur. Ses yeux injectés de sang ne perdaient pas une miette du spectacle. Il fit péter la fermeture éclair de son jean, tout comme celui de la jeune femme. Affolée, elle attrapa le bras et mordit de toutes ses forces. Enfin, il se mit à beugler. Il lança un coup de tête dans la sienne. Le coup fut rude. Ana tomba à la renverse. Les sifflements dans les oreilles devinrent plus forts. Sonnée, elle sentit son jean descendre le long de ses cuisses. Les mains de Tonio le retirèrent d'un coup sec. Elle se retrouva en tanga. *Non...* songea-t-elle.

— Non, non, NON !! hurla-t-elle de toutes ses forces, le visage humide.

Le cri strident, qui sortit de sa gorge, stoppa Tonio. Ana en profita pour le cogner partout où elle put et avec tout ce qu'elle avait. Ses mains visèrent le visage tandis que ses pieds tentaient de cogner l'entrejambe de l'homme. En furie, elle parvint à accrocher ses mains autour du cou de son agresseur. Elle enfonça à nouveau ses ongles dans la peau, lacérant les oreilles, la nuque. Tonio attrapa les bras de la jeune femme, exerçant une pression qu'elle ne put supporter. Elle gémit et lança sa tête dans la sienne de toutes ses forces. Boum. L'homme tomba sur le côté. Sonnée également par ce coup, Ana tenta de s'extirper. Elle sentit un liquide couler sur son visage, lui brouillant légèrement la vue. Elle essaya de ramper. D'horribles bourdonnements retentirent. Des étoiles apparurent dans ses prunelles.

Ana essaya de trouver la porte, sa seule sortie de secours à ce stade. Lorsqu'elle la vit, elle rampa encore vers elle. Une main ferme s'agrippa à sa cheville. Puis, elle fut traînée sur le sol. Un nouveau hurlement déchira l'atmosphère. Tonio la retourna. Les yeux dans les yeux, Ana découvrit la haine que lui portait son adversaire. Elle voulait se battre, mordre, se défendre jusqu'au bout. Son corps refusait de lui obéir. Elle était dépossédée de ses mouvements. Les bourdonnements s'intensifièrent. Elle sentit ses doigts poisseux parcourir son corps dénudé. Les yeux mouillés, elle le supplia d'arrêter, elle ne voulait pas souffrir. Il ne l'écoutait pas. Le regard rempli de haine, elle sut que tout était terminé. En sanglots, elle ferma les yeux. Il s'arrêta sur son tanga. Elle se retint de respirer. *Ange Gardien, si tu existes... sauve-moi.* Puis, un coup de feu retentit. Ana rouvrit les yeux, surprise.

— Espèce de sale enfoiré !

L'homme se jeta sur l'agresseur, libérant définitivement Ana de son emprise. Elle entendit des boums sur le côté. Elle passa ses bras au-dessus de sa tête pour se protéger. Un liquide poisseux coula sur le côté de son visage. Tremblante, elle recula sa main. Du sang. Elle détourna le regard sur le sol. Il y avait d'autres gouttes rouges sur le sol ici et là. Une pagaille sans nom. Ses vêtements jonchaient le sol. Non loin d'elle, des silhouettes s'affolaient. L'une cognait abondamment l'autre. Une traînée rouge jaillit dans l'espace. Ana réprima une nausée et détourna le regard.

— Je vais te tuer, putain ! hurla quelqu'un.

— Lâche-le ! gueula un autre.

— Patron ! lança le troisième.

Les coups, les insultes et les gémissements ne cessaient de pleuvoir. Apeurée, la jeune femme se recroquevilla sur elle-même en pleurs. Elle cacha de nouveau sa tête entre ses bras. Son corps transpirait la peur et la honte.

— Ne la laisse pas dans cet état ! hurla Juan en s'emparant du bras de son Patron.

Ce dernier s'arrêta sur sa lancée.

— Ana… murmura-t-il d'une voix étranglée.

Elle sursauta en entendant son prénom, lâchant un petit gémissement. Des vibrations sur le plancher se pressèrent vers elle. Un brassage d'air l'accompagna. Quelque chose la recouvrit. Elle sursauta. *Ange, c'est toi ?*

— Je suis sincèrement désolé… murmura une voix masculine.

Ana fondit de nouveau en larmes, les yeux fermés. Des sons étranges retentirent. Les vibrations s'éloignèrent. Il n'en restait plus qu'une personne à ses côtés.

— Je suis tellement navré…

Il n'entendait que des sanglots en guise de réponse. Le Patron, la gorge serrée, se sentit impuissant. Il hésita à poser la main sur elle, redoutant sa réaction.

— Ana, je suis vraiment désolé, murmura-t-il. Ce n'était pas… ça ne devait pas se passer ainsi…

Elle ouvrit les yeux. *Non, ce n'est pas lui… Ange est un démon.*

— Ça ne devait pas se passer ainsi ? répéta-t-elle, hébétée.

— Je n'ai jamais voulu que cela arrive. Je suis profondément désolé… Pardonnez-moi… Aucun mal ne devait vous être fait, je vous assure…

— Aucun mal… répéta-t-elle en entendant ces mots.

La jeune femme commença à déplier ses jambes lentement. Elle sentit dans son corps ankylosé toutes les souffrances perpétrées par Tonio, la fraîcheur du sol sur sa peau nue et cette blessure qui coulait sur son visage.

— Ne devait m'être fait… poursuivit-elle, agacée.

— Non, Ana, ce n'était pas…

Elle vit rouge. Elle posa ses mains sur le sol et, avec ses dernières forces, se releva lentement, laissant échapper quelques gémissements. Son corps était secoué de spasmes. Il ne put que regarder la détermination dont elle faisait preuve à cet instant, tout en sachant qu'elle se relevait pour lui faire face.

Ana se retourna vers le Patron. Sa gorge se noua lorsqu'il aperçut la blessure à sa tête. Le sang coulait à partir de son front, descendait sur son œil et terminait sa course sur sa pommette. Il referma son poing. Il s'empêcha de se rapprocher d'elle, même s'il n'avait en tête que cette envie interdite.

Ana leva enfin les yeux vers lui. Malgré la traînée de sang qui lui brouillait la vue et les nombreuses étoiles qu'elle voyait, une émotion forte l'envahit.

— VOUS ÊTES DÉSOLÉ ?? hurla-t-elle en le giflant de toutes ses forces.

Le bruit de la claque résonna dans toute la pièce. La tête du Patron virevolta sur le côté.

— Je suis profondément désolé, dit-il en se mordant la lèvre.

Ana le fusilla du regard, haletante. Il n'osa pas l'affronter, trop honteux de ne pas avoir tenu sa parole. La jeune femme sentit son corps vriller. Elle s'écroula sur le sol.

— Ana ! entendit-elle. Ana, restez avec moi !

— Ne me touchez pas, murmura-t-elle avant de sombrer de nouveau.

IV. Ami ou ennemi ?

Adossé contre le mur de la chambre, à même le sol, le Patron veillait sur Ana. Il soufflait longuement, faisant cogner sa tête en arrière. Il observait la jeune femme en silence, atterré par les derniers événements. Il savait que Tonio était instable. Mais de là à s'en prendre à elle… Son poing se serra machinalement. Les coupures de ses phalanges lui rappelaient à l'ordre. Malgré les pansements, sa peau restait à vif. Sa douleur n'était rien comparée à celle de la jeune femme. Il n'imaginait pas le traumatisme qu'elle allait devoir surmonter par sa faute. Il se prit la tête entre ses mains. *J'ai vraiment merdé…*

Il se redressa et la contempla encore. Ses strips sur le front se confondaient avec son teint. C'était le seul contact physique qu'il s'était autorisé, après l'avoir remise sur le lit et couverte de son manteau. Il s'était refusé de l'emmener ailleurs. Elle aurait encore perdu ses repères. Il se demandait toutefois s'il avait raison de la laisser ici, sur le lieu de son agression même si cela était temporaire. Il secoua sa tête. *Ça n'aurait jamais dû arriver…*

Il devina son sommeil agité par sa respiration saccadée et les ronds que faisaient les yeux sous ses paupières closes. Elle n'allait pas tarder à se réveiller. *Qu'est-ce que je vais lui dire ?* Abattu, empreint à la colère, ses émotions vacillaient. Il voulait revenir dans le passé, mais ne pouvait le faire. Furieux d'avoir été trahi par un de ses hommes, il tenta de se calmer en cherchant une manière de se venger. Mais surtout, de LA venger, elle. Tonio était toujours en vie, emprisonné au rez-de-chaussée. Il ne lui restait plus beaucoup de temps à vivre. Quand il descendra, il lui réglera son compte.

Ana émit un sursaut dans son sommeil. Il se releva et s'assit à côté d'elle. Elle était torturée. Il aimerait la prendre dans ses bras, lui caresser les cheveux, la rassurer, mais il n'en avait pas le droit.

— Comment va-t-elle ? demanda Juan en passant le seuil de la porte.

Le Patron leva les yeux vers lui, le cœur serré.

— Elle est toujours avec Morphée, répondit-il.

— Et toi ? Comment tu te sens ?

— Comme quelqu'un qui aurait dû mieux la protéger...

Juan ne répondit pas. Il s'approcha de son ami et lui posa sa main sur l'épaule.

— Elle s'en remettra, lui dit-il. C'est une battante, une guerrière comme l'on en voit rarement. Ce n'est pas cela qui l'affectera le plus. Elle a vécu bien pire, et tu le sais ! Et si cela peut te consoler, je l'aiderai à s'en remettre.

— Si tu le dis...

— Tu sais que tu parles à un psychiatre de renommée interplanétaire qui s'est fait laminer par une jeunette sans expérience, quand même ?

— Jeunette ? répéta le Patron en haussant un sourcil. Rappelle-moi quel âge tu as exactement ?

— Chut, répondit Juan un brin espiègle. Je suis tout de même ton aîné de deux ans, et encore plus pour elle.

Cela fit sourire le Patron. Il posa sa main sur celle de son ami.

— Merci Juan, dit-il en soutenant son regard. Je sais que je peux au moins compter sur toi.

— Et sur Julio aussi, ne l'oublie pas.

Sa mâchoire se crispa.

— Il ne l'a pas surveillé, et voilà le carnage, répondit sombrement le Patron.

— Je pense qu'il n'a pas compris ta méfiance. Ce n'est pas contre lui que tu es en colère, mais contre toi.

Le Patron ouvrit la bouche pour rétorquer.

— Chut ! lança Juan en posant son doigt contre ses lèvres. Elle va se réveiller. Tiens, poursuivit-il en lui tendant un petit flacon. Pour ses bleus, à faire diluer.

— Attends ! murmura-t-il en le rattrapant par le bras. C'est à toi de rester ! Elle risque de reconnaître ma voix. Je ne veux pas lui causer un autre choc.

Juan soupira et le regarda d'un air faussement mauvais. *Mais quelle folie de dissimuler son identité, aussi ! C'était ton idée, mais tu n'assumes pas ! Ça va te jouer des tours...* Son attention se reporta sur la jeune femme. *En même temps, il a tellement eu peur pour elle que rester à ses côtés ne lui ferait pas de mal...*

— Il s'est passé trop de choses en peu de temps pour qu'elle puisse faire le rapprochement, chuchota le psy. Elle est désorientée, blessée, et certainement dans un état psychique compliqué. Sans oublier que le propofol n'a toujours pas été éliminé de son organisme. Je pense que tu ne crains rien. Du moins, pendant la prochaine heure.

— Merci beaucoup, Juan ! soupira le Patron, rassuré.

— J'y vais, mais tu sais très bien ce que je pense de cette mascarade ! soupira-t-il en lui donnant le produit avant de quitter la pièce.

Le Patron se tourna vers Ana et rangea machinalement le flacon dans sa poche. Cette dernière devenait de plus en plus active. Ses sens reprenaient forme. Elle avait entendu des mots comme "battante" et "guerrière". Une définition qui la caractérisait et réveillait en elle une force insoupçonnée. Elle sentit quelque chose de chaleureux sur sa peau. Une odeur imperceptible la réconforta. Cependant, il y avait ce goût métallique en bouche qui la dérangeait, tout comme ce mal de tête persistant. Son corps était empreint de douleurs. Chacune se réveillait l'une après l'autre. Et cette présence à ses côtés l'inquiétait. Elle ne semblait pourtant pas hostile. Des flashs de son agression lui revenaient. Elle se souvenait surtout de la fin. De cette ombre qui s'était jetée sur son agresseur. Une larme coula sur sa joue. Comme elle aurait aimé rêver que ce cauchemar prenne fin. Mais la réalité était tout autre. Elle était enfermée et un de ses bourreaux était là.

— Pourquoi ? murmura-t-elle. Pourquoi vous m'avez fait ça ?

Le lit s'allégea aussitôt.

— Si vous saviez comme je m'en veux… répondit l'homme en attrapant sa capuche et en la rabattant sur sa tête.

— Si vous saviez comme je vous en veux, rétorqua Ana en reprenant volontairement ses mots.

Le Patron se pinça les lèvres. Elle ouvrit les paupières et aperçut l'ombre de la silhouette se refléter dans le mur. Elle détourna le regard vers l'individu. Enfin, ses yeux purent mettre des mots sur ce qu'ils voyaient. L'homme cachait son identité sous une longue capuche noire en forme de M accrochée à son sweat. Celle-ci descendait sur son visage. La jeune femme aperçut brièvement la naissance de son nez et sa bouche. Il avait une barbe de quelques jours. Elle l'observa longuement avant de briser le silence.

— Qu'est-ce que vous me voulez ? demanda-t-elle, la gorge serrée. Vous voulez aussi… ?

— Quoi ? s'offusqua le Patron. Non, pas du tout ! Loin de là !

— Alors, qu'est-ce que vous me voulez ? C'est bien vous, le cerveau de toute cette macabre opération ?

Elle se tourna vers lui. Son silence agaça la jeune femme.

— Est-ce que, oui ou non, c'est bien vous ? insista-t-elle.

— Oui, c'est moi, avoua-t-il en baissant la tête.

— Alors pourquoi ? demanda Ana de plus en plus agressive.

Le Patron passa sa langue sur ses lèvres.

— Je vous l'expliquerai assez vite, mais...

— Non ! grogna la jeune femme en se relevant.

Elle sentit le manteau glisser sur sa poitrine. Elle l'attrapa pour se cacher. Quelque chose l'interpella. Une paume de main bleutée s'agrippait encore à elle. Elle écarta un peu plus le tissu. Quelques gouttes de sang avaient roulé jusque sur sa poitrine. Elle sentit également une sensation étrange au niveau de son cou. Le souvenir de ces mains dégueulasses sur son corps lui leva un haut-le-cœur.

— Ana... dit le Patron en s'approchant.

— Restez où vous êtes ! cria-t-elle en le pointant du doigt.

— Je ne suis pas là pour vous faire du mal, répondit-il amèrement.

— Vous vous foutez de moi ? hurla-t-elle en agrippant le manteau. Vous vous foutez de moi, c'est ça ? VOS hommes m'ont enlevée à la sortie de mon travail ! Un de ces psychopathes à VOTRE solde m'a foutu dans un putain de cercueil ! Un de VOS hommes a essayé d'abuser de moi ! Et vous me dites que vous n'êtes pas là pour me faire du mal ?? Mais c'est VOUS le commanditaire de tout ce putain de bordel ! C'est à cause de VOUS que tout cela s'est produit !!

Une décharge dans la tête déconcerta la jeune femme. Elle apposa sa main sur elle-même en grimaçant. Elle sentit quelque chose sous ses doigts. Surprise, ses yeux interrogèrent l'homme.

— J'ai pansé votre blessure à la tête, nettoyé le sang sur votre visage et je vous ai portée jusqu'au lit, lui répondit-il. C'était le moins que je pouvais faire. Je peux vous assurer que je n'ai rien fait d'autre. Je n'en avais pas le droit. Je sais que les apparences sont trompeuses, mais je ne suis pas celui que vous croyez...

Elle ne l'écoutait qu'à moitié. Son esprit était préoccupé par toutes ces marques qui ornaient à présent son corps.

— Et… il est où ? demanda-t-elle en regardant les alentours.

Le Patron fronça les sourcils.

— Il ne vous fera plus de mal, je vous le promets.

Un flash revint en mémoire, celui d'un homme se faisant fracasser par un autre. Elle écarquilla les yeux. Elle aperçut les pansements sur les phalanges de l'homme. Elle ouvrit la bouche, stupéfaite.

— C'était vous ? demanda-t-elle, hésitante.

Le Patron détourna la tête, honteux.

— C'était moi, avoua-t-il.

Surprise, Ana abaissa les yeux. *Un ange démoniaque.*

— Et où est-il, maintenant ? réitéra-t-elle. J'ai besoin de savoir…

Le Patron serra les dents et son poing.

— Il n'avait pas le droit de vous toucher…

Elle frémit en entendant ces mots.

— Alors vous vous êtes octroyé le droit de le tuer ? demanda-t-elle en redoutant la réponse.

Il souffla.

— Je voulais lui rendre au centuple ce qu'il vous avait fait.

Ana releva la tête, surprise.

— Mais je ne l'ai pas tué, on m'a arrêté avant, avoua-t-il.

Elle déglutit.

— Et si personne ne vous avait stoppé ?

— Personne n'a le droit de vous faire mal, répondit l'homme.

La capuche se tourna légèrement vers elle.

— Je n'ai pas à me justifier, poursuivit-il. Il a voulu abuser de vous, il a eu ce qu'il méritait. Et c'est encore trop peu.

Son ton avait changé. La dureté des mots devenait perceptible. Ana recula sur le lit, méfiante. Il s'en aperçut et se radoucit aussitôt.

— Excusez-moi, je ne voulais pas vous faire peur.

Il inspira longuement.

— Je vous promets que je ne vous toucherai pas, je ne vous ferai aucun mal.

— Mais qui êtes-vous ?

Un triste sourire apparut sur son visage.

— Vous le saurez bien assez tôt. Aussi, je vais vous proposer quelque chose d'assez saugrenu si je puis dire, répondit-il en détournant la conversation.

— C'est-à-dire ? demanda Ana en haussant un sourcil.

— N'y voyez là aucune ambiguïté, je vous assure. Mais vous ne cessez de regarder vos blessures depuis tout à l'heure. Est-ce que vous aimeriez prendre une douche ?

La jeune femme sursauta et cligna des yeux plusieurs fois.

— Pardon ? demanda-t-elle, sur ses gardes.

— Je vous laisserai votre intimité, soyez-en sûre, tenta-t-il de rassurer. Cependant, je resterai devant la porte au cas où vous vous sentiez mal.

Dubitative, la jeune femme s'enfonça dans le silence. Il se rapprocha d'elle et s'assit sur le lit, assez loin pour lui assurer un espace de sécurité.

— Ana, je sais que cela paraît absurde, mais sachez que je suis profondément désolé de ce qui s'est passé. Je ne peux effacer ni la douleur ni la peine de votre âme. Je ne peux que vous proposer cette alternative…

Il piqua un fard. Sa maladresse intrigua la jeune femme.

— Qu'est-ce qu'il y a dans la salle de bain pour que vous souhaitiez tant m'y emmener ? répondit-elle, méfiante.

Elle était à deux doigts de s'enfuir. Le Patron essaya de la désamorcer.

— Parce que cela vous ferait du bien.

Il n'avait pas tort. L'odeur qu'elle dégageait n'était pas la plus agréable. Un mélange de son déodorant combiné à son parfum puis à de la sueur, ainsi que les émanations de rouille donnaient un cocktail olfactif peu plaisant. Elle souleva le manteau et découvrit le reste de sa peau nue maculée de sang séché. Ses lèvres se pincèrent.

— Ne faites pas cette tête-là, lui dit-il d'une voix triste. Et surtout, ce qui est arrivé n'est pas de votre faute...

Ana fronça les sourcils.

— Évidemment que ce n'est pas de ma faute ! s'emporta-t-elle. C'est de la vôtre !

Laissant son instinct agir, un premier coup de poing s'enfonça dans l'épaule de son kidnappeur, le surprenant. La capuche se tourna complètement vers elle. Elle blêmit, portant ses mains à sa bouche.

— Pardon, s'excusa-t-elle spontanément.

Elle l'entendit souffler. Il se rapprocha un peu plus.

— Continuez, lui dit-il d'une voix sévère.

— Quoi ? Non !

Ses longs cheveux s'écrasèrent sur son visage lorsqu'elle secoua la tête. Elle était sincère. Elle ne voulait pas lui faire de mal. Alors que pour lui, c'était la seule façon de faire amende honorable.

— Un de mes hommes vous a violentée. Laissez exprimer votre colère contre moi. C'est donnant donnant.

Son visage se décomposa.

— Mais non ! Je ne peux pas ! C'était juste un réflexe.

— Il n'y aura pas de représailles, allez-y.

Elle secoua la tête.

— Vous êtes vraiment dérangé ! lâcha-t-elle en détournant le regard.

Il sourit sobrement.

— Vous en doutiez encore ? répondit-il d'une voix calme.

Pauvre type, cracha-t-elle entre ses dents.

— Je ne vous ferai pas ce plaisir. Maintenant, barrez-vous !

Le comportement de la jeune femme le fascinait. Elle ne savait pas sur quel pied danser. Tantôt agressive, tantôt défensive. Il sut à cet instant qu'il allait devoir la pousser dans ses retranchements, aller plus loin encore afin de la libérer du poids de l'agression. Elle allait bientôt craquer. Il se rapprocha encore, la provoquant davantage. Son attitude la bouleversa.

— Laissez-moi... souffla-t-elle.

— Jamais, lui dit-il d'une voix assurée.

Son cœur rata un battement. Elle leva les yeux vers la capuche.

— On me retrouvera, vous savez. Et vous irez en prison.

La menace était vaine, elle le savait. L'homme était à présent suffisamment proche d'elle. Il pencha sa tête vers son oreille.

— Ça, j'en doute, répondit-il.

Il se redressa. L'effroi s'empara de son être. Elle recula. Le Patron continua ses manigances. Il tendit la main vers sa joue.

— Ne me touchez pas, supplia-t-elle en le voyant s'approcher. Pitié...

Son corps tremblant ne lui échappait pas. Il détestait ce qu'il était en train de faire, mais d'un autre côté, il avait besoin de ce contact. Il fallait qu'elle le rejette. Après tout, c'était lui le véritable bourreau, lui le coupable, car sans cet enlèvement, il ne lui serait jamais rien arrivé.

Il devait aller jusqu'au bout s'il voulait qu'elle laisse exploser sa colère. Il inspira et s'approcha davantage. Ses doigts effleurèrent sa peau. D'un geste, elle balaya la main. Son rejet était aussi insignifiant qu'une brise.

— C'est tout ce que vous avez dans le corps, réprima-t-il. Pas étonnant que Tonio ait pu vous mettre dans cet état aussi facilement.

Ces derniers mots lui avaient brûlé les lèvres.

— Arrêtez, dit-elle au bord des larmes.

Sa supplique lui fit mal. Mais il devait continuer à jouer au méchant, et pour cela, il allait employer les grands moyens même si cette idée le répugnait. Ses lèvres se pincèrent.

— J'aurais peut-être dû vous laisser dans le cercueil au lieu de vous en sortir. Mais c'était vraiment tentant de voir comment il allait se comporter avec vous.

Elle secoua la tête. Ses doigts s'enfoncèrent dans sa chair. *Désolé, Ana, mais il faut que j'aille encore plus loin...* Il se dégoûtait.

— Ça suffit, coupa-t-elle, alternant entre sanglots et respiration.

— Remarquez, je serais intervenu quelques secondes plus tard et il vous aurait prise. Vous auriez été à lui…

Ces mots la blessaient profondément. Cette perspective, aussi réelle fût-elle, lui déclencha enfin ce qu'il essayait de provoquer. La réaction n'attendit pas. Le poing de la jeune femme s'enfonça dans son épaule, pour son plus grand soulagement.

— J'ai dit ça suffit ! hurla-t-elle.

Le choc sonna comme une libération. Elle tapa une seconde fois avec son autre main contre lui. Puis, elle enchaîna, s'acharnant sur cette parcelle de peau sans qu'il bronche. Il détourna le visage, honteux d'avoir dû emprunter ce chemin pour qu'elle puisse s'extérioriser. *Pardon, Ana… Déteste-moi, hais-moi autant que tu le peux. Cogne-moi, brise-moi, laisse-moi devenir ton jouet, pourvu que tu ne te laisses pas sombrer…*

Ana se mit à crier.

— Je n'ai rien fait pour mériter cela ! Rien, vous m'entendez ? Je ne sais même pas ce que vous me voulez ! Vous n'êtes qu'un sale enfoiré ! Un connard ! Je vous déteste ! Je vous déteste ! Vous tous !

Le Patron restait impassible. À vrai dire, sous sa capuche, il fermait les yeux et encaissait les coups de sa victime. Même si, pour lui, les impacts n'étaient pas forts, pour elle, c'était important. Il ne devait pas l'arrêter.

Ana espaça les coups sous le flot des émotions. Vidée, elle posa sa tête sur le bras qu'elle venait de taper. Elle pleurait. Il revint vers elle, impuissant. La gorge nouée, il ne trouvait pas les mots pour l'apaiser. Aussi, il leva sa main pour la réconforter, mais se souvenant qu'il n'en avait pas le droit, il la rabaissa aussitôt. Ana l'aperçut et se décala de l'homme.

Ravalant une larme, elle releva la tête. Ses genoux se replièrent contre sa poitrine. Elle tenta de calmer sa respiration.

— Je suis sincèrement désolé pour les propos odieux que j'ai tenus, dit-il d'une voix attristée. Tout ce que j'ai dit, c'était uniquement dans le but de vous défouler sur moi. Je ne cautionne absolument pas ce qui s'est passé et je le regrette bien plus que vous ne pouvez le croire. Je me répète, mais ça n'aurait jamais dû arriver…

Ana hocha la tête.

— Vous avez été un véritable enfoiré, conclut-elle.

— Je sais…

Elle souffla lentement.

— Ça va, votre épaule ? demanda-t-elle d'un air faussement inquiet.

— Sans vouloir vous offenser, c'est trois fois rien, répondit-il en souriant.

Un léger rictus apparut sur les lèvres de la jeune femme. Elle détacha ses yeux.

— Bon, alors… Je suis d'accord pour la douche, soupira-t-elle. MAIS je ne veux personne avec moi, pas de caméras de surveillance et vous ne me touchez même pas !

— À vos ordres, Mademoiselle.

Il se leva rapidement et se dirigea vers le mur. Intriguée, Ana le suivit du regard. Il posa la main sur une poignée, dévoilant ainsi une porte qui se fondait dans le décor. Puis il disparut à l'intérieur. La jeune femme se pencha en avant. Elle n'aperçut que la lumière et un mur.

Elle décida de se lever, enfilant le manteau. Elle remonta la fermeture éclair jusqu'au-dessus de sa poitrine. Le tissu la recouvrait sous les genoux. Les effluves du parfum du Patron l'enlaçaient. Elle huma discrètement le col. *Ce n'est vraiment pas désagréable, comme odeur…* songea-t-elle. Elle retroussa les manches de plusieurs centimètres et se glissa hors du lit. Elle fit un premier pas timide. Quelques vertiges survinrent. Elle se rassit, la tête dans les mains. Elle se concentra sur les pans du mur dont le papier peint partait en lambeaux. Le plafond était jauni. En revenant vers le contenu de la pièce, elle aperçut une table de chevet vieillotte à ses côtés. Et sur le dessus, un bouquet de fleurs posé dans un vase. Des lys blancs et des roses fraîchement coupés. Intriguée, elle s'approcha d'elles et huma leur parfum. La rose prenait le pas sur le lys. Elle admira quelques instants les courbures de ses pétales, aussi fragiles que subtils. Pour la première fois depuis sa captivité, elle se sentit apaisée. Ce détail n'échappa pas au Patron qui regardait la jeune femme, adossé à la porte. Sentant son regard sur elle, Ana sursauta.

— Elles vous plaisent ? demanda-t-il doucement.

— Pourquoi cette question ? répliqua-t-elle, méfiante.

— Parce que je ne peux rien faire de plus pour me faire pardonner aujourd'hui. Et je réitère mes excuses pour mes propos de tout à l'heure. Je ne voulais pas vous offenser. C'était vraiment dans votre intérêt.

Elle leva un sourcil, surprise.

— Vous enlevez des personnes, vous leur offrez des fleurs et vous leur présentez des excuses ? s'étonna-t-elle.

Un rire lui échappa.

— Seulement à vous.

— Mais quel genre de psychopathe êtes-vous ? lança-t-elle naturellement.

Se rendant compte que sa pensée avait traversé ses lèvres, elle s'empourpra et se ravisa.

— C'est une… délicate attention dont je saurai me souvenir.

— Si vous voulez bien, votre bain est prêt, répondit-il en s'écartant de la porte. J'ai pris la liberté d'ajouter quelques gouttes d'hélichryse italienne pour soulager vos bleus.

Merci, Juan et ta super trousse, remercia-t-il silencieusement. Il l'entendait encore leur dire, à lui et à Julio : "Moquez-vous de moi, mais en attendant, j'ai tout ce qu'il faut sous la main pour n'importe quel symptôme !". Ses lèvres s'élargirent à ce souvenir.

— Êtes-vous fleuriste ? demanda-t-elle en se relevant.

Il dévoila ses dents blanches sans répondre. Il paraissait plus humain avec cette expression. Ana sentit les douleurs de son corps se réveiller. Ses jambes devinrent subitement du coton. Elle perdit l'équilibre. Le Patron la rattrapa en deux enjambées. Son bras s'enroula autour de sa taille.

— Je vous tiens, souffla-t-il.

Elle leva les yeux vers lui et s'arrêta sur ses lèvres. Elles étaient charnues et l'arc de Cupidon était prononcé. La proximité entre eux s'était réduite. Le cœur d'Ana s'emballa, tout comme celui du Patron. Ses joues changèrent de couleur. Elle tourna la tête rapidement vers le sol.

— Vous auriez dû me laisser tomber ! dit-elle à la va-vite, gênée.

Il échappa un rire, gêné.

— Comme si j'allais le permettre ! Est-ce que vous voulez que je vous aide à aller jusque dans la salle de bain ?

Ana se contenta de hocher la tête. Les premiers pas étaient toujours les plus difficiles.

Le Patron la redressa délicatement. Il passa un bras dans le bas de son dos. Ana posa timidement ses mains sur son biceps musclé. Elle fit un pas. Puis un autre en titubant. Le Patron se mordit les joues pour ne rien laisser paraître. Au fond de lui, il hurlait de désespoir.

Elle découvrit une salle de bains minuscule, sans fenêtres. Les petits carreaux étaient jaunes et le lavabo blanc était fissuré. Un grand miroir était installé au-dessus. Les toilettes étaient dans un coin à droite, tandis que la fameuse baignoire inondée de mousse épaisse était sur la gauche. Juste à côté de celle-ci, le Patron avait posé des serviettes propres sur une chaise. Il emmena Ana au plus proche de l'eau.

— Je sais que vous ne le souhaitez pas, mais… j'aimerais rester dans les parages.

Elle le fusilla du regard.

— Je veux seulement m'assurer que vous n'allez pas vous noyer… avoua-t-il.

— Je reste seule, affirma-t-elle froidement. Je prendrai le temps qu'il faut, mais je resterai seule.

Il hocha la tête.

— Je vous laisse, alors.

Déçu, il se releva et quitta la pièce.

— Mais si j'entends ne serait-ce qu'un soupçon de noyade, un bruit suspect, je rentrerai avec ou sans votre consentement ! prévint-il en fermant la porte.

Ana soupira. Quelle étrange scène. Elle enleva les serviettes et les déposa sur le coin de la baignoire. Elle aperçut son ombre dans le miroir et s'en approcha d'un pas hésitant. Elle s'appuya sur le lavabo. Ses doigts défirent la fermeture éclair du manteau. Elle découvrit une peau meurtrie. Les marques de sang lui soulevèrent le cœur. Elle détourna le regard puis revint à la charge. Elle voulait voir. Elle avança son visage au plus proche. Des marques de fatigue, de stress, mais également quelques stries de pansement sur une blessure. Elle étira ses pommettes puis passa sa main dans ses cheveux mêlés. Ses doigts glissèrent sur sa poitrine et son ventre. Enfin, elle osa affronter son propre regard dans le reflet. Ce n'était plus qu'une femme passée à tabac. Sa gorge se noua lorsqu'elle découvrit sa lingerie souillée. Un flash lui rappela qu'elle a été exposée à la vue de tous, telle une attraction touristique. Ses larmes coulèrent. Elle baissa la tête. Elle devait l'enlever à tout prix. Elle retira d'abord le manteau et le posa sur le lavabo. Ses bras nus marqués ne la laissaient pas de marbre. Vivement qu'elle fasse disparaître tout cela… Elle passa ses mains dans le dos pour dégrafer son soutien-gorge. Une vive douleur électrisa sa chair. Elle échappa un gémissement. Consciente que le Patron pourrait revenir à tout moment, elle se mordit le poing. Elle recommença plusieurs fois, ne parvenant pas à attraper ce bout de tissu. Ses épaules refusaient la rotation. Elle s'agaça. L'envie de briser le miroir se fit sentir.

— Putain ! gueula-t-elle.

Il l'entendait depuis l'autre côté de la porte. Il se faisait violence pour ne pas intervenir. Les bras croisés, la tête baissée, il attendait patiemment.

Consciente qu'elle ne pouvait pas retirer son soutien-gorge, elle se mit à pleurer. Se sentant de plus en plus sale, elle n'arrivait plus à réfléchir. Elle ne voyait plus que cela. Un déshonneur sans nom. Aussi, elle prit une décision pour y mettre un terme.

— S'il vous plaît, demanda-t-elle en enfilant de nouveau le manteau.

Elle écrasa ses larmes avant qu'il entre, capuche toujours sur la tête. Elle lui tourna le dos et plaça ses cheveux sur une épaule. Puis, le manteau descendit jusque sous ses omoplates. Ses mains s'agrippèrent au tissu devant sa poitrine tandis que ses yeux restaient fixés devant.

Il devina sa demande mais ne put avancer. Sa respiration se coupa à la vue de l'immense sakura[3] tatoué dans le dos de la jeune femme. Ses yeux battirent rapidement. L'heure n'était pas à la contemplation. Il s'approcha d'elle, hésitant, avant de prendre les attaches entre ses deux doigts et de les serrer. Le soutien-gorge se dégrafa. Il repartit aussitôt, sans laisser le temps à Ana de le remercier.

La porte refermée, elle se sentit soulagée. Le manteau tomba à ses pieds. Elle fit glisser les bretelles et le jeta le plus loin possible, hors de sa vue. Puis, elle fit de même avec son tanga.

Lorsqu'elle se retrouva complètement nue, elle fit de nouveau face au miroir. Elle observa toutes ses blessures. *C'est la dernière fois que je me vois ainsi*, songea-t-elle, déterminée à redevenir celle qu'elle était.

Elle se retourna doucement, fit un pas et s'assit sur la baignoire. Elle y glissa un orteil. La température de l'eau était chaude à souhait et la mousse était toujours aussi volumineuse. Elle enfonça le second pied puis se laissa aller dans l'eau. Sa petite taille lui permit de s'allonger de tout son long. Elle enfonça sa tête sous le niveau et ferma les yeux. En apnée, le chant des battements de son cœur l'accompagnait. *Je suis là, je suis en vie. Malgré ce qui est arrivé, je le sais, j'en sortirai guérie. D'une puissance incroyable, je suis dotée. Je ne suis pas une victime, seulement une nana enragée. Et cet affront, ces horreurs, je vais les surmonter. Mon ego n'en sera pas altéré. Je suis une putain de gonzesse et je ne serai plus en détresse !*

---

3 cerisier du Japon et ses fleurs

Ana rouvrit les yeux et remonta à la surface. L'air frais sur son corps la saisit. Elle passa ses mains dans ses cheveux collés en reprenant son souffle. Elle s'empara du gant et du savon et commença à frotter sa peau. L'image de Tonio lui revint en mémoire. Elle s'arrêta. D'autres flashs surgirent. Elle secoua la tête. *Non, Ana. Tu ne dois pas te laisser aller à la peur. Tu as connu bien pire. Et ce n'est pas ce sale type qui te brisera.* Elle reprit la friction de son corps ardemment. Sa peau rougit davantage. Les larmes coulèrent en silence. Elle accepta cette eau salée sur ses lèvres. Ses émotions étaient en train de s'exprimer. Le Patron troubla son esprit. Confuse, Ana s'arrêta. Était-ce un stratagème ? Ou une réalité ? Avait-il réellement massacré cet homme pour elle ou pour autre chose ? Bien que cette ambiguïté la déboussolât, elle se souvint de ses mots. "Ana, restez avec moi". C'est ce qu'il avait dit, avec un ton proche de l'inquiétude. Sa façon d'interagir avec elle était étrange. Il l'avait poussée à le cogner comme s'il était le seul à blâmer, comme s'il cherchait un moyen de se faire pardonner. Était-ce un ami ou un ennemi ? Elle ressentait le besoin d'en savoir plus sur cet homme et notamment sur ses limites. Il l'avait enlevée, c'était un fait. Mais il ne semblait pas agir comme tel. Quelque part, il prenait soin d'elle. Les fleurs, le bain, sa promesse de ne pas la toucher. Tout n'était que confusion.

L'eau du bain n'était plus aussi claire. Cette coloration la dégoûtait. Sortant de ses pensées, elle s'empressa de prendre du shampoing dans la paume de sa main. Elle leva les bras pour l'appliquer sur son cuir chevelu. Une nouvelle décharge électrique anima son épaule. Elle gémit. Elle réessaya une seconde fois. Même douleur. Une idée étrange transperça son esprit. Et s'*Il* venait à l'aider ? Elle pourrait en apprendre plus sur lui. Une petite voix dans sa tête l'invitait à la prudence. Aussi, elle était dans son plus simple appareil et malgré la présence de la mousse, il pourrait avoir une réaction animale à son encontre. Elle se mordit la joue. Ce serait aussi un excellent moyen de le tester. De voir s'il était sincère dans les propos qu'il avait tenus. Pouvait-elle vraiment se fier à *Lui* ? Mais si jamais il était assoiffé de chair fraîche, il pourrait n'en faire qu'une bouchée. Elle était bien trop faible pour se défendre. Une partie d'elle souhaitait lui faire confiance, l'autre refusait de communiquer avec lui. Elle posa son regard sur le shampoing. Qu'à cela ne tienne ! S'il tentait de lui faire du mal, elle se vengerait avec ce produit !

— S'il vous plaît ? demanda-t-elle d'une voix tremblante. Vous pourriez venir ?

Elle entendit la poignée s'abaisser. Le cœur de la jeune femme se mit à battre rapidement. Avait-elle bien fait ? Elle recroquevilla ses genoux contre sa poitrine. Elle sentit un léger courant d'air venant derrière elle. La porte se referma. Elle regretta aussitôt sa demande. Elle déglutit. Il l'observa, attendant les instructions. Il décela rapidement le problème.

— Votre épaule vous fait souffrir ? demanda-t-il à distance.

Elle se redressa, surprise.

— Euh... oui, c'est ça...

La posture de la jeune femme l'amusait. Elle était indécise. Il décida de jouer à son propre jeu.

— Je pourrais vous la remettre en place, mais je vous ai promis de ne pas vous toucher, vous vous rappelez ? dit-il d'un air malicieux. Alors je ne ferais rien.

— Eh bien, dégagez, dans ce cas-là, lâcha-t-elle, agacée.

— À vos ordres.

Elle entendit la poignée de la porte se baisser.

— Non, mais restez, en fait ! J'ai besoin d'aide, s'il vous plaît...

Il s'exécuta, ravi de voir ce changement opérer dans l'esprit de la jeune femme. En quelques enjambées, il était derrière elle.

— Vous êtes vraiment con quand vous vous y mettez, souffla-t-elle.

Elle ne vit pas son sourire.

— Puis-je ? demanda-t-il.

Elle acquiesça, retenant sa respiration. Il posa un doigt sur son épaule blessée. Elle sursauta.

— Vous avez un magnifique tatouage, complimenta-t-il en faisant parcourir sa phalange sur l'encre.

L'œuvre représentait un immense cerisier japonais qui recouvrait tout le dos de la jeune femme. Les racines prenaient place dans le creux des reins. Les branches s'étalaient sur les côtes et la cime se déployait vers la nuque. Certains rameaux avaient des petites fleurs roses. D'autres semblaient être dépourvus de vie. Il y avait quelques pétales qui s'envolaient à travers la peau. Tout avait été pensé pour dissimuler la plus grande souffrance que la jeune femme avait connue.

— C'est surtout pour cacher des cicatrices, avoua-t-elle.

Il tressaillit lorsqu'il sentit la peau boursouflée sous son doigt. Il plissa les yeux et distingua une ligne sur plusieurs centimètres. Une autre reprenait le pas en dessous.

— On vous a…

— Scarifiée, oui.

Un bref silence s'immisça entre eux.

— Je suis sincèrement désolé, murmura-t-il. Cela a dû être terrible…

La gorge de la jeune femme se noua.

— Ça l'a été et c'est passé.

Tandis qu'il continuait à parcourir l'épaule de la jeune femme, son visage s'assombrit. Il savait ce qu'elle avait enduré. Il connaissait son histoire. Mettre le doigt dessus était bien plus difficile qu'il ne le pensait.

— Est-ce que je vous fais mal si j'appuie ici ? demanda-t-il en appuyant sur une zone précise.

— Non.

Il tâta la chair à plusieurs endroits avec délicatesse. Son attention se reporte sur une petite bosse sur son bras.

— Vous aviez déjà cette boule ici ? l'interrogea-t-il intrigué.

— Une infirmière m'a fait une injection récemment, répondit-elle. Depuis, ça ne diminue pas.

Il fronça les sourcils, mais si c'était antérieur… Il continua de tapoter la peau jusqu'à ce qu'une nouvelle décharge arrache un cri à la jeune femme. Il poursuivit ses investigations. Elle répondit par des grimaces qu'il ne pouvait pas voir.

— Mademoiselle Ana, j'ai une bonne et une mauvaise nouvelle, annonça-t-il. Tonio vous a lésé quelques nerfs pendant votre lutte. Ce n'est en soi, rien de grave. Si je ne fais rien, vous continuerez à souffrir. Mais les remettre est particulièrement douloureux. Aussi, je ne prendrai pas le risque de vous faire mal.

— Mais vous pouvez le faire, non ?

— Oui, mais…

— Alors, faites-le, ordonna-t-elle, résignée. Pour cette fois, faites-le, s'il vous plaît. Je ne veux plus être dépendante.

— Si tel est votre souhait, souffla-t-il. Restez droite quoiqu'il se passe, c'est tout ce que je vous demande.

Elle hocha la tête. Il posa sa paume chaude sur la peau. Elle se redressa en soufflant. Son bras qui cachait sa poitrine retomba dans l'eau. Elle se fit violence pour ne pas le repousser. Pour autant, cette main était bien plus agréable que celle de Tonio. Elle fronça les sourcils à cette pensée. Le Patron toucha une zone sensible.

— Pardonnez-moi, murmura-t-il d'une voix emplie de tristesse.

Il repoussa le nerf du bout de ses doigts. Ana retint un cri. Son poing se serra mécaniquement. L'homme renouvela l'opération en plusieurs endroits, prenant à la base et remontant vers la nuque. Ana étouffa ses cris. Les larmes ne cessaient de couler. Elle doutait du bien-fondé de cette pratique.

— Levez votre bras, ordonna-t-il d'une voix douce.

Elle s'exécuta. Malgré l'inflammation produite par les mouvements du Patron, elle avait repris pleinement possession de son membre. Elle écarquilla les yeux.

— C'est incroyable… murmura-t-elle. Merci.

— Ce n'est rien, dit-il en reculant.

Elle l'entendit s'en aller. Elle se tourna vers lui, n'apercevant que sa silhouette disparaître dans l'entrebâillement de la porte. Elle sentit un pincement au cœur. L'aurait-elle mal jugé ? Elle soupira. Puis, elle entreprit de laver sa longue crinière blonde. Lorsqu'elle finit, elle se hissa hors de la baignoire et s'enroula dans une première serviette. La seconde vint se dresser sur sa tête. Elle vida l'eau et posa les pieds au sol. Se sentant un peu plus forte, elle s'avança doucement vers la porte et s'arrêta devant. Était-il toujours dans la pièce d'à côté ? Le cœur battant, elle posa sa main sur la poignée. Elle inspira en l'ouvrant.

Telle ne fut pas sa surprise lorsqu'elle découvrit qu'il était absent. Déçue et rassurée, elle expira l'air bruyamment. À la place, elle découvrit une immense boîte avec un nœud rose sur le lit. Intriguée, elle s'avança vers lui. Une petite note était glissée sous un des rubans.

"Un modeste présent pour vous couvrir."

Surprise, elle défit le paquet. Sa bouche s'ouvrit en grand lorsqu'elle découvrit l'ensemble soigneusement plié et la lingerie l'accompagnant. Elle prit le soutien-gorge noir par la bretelle. Ses doigts se posèrent sur ses lèvres. Il s'agissait d'une grande marque de lingerie en 95C. Ana le mit de côté et s'empara du tanga de la même enseigne en 38/40. Elle attrapa une chemise noire. En la dépliant, un logo haut-de-gamme apparut. Tout comme sa taille : un 40. Et sur le jacron[4] du jean slim push-up, un logo identifiable. *Le salaud…* songea-t-elle. *Il connaît mes mensurations…* Elle jeta un coup d'œil vers la porte, peu rassurée. *Est-ce que cela l'excite de*

4 Papier très résistant imitant l'aspect du cuir. Il est utilisé pour les étiquettes que l'on trouve généralement à l'arrière des jeans. Certaines marques y mettent leur logo.

savoir ce que je porte ? Serais-je devenue sa poupée ? Elle déglutit. La raison prit le pas sur la peur. Son t-shirt avait été arraché et son jean... D'ailleurs, qu'étaient-ils devenus ? Peut-être qu'il avait pris soin de les déplacer ailleurs ? Elle n'avait guère le choix. Elle dénoua sa serviette et enfila la lingerie. La qualité la perturba. Elle se dirigea vers le miroir de la salle de bains. En se découvrant, elle se sentit atrocement belle, terriblement sexy. Elle se tourna encore et encore. Elle quitta le miroir pour enfiler le reste de la tenue, puis retourna là-bas. Le push-up lui faisait un fessier d'enfer, la taille en V de la chemise mettait ses atouts en valeur.

— Quel enfoiré, maugréa-t-elle entre ses dents. Je me sens vraiment canon là-dedans. Putain, mais quel salopard... Il a bon goût en plus !

Elle s'admira davantage, reprenant possession de sa féminité.

Elle retira la serviette de ses cheveux et les sécha frénétiquement, dénouant au passage les quelques nœuds avec ses doigts. Une fois cela fini, elle étala les serviettes sur la baignoire et emporta le manteau du Patron sur le lit, juste à côté de sa veste. Quelqu'un frappa à la porte. Ne voyant personne entrer, elle se dirigea lentement vers les coups. Hésitante, elle ouvrit. Un homme immense se tenait devant elle. Celui qui l'avait piqué dans le cou. Elle eut un mouvement de recul. Puis elle lui fit face. Elle prit le temps de le dévisager. Il avait le visage bouffi avec quelques cicatrices, des cheveux noirs de jais plaqués en arrière. Une forte odeur d'eau de Cologne émanait de la grande chemise blanche et de la cravate noire. Il portait également un pantalon en toile grise.

— Vous êtes ? demanda Ana d'un air confiant.

— Julio, s'annonça-t-il avec un fort accent ibérique.

— Qu'est-ce que vous me voulez, Julio ?

— Juste vous apporter à manger, dit-il en lui tendant un sac.

Une odeur de gras envahit l'espace. Elle jaugea le sac rapidement.

— Je n'ai pas faim, lança-t-elle, réticente.

— Vous devez manger ! Ordre du Patron.

— Et où est-il, votre Patron ? dit-elle en zieutant sur les côtés.

— Occupé. Je dois veiller à votre bien-être en son absence.

— Alors, dans ce cas, laissez-moi partir.

Le Colosse se mit à rire. Son visage se détendit, étirant ses pommettes rebondies.

— Pas pour l'instant. Vous devez manger.

— Vous avez mis de la drogue ou une autre substance dedans ?

Il écarquilla les yeux.

— Ah, ça, non ! répondit-il, outré.

Le ton surprit la jeune femme, comme si elle avait commis un impair.

— C'est bien vous qui m'avez injecté le produit ? demanda-t-elle suspicieuse.

— Oui, avoua-t-il.

— Pourquoi devrais-je vous faire confiance ? répondit-elle en croisant les bras.

— Parce que le Patron souhaite que vous alliez mieux. J'exécute ses ordres. Alors, faut manger !

Réticente, elle fit un pas en arrière.

— Non.

Julio inspira longuement. Son torse sembla exploser les boutons de sa chemise.

— Puisque je vous dis qu'il n'y a rien dedans ! hurla-t-il, à bout. C'est juste de la nourriture ! Et on ne la gaspille pas avec des conneries !

Surprise, Ana recula encore.

— Attendez… vous venez de me gueuler dessus ?

— Oui ! aboya-t-il. Euh… Non !

Ana sourit d'un air sournois.

— Vous désobéissez aux ordres de votre Patron là, vous en êtes conscient ?

— Hija de[5]... Faites-moi pas chier ! Vous prenez ça et vous en faites ce que vous voulez !

À ces mots, il refourgua le sac dans les bras de la jeune femme et referma de lui-même la porte. Ana sentit la pression redescendre d'un coup, réalisant ce qu'elle venait de faire.

— Oh putain, souffla-t-elle en se tenant la tête.

Elle fait un pas.

— Oh putain ! lâcha-t-elle plus fort. J'ai tenu tête à cet homme qui fait deux fois ma taille ! Mais ça ne va pas, Ana !

Elle secoua la tête, légèrement tremblante. *On va mettre ça sur le compte de l'émotion,* songea-t-elle en emportant le sac avec elle, et partit s'installer vers la fenêtre. Elle l'ouvrit, s'asseyant à moitié dans l'encadrement. *Cela étant, il aurait pu être agressif vu mon comportement...* pensa-t-elle en découvrant un burger avec des frites et une bouteille d'eau. *Ces fast-foods poussent même dans les coins les plus paumés de France.*

Elle croqua un bout et prit le temps de contempler véritablement les alentours. Au loin, il y avait un amas d'arbres, semblable à une forêt. En contrebas de la bâtisse, de nombreux gravats jonchaient le sol. Sauter reviendrait sûrement à une mauvaise réception. La maison devait être inhabitée depuis un moment. Une petite barrière en bois défraîchi faisait le tour de la propriété. Ana aperçut le van garé dans un coin. Elle leva les yeux au ciel. La nuit était en train de tomber. Elle fronça les sourcils. Depuis combien de temps était-elle retenue ici ? Elle ne pouvait pas avoir vécu toute cette succession d'événements en quelques heures ? Le soleil venait à peine de disparaître... Elle était perdue dans le temps.

Quoi qu'il en soit, qu'importe le jour, quelqu'un remarquera forcément son absence. D'abord, son employeur. Elle n'arrivait jamais en retard. Et Arthur, son ami ambulancier, peut-être qu'il pourrait percevoir quelque chose d'inhabituel ? Elle répondait toujours à ses messages.

---

5 Fille de

Encore faudrait-il qu'il lui en envoie... Ce qui n'était pas trop le cas en ce moment, il avait une charge de travail énorme.

Ana soupira et engloutit le burger, le regard perdu dans les cieux. Vénus brillait fort, ce soir. Quelques avions se joignaient à la cérémonie lumineuse des astres. La pollution de la ville semblait lointaine. Ce spectacle nocturne la ravissait. Il y avait bien longtemps qu'elle n'en avait pas profité.

V. Amstragram

Après avoir posté Julio devant la porte d'Ana, le Patron descendit au rez-de-chaussée. Il aurait aimé rester auprès d'elle, mais une décision importante était à prendre. Qu'allait-il faire de Tonio ? Pour le moment, celui-ci comatait dans le cercueil. Après tout, c'était le sien... Son ancien collaborateur avait fait une libre interprétation des ordres. Et ce qui s'était passé était impardonnable.

Le Patron était déterminé à l'exterminer. Les hurlements de la jeune femme continuaient de l'habiter. Il s'arrêta sur la dernière marche de l'escalier. Ce cri... il en frissonnait encore d'effroi. Il aurait aimé ne jamais l'entendre. Et cette rage qui l'avait envahi. Cette fureur lorsqu'il était entré dans la salle, armé. Il avait eu le réflexe de tirer en l'air. Mais il n'oubliera pas de sitôt le visage torturé et les sanglots d'Ana. C'était gravé à jamais. Cette pensée anéantit tout son être. Il ferma les yeux et enfonça son poing dans un mur de toutes ses forces. Le parpaing s'effrita. Lorsqu'il ouvrit les paupières, une larme de colère s'échappa. Plus jamais il ne voulait subir cette émotion. Il fallait qu'il paie définitivement. Maintenant.

Le Patron entra dans une des pièces. Juan était assis sur le cercueil. Il fronça les sourcils lorsqu'il vit son chef s'avancer vers lui rapidement. Il se redressa.

— Non ! l'arrêta-t-il. Ne t'approche pas de lui !

— Et pourquoi pas ? s'emporta le Patron. Après tout, il m'a trahi !

Juan écarta les bras.

— Je sais, mais si tu veux lui exploser la gueule à mains nues, fais-le d'abord sur moi.

Le Patron arriva à sa hauteur. Ils se toisèrent. Les yeux ambrés contre les yeux d'acier.

— Écarte-toi ! lui ordonna-t-il.

Juan secoua la tête.

— Ce n'est pas à toi que je veux parler, c'est à ton autre toi.

Les mâchoires du Patron se serrèrent. Sa tête répondit par une négative. Le regard perçant de Juan était puissant.

— Tu fais chier, Juan.

— Ne prends pas de décisions trop hâtives, répliqua le psy.

Le Patron renonça à la confrontation, furieux. Il retira sa capuche et passa sa main dans ses cheveux en faisant les cent pas, tel un lion en cage. Malgré le contexte houleux, Juan appréciait beaucoup cette démarche. Cela le rendait très séduisant.

— Qu'est-ce que tu as ? aboya le Patron.

Affichant un sourire béat, Juan se mit à bégayer, revenant brutalement à la réalité.

— Eh bien… je… Hum… Comment va Ana ?

L'évocation de la jeune femme radoucit le Patron.

— J'espère que mon cadeau lui fera plaisir.

Il s'arrêta de tourner en rond.

— Et tu comptes lui dévoiler ton identité quand ?

— Bientôt.

Ou pas. Il n'était pas prêt à lui dire qui il était.

— Tu penses qu'elle réagira comment ? poursuivit le Patron, anxieux de connaître la réponse.

— Pas très bien, je suppose, avoua Juan en se rasseyant. Ce n'est pas comme si elle ne t'avait jamais vu. Et que vous avez failli…

— Stop ! coupa le Patron. Je ne veux pas que tu dises un mot de plus.

— Il faudra bien que tu affrontes la réalité, tôt ou tard. Imagine qu'elle t'accorde sa confiance, à toi, l'homme à la capuche. Penses-tu qu'elle puisse pardonner à l'homme que tu es ?

Le Patron détourna le regard.

— Tu devrais lui dire maintenant, poursuivit-il.

Un frisson parcourut son corps. La peur commença à le gagner. Le psy avait raison.

— Je ne veux pas qu'elle me considère comme son ennemi, se justifia le Patron. La situation est bien trop compliquée et dangereuse. Je voudrais la préserver encore un peu. Elle me déteste déjà, je ne suis pas prêt à accepter que cela puisse être définitif.

Juan soupira.

— Et si tu ne l'es jamais ?

— Alors elle me brisera.

Un sourire triste s'afficha sur le visage du Patron. Ses yeux exhalaient la peine. Son esprit partit vagabonder dans ses souvenirs. Jamais encore Juan ne l'avait vu aussi fragile. Conscient du fardeau que son ami portait, il se rapprocha de lui.

— Espérons un meilleur avenir alors, dit-il en posant sa main sur son épaule.

Punaise, il a encore forcé à la salle ! se surprit Juan à penser tandis qu'il sentait le bloc de muscles sous ses doigts. Le Patron revint à lui et hocha la tête. Ils échangèrent un regard.

— Allez, viens là, poursuivit-il en s'engouffrant sur son torse. Je n'aime pas te voir faire cette tête-là !

Ses bras l'enlacèrent tandis que son nez s'écrasa contre son cou.

— Euh… Juan ? demanda le Patron, rougissant. Qu'est-ce que tu fais là ?

C'est fou comment il sent bon cet homme…

— Je te réconforte, gros bêta ! répondit son ami en souriant.

Et j'en profite un peu pendant qu'on est que tous les deux...

— Je te remercie, mais... ça ira ! dit le Patron tandis qu'il essayait de s'échapper de l'étreinte.

Satisfait, le psy s'écarta de lui, les traits de son visage formant un parfait sourire radieux. Le Patron le contourna, se dirigea vers le cercueil et l'ouvrit. Ses narines se soulevèrent. Tonio y sommeillait, pieds et poings liés, un bâillon sur la bouche. Son visage était tellement meurtri par les coquards que son aspect évoquait *Elephant Man*. Le sang avait séché. Une épaule n'était plus dans son axe et une côte avait décidé de se faire la malle.

— J'aurais tellement aimé le voir crever sous mes coups, avoua le Patron naturellement.

— Je comprends ta haine, mais se débarrasser d'un cadavre est risqué. On pourrait remonter jusqu'à toi.

— Un cadavre ne parle pas, dit-il d'une voix sombre. Je devrais m'en assurer en lui coupant la langue maintenant.

Les yeux de Juan s'écarquillèrent. L'aura malsaine avait de nouveau pris possession de son ami.

— Tu n'es pas comme ça ! s'offusqua Juan. Tu ne dois pas t'abaisser à son niveau !

Il soupira et défia le psy. Son faciès était de glace, empreint d'aucune émotion. Il désigna le corps de Tonio d'un coup de tête.

— Qu'est-ce que tu suggères, alors ? On l'enterre vivant ?

Les lèvres de Juan s'entrouvrirent. Ce changement de personnalité, cette animosité, cela faisait longtemps qu'elle ne s'était pas manifestée. Et elle semblait le contrôler de nouveau. Il déglutit.

— Patron ! s'écria une nouvelle voix.

Le principal intéressé tourna la tête vers le nouvel arrivant. La froideur dans son regard s'estompa. Il fronça les sourcils, intrigué.

— Dieu merci, murmura Juan en soupirant.

— Est-ce qu'il est arrivé quelque chose à Ana ? s'inquiéta le Patron.

Juan l'observa du coin de l'œil. Il semblait être de nouveau lui-même.

— Non, rassura Julio en passant le seuil de la porte. J'ai calé le dossier de la chaise dans la poignée. Elle ne pourra pas sortir.

Le Patron souffla.

— Ne me fais pas de peurs pareilles ! J'ai cru qu'il était arrivé malheur.

— Elle va bien. Nous avons seulement eu une petite altercation et…

— Comment ça ? grogna le Patron, méfiant.

— Elle refuse de manger ! s'emporta vivement Julio dans de grands gestes. Vous y croyez ?? Je lui ai choisi moi-même le menu à base de poulet parce que c'est ce qu'elle préfère ! J'ai pris soin de les garder au chaud et tout ça pour quoi ? Pour rien ! Elle croit que j'essaie de la droguer ou de l'empoisonner ! Alors que, quand ce sont tes cadeaux, elle les prend d'office !

En même temps, elle n'avait plus rien à se mettre, même si ce n'était pas prévu pour ça, à la base… songea le Patron à cette remarque. Le Colosse, quant à lui, croisa les bras en fronçant les sourcils, vexé. Juan sourit. Julio et la nourriture, une histoire d'amour sans pareil.

Il remarqua le soulagement du Patron.

— Ne sois pas vexé, s'avança ce dernier en lui posant sa main sur l'épaule. La dernière fois qu'elle t'a vu, tu lui plantais une seringue dans le cou. C'est normal qu'elle se méfie. Laisse-lui un peu de temps et fais-lui voir ton meilleur côté. Je suis sûr qu'elle arrivera à t'accorder sa confiance.

Juan pencha la tête sur le côté.

— Je crains que cela risque d'être un peu compliqué, participa-t-il. La prochaine fois, Julio, apporte-lui des chocolats. Cela fonctionnera mieux qu'un burger au poulet.

Ce dernier haussa les épaules.

— Si tu le dis.

Le Patron regarda ses acolytes avant de poser le regard sur Tonio, toujours dans ses doux cauchemars.

— Sinon… qu'est-ce qu'on fait de lui ? demanda-t-il d'une voix grave. On se lance dans un “Amstramgram” pour savoir qui va le finir ?

Julio ressentit un frisson parcourir tout son corps.

— Il serait d'avis de l'assassiner, ce que je désapprouve fortement ! expliqua Juan en ignorant la dernière phrase. On devrait le livrer à la police.

Le Colosse s'approcha du dormeur, attristé.

— Vous savez, je suis vraiment navré qu'il ait agi ainsi… Je ne pensais pas que je me serais autant trompé sur mon ami… J'ai essayé de lui parler, mais…

Le ton de sa voix semblait retenir un sanglot.

— On a tellement vécu de choses ensemble… Je n'en reviens pas de la façon dont il a tourné… Je n'ai rien vu. Je suis désolé.

Il se tourna vers ce dernier, le regard très bas. Son visage affichait une réelle peine. Le cœur du Patron se serra.

— Qu'est-ce que tu proposes ? soupira-t-il. On ne peut pas le laisser ici, c'est trop dangereux pour Ana. Et la police pourrait remonter jusqu'à nous. Ce n'est pas une option envisageable.

La gorge du Colosse se contracta. Julio s'éloigna de Tonio. Il leva les yeux au ciel, cherchant une réponse.

Il se remémora les moments à l'armée avec lui. Il avait une force hors du commun. Julio voyait encore la petite flamme dans les prunelles de son ami, son sourire espiègle, plein de vie. Ils ne s'étaient jamais quittés. Julio avait été le témoin de mariage de Tonio lors de son union avec sa femme Suzannah. Un jour merveilleux. Il se souvenait de cet homme heureux, empli de joie dans son costume trois-pièces. Il entendait son rire. Cela faisait tellement longtemps qu'il ne l'avait plus entendu. Tonio rêvait de devenir père. Puis, la maladie avait emporté Suzannah rapidement. Le déclin avait été brutal, comme s'il n'arrivait pas à exister en tant que tel. Lors de l'enterrement de son épouse, Tonio n'avait pas pleuré. Son cœur s'était refermé à toutes les émotions, à l'exception de la haine. Certaines personnes étaient venues présenter leurs condoléances. Il les avait toutes rejetées de la manière la plus abjecte possible, à l'exception d'une grande femme rousse que Julio n'avait jamais vue. C'était la seule qui s'était tenue physiquement à ses côtés pendant la mise en terre. Julio, lui, était en retrait, incapable d'approcher son ami. Il le revoyait encore devant cette tombe. Il s'était avancé vers lui, mais un fossé semblait les avoir séparés. Il sut qu'il l'avait perdu. Et cela n'avait fait qu'empirer au fur et à mesure. Malgré tout, Julio caressait l'espoir de lui faire reprendre goût à la vie, de retrouver son ami d'antan. Malheureusement, la petite flamme dans les yeux de Tonio avait disparu pour toujours. Il avait basculé. Au fond, peut-être qu'il avait toujours été ainsi et que Suzannah le retenait à la vie… Revenant à l'instant présent, Julio soupira.

— Si vous voulez bien me faire confiance, je vais m'en occuper moi-même.

Un froid parcourut le dos de Juan. Le Patron fronça les sourcils.

— Que vas-tu faire ? lui demanda-t-il.

Julio avala sa salive difficilement.

— Laissez-moi gérer cela, s'il vous plaît. S'il doit mourir, autant que cela soit de mes mains. Après tout, c'était mon ami.

La peine se lut sur son visage. Ses mots étaient sortis de sa bouche accompagnés d'aiguilles qui semblaient le blesser à chaque syllabe. Le Patron hocha la tête. Julio s'approcha de Tonio. Il fit glisser ses bras sous son dos et le souleva comme une plume. Puis, il cala son visage contre son torse, caressant ainsi du bout de son pouce sa pommette. La mort dans l'âme, il s'obligea à lui accorder un dernier regard et commença à s'écarter du groupe. Il retint une larme en passant le seuil de la porte.

— J'ignorais ce qu'il ressentait… murmura le Patron, choqué.

— J'avais des doutes, confia Juan en fixant le sol.

À vrai dire, il connaissait ces symptômes d'amour impossible. La preuve : il était toujours attiré par cet homme aux deux visages. Quoique cette emprise eût commencé à se dissoudre depuis qu'un certain grand gaillard était apparu dans sa vie…

— On devrait peut-être le rappeler et trouver autre chose ? Un compromis ? demanda Juan avec une once d'espoir.

— Non… regretta-t-il. On ne peut pas laisser ce danger ici… Julio va devoir faire le deuil de cette relation.

Le Patron quitta à son tour la pièce, désemparé. Tandis que le Colosse déposait délicatement Tonio dans le fourgon, en prenant soin de ne lui faire aucun mal, il monta à l'étage pour les observer. Son cœur se contracta lorsqu'il aperçut Julio écraser une larme sur sa joue. Son souffle semblait coupé. Il monta dans le véhicule, adressant quelques mots à son passager qu'il ne put déchiffrer. Alors que le fourgon commençait à reculer, le Patron cogna dans le mur. Il était bouleversé. Son meilleur élément allait éliminer l'homme qu'il aimait. Il écrasa son dos contre la cloison et se laissa glisser de tout son long. Il passa ses mains dans ses cheveux. Son corps se mit à trembler. Quel genre d'homme était-il en train de devenir ?

Au rez-de-chaussée, Juan était resté dans le silence le plus total. Il tenta de se ressaisir en refermant le couvercle du cercueil, comme pour tourner une page. Puis il s'assit dessus. Les émotions le transpercèrent. Il se plia en deux, laissant de douces larmes couler. Il connaissait la peine de Julio. Cet événement lui rouvrit un traumatisme qu'il pensait avoir guéri.

Sur la route, le brouillard aqueux embuait la vue de Julio. Il roulait en direction de la forêt, veillant au confort de son passager. Il ne cessait de lui jeter des coups d'œil. Puis, il s'engouffra sur un chemin de terre rempli de nids de poule. À chaque bosse, Tonio basculait dans tous les sens. Il protégeait son ami d'un bras et tenait le volant de l'autre. Enfin, lorsqu'il estima qu'il était assez loin, le véhicule s'immobilisa. Il descendit et prit à l'arrière un cordage. La lampe torche de son téléphone s'alluma.

Julio ouvrit la porte côté passager et détacha la ceinture de sécurité de Tonio. Puis il le reprit dans ses bras avant de s'enfoncer dans la forêt. Les arbres semblaient refermer le chemin derrière lui. Il choisit le plus beau. Il installa Tonio contre son tronc immense et passa la corde tout autour de lui. Ainsi ficelé, il ne pouvait pas s'échapper. Il laissa également les liens qu'il avait aux mains et aux pieds. Il s'agenouilla près de son ami.

— Je t'ai si souvent aimé, lui avoua-t-il en lui caressant la joue. Et j'ai tellement envié ta femme… Elle qui passait ses journées et ses nuits avec toi… Comme je regrette qu'elle ne soit plus là. Notre histoire n'aurait jamais eu lieu, mais ta folie, elle, n'aurait pas existé. Je me résous à te quitter, toi qui faisais tellement battre mon cœur…

Il déposa un tendre baiser sur sa pommette.

— Te quiero, Tonio. Adios…

Le cœur serré, Julio se releva. Il écrasa une larme tout en reniflant. Il s'éloigna de lui.

— Huuuum…

Surpris, le Colosse se retourna. Tonio était en train de se réveiller. Il ouvrit les yeux difficilement. La douleur s'empara de son corps. Il gémit de plus belle. Comprenant qu'il était attaché, il ne chercha pas à se défaire de ses liens. En relevant les yeux, il tomba sur la silhouette blanche de Julio.

— Pourquoi tu rends toujours les choses difficiles ? murmura-t-il, désespéré.

— C'est toi que je vais voir en dernier ? demanda Tonio, perdu. Tu vas m'achever ?

— Je ne vais pas te tuer, avoua le Colosse. Je ne peux pas.

Les narines de Tonio se relèvent.

— T'es qu'une saloperie de fillette, cracha le prisonnier.

Il découvrit les environs. Il leva les yeux vers la cime des arbres.

— T'façon, t'sais quoi ? On se reverra, promit-il.

Julio secoua la tête.

— J'en doute sincèrement.

Tu ne survivras pas à tes blessures… Et je n'ai pas le cran d'abréger tes souffrances…

— Ouaip… ben tu verras. Je reviendrai, lança Tonio en regardant les alentours.

Julio fronça les sourcils. Le blessé posa son regard vers lui. Il ne semblait plus avoir toute sa tête.

— Va-t'en, sale ordure, cracha-t-il. T'es même pas capable de flinguer ton propre pote. Alors, t'sais quoi ? Je reviendrai et je vous buterai tous, en commençant par la salope de ton chien de Patron. Et après, je m'occuperai de lui. Je te garderai à la fin. En souvenir du bon vieux temps.

Le Colosse baissa les yeux.

— J'étais ton ami, Tonio…

— Quel genre d'ami laisserait son pote crever dans une forêt ?! hurla Tonio.

Il se mit à cracher du sang.

— Dégage, lui ordonna-t-il. J'veux plus te voir, toi et ta seule gueule. J'te promets que j'reviendrai ! On s'reverra !

— Il voulait te tuer, je ne voulais pas que cela se termine ainsi, se désola Julio.

— Il aurait mieux fait ! Parce que quand je reviendrai, il saura quel monstre il aura réveillé. Il saura de quoi je suis capable et tout le mal que je peux infliger.

La gorge de Julio se serra.

— Pardonne-moi.

Il commença à faire demi-tour, laissant Tonio à son triste sort. Ce dernier l'insulta de tous les noms. Ces cris résonnèrent longuement jusqu'à ce que le son ne parvienne plus à ses oreilles. Julio s'arrêta et éclata en sanglots. Il n'y avait plus aucun doute, l'homme qu'il avait aimé était mort depuis longtemps. Il posa ses genoux au sol et enfouit ses mains dans la terre. Il tapa de toutes ses forces contre Mère Nature en hurlant à son tour.

La colère passée, il se releva, essuya ses larmes et fila vers le fourgon sans jamais se retourner.

S'il l'avait fait, peut-être qu'il aurait vu des ombres se détacher des arbres et prendre la direction qu'il venait de quitter...

Lorsqu'il revint à la maison abandonnée quelque temps plus tard, Juan l'attendait dehors. Ils échangèrent un regard à travers la vitre du fourgon. Ils surent. Julio descendit lentement du fourgon. Juan lui ouvrit les bras. Ils pleurèrent ensemble.

Le Patron assista à la scène avant de se cacher derrière la porte qui donnait sur l'extérieur. Son cœur se brisa. Pris de remords, il s'écroula. Le bruit interpella les deux compagnons qui se séparèrent. Ils découvrirent leur supérieur abattu. Son visage rougi laissait entrevoir qu'il avait, lui aussi, pleuré. Julio posa la main sur son épaule.

— Je suis tellement désolé... murmura le Patron en levant les yeux vers son ami.

Le Colosse s'agenouilla auprès de lui.

— Il y a des missions plus difficiles que d'autres, avoua-t-il d'une voix étranglée. Mais vous n'y êtes pour rien. C'est moi qui ai amené Tonio ici, c'est à moi de supporter la charge de ses actes.

Le Patron secoua la tête.

— Je n'ai pas vu les signes...

— Tu étais concentré sur la mission, tu ne pouvais pas tout savoir.

— Ce genre de détail ne devrait pas m'échapper. Je dois veiller sur vous, quoi qu'il en coûte.

Il se releva, aidé par Julio.

— Je comprendrai si tu souhaites partir.

Le Colosse fronça les sourcils.

— Et vous abandonner au milieu d'une mission ? Ça, jamais !

Il se radoucit.

— C'est un dommage collatéral, comme on dit dans le jargon… dit-il avec une pointe d'amertume. Je m'en remettrai, poursuivit-il en échangeant un bref regard avec Juan. Mais si tu me le permets, j'aimerais me retirer jusqu'à demain matin.

— Moi aussi, s'avança Juan d'un pas décidé. Au moins pour veiller sur lui.

— Accordé, acquiesça le Patron. Prenez le temps qu'il vous faut, je resterai auprès d'Ana.

Les deux hommes prirent congé.

— J'aimerais être seul, demanda Julio en baissant la tête.

— Alors, tu seras seul, avec moi, répondit le psy en s'emparant de son bras.

VI. Transfert

Loin de ce tumulte nocturne, Ana se réveillait doucement. La chaleur de la couette lui procurait un sentiment de sécurité. Il faisait encore noir, et étrangement, elle avait la sensation d'avoir bien dormi. Le bain semblait avoir délaissé son corps d'un immense poids. Elle oubliait quelques instants sa condition de captive. Elle se leva du lit, s'enroula dans la couverture et ouvrit la fenêtre. Elle s'assit à moitié sur le rebord en prenant soin de ne pas tomber. Un clocher au loin retentit quatre coups. Peut-être qu'en fin de compte, la civilisation perdurait quelque part au-delà des champs.

Ana leva les yeux vers le ciel. Les étoiles l'emmenaient loin dans ses pensées. Elle n'avait pas encore pris le temps de réfléchir à tous ces événements qui s'étaient succédé. Elle était enfin au calme et pouvait se permettre de baisser sa garde. Elle songea tout d'abord au Patron et à son identité. Il l'avait "vengée" de Tonio, mais à quel prix ? Et autre fait troublant : comment se faisait-il qu'il connaissait l'existence de son asthme ? Il lui avait demandé son inhalateur dès que sa crise avait commencé. Ses premiers réflexes, comme des soins de premiers secours… faisait-il partie du milieu médical ? Était-il secouriste ? Médecin ? Ambulancier ? Ana se crispa. Elle le connaissait sûrement. Elle devait le côtoyer pour qu'il connaisse sa taille de vêtements. À moins qu'il ne soit qu'un bon observateur. Une chose était sûre, ils n'avaient pas dû se fréquenter au collège et au lycée. Ana ne cessait de changer d'établissement à cause de sa situation familiale et n'avait pas la possibilité de créer de liens.

Elle réfléchit encore un peu et retira de sa liste de suspects son employeur, Monsieur Osman. Ce dernier ne cessait de s'ériger comme un dieu qui n'en avait que faire de ses sentiments alors que cet homme-ci se souciait d'elle.

D'ailleurs, est-ce que le docteur avait fait un scandale lorsqu'il s'était aperçu qu'elle n'était pas venue travailler ? Lui avait-il envoyé un courrier de licenciement ? Elle ne le saura que lorsqu'elle reviendra chez elle. Chez elle… Cela lui paraissait tellement loin. Son appartement lui manquait. Il n'avait rien d'extraordinaire. Il était dans un HLM. Les fuites étaient récurrentes. Les murs étaient épais comme du papier à cigarette. La concierge était peu commode. Les voisins, n'en parlons pas. Et pourtant, c'était là-bas où elle se sentait le mieux. C'était son espace, son cocon. À cet instant, elle n'était pas certaine d'y retourner avant un bon moment.

Un bruit retentit devant la porte de sa chambre. Elle sursauta. La poignée s'abaissa. Elle resta en suspens. Une approche hésitante, cela ne pouvait être que Lui. Étonnamment sereine à cette éventualité, elle retourna vers les étoiles. La porte s'ouvrit. Il n'entra pas tout de suite.

— Rassurez-vous, lui dit Ana, je ne compte pas sauter.

La couette enveloppait tout son corps comme une robe blanche. Il ne devina qu'un pied sur le sol. Son visage se donnait aux étoiles. Elle était magnifique… Il secoua la tête, referma la porte doucement avant de s'approcher d'elle d'un pas léger. Il s'arrêta à son niveau. Elle quitta les billes lumineuses pour porter son attention sur lui. Sa capuche continuait de masquer la moitié de son visage. Il lui tendit une boisson chaude. Une odeur de thé à la menthe emplit ses narines. Elle lui sourit en hochant la tête. Le bout de ses doigts toucha les siens. Une sensation étrange la parcourut. Comme si le courant passait entre eux. Le Patron essayait de ne rien laisser transparaître. Ana s'attarda sur le bas du visage de l'homme. Il disait qu'il n'était pas un monstre. Au fond, il avait peut-être raison. Elle saisit le gobelet chaud fermement entre ses doigts, le remerciant encore une fois. Il lui sourit. Qui serait aussi diabolique avec ce sourire scandaleusement attirant ? Elle sursauta à cette pensée, piquant un fard. Elle détourna le regard vers le ciel. Son autre main se posa sur le gobelet pour se réchauffer. Elle jeta un coup d'œil suspicieux vers la boisson, redoutant une drogue dissoute. Elle entrouvrit les lèvres tout en fronçant les sourcils.

Face à l'attitude de la jeune femme, le Patron aimerait la rassurer. Mais il ne pouvait pas. Elle était si proche de lui. Chaque détail, chaque action pourrait la mener à découvrir qui il était à présent. Il était certain qu'elle reconnaîtrait son timbre de voix maintenant qu'elle était un peu plus en alerte. Il décida de se taire tant qu'ils auraient cette proximité. C'était une excuse comme une autre, il ne voulait pas lui dire qui il était. Elle pourrait aussi lui arracher sa capuche, après tout. Elle n'en fera rien.

Elle était là, respectant son identité malgré les nombreuses questions qui mûrissaient dans son esprit. Aussi fit-il un nouveau pas vers elle. Il prit son gobelet de ses mains et but une gorgée avant de le lui rendre.

Ana, surprise de son comportement, resta stupéfaite. Elle s'attendit à voir des spasmes, un signal, quelque chose sur ce bas de visage qui lui souriait. Rien. Il ne bâilla même pas. Elle posa son regard vers le gobelet. Ce n'était qu'un simple thé à la menthe. Elle prit son courage à deux mains et avala une grande gorgée. La chaleur s'empara de sa gorge. Une petite note sucrée venait compléter le goût. Surprise, elle leva de nouveau les yeux vers lui. Il détourna la tête. Son cœur se mit à battre de plus en plus fort. Le rouge de ses joues commençait à poindre.

— Vous avez froid ? s'inquiéta-t-elle.

Il se redressa, surpris. Il s'empêcha de répondre oralement. Aussi, se contenta-t-il de faire non de la tête avec un petit sourire. Ana but encore deux gorgées de thé.

— Tenez, lui dit-elle en lui tendant le restant. Ça pourrait vous faire du bien.

Déstabilisé, il tenta de reculer, mais la demoiselle était plus rapide que lui. Elle attrapa sa main et lui glissa le gobelet.

— Prenez-le, assura-t-elle. Vous êtes gelé, en plus !

Hébété par ce comportement, il accepta ce nouveau contact. Il posa ses doigts sur les siens, hochant la tête en guise de remerciement. Les doigts fins d'Ana s'extirpèrent. Il la laissa filer, un goût amer en bouche. La boisson fut portée à ses lèvres, terminant ce nectar. Ana pencha la tête sur le côté. Il avait vraiment de jolies lèvres.

— On pourrait peut-être fermer la fenêtre ? proposa-t-elle pour chasser cette pensée.

Il acquiesça. Ana posa le second pied au sol et poussa la première partie de la fenêtre tandis qu'il fit de même avec l'autre. Il referma le tout. La jeune femme s'écarta de lui.

— Et maintenant ? demanda-t-elle. Quel est votre plan ?

Il se tourna vers elle. La couette descendit involontairement sous ses épaules. Il aperçut la chemise qu'il lui avait offerte. Les deux premiers boutons n'étaient pas fermés, révélant légèrement son décolleté. Son cœur rata un battement. Comme pris en flag', il détourna immédiatement le regard, rougissant de nouveau. *Pourquoi est-ce que je lui ai offert ça ? Non, pourquoi elle ne l'a pas boutonnée jusqu'en haut ?* se demanda-t-il en se mordant la joue. Il s'obligea à fuir avant de succomber. Il se contenta de lui sourire. Puis, il se dirigea vers la porte.

— Pourquoi vous ne voulez pas me répondre ?

Il s'arrêta et se tourna vers elle. Ses lèvres se pincèrent. Elle réitéra sa question.

— Pourquoi vous ne me parlez pas ?

Un ange passa.

— Ne me laissez pas dans l'ignorance, s'il vous plaît. J'ai besoin de savoir ce que vous voulez faire de moi.

Rien de mal, je te l'assure, pensa-t-il. Il se contenta de rester neutre.

— Et si je vous supplie de me parler ? Si je me mets à genoux ou que sais-je ?

Il leva les mains pour la calmer tout en faisant non de la tête. La réponse inaudible agaça la jeune femme.

— Vous ne comprenez pas que j'ai besoin de savoir ? Vous ne pouvez pas me laisser comme ça !

Silence.

— Vous savez quoi ? Je vais vous imiter ! Je ne vais plus rien dire !

Cette réponse fit sourire le Patron. *Attends, elle va bouder ?* Il croisa ses bras sur son torse et pencha la tête sur le côté, comme s'il la mettait au défi. Elle retira la couette et la lança sur le lit. Il découvrit que la tenue choisie la mettait bien plus en valeur que ce qu'il imaginait. *Putain, mais comment peut-elle sublimer une tenue de bureaucrate ?* songea-t-il. Ana revint à la charge en imitant sa posture. Bras croisés sur la poitrine, pieds ancrés dans le sol. Ils se regardèrent longuement. Ana le passa au crible. Elle essayait de s'approprier les traits du visage qu'elle apercevait. Il savait que cette manœuvre allait lui permettre de "l'humaniser". Aussi, il la laissa faire. Le monstre qu'elle s'imaginait devrait disparaître. Il la laissa le détailler, non sans crainte. Cette proximité le rendait nerveux. Ses joues se mirent à picoter tandis que, dans sa poitrine, son coeur battait a une vitesse folle.

De son côté, Ana parcourut le corps de son adversaire des yeux. Il était grand. Sa posture était magistrale avec ses muscles développés. Elle devina sans mal l'anatomie de son interlocuteur sous son sweat. Sa prestance était fascinante. Il dégageait quelque chose qui ne la dérangeait pas. Au contraire, dans d'autres circonstances, elle se serait même approchée de cette lueur, quitte à se brûler les ailes. Elle secoua la tête, espérant faire taire ces pensées saugrenues.

— Bon, eh bien… bonne fin de nuit, Monsieur le Kidnappeur.

À ces mots, elle partit se blottir sous la couette. L'envie de la taquiner était plus forte que lui. Et à cette distance, il pouvait se le permettre.

— Je préfère Maître Kidnappeur, répondit-il d'un ton sarcastique.

Ana se leva d'un coup. Il avait déjà quitté la pièce. Cependant, il n'était pas loin, juste devant la porte, incapable de s'en aller. Il voulait rester encore. Profiter de ce moment privilégié avec elle. Il ne devait pas laisser ses émotions prendre le pas, c'est ce qu'il avait convenu avec son équipe. Du moins pour l'instant.

Ana n'entendit pas le son de la clé dans la serrure. Elle fronça les sourcils. Son regard fut attiré par un vêtement noir sur le lit.

— Non seulement il ne parle que pour dire une connerie, mais en plus, il oublie ses affaires ! grommela-t-elle en secouant la tête. Hey, Monsieur le Maître Kidnappeur !

Elle s'empara du vêtement et se leva du lit. Elle parcourut les quelques mètres qui la séparaient de la porte, puis s'arrêta. Devait-elle essayer de le rattraper, de sortir ? Était-ce un piège ? Elle évalua les risques encourus. Tomber sur un de ces hommes, ou même Lui. Risquer une réprimande ? De toute façon, aucun mal ne devrait lui être fait, il lui avait promis. Tentée, elle posa sa main sur la poignée. Son cœur s'emballa. Tout comme celui du Patron de l'autre côté. Il l'avait entendu. *Ne fais pas ça, Ana, je t'en supplie...* se dit-il, la mâchoire serrée. *Je ne veux pas te faire peur. Ne fais pas ça...*

La jeune femme attendit, hésitante. Sa respiration s'accéléra. Elle commença à abaisser la poignée. *Non, Ana... Non, non, non...* se crispa le Patron.

Lorsque la poignée atteignit le point le plus bas, Ana retint son souffle. Est-ce qu'elle devait laisser passer une occasion pareille ? Les derniers moments passés avec le Patron la submergèrent. Une sorte de confiance entre eux commençait à s'installer. Devait-elle la briser pour un manteau ?

— Non, murmura-t-elle. Je ne peux pas.

Le Patron perçut ses mots. La poignée remonta. Il tendit l'oreille. Les pas s'éloignèrent. Il poussa un long soupir de soulagement et bascula sa tête contre la porte. Cette proximité entre eux, son sourire, cette gentillesse qu'elle avait eue à son encontre malgré le début tumultueux... *Même dans ces moments, elle arrive à se montrer adorable...*

La jeune femme reposa le manteau et s'assit sur le lit, les genoux contre sa poitrine. Elle ne savait que penser. Pour une raison qui lui échappait, elle ne pouvait pas encore s'enfuir. Pas maintenant. Une partie d'elle lui faisait étrangement confiance. Elle devait en apprendre davantage sur cet homme qui l'avait "sauvée" de Tonio, même si c'était lui qui l'avait enlevée... Il ne la considérait pas comme sa prisonnière, plutôt comme une "invitée" sans son consentement. Et c'était ce comportement ambigu qui l'intriguait. Tout comme l'attitude de ses autres hommes. Le grand gaillard aux cheveux noirs avait l'air gentil. Et même si elle n'avait pas revu le second, elle imaginait qu'il devait être du même calibre que lui. Ils n'avaient pas l'air foncièrement méchants. Aussi, elle décida de voir où tout cela allait la mener. Cette expérience nocturne était plutôt agréable, en fin de compte... Un mince sourire apparut sur ses lèvres.

Le Patron était toujours devant la porte. Il fut rejoint par Juan. À contrecœur, il s'écarta pour s'entretenir avec le nouveau venu.

— Comment va Julio ? demanda-t-il, une fois assez éloignés.

— Je l'ai laissé dormir un peu. Il en a besoin.

— Et toi ? Tu ne devais pas prendre ta nuit ? s'inquiéta le Patron.

— Pas maintenant, répondit Juan avec un sourire.

Ils s'assirent tous les deux sur une marche.

— Tu es prêt à nous la confier ?

Le Patron fit la moue et détourna le regard vers la porte de la chambre, un pincement au cœur.

— Pas vraiment, mais je n'ai pas d'autre choix. Si je ne veux éveiller aucun soupçon, je dois partir.

— On prendra soin d'elle, ne t'inquiète pas, répondit le psy en posant sa main sur la sienne. Et puis, tu ne pars pas longtemps.

Il soupira et revint vers son ami.

— Ne rien contrôler, c'est ça qui me fait le plus peur, avoua-t-il. Ne pas pouvoir être là en cas de pépin. Si elle cherche à s'enfuir, si elle tombe malade, si…

— Tout ira bien, le rassura Juan. On te tiendra au courant heure par heure de ce qu'il se passe, d'accord ?

— J'espère que cela ne durera pas longtemps.

Il retira sa main et se releva.

— Tu penses qu'elle me pardonnera un jour ?

— Et toi, le pourras-tu ?

Le Patron le foudroya du regard. *Encore en train de m'analyser celui-là !*

— Je déteste quand tu fais le psy.

— J'adore quand tu te victimises.

Juan lui sourit. Le Patron le lui rendit. Il tourna la tête vers la porte de la chambre.

— Je vais y aller, déclara-t-il, la mort dans l'âme.

— On veillera sur elle.

— Je vous fais confiance, ne me décevez pas, dit-il d'un ton sec.

— Je tiens à ma vie, tu sais.

Le Patron rougit, honteux.

— Désolé, ce n'est pas ce que je voulais dire.

— T'inquiète, Chef, on se tient au courant.

Il acquiesça et le remercia. Puis il sortit des clés de voiture de sa poche. Il fit un pas puis s'arrêta, hésitant.

— Tu pourrais avoir quelques mots pour moi à Julio s'il te plaît ? demanda le Patron, attristé.

— Il sait ce que tu ressens, ne t'inquiète pas pour ça. C'est un grand garçon. Il ne t'en voudra pas. On a longuement parlé tous les deux ce soir. Ce n'est pas contre toi qu'il en a.

— Si tu le dis...

— Sois fort et les autres le seront aussi.

— Merci, Juan.

À ces mots, il descendit les escaliers et sortit. Il contourna la maison et retrouva sa Ford Mustang GT, garée à l'abri des regards indiscrets. Il monta à l'intérieur et mit le contact. Ses yeux se levèrent vers le premier étage.

— Au revoir, douce Ana, nous nous reverrons très bientôt, je te le promets.

Le bolide se mit à reculer doucement et quitta la propriété.

Le bruit du moteur n'avait pas interpellé la jeune femme, toujours dans ses pensées. Elle s'interrogeait toujours sur les réelles motivations de sa captivité. Pourquoi elle ? Ses questions restaient sans réponse. Le silence du Patron ne l'avait pas aiguillée dans une quelconque direction. Elle tournait mille scénarios dans sa tête. Si bien qu'à force de cogiter, le jour pointait déjà le bout de son nez. Face à cette luminosité naissante, Ana sortit enfin de ses réflexions. Une nouvelle journée se profilait à l'horizon. Elle se frotta les yeux et s'étira. Elle perçut des bruits de pas devant sa porte. La poignée tourna et le Colosse apparut dans l'encadrement.

— Oh ? s'étonna-t-il. La Patronne ne dort pas ?

Ana fronça les sourcils.

— Patronne ? demanda-t-elle intriguée. Non, moi c'est Ana.

Il sourit.

— Je sais comment vous vous appelez.

— Alors, appelez-moi Ana. Pas Patronne.

— À vos ordres, Patronne ! répondit-il, joueur.

Elle se retint de sourire. Leurs échanges étaient plutôt bienveillants, ce qui la rassurait. Pour autant, une question lui brûla les lèvres et s'échappa.

— Vous kidnapperiez votre propre patron, vous ?

— Si c'est pour lui sauver la vie, sans hésiter.

Cette réponse la troubla. Julio prit le parti de changer de conversation.

— Mademoiselle Ana la Patronne, vous allez venir avec moi. On va changer d'air.

Elle se leva lentement et se dirigea vers lui. Son visage s'ouvrit à la réflexion.

— Si vous m'appelez Patronne, et que votre chef, c'est votre Patron, est-ce que cela signifie quelque chose de particulier ? demanda soudainement la jeune femme, déterminée à en savoir plus sur ce surnom.

Julio sourit.

— Pour moi, tout le monde est Patron ou Patronne. Sauf Juan. Lui, c'est...

Il marqua un temps d'arrêt, un mince sourire aux lèvres. Cette attitude n'échappa pas à la jeune femme.

— Bref, se reprit-il. Le Patron nous a demandé d'être gentils avec vous et de nous comporter comme des gentlemen.

Ana s'arrêta et leva un sourcil.

— Cependant, si vous tentez quoi que ce soit, je m'octroie le droit de vous mettre dans le coffre de la voiture, épilogua Julio. Avec bienveillance, cela va de soi.

La jeune femme fut stupéfaite des propos et acquiesça en silence. En s'approchant de lui, elle se rendit compte qu'elle lui arrivait au niveau de sa hanche. Sa musculature était tellement éclatée qu'elle en était presque choquée et ce n'était pas de la gonflette ! Elle leva les yeux vers lui. La différence de taille l'obligeait à abdiquer.

— Je serai très sage, promit-elle.

Julio sourit de toutes ses dents.

— Bien ! Voilà un petit cadeau de la part du Patron, lui dit-il en lui tendant une boîte qu'il dissimulait sur le côté.

— Il est trop timide pour me l'offrir en personne ? se moqua-t-elle doucement.

Ana la saisit et ouvrit le dessus. Elle découvrit des escarpins noirs vernis avec une semelle rouge. Elle écarquilla les yeux. Elle s'empara d'une chaussure et la tourna dans tous les sens. Elles arboraient un fier 36. La taille des talons faisait au minimum une dizaine de centimètres.

— Oh ?! s'exclama-t-elle en levant la tête vers Julio. Mais ce sont…

— Des chaussures, répondit-il en haussant les épaules.

— Mais vous savez combien coûte une paire comme ça ?? s'étrangla Ana.

— Ce type de business ne m'intéresse pas. C'est un cadeau du Patron, c'est tout ce que je sais.

Il est dingue… songea-t-elle en admirant l'escarpin sous tous les angles. *Ce type est complètement taré… Mettre autant dans une paire de chaussures ! La moitié de mon salaire… Il est complètement fou… Et c'est un cadeau !*

— Et si je refuse de les porter ? osa-t-elle demander. Mais attendez… j'avais des baskets ! Elles sont passées où ?

Elle se mit à les chercher du regard dans la pièce. Julio fit la moue.

— Je ne les ai pas vues depuis que vous êtes montée dans le fourgon… avoua-t-il. Donc soit vous mettez ceux-là, soit vous marchez pieds nus. Mais je vous préviens, il est hors de question que je vous porte malgré votre poids plume.

Elle soupira et retourna vers sa contemplation. Elle s'assit vers le lit pour se chausser. Elle ressemblait plus à une femme d'affaires qu'à une otage. *Avec ça, il va vraiment être difficile de prendre la fuite,* songea-t-elle. *Peut-être que c'est ça, le but, en fin de compte… Il est malin, le Maître Kidnappeur…*

— Au fait, où est votre Patron ? demanda-t-elle, légèrement inquiète.

— Ailleurs, se contenta de dire Julio. Maintenant que vous êtes prête, nous allons y aller.

Cette révélation lui transperça le cœur. Son garant de sécurité était parti.

— Non, dit-elle sans réfléchir.

Julio haussa un sourcil. Il fit un pas vers elle. La masse imposante la tétanisa. Sa tête s'abaissa pour contempler le sol.

— Non, ce n'est pas que...

Elle se mit à paniquer. Son corps trembla. De nouvelles larmes se formèrent. Voyant la détresse de la jeune femme, Julio s'approcha encore.

— Est-ce que...

Ana entra en tétanie. Sa respiration s'accéléra.

— Qui...

Julio arriva à sa hauteur. Il releva sa tête avec son pouce, l'obligeant à le regarder. Ses grandes pupilles noires l'observaient. Ses pectoraux semblaient exploser sous sa chemise. Elle échappa un petit cri et ferma les yeux succinctement.

— Nous n'allons pas vous faire de mal, la rassura-t-il.

Il inspira longuement et souffla.

— Tonio ne sera pas avec nous, annonça-t-il dans un souffle.

Le corps d'Ana se crispa en entendant son nom. Pourtant, elle discerna aussi une certaine tristesse dans sa voix. Elle s'obligea à regarder attentivement le Colosse.

— Nous ferons ce voyage à trois. Vous, moi et Juan, c'est tout. Je vous le promets.

Elle hocha la tête, ignorant si elle pouvait lui accorder sa confiance. Elle avait toutefois l'obligation de le suivre. Elle se releva, penaude.

— Et le bouquet de fleurs, termina Julio. Prenez-le. Il nous accompagnera aussi.

Elle acquiesça et s'empara du vase. Les odeurs fortes de lys se dégageaient. Une fleur royale pour une otage. Ana se rappela que, dans leur langage, elles signifiaient le pardon. Était-ce fait exprès ? Elle passa devant la salle de bains et s'arrêta une nouvelle fois. Son souffle se coupa. *Pardon pour ce qui est arrivé.* Les preuves du crime étaient là, par terre. Sa gorge se noua. Elle voudrait faire une croix dessus.

— Est-ce qu'on pourrait les brûler ? demanda-t-elle hésitante.

— Pas les fleurs ! s'insurgea Julio.

— Non... ça... dit-elle en désignant de la tête sa lingerie.

Julio fut surpris, mais accepta la requête de la jeune femme. Elle lui donna le vase et prit ses dessous. Sa bouche se tordit à leur contact. Une nausée la submergea. Elle les fourra dans la poche de son jean. Puis, elle enfila sa veste non sans faire une mine de dégoût lorsqu'elle la découvrit déchirée sur le côté. Elle s'empara enfin du manteau du Patron. Julio invita Ana à sortir de la chambre. Elle découvrit alors la maison dans laquelle elle était séquestrée depuis quelque temps. À l'image de la chambre et de l'extérieur, ces vestiges semblaient avoir été le squat de plusieurs individus. De nombreux tags ornaient les murs. À certains endroits, la cloison s'était ouverte sur l'extérieur. De nombreux gravats jonchaient le sol. Ana se dirigea vers l'escalier à moitié chancelant. Le bois craquait sous ses talons. La peur de passer à travers l'habitait. Elle aimerait s'agripper à la rambarde, celle-ci était sur le sol, au rez-de-chaussée. La porte d'entrée située en contrebas était également à moitié défoncée. Julio l'ouvrit et fit passer la jeune femme devant. À l'extérieur, l'air frais la saisit de nouveau. Les premiers rayons du soleil l'apaisaient. Elle découvrit un baril sur le côté. Sûrement un moyen de chauffage pour les squatteurs. Elle s'y approcha et balança les sous-vêtements à l'intérieur. Julio appela Juan d'une voix forte, faisant sursauter la jeune femme. Celui-ci apparut rapidement sur le côté.

— Bonjour Mademoiselle Ana, lança-t-il d'une voix chaleureuse.

— Bonjour, Monsieur Juan, balbutia-t-elle.

Elle remarqua l'étrange beauté des iris de son nouvel interlocuteur. Un gris prononcé, comme s'il avait de l'argent dans le regard... ou des balles. Cela lui donnait un air perçant et pour autant, elle n'y ressentait aucune animosité. Elle se surprit à se demander si les yeux du Patron étaient aussi beaux que ceux-là.

— C'est le manteau du Patron que vous portez là ? demanda-t-il d'un air charmeur.

Consciente qu'elle le fixait depuis un long moment, elle tourna la tête.

— Pardon, s'excusa-t-elle en se raclant la gorge. Je ne voulais pas... Oui, il l'a oublié.

Quel galant homme! Mais dans mon jargon, j'appelle ça un acte manqué, songea Juan en souriant.

— Donnez-le-moi, je vais le mettre dans le coffre de la voiture avec le vase.

— Tu ramèneras le bidon aussi, s'il te plaît, demanda Julio.

Juan comprit aussitôt et se dépêcha d'aller à la voiture. Il revint avec un jerrican rempli d'essence qu'il versa dans le baril. Puis, il se tourna vers elle. Une boîte d'allumettes jaillit de sa poche. Ana la saisit délicatement et s'approcha du bidon.

— Et ne vous brûlez pas ! ordonna Julio. Sinon, on va se faire massacrer !

Elle ne l'entendit pas, concentrée sur ce qu'elle devait faire. Ce n'était pas la première fois qu'elle le faisait. Elle ouvrit la boîte et sortit une allumette. Elle la fit glisser contre le grattoir. Une petite flamme crépitante apparut. Sa chaleur délicate caressa les doigts de la jeune femme. Hypnotisée par la danse, elle s'approcha encore du baril jusqu'à se retrouver au-dessus. L'heure de la libération était venue. Elle l'échappa. Le feu prit d'un coup. Des flammes orange et jaunes jaillirent. Ana recula. Elle admira la nouvelle danse enflammée. Une fumée noire se dégagea rapidement. Un nouveau départ. Elle fit signe aux hommes qu'ils pouvaient partir. Tous les trois se dirigèrent vers le van. Julio monta devant. Juan ouvrit la portière arrière et invita Ana à grimper en premier.

Le véhicule démarra aussitôt, s'engageant sur un chemin pour reprendre la route nationale.

Une demi-heure plus tard, après avoir découvert de nombreux champs perdus au milieu de nulle part, le trio s'arrêta devant ce qui aurait pu être autrefois une habitation. Il n'y avait qu'une sorte de porte debout avec un pan de mur. Tout le reste n'était que gravats et poussière. Le van se gara derrière. Une Mercedes Classe A berline noire attendait patiemment. Ana tressaillit. Elle jeta plusieurs coups d'œil. Il n'y avait personne. Le véhicule arrêté, Juan ouvrit la portière et fit descendre la jeune femme. Elle en profita pour s'éloigner un peu et se dégourdir les jambes. Juan la suivit de près. Il était prêt à lui bondir dessus si elle montrait un intérêt à la fuite. Elle le savait et ne prendrait pas de risques. De toute façon, avec ses dix centimètres de talons, elle n'irait pas bien loin. Julio, quant à lui, descendit en dernier et se dirigea directement vers le reste de la maisonnée. Il revint avec une mallette noire. Ana remarqua son changement d'habit. Il portait à présent un costume noir avec une chemise blanche et une cravate bordeaux. La combinaison de couleur rehaussait le teint de son visage rond. Ses cheveux noirs plaqués étaient impeccables. Quant à ses chaussures, il les avait troquées contre d'autres.

C'était au tour de Juan de partir derrière. Julio ouvrit le coffre et récupéra le vase et le manteau. *Délicate attention*, songea Ana. Elle patienta et observa le manège des hommes. Elle en profita pour jeter un coup d'œil aux alentours. Elle n'avait aucune indication sur le lieu géographique mais espérait secrètement être toujours en France. Lorsque Juan réapparut avec son costume de businessman et un petit sac, Ana s'interrogea. Était-ce fait exprès ? Une sorte de déguisement pour passer inaperçu ?

— Je mets le sac de change dans le coffre, annonça-t-il en faisant signe à son camarade.

Julio acquiesça et ouvrit la mallette sur le capot de la Mercedes. Il en sortit un pistolet, puis un second. Ana blêmit. Ses doigts s'enfoncèrent dans son bras. *Mon heure a sonné,* songea-t-elle en tremblant. À genoux dans cette poussière, un flingue sur la tempe, le cliquetis de la mise en joue et...

— On se calme, Patronne ! lança le Colosse en apercevant la blancheur maculée de la jeune femme. Ce n'est pas pour vous. Mais oui, ce sont des vrais, et ils sont chargés.

Les battements du cœur d'Ana continuèrent sur leur lancée. Sa main passa sur son front transpirant. Juan prit le second.

— J'aime bien ce Sig-Sauer, dit-il naturellement.

Il le fit tourner plusieurs fois dans sa paume avant de l'attacher à son ceinturon. Julio sortit des paires de lunettes solaires noires et deux porte-feuilles. Juan les enfila et partit s'admirer dans la fenêtre fumée de la Mercedes.

— Beau gosse, complimenta-t-il en ajustant sa chemise. Alors, Mademoiselle Ana, que pensez-vous de nos tenues ?

— Euh… vous êtes élégants ? répondit-elle, tremblante.

Effectivement, ce petit air de James Bond conviendrait à beaucoup d'hommes. On les imaginait bien en tant qu'agents secrets ou gardes du corps. Cela ne rassurait pas la jeune femme. Lorsque Julio ouvrit la portière arrière de la Mercedes, elle hésita à entrer dedans. Elle glissa sur le siège moelleux et s'attacha. Julio s'installa à ses côtés tandis que Juan prit le volant. Les clés étaient déjà sur le contact. Il démarra et quitta cette propriété dans une autre direction.

— Vous laissez le van ici ? demanda Ana, suspicieuse.

— Oui, répondit Juan avec un immense sourire.

Julio sortit une commande avec un bouton. Il appuya dessus. Un énorme boum retentit. Ana se recroquevilla sur son siège en laissant échapper un cri. Le Colosse se mit à rire.

— Il reste en pièces, glousssa-t-il, fier de sa blague.

Ana se redressa lentement. Le van était détruit, dévoré par les flammes. La fumée noire montait haut dans le ciel.

— Il n'empêche que cela n'est guère discret, répondit Juan. On aurait dû le laisser couler dans un lac. J'ai vraiment intérêt à tailler la route. Les gens du coin n'ont pas l'habitude d'avoir ce genre de spectacles !

La jeune femme se cala dans le fond de son siège. Puis elle réalisa quelque chose. Son teint devint de plus en plus blanc.

— Comment est-ce que vous avez pu faire exploser le van alors que je n'ai vu aucun de vous mettre une bombe en dessous ?

Julio se mit à rire tandis que Juan esquissa un sourire. Le corps d'Ana fut de nouveau empreint de tremblements.

— Ne me dites pas... Qu'il y avait une bombe sous la voiture...

— Si, Patronne ! s'enthousiasma Julio.

Une goutte de sueur coula le long de la tempe de la jeune femme.

— Elle était déjà amorcée ? Qu'est-ce qui se serait passé si vous aviez appuyé sur le bouton par inadvertance ?

— Boum, répondit Juan, décontracté.

Les deux hommes se mirent à rire, tandis qu'Ana comprit qu'ils n'étaient peut-être pas si innocents qu'ils le laissaient penser. *Ce sont des fous dont la vie n'a de sens que dans la mort*, songea-t-elle. *Je dois garder en tête qu'ils sont à la solde d'un alpha, un déséquilibré qui leur fait faire le sale boulot. Néanmoins... Était-il au courant de la bombe sous la voiture ? Putain... Dans quoi je me suis embarquée ? J'aurais dû m'enfuir cette nuit, quand j'en avais l'occasion... Quelle conne !*

Essayant de contenir sa peur et de faire face à ces deux énergumènes, Ana détourna la tête vers le paysage. Les vitres teintées ne lui permettaient pas de discerner les couleurs du paysage. Elle soupira. Sa captivité ne faisait que commencer.

Une sirène retentit. Ana se réveilla en sursaut dans la voiture. Elle roula la tête vers Julio.

— J'espère que mon épaule vous a été assez confortable, dit-il en souriant.

Elle maugréa une parole d'excuses, puis elle s'écarta de lui. Il sortit un étui à lunettes de sa poche intérieure. Elle passa son pouce au coin de la bouche pour retirer les éventuelles traces de bave. La sirène continua de hurler. La jeune femme s'étira et regarda derrière. Des gyrophares bleus s'agitaient. Elle écarquilla les yeux.

— Qu'est-ce qui se passe ? demanda-t-elle, surprise. C'est pour nous ?

— On va vite le découvrir, répondit Juan en mettant son clignotant.

La voiture des gendarmes doubla rapidement leur véhicule avant de s'immobiliser devant en freinant sèchement. Julio tendit une paire de lunettes noires à Ana en lui imposant de les porter et de retirer sa veste déchirée pour éviter des soupçons. Elle hocha la tête. Le Colosse s'en empara, puis la replia sur elle-même avant de la poser sur la plage arrière. Enfin, il réajusta son blazer, dissimulant ainsi son arme.

Deux hommes sortirent de leur voiture de fonction.

— Il est important que vous sachiez que si vous tentez quoi que ce soit, vous pourriez découvrir une facette de nous que nous ne souhaitons pas vous dévoiler, expliqua Juan en levant les yeux dans le rétroviseur intérieur.

Une tension obscure s'empara de l'habitacle.

— Nous ne souhaitons pas abattre ces deux-là, mais si nous le devons pour accomplir notre mission, nous le ferons, ajouta Julio d'un air grave. Alors, tenez-vous tranquille, Patronne, et tout se passera bien.

La jeune femme ouvrit la bouche, médusée. Les gendarmes avançaient vers un terrible danger. Elle tenait leur vie entre ses mains. Ana s'enfonça dans le siège, tremblante. Juan et Julio avaient fait sauter le fourgon par pure folie… pourquoi ne tueraient-ils pas deux personnes innocentes ? Elle blêmit de plus belle. Juan baissa la vitre. Le premier gendarme se positionna devant et se présenta. Le second commença à faire le tour de la voiture.

— Gendarmerie Nationale, bonjour. Contrôle des papiers : pièce d'identité, carte grise et assurance du véhicule, s'il vous plaît. Vous savez pourquoi on vous arrête ?

— Sûrement parce que je roulais trop vite, répondit Juan sereinement en tendant son insigne. Mais j'ai une bonne raison. Brigade de protection des Témoins.

Ana écarquilla les yeux. Puis elle lança un coup d'œil rapide au Colosse. Il avait cessé de respirer. Lui non plus n'était pas tranquille.

— Nous sommes en mission et nous n'avons pas le droit de nous arrêter. Nous devons emmener Madame dans un lieu sécurisé. Nous sommes attendus.

— Pourquoi ne sommes-nous pas au courant ? répondit le gendarme à la fenêtre.

Ana se mordit la lèvre inférieure. Elle serra ses mains pour éviter de trembler. L'officier s'empara de l'insigne. Son partenaire, suspicieux, se rapprocha de lui pour l'examiner également. S'ils venaient à se rendre compte qu'il était faux... Ana secoua la tête, elle ne voulait pas connaître la suite désastreuse.

— Vous n'êtes pas français, annonça le gendarme.

— En effet, répondit Juan. Notre mission étant confidentielle, je ne peux vous donner les détails de celle-ci. Le ministre de la Sécurité Intérieure requiert la présence de la Dame au plus vite. Il en va de la Sécurité Nationale pour votre pays, mais également pour le sien.

Il désigna Ana d'un signe de tête. Les gendarmes posèrent leurs yeux vers elle.

— Vous confirmez, Madame ? demanda un agent.

— Elle ne parle pas français, s'empressa de répondre Julio. Je suis son interprète.

— Et vous ne lui expliquez pas ce qu'on fait ?

Ana rougit à force d'être épiée. Méfiant, l'un d'entre eux posa sa main sur son arme. Julio remonta également la sienne sur sa cuisse, l'air de rien. La tension monta d'un cran. Ana paniqua de plus belle. Elle ne voulait pas voir d'effusion de sang.

— ¿ Por el amor de Dios, qué pasa ? lâcha-t-elle en accentuant son accent espagnol. Tengo miedo… (*Pour l'amour de Dieu, qu'est-ce qui se passe ? J'ai peur…)*

— Està bien, répondit Julio en cachant sa surprise. *Hacen un control de los papeles. (Tout va bien. Ils font un contrôle des papiers.*)

— ¿ Porqué ? No es el momento… Tengo miedo por mi vida *(Pourquoi ? Ce n'est pas le moment… J'ai peur pour ma vie).*

Et pour la leur… songea-t-elle en déglutissant.

— Elle est effrayée, expliqua Julio aux policiers. Le contrôle doit cesser maintenant.

Un des hommes en bleu posa ses mains sur ses hanches.

— Je ne crois pas, non.

— J'appelle le ministre tout de suite, rétorqua Juan en composant un numéro.

Celui-ci indiqua sur l'écran "Ministère de l'Intérieur". Une petite musique d'attente retentit. Les policiers n'étaient pas dupes. Leurs regards parlaient en silence. Juan le mit sur haut-parleur.

— Ministère de l'Intérieur, Madame Martin, bonjour, répondit une femme. En quoi puis-je vous aider ?

— Agent Juarez. Numéro de matricule 3R2000 pour le dossier A4736B79, s'identifia Juan en soutenant le regard du gendarme.

— Je vous passe Monsieur le Ministre tout de suite ! paniqua la voix.

Attends, quoi ? L'attente ne fut pas longue.

— Agent Juarez ? interrogea une nouvelle voix masculine, plus prononcée. Que se passe-t- il ?

Les gendarmes écarquillèrent les yeux, tout comme Ana. C'était celle de l'actuel ministre français. Il n'y avait aucun doute possible.

— Pardonnez-moi de vous déranger en pleine réunion, Monsieur le Ministre, mais nous avons un contrôle routier qui nous empêche d'avancer. Nous prenons du retard et…

— Passez-les-moi ! coupa la voix d'une manière assurée.

Juan tendit le téléphone avec un certain sourire en coin. Les gendarmes coupèrent le haut-parleur et firent connaissance avec leur interlocuteur. Ce dernier semblait féroce. Il ne leur laissait pas le temps de s'exprimer.

Pendant ce temps, Ana, devenue plus blanche qu'un linge, ne comprenait pas ce qui se passait. Était-ce pour cette raison qu'elle avait été enlevée ? Avait-elle quelque chose à faire avec le ministre de l'Intérieur ? Ne s'était-il pas trompé d'interlocuteur ? Est-ce pour cela qu'elle était traitée correctement ?

Les gendarmes, livides, rendirent le portable et leur demandèrent de circuler en présentant leurs excuses respectives. Juan fit démarrer la voiture sur les chapeaux de roue en refermant la vitre. Lorsqu'ils furent assez loin, la jeune femme brisa le silence.

— Vous m'emmenez vraiment dans une planque à la demande du ministère de l'Intérieur ? demanda Ana en tremblant.

Juan sourit.

— Oui et non, répondit-il. On vous emmène dans une planque, mais pas à la demande du ministre. Sauf votre respect, je ne suis pas certain qu'il sache que vous existez.

Ana se décomposa.

— Mais alors… C'était qui ? Et cette dame ?

— Une seule et même personne.

À plusieurs kilomètres d'eux, sur le bas-côté d'une route nationale, le Patron reposa son téléphone, un sourire en coin. L'Intelligence Artificielle était incroyable. Tout se déroulait comme il l'avait prévu. Satisfait, il reprit la route afin de terminer ce qu'il avait entrepris : couvrir la disparition d'Ana. Le scénario était déjà concocté par ses soins : elle serait internée dans une maison de repos, loin de sa ville d'habitation, sans qu'aucune visite ne soit autorisée, suite à un burn-out provoqué par son employeur. Tout avait été pensé dans les moindres détails. Il avait créé un faux site internet concernant l'établissement où Ana devait résider. Puis il avait conçu différents pseudos afin de laisser des avis négatifs sur cette page pour dissuader les véritables malades de s'intéresser à un lieu inexistant. Même si l'adresse postale était réelle, elle n'était pas facile à trouver avec le GPS. De plus, il s'agissait d'un terrain vague. Il y avait volontairement un numéro de téléphone pour joindre l'établissement : celui d'un portable prépayé. Ainsi, si des personnes s'intéressaient à Ana, il serait le premier au courant et pourrait intervenir en qualité de secrétaire, médecin, etc. Mais cela ne s'arrêtait pas là. Il avait créé et envoyé des feuilles d'arrêt maladie complètes, tamponnées et signées à la Sécurité sociale en se faisant passer pour un professionnel de santé. Ne voulant créer aucun tort à une tierce personne, il avait falsifié sa propre inscription à l'Ordre des Médecins. Il ne lui restait plus qu'à s'occuper du Médecin Conseil et des tâches administratives liées à cet arrêt. Il devait veiller aussi à ce que l'appartement de la jeune femme ne soit pas saisi à cause des impayés. La gardienne de l'immeuble ne devrait pas lui poser de problèmes. Concernant le sport qu'elle pratiquait, il ne pouvait annuler l'abonnement sans éveiller quelques questions. Alors, l'histoire du burn-out s'appliquera également. Le portable d'Ana était également en sa possession. S'il se faisait passer pour elle, tout devrait bien se passer.

***

Après le contrôle routier, Juan laissa sa place à Julio. Il s'installa à côté d'Ana et retira sa veste de costume. Elle aperçut un tatouage étrange dans son cou, un symbole noir dont elle ignorait la signification. Un discret sourire apparut. Elle avait toujours été fascinée par ces dessins d'encre. Que ce soit pour montrer son appartenance à un groupe, pour s'identifier comme un rebelle ou bien pour raconter son histoire à travers la peau, ce point commun avec lui l'amadouait momentanément. Elle sombra par la suite dans la méfiance. Ces types ne devaient pas être des enfants de chœur, malgré les apparences. Elle s'enferma dans le mutisme pour le reste du voyage.

***

Après avoir monté une pente qui n'en finissait pas, ils arrivèrent devant un immense portail en fer forgé. *Encore une maison isolée de tout, sans aucun vis-à-vis*, songea Ana. Julio actionna le bouton de la télécommande qui était sur le tableau de bord. Les barrières s'ouvrirent. Le véhicule parcourut une immense allée. Ils contournèrent un îlot de verdure, de fleurs colorées et de pierres. Enfin, un manoir de type victorien apparut. Il était blanc avec d'immenses fenêtres aux tons légèrement rose poudré. Julio se gara devant l'escalier menant à l'entrée. Juan ouvrit la portière et descendit. Puis il fit sortir Ana. Sans un mot pour lui, elle posa les pieds au sol et fit quelques pas tout en s'étirant.

La maison comptait un étage. Julio invita Ana à gravir les marches. Elle s'exécuta sans broncher. Elle découvrit une terrasse pavée de granit blanc avec le mobilier assorti. Elle se tourna pour contempler les alentours. La demeure était entourée de murets rappelant l'art de la Renaissance. Une seconde allée descendait vers la gauche, en contrebas du domaine. Il y avait plusieurs hectares de jardin. Au-delà, la côte sauvage rencontrait la propriété en forme de demi-cercle. Et tout au bout, le bleu immense de la mer s'unissait au vert de la nature. Le soleil, encore haut dans le ciel, donnait de l'éclat à cet écrin de paradis. Ana resta bouche bée, oubliant quelques instants sa condition d'otage.

Julio inséra les clés dans la serrure de la porte et la poussa. Ana le suivit. L'entrée était constituée d'une immense pièce lumineuse avec une belle hauteur sous plafond. Les murs étaient d'une couleur crème avec une bande vert clair. Le plancher était en bois massif, tout comme l'escalier présent juste à côté. Celui-ci semblait avoir été sculpté dans un bois noble. Juan poussa doucement Ana à gravir les marches. À l'étage, un immense puits de lumière illuminait l'espace. Ils passèrent devant une première porte qui était dans un renfoncement, puis une seconde et enfin une troisième. Lorsqu'ils arrivèrent vers la dernière et quatrième porte, Ana sentit son cœur s'emballer. Elle jeta un regard en arrière. Plusieurs mètres la séparaient de l'escalier. Elle inspira. Juan l'invita à ouvrir la porte. Elle posa sa main sur la poignée et s'y engouffra.

La luminosité qui se dégageait de la pièce la surprit. Elle découvrit une suite aux tons bleus, blancs et or. Le parquet était toujours en bois massif dans une teinte plus claire.

Ana aperçut un lit à baldaquin somptueux. Sur la gauche se trouvait un dressing de plusieurs mètres de long, laissant également présager une certaine profondeur. Sur la droite, une baie vitrée qui donnait sur l'extérieur. Intriguée, la jeune femme se dirgea vers celle-ci et l'ouvrit. Un grand balcon doré avec une petite terrasse l'attendait. Il y avait une vue imprenable sur le domaine, mais également sur la côte et l'océan.

Ana avança lentement. L'air frais joua dans ses cheveux. Elle n'entendit pas ses geôliers partir et se retrouva seule. Elle resta à contempler le paysage pendant de longues minutes. Puis elle décida de terminer l'exploration de sa nouvelle cellule. En revenant à l'intérieur, elle aperçut un petit couloir en face du lit. Elle avait tellement été captivée par l'extérieur qu'elle ne l'avait pas vu en passant devant. La jeune femme remédia à cette erreur en pénétrant dans la pièce. Une salle de bains apparut. Sa mâchoire se décrocha. Elle n'avait rien à voir avec celle de la première maison. Celle-ci contenait une baignoire avec un jacuzzi et une douche à l'italienne. Le mobilier était blanc et bordeaux. Une fenêtre sur le côté apportait une lumière naturelle.

Ana l'ouvrit et découvrit l'autre côté du domaine : une verdure luxuriante avec de nombreux carrés de jardinage, d'arbres et de fleurs. Sonnée par tant de beauté, elle repartit vers la chambre pour s'allonger sur le lit. Les draps étaient si doux qu'on pourrait les comparer à de la soie. Le sommier et les coussins étaient moelleux à souhait. Elle n'était peut-être pas dans une planque du ministère de l'Intérieur, mais il était certain que personne ne songerait à la retrouver dans tout ce luxe. Elle sourit amèrement. *Bien joué Maître Kidnappeur*, songea-t-elle. Sa tête tourna sur le côté. Ses geôliers avaient déposé le vase et les lys sur la table de nuit.

Après avoir inspecté tous les coins et les recoins de sa prison dorée, à la recherche de caméras et de micros, Ana avait essayé de jauger la distance qui séparait le balcon à la terre ferme. Elle n'était pas certaine que descendre en rappel était une excellente idée. Elle renonça à cette idée et s'accouda au balcon. Quitte à être captive, autant voir de belles choses.

Le soleil se couchait sur la mer. La lumière se réfléchissait dans l'eau. L'ombre des arbres apportait une petite touche de beauté naturelle. Le vent avait tourné et Ana devinait l'air marin dans ses narines. Oui, il n'était pas loin. Le bruit des vagues apaisait son esprit pendant un temps. L'ombre du Patron planait quelque part dans ses pensées. Elle avait étrangement hâte de le revoir. Elle voulait comprendre pourquoi il l'avait enlevée. Où était-il ? Que faisait-il ? Pourquoi l'avait-il laissée entre les mains de Juan et Julio ? Elle savait très bien que ces derniers ne répondraient pas. Ils avaient certainement reçu l'ordre de ne pas divulguer une information aussi importante que celle-ci. Rester sans réponse l'exaspérait. D'autant plus qu'elle était forcée de constater que la présence du Patron la réconfortait. Et cette sensation l'agaçait. Elle s'énervait de penser à des choses pareilles. Elle n'aimait pas ce qu'elle éprouvait : un désir futile et interdit.

Ana fut tirée de ses songes par un regard perçant. Elle jeta un œil en arrière rapidement : Juan. Elle le passa rapidement au crible. Il ne semblait pas porter d'armes sur lui. Cela lui suffisait. Son visage se détourna vers la côte sauvage.

— Belle vue, dit-il en brisant le silence.

— La mer ou mon fessier ? lança-t-elle du tac au tac.

— À votre avis ?

Elle fronça les sourcils et lui fit face.

— Je vous ai apporté à manger, annonça Juan en désignant un sac plastique posé sur la table. Et ça, poursuivit-il en lui tendant un sac à main en simili cuir, c'est de la part du Patron. Il pense que vous seriez contente de le retrouver.

— Mais c'est le mien ! s'exclama-t-elle en s'en emparant.

Elle l'ouvrit et examina le contenu. Tous ses papiers, sa carte de crédit, son argent liquide étaient présents, y compris ses tickets de caisse et reçus qui dataient de plusieurs semaines. Son inhalateur était également là, entreposé dans sa pochette dédiée, à côté de sa trousse de maquillage. Elle fouilla davantage son sac.

— Ça m'aurait étonnée qu'il me l'ait laissé, grommela-t-elle en constatant la disparition de son téléphone.

Juan sourit.

— D'ailleurs, il revient quand ? poursuivit Ana en levant les yeux vers lui.

— Bientôt. Il a des affaires importantes à régler avant de venir nous rejoindre.

— Plus importantes qu'une otage ?

Le ton de la jeune femme amusa Juan. Il secoua la tête.

— L'otage a l'air d'être en bonne santé et est en sécurité avec des personnes en qui il a réellement confiance. C'est tout ce qui lui importe.

Son visage s'empourpra.

— Si vous le dites… dit-elle d'une voix attristée.

— Il semblerait toutefois qu'il vous manque, si vous demandez déjà son retour, ajouta-t-il en la taquinant.

— Pff, n'importe quoi ! secoua-t-elle la tête. Je me porte très bien loin de ce… psychopathe !

Ses mots sonnaient faux, ce qui enjoua d'autant plus Juan. Il passa sa main sur son crâne.

— Vous êtes marrante, sourit-il.

— Ne vous fichez pas de moi ! grogna-t-elle en serrant un peu plus son sac contre sa poitrine, tel un bouclier.

Il la jaugea. Elle avait beau l'air petite, elle avait un semblant de témérité dans le regard.

— Si vous comptiez me le lancer à la tête, sachez que cette fois-ci, je saurai l'esquiver, prévient Juan en souriant.

Les yeux se posèrent sur son sac avant de contempler l'homme qui se tenait devant elle. Elle aperçut un petit hématome sur le côté gauche de sa tête. Ses joues s'empourprèrent.

— Désolée... marmonna-t-elle.

— Sans rancune, lui dit-il en s'asseyant.

Il souffla longuement en admirant le paysage. Ses yeux vagabondaient dans le paysage. Ana posa son sac sur la table et l'imita. Elle prit place non loin de lui.

— J'ai promis au Patron de veiller sur vous, commença-t-il à dire. Je ne voudrais pas remuer le couteau dans la plaie, mais si jamais vous ressentez le besoin de vous exprimer sur ce qui s'est passé...

Elle comprit de quoi il en retournait. Une ombre passa sur son visage.

— Quand vous vous sentirez prête à évacuer vos émotions, à accepter de dire les choses, venez à la porte de votre chambre. Ce qu'on a fait n'est pas forcément excusable, mais je peux au moins vous apporter ce soutien...

Il se tourna vers elle. Elle était comme figée, incapable de comprendre ce qu'il lui disait.

— À la base, je suis psychiatre, conclut-il en lui offrant un grand sourire.

Ana pouffa.

— Je ne l'avais pas vu venir, celle-là...

Elle secoua la tête en gloussant.

— Vous enlevez des personnes et vous leur offrez vos services, c'est bien cela ? Ça rapporte bien, ce business ?

Juan rit.

— Je vous le dirai bientôt, vous êtes la première à innover ce concept.

— Quelle joie ! ironisa-t-elle.

Il posa sa main sur le bras de la jeune femme. Son corps se raidit aussitôt.

— Mais n'hésitez pas, vraiment, l'intima-t-il d'une voix douce.

Il lui offrit un dernier sourire rempli de bienveillance avant de se lever et de s'en aller. Déboussolée, elle le suivit du regard. Était-il sincère ou était-ce pour lui faire du mal ? La porte se referma et Ana retourna à l'intérieur.

Elle découvrit sur la deuxième table de nuit un nouveau bouquet. Des jonquilles. Comment pouvaient-ils se procurer cette fleur en juin ?

VII. Basilic

Ana accepta rapidement le fait d'être prisonnière. Elle s'estimait heureuse. Elle était libre de ses mouvements, mangeait à sa faim et pouvait errer entre la terrasse et la chambre, avec de bons livres en guise d'occupation.

Le premier jour, elle avait essayé tous les vêtements du dressing. Ils étaient tous à sa taille, comme s'ils avaient été achetés spécialement pour elle. Elle était sceptique. Être une poupée de chiffon n'était pas dans ses habitudes. Pourtant, elle prit goût à assembler les pièces qui allaient ensemble. Elle se surprit à se demander ce qu'elle porterait quand *Il* reviendrait. Elle avait été une femme faible. Elle voulait lui prouver le contraire. Il l'avait vue au plus bas. Il devait la voir éblouissante et puissante. Il y avait bien cette petite robe dorée, qui pouvait bien convenir, mais pour quelle occasion ? Elle devait encore y réfléchir…

Puis, la nuit fut agitée. Il était là, à ses côtés. Ana ne distinguait pas son visage, seulement son sourire d'enfer qu'elle voulait effacer avec un baiser. Lorsqu'elle posa ses lèvres sur les siennes, une brûlante chaleur envahit son corps. Il la serrait contre elle, l'embrassant plus ardemment. Ses bras musclés l'enveloppaient dans un cocon sécurisant. Une passion naissante qu'elle ne voulait pas quitter. Elle s'accrochait à lui. Et pourtant, les rayons du soleil en décidèrent autrement.

Sortie de son songe, la jeune femme se sentit toute drôle. *Ce n'est qu'un fantasme. Rien de plus.* Ses joues étaient brûlantes de désir. *Est-ce que cette fiction dépassera la réalité ?* osa-t-elle penser en posant sa main pour ralentir les battements de son cœur.

C'est ce que se demandait le Patron, loin d'elle, réveillé par cette même espérance. Le contact de sa peau sur la sienne semblait si vrai. *Elle me manque,* songea-t-il en regardant sa main vide.

Ana se leva du lit pour passer de l'eau froide sur le visage afin d'oublier ce baiser irréel.

Il referma ses yeux pour essayer de revivre cet instant.

En s'asseyant sur le matelas, la jeune femme repensa aux brefs moments passés avec lui. L'inquiétude qui l'avait gagnée quand elle avait fait sa crise d'asthme. La rage et la colère envers Tonio. La gentillesse et la compassion quand il était avec elle dans la salle de bains. Elle était persuadée qu'il était profondément désolé. Elle n'arrivait plus à dire s'il était méchant. La peine s'était atténuée. Ses sentiments à son égard étaient en train de changer. De la peur, elle était à présent en train de l'admirer. Dans un certain sens, elle le remerciait. Cet homme l'avait arrachée à sa vie misérable. Elle n'était plus Ana, la simple secrétaire qui se laissait marcher sur les pieds. Elle était importante pour quelqu'un sans savoir jusqu'où cette folie pouvait l'emmener.

Elle essaya d'oublier ce rêve tout au long de la seconde journée, s'obligeant à s'occuper l'esprit. Elle tenta de sortir par elle-même de sa geôle.

Julio était de garde à ce moment. Il se contenta de lui sourire et de lui dire qu'elle devait rester dans sa chambre. Elle abdiqua sans montrer de résistance. Cet échange bienveillant l'intriguait. Aussi, elle décida de les tester et de voir leurs limites.

La porte de sa chambre n'était pas verrouillée, mais elle était gardée, jour et nuit. Ana l'ouvrit encore et demanda à Julio si elle pouvait sortir. En souriant gentiment, il lui répondit que ce n'était pas possible. La jeune femme haussa les épaules et rentra dans sa chambre. Elle attendit un peu et recommença… Plusieurs fois par heure avec toujours cette même question. La réponse était unanime et sur un ton bienveillant. Même après la cinquantième fois.

Elle se lassa de ce petit “jeu” et partit s'allonger sur la terrasse, à même le sol, pour laisser son esprit vagabonder dans les nuages jusqu'à très tard le soir. Elle ne remarqua pas la présence de Juan déposant un bouquet de petites fleurs de colchiques résinées.

Ce dernier vit qu'elle n'avait pas déjeuné. La nourriture étant encore au même endroit que ce midi. Il jeta un petit coup d'œil rapide. Son visage s'offrait aux cieux.

Le psy remarqua une petite trace de sel sur sa joue, comme si elle avait pleuré. Il fit la moue puis sortit de la chambre et lui apporta une couverture.

Lorsqu'il se présenta à elle, Ana sortit enfin de sa torpeur. Elle le regarda du coin de l'œil.

— J'ignore dans quel état d'esprit vous êtes, mais vous devez manger, lui dit-il en lui donnant la couverture.

— Je n'ai pas d'appétit, déclina-t-elle poliment.

Elle s'enveloppa dans son nouveau cocon.

— Il faut rester en bonne santé, c'est important.

— Il revient quand ? demanda-t-elle en se détournant vers les premières lueurs nocturnes.

Juan sourit. Il l'imita.

— Vous pensez l'attendre encore combien de temps ?

Elle se crispa.

— C'est lui qui détient ma vie entre ses mains. Je ne sais pas ce qu'il compte me faire.

— C'est ça qui vous dérange tant ? demanda Juan.

Ana tourna la tête vers lui. Ses yeux gris la regardaient avec bienveillance.

— J'arriverai à m'enfuir avant qu'il ne revienne, répondit-elle avec un rictus en coin.

— Eh bien; pour cela, vous devriez prendre des forces. Une course est toujours éreintante. Surtout lorsqu'on est traqué par des experts.

Sa voix s'enfonça dans un ton qui la saisit. La peur se lut dans ses yeux. Juan lui sourit avec un faux air machiavélique et se releva. Il partit vers la chambre.

— N'oubliez pas que ma proposition tient toujours ! déclara-t-il avant de passer le seuil.

Ana entendit la porte claquer. *Faussement méchant, le Juan,* songea-t-elle en se relevant. Elle sourit et rentra à l'intérieur.

Elle aperçut le nouveau bouquet. Il semblait flotter dans une bulle en verre. Les petites fleurs avaient perdu de leur éclat d'antan, et pourtant, elles semblaient encore vivantes. *Pourquoi celles-ci ne sont pas fraîches, comme les autres ?* Ses bras se croisèrent sur sa poitrine, la mine froncée. *Qu'est-ce que tu essaies de me dire, Maître Kidnappeur ?*

Le lendemain, après s'être forcée à manger un peu malgré le manque d'appétit, Ana sentit le besoin de se confier. La proposition de Juan était déstabilisante, mais s'il était vraiment pro, il saurait faire la part des choses. Elle ouvrit la porte de sa chambre. Julio était assis sur la chaise.

— Est-ce que je pourrais parler avec Juan, s'il vous plaît ? demanda-t-elle timidement.

Il acquiesça et envoya un SMS dans la foulée. Elle attendit sagement dans l'entrebâillement de la porte. Juan apparut rapidement à l'autre bout du couloir. Sa chambre était à l'exact opposé de la sienne, juste à côté de l'escalier. Il s'avança tranquillement vers eux, sûr de lui. Il portait un jean et un débardeur en col V blanc, mettant en valeur sa musculature. Un nouveau tatouage, de type tribal cette fois-ci, ornait son épaule. La tête d'Ana bascula sur le côté et commença à mesurer visuellement ce qu'elle voyait. *Je me demande si le Maître Kidnappeur est plus charpenté que lui,* songea-t-elle. *On dirait bien, quand même.*

— Je ne suis pas le mieux placé pour vous répondre, Patronne, répondit Julio en se retenant de rire.

Ana détourna le regard, piquant un fard magistral. Elle l'avait dit à voix haute.

— Qu'est-ce que vous êtes en train de mijoter ? demanda Juan en continuant d'avancer.

— La Patronne était en train de te mater, commenta Julio.

Ana se retourna vers lui, cramoisie.

— Mais non ! Enfin !

Juan s'arrêta à sa hauteur, un large sourire sur son visage.

— Ah, je suis désolé, Mademoiselle Ana, s'excusa-t-il en mettant sa main sur son cœur, mais je ne suis pas de ce bord-là. Cela étant, je suis flatté.

— Mais non, vous vous méprenez ! s'empourpra de plus belle Ana.

— Oui, elle essayait de te comparer au Patron, continua Julio.

— Mais non !

Ses mains s'écrasèrent sur son visage pour se cacher.

— Oula ! s'exclama le psy en passant ses doigts sur son crâne. Entre nous, il est beaucoup plus canon et sexy que moi.

— C'est pas faux, dit Julio en levant les yeux vers Juan. Il est pas mal.

— Vraiment pas mal, confirma-t-il en soutenant son regard.

— Oh, c'est gênant, soupira la jeune femme en se pinçant l'arête de son nez.

Les hommes échangèrent un sourire complice.

— Rassurez-vous, c'est un hétéro tout ce qui a de plus normal, répondit Juan. Vous aurez bientôt la chance de vous faire votre propre opinion là-dessus. Mais je suppose que ce n'était pas pour cela que vous m'avez demandé de venir ?

La jeune femme secoua la tête.

— Alors, allons-y, finit-il en la laissant entrer de nouveau dans sa geôle.

Ils s'installèrent sur la terrasse, côte à côte. Juan se tourna vers Ana et sortit un paquet de mouchoirs de sa poche.

— Sait-on jamais, prévint-il en le posant sur la table.

La jeune femme acquiesça.

— Est-ce que je peux vraiment vous faire confiance ? demanda-t-elle, hésitante. Enfin... J'aimerais dire les choses, mais j'ai peur que cela se retourne contre moi... Et comme vous m'avez proposé de m'écouter...

— Jusqu'à preuve du contraire, nous avons toujours été corrects avec vous. Nous avons un certain lien, disparate je le conçois, qui permet d'affirmer que vous pouvez nous faire confiance. Lorsque je suis dans l'exercice de mes fonctions premières, à savoir psychiatre, le secret professionnel s'applique d'office et tout ce que vous me rapporterez ne sera en aucun cas divulgué à qui que ce soit. Pas même au Patron. Votre vie privée est intime et elle n'appartient qu'à vous. Je ne suis que le réceptacle de vos émotions, l'oreille attentive et le bienfaiteur de votre cœur.

Ana sourit tristement.

— C'est si joliment dit... J'aurais aimé que cela se passe ainsi, la première fois que j'ai vu quelqu'un.

— Nous avons tous nos méthodes de travail et certains confrères sont plus dans la contemplation que dans l'action, soupira-t-il. Ils se contentent d'écouter rapidement et de vous demander cinquante euros à la fin des trois quarts d'heure passés.

— Vous ne semblez pas surpris d'apprendre que ce n'est pas ma première séance, remarqua-t-elle.

— Nous avons tous des cicatrices, certaines sont visibles et d'autres dissimulées par l'encre.

Ana sursauta.

— Comment pouvez-vous savoir cela ? demanda-t-elle d'un air inquisiteur.

— Parce que j'ai vu votre dos quand...

Il laissa un silence. Elle déglutit et baissa la tête, honteuse.

— Un aussi grand tatouage ne peut camoufler toute la douleur que vous avez dû vivre. Vous ne devez pas vous laisser abattre. Vous n'y êtes pour rien.

— Mais c'est la deuxième fois... avoua-t-elle la gorge nouée.

Le cœur de Juan se serra. Il s'autorisa à poser son doigt sous le menton de la jeune femme et à relever son visage vers lui. Ses yeux bleus étaient empreints de larmes.

— Tout va bien, la rassura-t-il. Vous allez réussir à surmonter cela. Je suis là pour vous.

Elle hocha la tête. Elle n'était pas n'importe qui. Il se devait d'être irréprochable.

— Alors, poursuivit-il, qu'est-ce que vous souhaitez raconter pour vous apaiser ?

Elle souffla longuement.

— Je ne sais pas... avoua-t-elle. J'aurais aimé me concentrer sur autre chose aussi... peut-être en apprendre davantage sur votre boss...

Juan se tourna vers elle. Ses yeux étaient remplis de compassion.

— Et moi, j'aimerais sincèrement panser vos blessures émotionnelles.

Ana détourna le regard, honteuse.

— Vous êtes forte, Mademoiselle Ana, poursuivit le psy. Pour l'instant, vous n'en parlez pas et je suppose que vous n'y pensez même pas. Vous vous focalisez sur le Patron pour éviter d'affronter votre douleur. Mais, ce n'est pas ainsi que vous allez guérir.

— Qu'est-ce qui ne vous dit pas que je suis passée à autre chose et que je me contrefiche de ce qui s'est passé avec...

Elle se tut. Prononcer son prénom était trop difficile. Des tremblements s'emparèrent d'elle. L'odeur de transpiration mélangée au tabac froid réapparut dans ses narines. La douleur provoquée par ses coups réveilla ses sens. Son cuir chevelu picota. Des sueurs froides s'emparèrent de son être. Elle releva ses manches. Son regard se posa sur un bleu jaunissant. Son cœur se déchira. Sa main se posa sur son abdomen, devinant encore les contours de ses blessures. Sa gorge se noua.

— Vous pleurez, Mademoiselle Ana, dit Juan en lui tendant un mouchoir.

Surprise, elle écrasa une larme du revers de sa main. Elle ne l'avait pas sentie rouler.

— Je ne suis pas quelqu'un de faible, lâcha Ana d'une voix étranglée.

— Je n'ai jamais sous-entendu cela.

— Alors, pourquoi est-ce toujours moi qui subis des atrocités humaines ? demande-t-elle en ramenant ses jambes contre elle. Pourquoi c'est toujours moi, la victime ? Pourquoi suis-je encore en vie alors que je devrais être morte depuis longtemps ? Pourquoi on continue de s'en prendre à moi ?

Juan lui glissa le mouchoir dans la main. Elle le saisit délicatement et s'essuya le visage.

— Je n'ai malheureusement pas les réponses à vos questions, répondit le psy.

— Je suis certaine que vous en connaissez une partie mais vous ne souhaitez pas me les dévoiler.

— Ce que vous avez subi récemment a rouvert vos blessures d'antan.

— Ne changez pas de sujet, s'il vous plaît, grogna-t-elle en relâchant ses jambes au sol.

Son regard se perdit dans l'immensité de la terrasse, puis du paysage. Sa main s'empara d'une mèche de ses cheveux et joua avec. Le silence régna entre les deux protagonistes pendant quelques minutes. Ana soupira. Elle leva la tête vers les nuages.

— Vous avez sûrement raison, finit-elle par accepter.

— Commençons par une simple question, voulez-vous ? la guida-t-il en regardant en face de lui. Attention, celle-ci est étrange, mais c'est fait exprès. C'est pour me permettre de vous évaluer. Alors, vous avez été enlevée, c'est un fait. Mais est-ce que vous aimeriez revenir à votre vie d'avant, celle de secrétaire médicale ?

Ana fronça rapidement les sourcils avant de se radoucir.

— Non, avoua-t-elle en baissant le son de sa voix. J'ai trouvé ce job après ma première agression et j'ai été enlevée une seconde fois en débauchant un soir. Comme si c'était juste un passage pour me reposer. Et encore ! Le harcèlement quotidien des patients et l'attitude de mon employeur ne m'aidaient pas. Pourtant, Osman savait ce que j'avais subi, mais il m'a toujours traitée comme une moins que rien... Quant aux patients, j'étais leur défouloir... Enfin, il y a des exceptions à la règle. Il y a de bonnes personnes aussi.

Elle esquissa un bref sourire en pensant à quelqu'un en particulier et se redressa complètement. Puis son visage se détourna vers celui de Juan.

— Après quoi, on m'a de nouveau arraché à mes repères, poursuivit-elle en changeant de ton. Le sentiment n'est plus le même. J'ai l'impression de renaître. Parce que le traitement et l'attention qu'on m'accorde semblent démesurés par rapport à ce que j'ai connu. Regardez autour de vous. Le paysage est somptueux, le temps est merveilleux. Ma prison fait approximativement la taille de mon appartement ! Il y a deux personnes qui gardent ma porte, mais c'est comme si c'étaient des gardes du corps ! Vous êtes sympas, au fond... Enfin, de ce que vous me laissez voir. Vous veillez à ce que je ne manque de rien. J'ai une salle de bains, des vêtements et même une coiffeuse avec une brosse à cheveux ! Cette situation m'angoisse. D'un côté, ça me fait du bien mais, de l'autre, j'ai peur que tout s'arrête.

Elle le fixa d'un air triste.

— J'ai peur qu'il me fasse exécuter quand il reviendra. Que je vive ce moment de répit comme étant un ultime au revoir à la vie. Je ressens quelque chose d'incompréhensible...

De nouveau, son regard se perdit dans le paysage.

— Pouvez-vous me décrire ce que vous ressentez ? demanda Juan.

Elle repensa au baiser rêvé. Ses dents s'enfoncèrent dans sa lèvre, presque par gêne. Elle ne pouvait pas l'évoquer.

— Je n'ai jamais vraiment eu d'attention, poursuivit-elle. Je ne connais pas mes parents. Ils m'ont abandonnée à ma naissance. J'ai vécu dans des foyers, des familles d'accueil jusqu'à ce que je puisse demander mon émancipation à 16 ans. Niveau relation, j'ai peu d'amis et j'ai eu quelques amoureux par-ci par-là, mais jamais rien de sérieux. Sauf que...Quand je pense à votre Patron, c'est autre chose... Je pourrais vous dire qu'il me dégoûte, mais c'est faux. Ce n'est pas lui qui me fait cet effet-là... c'est l'autre... celui qui a tenté de me...

Ana interrompit son monologue, gênée.

Juan était véritablement à l'écoute de ses mots. Sa posture était ouverte. Bien plus que les premiers qu'elle avait consultés. Se sentant en confiance, elle poursuivit.

— Votre Patron est apparu d'un coup pour me sauver comme... une sorte d'ange vengeur. Il a pris soin de moi par la suite. Sûrement parce qu'il se sentait responsable. Il aurait pu être dédaigneux. Non, il a été gentil... Et une telle attention, cela laisse des marques dans le cœur. Je ne sais pas ce qu'il attend de moi, mais je suis prête à l'écouter quand il daignera m'adresser la parole. Et s'il souhaite m'exécuter, eh bien soit.

Juan fronça les sourcils.

— Je suis persuadé que cette option est à proscrire de votre esprit.

— Ah bon ? feignit-elle.

— Bien évidemment ! Il ne va pas...

Il se ravisa. L'air satisfait sur le visage d'Ana confirma ses doutes.

— Vous venez de vous jouer de moi ? l'interrogea-t-il d'un air suspicieux.

— Pas nécessairement, Docteur. Je vous dis ce qui me préoccupe.

Elle posa son coude sur la table et son poing contre sa joue.

— Vous sentez-vous prête à aborder le sujet de Tonio ? Véritablement.

Le regard de la jeune femme s'assombrit. Contre toute attente, elle hocha la tête et s'engouffra dans ses pensées les plus profondes.

Au fur et à mesure qu'elle se confiait, Juan usait de tous les moyens pour la calmer et surtout la rassurer. Elle avait beau essayer de divaguer quand cela devenait trop pénible, il réussissait toujours à la remettre dans le droit chemin. Elle en avait besoin et le temps qu'ils passèrent ensemble lui fut bénéfique. Le poids qu'elle portait sur les épaules descendait lentement, tout comme le soleil qui déclinait petit à petit. Jamais encore Juan n'avait fait de séances aussi longues. Le tas de mouchoirs mouillés et usés remplissait une bonne partie de la table.

Il savait qu'elle risquerait de cogiter encore un peu, aussi prit-il la décision d'y mettre un terme avec toute la délicatesse dont il pouvait faire preuve.

— Vous avez vraiment fait un pas de géant aujourd'hui, la félicita-t-il. Je pense que d'ici quelques jours, vous aurez commencé à enterrer cet épisode douloureux. Il est possible qu'il y ait des rechutes, ce qui est normal. Dans ce cas, ne restez pas dans votre coin. Sollicitez-moi ou écrivez ce qui vous passe par la tête. Je vous donnerai de quoi noter vos pensées. Ça vous fera du bien et, surtout, ça vous libérera.

Ana tapota ses joues avec un nouveau Kleenex. Elle se leva de sa chaise et s'étira de tout son long.

— C'était vraiment éprouvant… lâcha-t-elle en faisant quelques pas. Je vous avoue qu'un bon gin-tonic me ferait le plus grand bien après tout cela !

Juan passa ses doigts sur les commissures de ses lèvres.

— Cela peut s'arranger.

— Vraiment ? lança-t-elle en se retournant vers lui.

Ses yeux crépitaient d'exaltation. Il lui sourit en guise de réponse.

— Dans ce cas, appelez Julio ! dit Ana, joyeusement. On ne va pas picoler sans lui ! Et puis… C'est bon pour la thérapie, ça, non ?

Juan acquiesça en retenant un rire et quitta la chambre. Il revint quelques minutes après, accompagné, les mains chargées de verres d'alcool. Julio apporta un nouveau bouquet. Cette fois-ci, c'étaient des myosotis. Il les confia à Ana. *Encore un !*

— Il a peur que je l'oublie ou quoi ? rit-elle en le prenant.

Elle caressa délicatement les pétales des fleurs, puis s'arrêta. Une idée apparut dans sa tête à cet instant précis.

— Est-ce que vous pourriez me donner la signification des myosotis, s'il vous plaît ? demanda-t-elle, intriguée.

Juan afficha un sourire en coin.

— Quelque chose vous interpelle, Mademoiselle Ana ?

Elle hocha la tête. Julio sortit son téléphone et fit une recherche. Cela voulait dire "je ne vous oublie pas" d'après un certain site.

Ana jeta un coup d'œil et demanda la même chose pour les colchiques. Toujours d'après internet, cela impliquait une certaine mélancolie. Un manque. *Je lui manque,* comprit-elle. Elle posa le bouquet sur la table, l'interrogeant sur les jonquilles. "*À très bientôt*". C'était le dernier bouquet avant son départ. Elle venait de percer le langage secret des fleurs. Il communiquait avec elle par ce biais. Elle afficha un sourire machiavélique sur son visage.

Elle trinqua avec Julio, puis avec Juan. En portant la boisson à ses lèvres, elle sut précisément quoi lui répondre.

— Pourriez-vous envoyer un message de ma part à votre Patron, s'il vous plaît ? demanda-t-elle innocemment. Pour le remercier de ces cadeaux.

— Oui bien sûr, répondit le Colosse. Qu'est-ce que vous voulez que je lui dise ?

Ses yeux balayèrent le sol, à la recherche de souvenirs enfouis. Puis un nouveau sourire en coin s'afficha. Elle avait lu quelque chose sur les réseaux sociaux.

— Envoyez-lui une photo d'un bouquet de basilic, s'il vous plaît.

Juan avala de travers. Ana afficha une mine sournoise.

— Vous êtes sûre, Patronne ? demanda Julio, intrigué par la réaction de son coéquipier.

— Certaine, répondit-elle fièrement en avalant une gorgée. Il me semble que ça veut dire qu'on déteste la personne.

***

La sonnerie d'une nouvelle notification rompit le silence dans lequel s'était installé le Patron. Il s'en empara rapidement en découvrant le destinataire. Le cœur battant, il ouvrit le message. Un joli bouquet de basilic prit possession de son écran avec pour légende "De la part de la demoiselle". Il soupira, soulagé. Ses yeux louchèrent sur la photo. Un rictus apparut sur ses lèvres tandis qu'il partit chercher la signification.

— Est-ce de la haine ou de l'amour ? hésita-t-il entre plusieurs pages internet. J'imagine que ce doit être la première option. Enfin... elle a compris.

Admiratif, il se leva pour contempler la civilisation à travers la fenêtre. Il posa un bras sur la vitre.

— Patience, douce Ana, je serai très bientôt avec vous.

VIII. Une sorte de jeu

On dit que la nuit porte conseil. C'est vrai, en principe. Mais cette fois-ci, le subconscient d'Ana lui jouait des tours. La séance avec Juan avait remué beaucoup de choses en elle. Lorsqu'elle fermait les yeux, elle visualisait de nouveau Tonio. Son regard d'assassin, sa respiration de porc, son corps moite et obscène. Elle se réveillait, nauséeuse, sale. Étrangement, des douleurs s'immisçaient sur ses cicatrices dorsales, ce qui l'affectait particulièrement.

La jeune femme se réfugia alors sous la douche à trois heures du matin. L'eau chaude coulant sur sa peau nue l'apaisait. Assise sous le flot, elle attendait de reprendre ses esprits. Quand cela fut fait, elle sortit de la douche. La buée envahit tout l'espace. Son reflet n'existait plus. Face à ce miroir gorgé d'humidité, Ana prit conscience qu'une fois de plus, elle devait changer. Peut-être pas de nom, cette fois-ci. Mais se métamorphoser, encore. Recréer un mirage dans lequel elle serait enfin épanouie. D'une main, elle fit disparaître la condensation. Seule face à elle, elle regrettait l'absence du Patron. Elle imaginait son ombre se tenir à ses côtés, comme pour la soutenir. Elle ne voulait pas se l'avouer et pourtant, c'était clair. Il lui manquait. Ce malfaiteur se transformait en bienfaiteur. Il pouvait la protéger de son propre passé. Elle en était persuadée. Un parfait inconnu pour panser ses blessures.

Ana apposa sa main sur l'épaule qu'il avait remise. Elle ferma les yeux et l'imagina de nouveau ici, se souvenant encore de sa chaleur et de son parfum. Ses doigts s'écartèrent comme pour laisser les siens l'entrelacer. Une larme roula le long de sa joue. Elle ouvrit les paupières. Elle était encore seule. Une seconde goutte d'eau apparut. Celle de la colère. Elle ne devrait pas avoir des pensées de la sorte. Secouant la tête, elle quitta la salle de bains, furieuse contre elle-même.

Qu'est-ce qui ne tourne pas rond chez moi ? songea-t-elle en s'habillant rapidement. La serviette de ses cheveux fut jetée à même le sol.

La jeune femme se précipita dehors pour prendre l'air frais. Le vent avait tourné. Elle entendait au loin les vagues s'écraser contre les rochers. Le poing serré, la gorge nouée, elle ne se sentait plus en sécurité. C'était de la torture psychologique. C'était sûrement ça, le véritable plan. La faire tomber amoureuse d'un délinquant. À moins que cela ne fût pour la détruire de l'intérieur. Elle passa ses mains dans ses cheveux humides et se retint de crier. Cette sensation de manque, elle l'avait connue quand elle était hospitalisée. Telle une oppression dans la poitrine, le palpitant se déchaînait. Elle ne pouvait pas rester enfermée. Ils avaient dû le comprendre, c'est pourquoi ils la maintenaient ici. Elle ferait n'importe quoi pour ne plus connaître ce sentiment.

Non, elle ne devait pas. Il fallait qu'elle se ressaisisse. Rien de tout cela n'était réel. Son imagination commençait à dérailler. Était-ce le gin-tonic qui l'avait mis dans cet état ? À moins qu'elle ne fût encore droguée ? Non, ce n'étaient pas les mêmes effets. Elle était là, en pleine conscience. Rien n'était altéré.

Elle attendit patiemment que le jour se lève. Elle s'interrogeait sur le reste du monde. Est-ce que son patron avait signalé sa disparition ? Est-ce que la gardienne de l'immeuble avait fait attention à son absence ? Est-ce que son portrait avait été diffusé sur toutes les chaînes lors d'un flash "alerte enlèvement" ? Si oui, quelle photo avaient-ils prise ? Elle n'en avait quasiment aucune. En fin de compte, est-ce que quelqu'un la recherchait, quelque part ? Cela faisait combien de temps, maintenant ? Une semaine ? Plus ? Moins ?

Elle se rappelait avoir été enlevée un vendredi soir. Entre ce moment et maintenant, il s'était écoulé plusieurs jours. Étant donné qu'elle avait été droguée, elle ignorait depuis combien de temps exactement elle était retenue captive. Et même s'il fallait attendre quarante-huit heures pour déclarer une disparition, est-ce que son patron l'aurait véritablement fait ? À moins qu'il n'ait considéré qu'elle avait fait un abandon de poste… C'était stupide.

Et puis, elle avait changé de tenue malgré les circonstances. Elle supposa que c'était prémédité. Il n'avait pas eu le temps d'acheter cet ensemble entre le moment où elle s'était fait agresser et l'instant où il le lui avait fait apporter. Donc, cela pouvait signifier qu'elle aurait une petite chance d'être reconnue par quelqu'un. Ce n'était plus qu'une question de temps avant qu'elle ne soit découverte. En réalité, est-ce qu'elle voulait vraiment qu'on la retrouve ? N'était-ce pas là un moyen de fuir la réalité ?

Julio la découvrit quelque temps plus tard lorsqu'il lui apporta son petit-déjeuner. Elle semblait inerte, assise sur le sol avec la tête contre la balustrade.

— Patronne ? s'écria-t-il en se précipitant vers elle. Ça va ?

Ana releva les yeux vers lui, les joues remplies de sel.

— Je vais très bien, dit-elle à demi-mot.

Il l'aida à la relever et la fit asseoir sur une chaise. Sa peau glaciale le fit frissonner. Il passa sa grosse main sur ses cheveux encore humides.

— Mais qu'est-ce que vous avez fait ? Vous êtes frigorifiée !

Il se précipita à l'intérieur et lui apporta une grosse couverture dans laquelle il l'enveloppa délicatement.

— Vous voulez attraper la mort ou quoi ?

— Dans un certain sens, je l'ai déjà, répondit-elle.

Julio s'arrêta dans son geste. Son regard vide contemplait le sol avec une certaine fascination. Il fit claquer les doigts à côté de ses oreilles.

— Eh oh ! Qu'est-ce qui vous arrive, Patronne ?

Ses yeux se posèrent sur lui.

— Un épisode dépressif, dit-elle d'une voix étranglée. Cela m'arrive quand je réfléchis trop. Mes pensées s'emmêlent et le résultat est déplorable. Regardez-moi, je n'ai plus aucune allure... C'est peut-être même pour ça qu'on m'a encore mise de côté, allez savoir...

— Mais non, ne dites pas ça. C'est un coup de mou, ça va vous passer !

— Oui, vous avez raison, poursuivit-elle en tournant le visage vers la rambarde.

Julio intercepta un regard qui ne lui plaisait guère. Il s'interposa entre elle et le paysage. Elle revint sur lui.

— Avez-vous un traitement pour ces troubles ? demanda-t-il, inquiet.

Il avait beau fouiller dans sa mémoire, il ne se rappelait pas avoir vu des anxiolytiques ou des antidépresseurs dans le dossier médical de la jeune femme. Celle-ci secoua la tête et plongea son regard dans ses prunelles.

— J'ai arrêté de prendre ces trucs il y a bien longtemps. J'étais tentée d'en prendre plus que nécessaire, juste pour voir ce que cela faisait.

Pris au dépourvu, Julio se figea. Elle semblait sincère. La sueur perla le long du front du Colosse.

— Vous voulez que je demande à Juan de passer ?

Elle refusa.

— C'est à cause de sa discipline que je suis dans cet état. C'est ce qu'on appelle une rechute. Il faut que cela se réorganise dans ma tête. Je vais le tenir à distance pour aujourd'hui.

— J'irai lui dire le fond de ma pensée, avec ses conneries ! maugréa-t-il entre ses dents.

Elle posa sa main sur la sienne en le remerciant.

— Bon, Patronne, vous n'allez pas rester comme ça ! lui intima-t-il.

Allez-vous sécher correctement. Je ne vais pas vous laisser toute seule dans cet état, je vous le promets !

Elle obtempéra. Elle se leva et retourna dans la salle de bains, usant du sèche-cheveux pendant de longues minutes. En s'apercevant dans le miroir, elle s'obligea à sourire. Plusieurs fois. Même si le cœur n'y était pas, elle tenta de maintenir cette expression sur son visage. Elle secoua la tête. Elle n'avait pas la force aujourd'hui de faire semblant d'aller bien.

Elle retourna auprès de Julio sur la terrasse. Le blanc qui s'était immiscé entre les deux la désolait. Elle s'obligea à faire la conversation en parlant d'un sujet qui pouvait la tendre vers une humeur plus clémente.

— Comment va votre Patron ? demanda-t-elle. A-t-il apprécié mon basilic ?

— Je ne sais pas, répondit-il en haussant les épaules. Il a vu, mais il n'a pas répondu.

— C'est vraiment un sale con, siffla-t-elle entre ses dents.

Elle ouvrit le sac de viennoiseries et en proposa une à Julio. Il accepta avec joie.

— Pourtant, c'est un type bien, lâcha-t-il en croquant dans le croissant.

— Oui, bien sûr, quelqu'un qui ne répond pas à une demoiselle, comme c'est poli et respectueux !

Julio la regarda et lui sourit, retenant même un rire.

— Vous ne le connaissez pas comme je le connais, avoua-t-il.

— Non, c'est sûr. Il m'a abandonnée pour quelque chose de plus important, nous n'avons pas eu le temps de faire plus ample connaissance.

— Ça se fera, Patronne, ne vous inquiétez pas.

Ana détourna et replia son pied sous sa fesse. Il avait sûrement raison.

— Revient-il bientôt ? demanda-t-elle d'une voix triste.

— Certainement.

Elle lâcha un soupir. Elle engloutit son pain au chocolat en silence.

Julio resta longtemps avec elle. Sa compagnie la réconfortait. Sans dire quoi que ce soit, ils regardaient ensemble le vaste domaine. Ana observait le Colosse de temps en temps. Qu'était-il en train de penser ? Qui était-il avant ? Quel a été son parcours ? Son lien exact avec le Patron ? Elle s'aperçut qu'elle aimerait apprendre à le connaître. Lui et Juan. D'ailleurs, ce dernier fit irruption sur la terrasse en fin de matinée. L'absence de son collègue l'avait intriguée et il s'était imaginée le pire. Il apporta avec lui un petit bouquet de dahlias et mélangés avec des jacinthes résinées, au cas où ses soupçons étaient infondés.

Lorsqu'il le vit, Julio s'empara de son portable pour élucider le message secret du Patron, tandis qu'Ana le remercia pour ses présents d'une voix enrouée. Ce dernier fronça brièvement les sourcils et s'installa à ses côtés.

— Quelque chose ne va pas, Mademoiselle Ana ? demanda Juan, anxieux.

— Tu l'as traumatisée avec ta séance d'hier, lança le Colosse en scrollant sur son portable. Ne t'avise pas de recommencer.

Ana rougit et l'évita du regard.

— C'est vrai ? s'étonna le psy, inquiet.

— Vous avez juste remué quelques souvenirs désagréables, cela va passer, expliqua-t-elle.

— Ouais, fin, elle est à moitié dépressive aujourd'hui. C'est de ta faute, tout ça ! grogna Julio.

Juan se tourna vers la jeune femme, ignorant la réflexion de son acolyte.

— Je suis navré, ce n'était pas le but. J'espère que nous pourrons toutefois continuer de converser sur des sujets, même plus légers.

La jeune femme hocha la tête timidement.

— Alors, le Patron vous remercie pour le basilic, détourna Julio, le regard scotché à son écran.

— Vraiment ? s'étonna-t-elle.

— Yep, les dahlias signifient "mille mercis". De même qu'il vous dit que ça ira mieux demain.

Julio se redressa et lança un regard vers Juan. Ana ne vit pas cette interaction. Elle était occupée à contempler les grandes fleurs. *Demain, je ne serai plus là,* songea-t-elle. Ses doigts effleurèrent les pétales en résine. *Ce soir, je m'en irai et tant pis pour ce qu'il adviendra. De toute façon, je n'ai plus rien à perdre, alors autant prendre le large et essayer de vivre comme je l'entends. Ou bien partir pour un monde meilleur…*

— Vous voulez répondre ? demanda Julio poliment.

— Oui, dit-elle en retirant une feuille abîmée. Dites-lui que ma patience a des limites et que ma folie n'en a aucune.

Juan leva un sourcil et se tourna vers elle. Le chamboulement psychologique de sa patiente était véritablement en train de se mettre en place. Il aspirait même à la désamorcer. Cependant, elle n'était pas encore prête à l'écouter.

— La patience est synonyme de vertu, dit doucement Juan.

Ana cessa son occupation et se tourna violemment vers lui.

— Ouais, fin, ça fait quoi ? Quatre jours qu'on est cloîtrés ici ! Et encore, vous sortez ! Moi, je ne connais que la chambre. Je n'ai pas l'intention de moisir ici encore cent sept ans !

La colère agissait comme son carburant du jour. Juan nota mentalement ce changement.

— Vous semblez légèrement agacée, Mademoiselle Ana.

Elle fronça les sourcils et s'apprêta à démarrer au quart de tour.

— Des hellébores, ça irait ? coupa Julio pour détendre l'atmosphère. Ça voudrait dire que vous attendez une réponse de sa part. Et apparemment, elles auraient la propriété de calmer la folie.

— C'est parfait, répondit Ana en se levant de sa chaise.

Elle s'étira longuement et se posa sur la rambarde. La mer semblait agitée aujourd'hui. Une fine pellicule d'écume émergeait sur les vagues. Elle apportait du contraste au paysage. Ana s'imagina plonger son pied dedans. Quelle sensation ressentirait-elle ? Cette mousse pourrait être le symbole de la liberté à venir ? Elle jeta un coup d'œil à ses geôliers. Ils ne la lâchaient pas du regard. Elle leur offrit un sourire sarcastique et leur fit face.

— Ne vous inquiétez pas, je ne vais pas sauter parce que j'ai un coup de mou. D'ailleurs, si vous ne voyez pas d'inconvénients, j'aimerais me reposer et apaiser mes humeurs. Ce n'est jamais agréable de discuter avec quelqu'un d'agressif.

— Bien sûr, Patronne.

Julio se leva en premier, suivi de Juan, suspicieux.

— N'hésitez pas si vous avez besoin de quoi que ce soit.

Les hommes quittèrent la pièce tandis qu'Ana s'allongea sur le lit. Elle croisa les mains derrière la tête et contempla le plafond. Elle avait pris sa décision. Elle élabora un plan pour la fuite de ce soir. Il fallait prévoir une tenue adéquate à la course. Les vêtements collés à la peau ne faisaient quasiment pas de bruit. C'était plus confortable, notamment dans les mouvements.

Concernant les chaussures, il n'y avait que des talons dans le dressing. Elle se contentera d'être pieds nus, souvenir d'une jeunesse débridée. Tant pis pour les épines et les éraflures, la liberté avait un prix. Pour l'acte en lui-même, elle attendra que le garde pique un somme, ce qui arrivait généralement vers deux heures du matin. Elle avait déjà surpris un ronflement à cette heure-ci de l'autre côté de la porte. La chambre à côté de la sienne était inoccupée. Juan avait celle du fond et Julio, celle d'à côté. Si jamais le gardien se réveillait, elle pourrait toujours entrer dans la chambre vide et attendre patiemment. Lorsqu'ils se rendront compte qu'elle s'est évadée, ils fouilleront la maison. Elle aura eu tout le loisir de se trouver une cachette et d'attendre qu'ils quittent la demeure pour sortir et partir à l'opposé. Et si elle tombait sur l'un d'entre eux, elle ne pouvait que résister. La séquestration était terminée. Le Patron s'était tenu loin d'elle pendant ces derniers jours, à elle d'en faire de même.

Ana avait passé toute la journée et la soirée à se reposer. Elle avait dupé les gardes en mangeant avec appétit tout en jouant la carte de la bonne humeur avec eux. Lorsqu'ils la laissaient, son visage se refermait aussitôt. Elle était déterminée à se sauver, coûte que coûte.

La nuit était tombée depuis quelques heures. La jeune femme s'habilla d'un pantalon de yoga et d'un débardeur foncé. Elle plaça son inhalateur dans la poche arrière et l'enroula dans un mouchoir pour étouffer le bruit de la bonbonne. Ses cheveux se dressèrent en queue-de-cheval. Elle s'étira sur le sol en silence pendant de longues minutes. Puis, elle s'approcha doucement de la porte et y colla son oreille, percevant les battements de son propre cœur.

Elle respira longuement, essayant de s'apaiser. Le boum boum incessant gâchait la netteté du bruit à l'extérieur. Sa respiration se coupa pendant quelques instants. Elle tenta d'entendre quelque chose. Rien. Le calme absolu. Elle expira longuement et reprit son souffle. Elle regarda la poignée avec envie. Était-ce le bon moment ? Oui. Elle le devait. Son poing se ferma en guise d'encouragement. *Allez, tu peux le faire.*

La main se posa sur la poignée. Ana ressentit d'intenses vibrations dans son corps. Le palpitant était décidément communicant, ce soir. Elle appuya délicatement dessus. Lorsqu'elle atteignit le point le plus bas, un frisson s'empara d'elle. Elle tira la porte vers elle. Un crâne rasé se dessina dans la pénombre, juste à côté.

Elle se mordit fortement les lèvres tout en continuant sa manœuvre. Le crâne semblait être penché en avant. Ana continua d'ouvrir jusqu'à ce qu'elle puisse passer. Elle relâcha la poignée doucement. Elle fit un pas dehors, sur la pointe des pieds et pria pour que ses orteils ne craquent pas. Les yeux gris perçants de Juan étaient recouverts par ses paupières. La respiration lente et progressive indiquait qu'il s'était endormi.

Ana fit un second pas à l'extérieur. Elle reprit la poignée et tira la porte pour la refermer doucement. Elle retint son souffle au moment de claquer la porte. Juan semblait paisible. Lorsque la porte cogna contre le portant, Ana blêmit. L'homme remua sur sa chaise, mais n'ouvrit pas les yeux. Un dernier regard au vigile et elle s'élança pour de bon. Elle lui tourna le dos et commença sa traversée sur la pointe des pieds.

Son premier objectif était l'escalier. Elle ne visait que lui. Elle atteignit enfin la porte avoisinante de sa chambre après plusieurs pas. Un bref coup d'œil vers Juan. Il n'avait pas bougé. Rassurée, elle poursuivit. Le palpitant était assourdissant. Des sueurs froides roulaient dans son dos. Elle n'était plus sûre d'elle.

Lorsqu'elle se retrouva entre la seconde et la troisième porte, elle pria pour ne pas croiser Julio, que ce soit dans l'escalier ou bien sur le palier. Quel serait son premier réflexe ? Admettre sa défaite ou sauter par-dessus la rambarde ? Non, elle ne devait pas penser à cela. L'escalier, juste l'escalier ! Elle serra les dents et poursuivit son ascension. Chaque pas était minutieusement posé, chaque respiration devenait de plus en plus silencieuse. Elle arriva enfin vers la troisième porte. Puis, un bruit étranger la surprit. Son corps se rapettisa d'un coup. Juan ne bougea pas. Elle prit le risque de s'approcher de la rambarde et y passa rapidement sa tête par-dessus. Elle ne perçut rien. Son rythme cardiaque s'accéléra de plus en plus. Il semblait bondir hors de sa poitrine. Elle recommença, plus lentement, à tendre le cou vers le rez-de-chaussée. Son sang se glaça lorsqu'elle aperçut la poignée de la porte d'entrée s'abaisser. Une ombre pénétra dans la maison. La panique grandit en elle. Sa respiration s'accéléra.

À cet instant, Juan commença à bouger sur son siège. Elle devait fuir, et vite ! Elle regarda rapidement autour d'elle puis choisit la solution de repli la plus appropriée : la seconde chambre. En quelques enjambées, elle atterrit devant la porte, abaissa la poignée rapidement et se faufila à l'intérieur. Elle l'empêcha de claquer. Le cœur hurlant, elle s'autorisa à souffler. Un petit rire nerveux s'empara d'elle. La poussée d'adrénaline était euphorisante. Elle se redressa et jeta un coup d'œil. La pièce semblait être dans la même configuration que sa chambre. Elle arrivait à se repérer dans le noir sans problème.

Le repos était de courte durée. Des voix parvinrent de l'autre côté. Ana posa son oreille contre la porte. On dirait qu'ils sont en train de chuchoter. Elle fronça les sourcils. C'était étrange. Elle ne distinguait pas les mots. Ils étaient juste devant, cela ne faisait aucun doute. Elle se mordit les lèvres. Il n'y avait qu'un morceau de bois épais entre elle et eux. Elle écouta attentivement. La voix de Juan était reconnaissable. Mais l'autre... Ce n'était pas Julio, il avait une tonalité plus grave. Son rythme cardiaque s'accéléra. Les poils se hérissèrent. *Putain, c'est qui ?* se demanda-t-elle. La poignée de la chambre commença à se baisser. Prise de panique, elle recula rapidement. Elle visualisa la pièce et déduisit que le dressing serait une bonne cachette. Elle se dirigea vers celui-ci en toute hâte. Son genou heurta quelque chose, émanant ainsi d'un bruit audible. L'objet chuta sur le sol. La moquette atténua le boum. Ana se mordit la main pour ne pas crier de douleur. Elle poursuivit dans sa lancée et ouvrit le côté penderie. Elle se glissa à l'intérieur puis referma la porte. Il était aussi grand que dans sa chambre. Elle se frotta rapidement le genou et se mit à toucher les vêtements. Il y avait des manteaux ainsi que des vestes. Elle en décrocha un au hasard et se cacha en dessous, repliée sur elle-même. La pression monta. Elle inspira doucement pour se calmer. L'odeur du vêtement était agréable. Ana sourit avant de blêmir. Elle s'empara du col, humant fortement. Ses yeux grandirent. Sa mâchoire se décrocha. Tout s'arrêta autour d'elle. Cette odeur, elle la connaissait.

Elle entendit la porte s'ouvrir. Elle sursauta et se recroquevilla encore plus. Une voix étouffée lui parvint.

— Merci encore de vous être autant dévoué, j'espère que je ne vous en ai pas trop demandé...

Sa paume de main s'écrasa devant sa bouche pour faire taire sa respiration. Elle venait de se jeter dans la tanière du loup. *Il* était de retour.

— Que nenni, répondit Juan. Aucun incident majeur. C'était même reposant.

— Tu peux continuer à veiller le temps que je prenne ma douche ? Je prends la relève après.

— C'est toi qui décides.

— Merci, Juan.

La porte de la chambre claqua. Le cœur d'Ana explosa. Une larme s'échappa. Elle se mit à trembler de tout son être. Il était là... Il était revenu... Et elle était cachée dans sa chambre... Sa tête fit non. C'était évident ! Il y avait quatre pièces pour quatre individus ! Celle-là était inoccupée, parce qu'il était absent. Sa main s'éclata contre son front. *Putain, quelle cruche !* La mâchoire crispée, elle devait agir. Il était hors de question qu'elle reste planquée ici. Il risquerait de la trouver et cela pourrait mal finir. Mais d'un autre côté... Elle huma de nouveau le parfum sur l'encolure du manteau, fermant les yeux un instant. Le soulagement s'empara d'elle. La pression redescendait. Elle s'était languie de lui et à présent, elle brûlait d'envie de le voir.

Elle perçut ses pas dans la chambre. Il se déplaçait. Il ne venait en aucun cas dans sa direction. Elle tendit l'oreille. Il s'éloignait. Quelques instants après, le bruissement de la douche retentit. Il devait être dans la salle de bains. Ana sortit la tête du manteau. Elle guettait le moindre bruit suspect dans la pièce. Il semblait qu'il n'y était pas. Prenant son courage à deux mains, elle entrouvrit la porte du dressing, jetant un coup d'œil rapide. La voie était libre. Seule la salle de bains était allumée. Elle perçut enfin le clapotis de l'eau tomber sur le corps du Patron. L'homme dont elle avait imploré le retour était enfin arrivé, dans l'autre pièce, et dans le plus simple appareil. Elle imagina les gouttes perler sur ses cheveux, couler sur son visage. Elles ruisselaient sur son cou, le torse et plus bas encore. Ses bras mouillés à souhait s'agitaient, ses mains s'affairaient à passer sur sa nuque, ses pectoraux, son bas-ventre... Une bouffée de chaleur s'empara de la jeune femme. Son visage s'enflamma. Elle s'éventa du revers de la main. *Ne pense pas à ça !* se dit-elle. *D'ailleurs, tu ne devrais même pas être ici...* La honte l'envahit. Elle eut le sentiment de violer son intimité. Alors qu'il avait toujours été correct, elle bafouait son environnement. Elle devait sortir de là et retourner dans sa geôle. Un parfum masculin et viril envahit la pièce. Délicieuse odeur... douces pulsions... de nouvelles visions... *NON !* se hurla-t-elle. Elle sortit de sa cachette en rampant sur le sol. Puis, elle se mit debout et se dirigea vers la porte sur la pointe des pieds. Sa main se posa sur la poignée avant de se figer. Juan était toujours là, et cette fois-ci, bien réveillé ! Elle se tapa le front en pestant puis regarda autour d'elle. Sauter par la fenêtre ne semblait pas être une bonne idée. Elle passa la chambre au peigne fin. Elle pourrait retourner dans le dressing et attendre le lendemain. Elle doutait que cela soit une bonne idée. Elle posa son regard sur le lit. Elle pourrait l'attendre sagement dessus. Faute avouée, faute à moitié pardonnée. Il n'y avait qu'un pas entre la réalité et le fantasme. Il se pourrait qu'il ne réagisse pas de la meilleure des manières en découvrant l'intruse. Ses yeux traversèrent la pièce et s'arrêtèrent sur le halo de lumière, dans la salle de bains. Son cœur se serra. Elle pourrait le prendre sur le fait et mettre enfin un visage sur lui. Savoir à quoi ressemble le Maître Kidnappeur, doux rêve de ses nuits agitées. Mais en avait-elle vraiment envie ?

Ana posa ses doigts sur ses lèvres. Cela pourrait sonner comme une vengeance personnelle : réduire à néant tous ces efforts d'anonymat. Mais d'un autre côté, cela pourrait briser quelque chose entre eux. Tous les bouquets de fleurs envoyés, toutes ses attentions depuis le départ avec elle, ce sourire... Non, elle ne pouvait pas faire ça. Pour une raison qu'elle ignorait encore, elle préférait ne pas savoir.

Elle continua de balayer la chambre du regard et trouva le fauteuil dans lequel elle s'était cogné le genou. Le dossier était dos à la salle de bain. Un sourire mesquin apparut sur son visage. Elle allait l'attendre là. Ainsi, elle ne verrait pas son visage. Elle se convainquit qu'elle aurait l'avantage, car il ignorait sa présence. Elle lui prouvera qu'elle est imprévisible et capable de tout. Et tant pis pour les retombées.

La jeune femme s'installa sur le fauteuil. La lumière de la salle de bains projetait son ombre sur le mur en face. Elle défit sa queue-de-cheval visible, ébouriffa les cheveux et ramena ses genoux contre sa poitrine. Elle descendit un peu le bassin. Et elle disparut.

En l'attendant, ses pensées se bousculaient. La nervosité s'emparait d'elle. Elle allait enfin le revoir. Et sûrement s'attirer des ennuis. Son cœur demandait à être proche de lui, même quelques secondes. S'assurer qu'il allait bien. Son visage se figea. Cette pensée la fit réagir. Pourquoi elle ressentait ça ? Ses sourcils se froncèrent. Elle se sentit à la traversée des chemins. Elle n'avait aucune idée de ce qu'elle souhaitait. Elle devait partir plutôt que de rester ici.

La douche s'arrêta. Le cœur d'Ana cessa de battre. Elle ne pouvait plus fuir. L'heure de la confrontation arrivait. Elle déglutit en l'entendant soupirer. Quelques secondes plus tard, l'ombre de l'homme apparut dans le mur. Le cœur de la jeune femme bondit hors de sa poitrine. Il était là ! Ana eut envie de crier et de se sauver. Elle le vit s'avancer lentement. Elle s'obligea à être forte. L'ombre grandit au fur et à mesure qu'elle s'enfonçait dans le fauteuil. Vient alors un déclic qui annihilait toute peur. Ses yeux appréciaient ce qu'ils voyaient. La forme de son corps se dessinait. Il semblait avoir une musculature comme elle les aimait. Ses bras et ses épaules donnaient l'impression d'être développés tant ils paraissaient imposants. À moins que son imagination lui jouait des tours. La serviette nouée autour de sa taille lui donnait une allure étrange et pourtant, elle ne pouvait pas détacher son regard. Elle imagina encore des perles d'eau rouler le long de son corps… Une nouvelle vague de chaleur s'empara de son visage. Le tambour de son cœur ne battait plus de la même manière. Le désir était plus fort que la peur.

L'ombre avança vers le fauteuil avant de cesser tout mouvement dans l'encadrement de la porte. Il prit quelque chose sur le côté. Ana ne le quittait pas des yeux. Sa main tapota sur quelque chose. Un texto, sans doute. Il posa le bras en hauteur sur le mur d'à côté. D'un coup, une voix terrifiante rompit le silence, faisant sursauter la jeune femme.

— Je sais que vous êtes là, Mademoiselle Ana.

Comment avait-il su ? Elle s'aperçut que la porte du dressing était ouverte. Elle sourit. Un acte manqué. Déçue de sa naïveté, elle abdiqua par son arme fatale dans ces situations stressantes : l'humour.

— Si cette voix est naturelle, je suis au regret de vous annoncer que vous avez brisé le rêve de votre otage ! On dirait un mélange de revenants d'outre-tombe et d'un homme des cavernes. Sans déconner, c'est réel ? C'est vraiment vous ?

Un tel aplomb fit sourire le Patron. Il pianota de nouveau sur son application, tandis qu'Ana rougissait.

— Est-ce que celle-ci vous convient mieux ? demanda-t-il.

À présent, la voix ressemblait à celle que l'on entendait souvent dans les séries télévisées, lorsqu'un kidnappeur demandait une rançon. Ana fronça les sourcils.

— J'imagine qu'elle est adéquate à la situation. Mais je suis déçue. Je m'attendais à autre chose. Et si vous me parliez vraiment ?

L'homme serra son téléphone entre ses mains. Il leva les yeux vers le fauteuil, l'imaginant recroquevillée sur le coussin. Il aimerait accéder à sa demande, sans utiliser de gadgets. Il en était incapable. Il avait trop peur de sa réaction. Il lui avait déjà parlé de vive voix, mais les événements et sa détresse ne lui avaient pas permis de se focaliser sur lui. Aujourd'hui, c'était différent. Elle allait mieux et il était devenu le centre de son attention. Chaque pas qu'il fera dans sa direction le conduira inévitablement à révéler son identité. Il n'était pas prêt. Mais si elle décidait de mettre un terme à ce jeu, si elle se retournait, qu'elle lui faisait face… son masque tombera définitivement. Il ne pourra plus jouer la comédie. Après tout, c'est elle qui avait les cartes en main. Pas lui. Il déglutit en se pinçant les lèvres. Advienne que pourra. Il pianota de nouveau sur son application. Pour l'instant, il continuera de tenir le rôle du méchant.

— Ce qui me convient actuellement, c'est de vous trouver ce soir, dans ma chambre et surtout à une heure peu habituelle pour une visite de courtoisie.

Ana se sentit cramoisie. Elle rétorqua dans la foulée :

— Je voulais seulement m'assurer que vous étiez bien rentré.

— Et comment savez-vous que c'est moi ? Vous pourriez me voir et pourtant, vous restez dos à moi.

Il posa son téléphone sur ses lèvres, anxieux. Il lui ouvrait une porte de sortie. Il attendait un geste. Qu'elle se lève peut-être, qu'elle l'affronte. Ana resta silencieuse quelques instants.

— Je ne peux pas le savoir, lâcha-t-elle. Mais je crois bien que je ne veux pas.

Le cœur du Patron rata un battement. La jeune femme sourit timidement avant de poursuivre.

— J'ignore à quoi vous ressemblez d'ordinaire, alors peut-être que vous vous faites passer pour quelqu'un d'autre que celui qu'il prétend être. De ce que j'aperçois, vous ne pouvez pas être Julio, ni Juan. Vous ne pouvez pas leur ressembler. Donc, vous êtes bien… Lui.

La poitrine de l'homme se serra. Il pencha légèrement sa tête en arrière en soupirant. Il reprit son téléphone et tapota dessus.

— C'est votre choix. J'aimerais comprendre comment vous avez atterri ici sans être vue par Juan. Mais avant cela, dites-moi comment vous allez.

Ana sursauta. C'est bel et bien Lui. Un autre n'aurait pas posé ce genre de questions.

— Je vais… bien ? dit-elle en clignant des yeux plusieurs fois, incertaine de sa réponse. Et vous ?

— Bien mieux depuis que je vous ai trouvée dans ma chambre.

Elle sourit. Rassurée, elle se redressa sur le fauteuil. Le Patron aperçut sa crinière. Il déglutit.

— Je vais vous laisser, annonça-t-elle posément. Vous avez dû faire une longue route pour venir, alors reposez-vous. Je vais retourner dans ma chambre et promis, je ne la quitterai pas.

À ces mots, elle se leva. Le cœur du Patron sauta de sa poitrine. Il la suivit des yeux. *Regarde-moi…* la supplia-t-il. Elle s'écarta du fauteuil et, tête baissée, fonça vers la porte de la chambre. *Non, ne pars pas…*

— Ana, l'interpella-t-il.

Elle s'arrêta net. Cette voix… Un frisson parcourut son corps. Tout comme celui du Patron, surpris de son audace. Pour autant, ce timbre plaisait à la jeune femme. La délicatesse qu'il avait eue en prononçant son prénom l'avait rendue toute chose. Elle sourit encore. Si sa phrase avait été plus longue, il était certain qu'elle l'aurait reconnu.

Quant au Patron, il était en train de baisser sa garde. Il ne la lâchait pas du regard. *Retourne-toi, s'il te plaît*, supplia son inconscient.

La tristesse ternit le visage du Patron. Il osa le tout pour le tout. Il fit un pas dans sa direction, puis un autre, et encore un. Jusqu'à ce qu'il soit complètement derrière elle, à quelques centimètres. Le corps de la jeune femme tremblait. Elle percevait la chaleur corporelle du Patron envahir son espace. Il semblait être brûlant. Il était en train de se consumer. Les gouttes d'eau s'étaient évaporées. Une nouvelle tension s'installa. Il n'y avait plus aucun bruit.

Il vit la naissance de ses cheveux. Il admirait sa respiration. Cette proximité lui plaisait. Il désirait être encore plus proche. Il mourait d'envie d'écarter sa chevelure sur le côté, de découvrir sa nuque avec ses lèvres, de voir sa peau frissonner à son contact et de sentir sa respiration s'accélérer sous ses doigts. Il s'obligea à lâcher ses pensées. Tout n'était que fantasme. Il était incapable de la toucher.

Ana, quant à elle, avait le cœur qui battait à tout rompre. Elle ne connaissait pas ses intentions, mais être aussi proche de Lui lui procurait une sensation inavouable. La chaleur du Patron lui plaisait. Elle se surprit à en vouloir plus. Cette aura la fit se sentir en sécurité. Ils voudraient que cet instant perdure, qu'il se poursuive vers d'autres découvertes. Il se mordit les lèvres. Ce n'était pas convenable. Il devait reprendre son rôle de "méchant". À contre-cœur, il se saisit de son téléphone et pianota.

— Vous n'avez pas répondu à ma première question, Mademoiselle Ana. Qu'est-ce que vous faites ici ?

Ana passa sa langue sur la commissure.

— Je vous l'ai dit, je voulais m'assurer que vous étiez bien rentré.

Elle lui mentait. Il le savait. Il se reconcentra sur le portable. Ana leva les yeux au ciel. Pourquoi était-ce si dur de parler à voix haute ?

— Je ne vous crois pas, écrit-il.

— Vous voulez me faire passer un interrogatoire ? répondit-elle du tac au tac.

Il haussa un sourcil. Le coin de sa lèvre se releva. *J'en meurs d'envie*, songea-t-il en tapotant sa réponse. Ana resta stoïque et profita de ces silences pour humer discrètement l'odeur du gel douche. Sa chaleur corporelle ne décroissait pas. Au contraire. La tension entre eux montait d'un cran.

— Votre proposition est intéressante. Cependant, j'ai un coup d'avance. Je sais comment vous faire craquer.

Si tu continues comme ça, je pourrais avouer l'inavouable juste pour être encore plus proche de toi, songea-t-elle en ressentant une attirance interdite.

— Alors, allez-y, le défia-t-elle. Mais tenez votre promesse : ne me faites pas de mal.

—Et je ne vous toucherai pas non plus, compléta-t-il au téléphone.

Ana sourit. Elle décida de jouer avec lui.

— Je crois que nous avons passé ce stade quand vous m'avez remis l'épaule…

Elle leva ses cheveux et les plaça sur l'autre omoplate, laissant apparaître quelques vestiges de son tatouage.

— En l'occurrence celle-ci, compléta-t-elle.

Le Patron eut le souffle coupé. *Je t'en prie, ne me tente pas…* se dit-il en levant les yeux au ciel.

— Alors, allez-y, faites-moi craquer.

La provocation de la jeune femme le prit au dépourvu. Il se retint de rire nerveusement. *Tu ne sais pas ce que je pourrais te faire, et tu ignores tout ce dont j'ai envie de te faire… Mais puisque tu le prends comme ça, jouons.*

Elle voulait lui faire confiance. Elle l'entendit hésiter. Il prit sur lui et leva sa main doucement, ne voulant pas l'effrayer. Elle sentit qu'il préparait quelque chose.

Pendant un bref instant, elle se mit à douter. Jusqu'à ce qu'elle sente l'index du Patron se poser dans le creux de son cou. Ce léger contact la fit frémir. Il le fit glisser ensuite jusque dans son dos, à la naissance de son haut. Les battements du cœur d'Ana s'accélérèrent. Le Patron essaya de dissimuler les sentiments qui le parcouraient. Il continua son mouvement en allant vers l'autre bretelle et passa sur son tatouage. Il l'arpenta doucement, prenant le temps de suivre une branche, son tronc. Il choisit volontairement d'en reprendre une autre avec un bourgeon. Ana se mordit la lèvre tant la sensation était délicieuse. Il sentit la première cicatrice cachée. Il déglutit. Il ne s'attarda pas longtemps dessus, redoutant sa réaction. Il la traversa et remonta ensuite vers le cou. Le corps d'Ana devint chancelant. Elle était en train de succomber. Elle ne voulait pas qu'il s'arrête. Lui non plus.

Pour pimenter encore, il se lança un pari osé. En fonction de ce qu'elle décidera, il acceptera sa décision. Il glissa son portable entre son pouce et son index droit. Il se rapprocha d'elle jusqu'à ce que son torse se heurte contre son dos. Ana lâcha un petit cri de surprise. Il sourit. Ce joli son l'encouragea dans la voie qu'il envisageait de prendre. Il posa ses deux mains sur chaque épaule de la jeune femme. Son corps se mit à frissonner davantage. Non pas de peur, mais de désir. Cette réaction l'enchantait. Il crevait d'envie d'aller plus loin dans son contact. Il se l'interdisait. Ana ne contrôlait plus rien et cette chaleur quasiment intime la transperçait de toutes parts. Elle se liquéfiait. Ses yeux se fermèrent pour ressentir plus ardemment son toucher.

Le Patron gardait son self-control. Il se pencha délicatement en avant, enveloppant davantage le corps de la jeune femme. Sa chaleur la gagna davantage. Ses joues picotèrent. Il descendit le long de ses bras jusqu'à la naissance de ses poignets. Tout son corps était en alerte. Elle en voulait plus. Dans sa main gauche, elle sentit que ses doigts effleuraient les siens. Dans l'autre, une autre sensation l'intrigua. Elle ouvrit les yeux et détourna le regard. Il glissa son portable dans le creux de sa paume, maintenant les deux dans son immense main. Ana déglutit. L'écran du téléphone proposait d'appeler un numéro : le 17. De l'autre côté, la main du ravisseur était vide, comme pour accepter sa condition. Ses yeux contemplaient chaque main. Revenir à son passé ou créer un nouveau futur. Elle était partagée. Son rythme cardiaque s'accéléra. Quelle vie aurait-elle en restant ? Regrettera-t-elle de retourner à celle d'antan ? Ce dilemme l'éprouva. Il entendit la respiration de la jeune femme devenir de plus en plus longue et intense. Les battements s'intensifiaient. Il pouvait le sentir. La réflexion était en train de prendre un nouveau tournant. Sa tête regardait le portable. Le cœur suppliait la main. Consciente qu'elle devait faire un choix, elle ferma les yeux et laissa son corps parler pour elle. Une longue inspiration retentit afin de faire le vide dans son esprit. Puis elle expira. Ses phalanges se refermèrent sur la main vide. La surprise s'empara du Patron à tel point que ses doigts resserrèrent l'étreinte d'Ana. Il souffla lentement pour calmer ses émotions. Son cœur tambourinait tellement dans sa poitrine que la jeune femme ne pouvait que l'entendre. *Assène-moi le coup fatal,* demanda-t-elle en silence.

Ne lâchant pas sa prise, la main droite du Patron remonta lentement jusqu'à envelopper complètement celle de la jeune femme. Avec son pouce, il effaça le numéro. Le contact brûlant de la peau du Patron continuait de la tourmenter. Elle sentit le téléphone bouger dans sa main. Elle jeta un coup d'œil. Des mots apparaissent sur l'écran. "*Avouez... je vous ai manqué*".

Ana secoua la tête en se retenant de sourire.

— Cessez de vous faire des films. J'ai bien vécu sans vous, nia-t-elle.

Il recula un peu pour poser sa tête à côté de la sienne. Le souffle chaud dans le cou étourdit la jeune femme. Sa barbe de quelques jours chatouilla sa joue. Il n'avait jamais été aussi proche. Elle pourrait détourner le regard et avoir un aperçu de cet homme. Tout son être le réclamait. Pourtant, elle continuait de regarder l'écran.

"*Vous venez de me choisir. Pourquoi ?*"

Ana souffla. C'était bien une sorte de jeu entre eux. Un manipulateur, rien de plus. Il avait obtenu ce qu'il voulait, la garder près d'elle. Elle avait accepté, et avec tout son cœur. Un triste sourire apparut sur son visage. Elle avait encore été aveuglée par sa naïveté. Elle releva la tête et regarda la porte. Une sortie qui n'en était plus une à présent.

— Il faut croire que je suis cinglée.

Il tapota sur son portable. Elle soupira. Un vrai dialogue pourrait être tellement plus efficace que ces silences... Mais il n'y aurait pas cette proximité entre eux. La douceur de la paume de l'homme la réchauffait. Lorsque sa main cessa de bouger, elle lit le message.

"*Que faites-vous ici, Ana ? Personne ne savait que je reviendrais cette nuit. Aucun de mes hommes n'aurait divulgué cette information. J'en conclus donc que votre présence est fortuite. Vous avez essayé de vous échapper. Alors, pourquoi ne pas avoir choisi le téléphone ? Je vous aurais laissée repartir, vous savez...*"

Elle expira l'air contenu de ses poumons bruyamment. Était-il sérieux ou était-ce encore de la manipulation ? Elle secoua la tête et bomba sa poitrine.

— Vous avez regardé la signification des hellébores ? demanda-t-elle, un sourire en coin. Je ne dois pas être aussi saine d'esprit que vous le pensez… J'imagine que vous avez fait une longue route. Je vais retourner dans ma geôle. Parce que je l'ai choisi.

La gorge serrée, il la relâcha doucement et reprit son téléphone. Ana jeta un dernier regard au portable, une pointe de regret en bouche. Lorsqu'elle sortit de l'étreinte de l'homme, elle fit un pas en avant, le cœur lourd. Elle s'arrêta et tourna la tête sur le côté, sans jeter un regard en arrière.

— Ne vous en prenez pas à Juan, dit-elle en posant la main sur la poignée. Je l'ai drogué.

Elle attendit la réponse du Patron qui se précipita de lui répondre sur son application.

— Je ne vous crois pas, Mademoiselle Ana.

Elle sourit.

— J'aurais essayé. Bonne nuit, Maître Kidnappeur.

Elle sortit de la chambre, laissant le Patron pantois. Juan entendit la porte s'ouvrir et détourna le regard. Son visage se décomposa lorsqu'il aperçut la jeune femme revenir vers lui, un sourire radieux aux lèvres. Il se releva aussitôt. Elle ne lui laissa pas le temps de parler.

— Bonne nuit, Juan, dit-elle en pénétrant dans sa chambre.

Elle referma la porte et s'appuya contre elle. *Putain, qu'est-ce que c'était que ça ? Qu'est-ce que j'ai foutu ?* Son corps glissa le long du bois. Une fois au sol, ses mains passèrent dans les cheveux en tremblant. *Putain…* Elle leva les yeux au ciel. Une larme s'échappa. *Je suis en train de tomber amoureuse de ce type… Mais qu'est-ce que je fous, putain ?*

De son côté, Juan se précipita vers la chambre du Patron. Il le retrouva au même endroit qu'Ana l'avait laissé.

— Qu'est-ce qui s'est passé ? s'inquiéta-t-il en le découvrant, livide.

Le Patron releva les yeux vers lui, perdu.

— Elle a choisi de rester.

IX. Une Renaissance

Était-ce un rêve ? Cette question restait en suspens dans l'esprit du Patron après qu'il eut relevé Juan de ses fonctions. Assis sur le fauteuil à côté de la chambre d'Ana, il ne cessait d'y songer. Il ressentait encore sa peau sous ses doigts. Il la voyait trembler. Il avait aimé. Elle aussi. Il en voulait plus. Il ne devait pas succomber. Mais c'était trop tard.

Il se leva et fit quelques pas, ne pouvant rester statique. Il fallait qu'il y retourne, qu'il l'a voit de nouveau. Il se dirigea inconsciemment vers la porte. Non, pas maintenant. Elle s'était peut-être endormie… Il fit demi-tour et s'éloigna dans le couloir. Elle ne pouvait pas dormir, pas après ce qui s'était passé. Elle était sensible. Il était persuadé qu'elle était en train de penser à tout cela. Elle devait se maudire parce qu'elle avait choisi de rester. Peut-être qu'il devait s'assurer qu'elle allait bien. Après tout, elle avait eu un coup de mou aujourd'hui, d'après ce que lui avaient rapporté ses hommes.

Le Patron retourna sur ses pas et se positionna devant sa porte avant de s'arrêter de nouveau. Il ne pouvait pas y aller les mains vides. Des fleurs. Il devait lui en offrir d'autres ! Il sortit son téléphone, s'assit sur le fauteuil et alla dans son nouvel onglet favori. Le site lui proposait un large choix de bouquets à offrir, mais surtout, la livraison était garantie en moins de quatre heures dans le lieu de son choix. Elle l'aurait donc pour le petit-déjeuner. Il opta pour des pivoines roses et blanches. En Chine, elles étaient considérées comme Les Reines des Fleurs. Il déclarait ainsi protection et fidélité à celle qui avait pris son cœur en otage. C'était parfait. Juan apparut devant lui, le sortant de ses pensées.

— Tu veux que j'y aille ? lui demanda-t-il en zieutant sur son écran.

Pris en flag', le Patron acquiesça rapidement.

— Si cela ne te dérange pas...

Juan lui sourit. Son faciès exprimait tout ce que le Patron ne voulait pas entendre.

— Et j'aurai aussi un truc à récupérer au box, poursuivit-il gêné.

— Ne t'inquiète pas, répondit son ami avec un clin d'œil. Don Juan s'occupe de tout. Reste auprès de ta dulcinée.

Les premières lueurs du jour pénétrèrent dans la chambre d'Ana. Elle cligna des yeux plusieurs fois et s'étira de tout son long. Un nouveau bouquet de fleurs tronait sur la table de nuit. Elle sursauta et regarda autour d'elle. Personne. Il s'était introduit pendant son sommeil. *J'espère que je n'avais pas un filet de bave*, songea-t-elle en passant sa main sur sa bouche. Elle s'approcha de ses fleurs préférées. Un nouveau message. Il faudrait qu'elle demande à Julio le sens caché, ou à Lui. Quoique ce ne sera peut-être pas nécessaire, cette fois-ci. Son attention fut portée par une petite carte agrafée sur le côté du bouquet. Elle devina rapidement l'auteur en redécouvrant sa belle écriture. Son visage s'illumina.

"On m'a dit que vous vous ennuyiez. Allons nous promener."

Un poids se détacha de ses épaules. Enfin ! Elle allait sortir de sa geôle, prendre le véritable air frais. Elle sourit aux fleurs et en profita pour humer leur doux parfum. Elle sentit une autre odeur, nichée dans son débardeur. Le gel douche du Patron. Leur accolade d'hier soir lui revint en mémoire. Non, c'était bien plus qu'une étreinte, c'était un jeu dangereux qui les avait rapprochés. La proximité entre eux était réelle. Son contact, sa peau, ses mains sur ses phalanges. Il la tenait dans ses bras. Elle frissonnait en imaginant de nouveau son contact, sa peau sur la sienne. Cette tension qui montait à chaque silence… Et le choix audacieux qu'elle avait pris. Elle avait délibérément choisi de rester. Sa vie était en danger quand la routine la piétinait. Hier, elle avait osé s'écouter. Elle avait envie de croire en eux, en Lui, de leur faire confiance. Quelque chose la retenait, la liait à cet homme, elle en avait la conviction. Elle avait hâte de le retrouver et ce n'était pas en flemmardant dans le lit qu'elle aurait ses réponses.

Ana se leva d'un geste et se prépara longuement dans la salle de bains. Puis, elle prit la température sur la terrasse avant de choisir sa tenue. Elle opta pour une robe blanche fendue sur la jambe, à nouer autour du cou. Elle choisit également une paire de sandales à petits talons dorés. Elle apposa ensuite les lunettes de soleil sur le sommet de son crâne.

Installée sur la coiffeuse, les yeux dans les yeux, elle laissait ses pensées vagabonder de nouveau vers Lui. Elle entendit son prénom dans sa tête. *Ana.* Cette voix lui semblait enfin familière. Elle avait essayé de graver cet instant dans sa mémoire auditive. Mais celle-ci lui faisait défaut. Bien qu'ils aient déjà discuté ensemble, elle regrettait de ne pas avoir prêté attention au timbre de sa voix plus tôt. En fin de compte, elle était persuadée qu'elle la reconnaîtrait. C'est pour cela qu'il jouait avec ces silences. Elle espérait lever le voile sur ce mystère très bientôt. Maintenant qu'il était de retour, ils pourront passer aux choses sérieuses. Elle rêvassa de nouveau. Notamment sur ce premier contact. L'index sur sa peau. Comme si ce n'était qu'un début. Puis les mains qui glissaient sur son corps. Elle n'avait ressenti aucun dégoût, seulement du désir. Ils étaient si… intimes ? Elle secoua la tête. La dernière fois qu'elle avait goûté à un plaisir aussi éphémère remontait à quelques semaines. Avec quelqu'un qui, au final, ne lui avait plus donné signe de vie, parce qu'elle ne devait pas l'intéresser. Ou, du moins, c'est ce dont elle s'était persuadée.

Elle l'avait appelé tardivement et lui avait laissé un message. Il ne l'avait jamais recontactée. Peut-être que si elle l'avait relancé, cette personne serait à sa recherche en ce moment même. Elle n'aurait pas succombé à cette douce tentation avec le Patron. Peut-être même qu'à l'heure actuelle, elle aurait été secourue et que toute cette histoire n'aurait pas eu lieu. Cependant, être avec eux, Juan, Julio et le Patron, c'était comme si on lui octroyait une nouvelle "famille". Des personnes pour qui elle semblait compter. Son ancienne vie lui paraissait lointaine. C'était mieux ainsi. Bien que les épisodes traumatisants eussent marqué sa vie, tout comme ses fantômes du passé qui continuaient de la hanter, elle se sentait capable pour la première fois de les oublier. Même si sa plus grande souffrance reposait sur son dos telle une croix à porter pour le restant de ses jours, le Patron n'avait pas hésité à mettre son doigt dessus, à suivre cette ligne. Elle pensait que le contact l'aurait dégoûté, il aurait pu la repousser. Il n'en était rien. Il avait continué, et elle avait aimé. D'une certaine manière, il lui apportait ce dont elle avait besoin.

Quelqu'un cogna à la porte, la tirant de ses pensées. Ana se leva et accueillit le nouvel arrivant : Julio. Elle le salua poliment. Elle remarqua très vite qu'il était dans un état second. Ses cheveux noirs, d'ordinaire plaqués, semblaient avoir été coiffés à la va-vite. Il avait même oublié d'attacher un bouton sur le bas de sa chemise.

— Est-ce que tout va bien ? demanda-t-elle en prenant la boisson chaude et la viennoiserie qu'il lui tendait.

— Si, Patronne, je vais très bien, répondit-il d'une voix plus euphorique que d'habitude.

— Vous semblez… enjoué ?

En effet, il ne pouvait cacher son sourire béat.

— Une bonne nouvelle, répondit-il, heureux. La meilleure depuis longtemps.

— Alors… Toutes mes félicitations ? demanda-t-elle en haussant un sourcil.

Il posa la main sur le cœur.

— Gracias.

Il repartit rapidement. Amusée, Ana le regarda filer dans sa chambre. Elle referma la porte et se dirigea vers la terrasse. Elle s'installa sur la chaise la plus proche du panorama. L'horizon était sublime. Elle prenait plaisir à manger ici tous les jours. Ce matin, le ciel était rose et jaune, avec de petits amas de nuages foncés. Certainement de la pluie. Le temps étant changeant sur les littoraux, elle préféra se concentrer sur le vert embrassant le bleu.

Les effluves de la boisson remontèrent dans ses narines. C'était un thé à la menthe avec une nuance différente. Elle en prit une gorgée. Le goût l'emmena quelques jours en arrière, dans l'affreuse maison. C'était celui qu'elle avait partagé avec le Patron. Elle écarquilla les yeux. Le doute s'emparait d'elle : était-ce Lui qui aurait pris la peine de le lui préparer ?

Une présence se glissa derrière elle. Un parfum familier envahit l'espace. *Déjà* ? se demanda-t-elle en posant la tasse sur ses lèvres pour effacer un sourire naissant.

— Il n'y a toujours pas de sédatif, affirma le Patron en s'installant à ses côtés.

La distance entre les deux chaises était mince. Elle inspira longuement et lui fit face. Il portait un jean bleu pétrole avec une chemise blanche, surmontée d'une capuche blanche qui lui tombait sur le visage. Sa bouche était couverte d'un masque blanc avec des éventrations sur le côté. Ce côté mystérieux renforçait son côté sexy. Ana essayait de ne rien laisser transparaître, mais elle le dévorait littéralement. Il posa ses mains sur la table. Ana haussa un sourcil.

— Vous ne jouez pas avec votre portable, aujourd'hui ? remarqua-t-elle.

— Non, Mademoiselle Ana.

Sa voix étouffée donnait une autre perspective. Elle était incapable de la cerner.

— J'apprécie votre effort, répondit-elle malicieusement. Les échanges par écran interposé ne m'intéressent pas.

Elle porta le thé à ses lèvres.

— Il va de soi que je préfère aussi le réel, compléta-t-il.

— Mais couvrir sa voix, c'est mieux ? rétorqua-t-elle.

— Vous avez remarqué que je faisais des efforts.

— Ce n'est pas faux.

Il désigna la boisson.

— Est-ce qu'il est bon ? demanda-t-il.

Elle esquissa un sourire.

— Il me rappelle d'étranges souvenirs. Cependant, il est parfait.

Le Patron sourit sous son masque. Il attendit patiemment qu'elle terminât son déjeuner en silence. Puis, lorsqu'elle eut fini, il se leva et lui tendit la main. Le monde d'Ana s'arrêta de tourner. Un nouveau jeu s'offrit à elle. Elle la regarda avant de poser les yeux sur lui. Elle était déterminée à le suivre. C'est le chemin qu'elle avait choisi cette nuit. Sa main se posa dans la sienne. Le cœur du Patron bondit hors de sa poitrine. Il referma doucement ses doigts sur les siens et l'aida à se relever. Ana tenta de dissimuler ses émotions. Mais le rouge lui allait à merveille.

Il l'entraîna doucement à l'intérieur. Le stress s'emparait lentement de la jeune femme au fur et à mesure des pas. Une angoisse indescriptible émergeait. Pouvait-elle vraiment lui faire confiance ? Elle se mit à douter, tandis qu'ils se rapprochaient dangereusement de la porte de la chambre. Sa tête vacilla. Sa respiration s'accéléra. Elle commença à trembler puis s'arrêta.

— Je devrais… prendre mon inhalateur, bafouilla-t-elle.

Elle lâcha sa main et commença à arpenter la chambre, à la recherche de son précieux médicament. Elle fouilla dans son sac, il n'y était pas. L'anxiété la gagnait, une crise pourrait survenir à n'importe quel moment. Elle retourna sur la terrasse prendre l'air. Ses mains s'agrippèrent à la table, tremblantes.

— Ana… interpella le Patron dans l'encadrement. Vous l'aviez laissée tomber dans mon dressing.

La jeune femme se retourna et découvrit l'inhalateur dans la main du Patron. Elle blêmit.

— Écoutez, poursuivit-il. Je crains qu'il y ait une mésentente entre nous. Je ne vous oblige pas à me suivre, si vous ne le souhaitez pas. Vous êtes libre de choisir.

Ana se rapprocha doucement, les yeux rivés sur son médicament.

— Si vous souhaitez rester ici, c'est votre choix.

Elle s'arrêta à quelques centimètres de lui. Elle tendit sa main pour récupérer son médicament. Son visage restait captivé par le flacon. Lui était focalisé sur la proximité qu'elle venait d'entreprendre avec lui. Un pas, un seul pas et il pourrait l'embrasser. Lorsqu'il sentit les doigts de la jeune femme s'agripper au flacon, il la lâcha. Ana prit une bouffée, encore tremblante.

— Est-ce que vous allez bien ? s'inquiéta-t-il.

— Juste anxieuse, avoua-t-elle. Mais ça va aller. Je ne devrais pas faire de crises. Surtout si on marche beaucoup !

Son faux enthousiasme s'entendit.

— Restons ici, si vous préférez.

— Non, non, non ! refusa-t-elle. Je connais cette chambre par cœur, il faut que vous me fassiez découvrir les environs !

Sur ce, elle se précipita de nouveau à l'intérieur.

— Ana, l'interpella-t-il encore une fois.

Elle s'arrêta.

— Donnez-moi votre inhalateur, vous n'avez pas de poches, soupira-t-il.

— Oh ! C'est pas faux !

Elle retourna vers lui rapidement et le lui tendit. Il saisit le flacon puis l'enfonça dans la poche arrière de son jean. Elle lui sourit.

— Allons-y ! dit-elle, faussement enjouée.

Le Patron serra la mâchoire. À quoi s'attendait-il ? Il allait devoir œuvrer pour qu'elle lui accorde entièrement sa confiance. Et ce n'était pas en dissimulant son visage qu'il y parviendrait. Mais pour l'heure, il n'était pas question de cela.

Ana fila doucement vers la porte de sa chambre, légèrement hésitante. Pour la première fois depuis plusieurs jours, elle allait enfin sortir d'ici, ce qui lui ajoutait une certaine angoisse. Elle lui lança un regard lorsqu'elle posa la main sur la poignée. Il hocha la tête. Le cœur battant, elle franchit le seuil de la porte. Elle passa devant les autres chambres avant de descendre l'immense escalier qui menait à la porte d'entrée. Une fois devant, il la laissa ouvrir. Il restait cependant sur ses gardes au cas où elle tenterait de fuir.

Ana avançait lentement, attentive aux environs. Elle retrouva les marches qu'elle avait gravies quelques jours auparavant. Cette fois-ci, elle les descendait. Lorsque ses pieds touchèrent le gravier de l'immense allée, elle tenta de repérer le portail. Elle ne le vit pas. Dans ses souvenirs, il devait être de l'autre côté de ce saule pleureur. Elle fut pendant un bref instant tentée d'aller dans cette direction. Mais elle refusa de céder à la panique.

Le Patron l'analysait tout en restant prudent. Elle se tournait souvent vers lui, cherchant certainement son approbation pour continuer d'avancer. À un moment donné, elle s'arrêta, ne sachant pas où aller. Il l'invita à tourner sur la gauche. Elle s'exécuta. Le peu de réflexion solaire illuminait ses longs cheveux blonds. Il en était ébloui.

La jeune femme aperçut un escalier en pierre qui menait en contrebas. En s'avançant, elle découvrit un second jardin, plus imposant encore. Il y avait des écrans de végétation diverse, un peu comme en Italie. Elle lui lança un autre regard. Cette fois-ci, il détecta une once de curiosité. Sa peur commençait à trépasser. Il sourit sous son masque, rassuré. Il hocha la tête pour lui confirmer que la descente était possible. Elle s'y engagea prudemment. Il se rapprocha d'elle sans bruit, prêt à la retenir si elle chutait.

Le panorama se révélait, encadré par le feuillage des arbres, comme dans les plus belles peintures florentines ou toscanes. Des topiaires apparaissaient, des monochromes de vert accentués par des touches de couleur comme le violet et le blanc. Les oliviers, les lauriers, les cyprès et les chênes-lièges étaient présents et offraient une nouvelle perspective au jardin. Le tableau semblait animé lorsqu'ils arrivèrent en contrebas. Ici et là, des coins cachés se découvraient au fur et à mesure qu'ils avançaient, comme différents jardins secrets.

La jeune femme s'arrêtait constamment, contemplant la beauté des fleurs environnantes. Le soleil se levait petit à petit, réveillant les papillons et les abeilles. Le chant des oiseaux s'intensifiait. Et Ana révélait à son tour sa nature enjouée. Ses yeux pétillaient à chaque découverte, aussi infime soit-elle. Elle gambadait à travers l'espace, sous l'œil adorateur du Patron. Elle reprenait des couleurs. La peur avait enfin quitté son visage. Il la découvrait à présent solaire et lumineuse. Cela lui faisait un petit quelque chose dans la poitrine. Tous deux profitaient à leur manière de ces instants privilégiés. Un équilibre s'instaurait et aucun ne souhaitait le rompre.

La beauté du parc donnait un goût de chasse au trésor. Plus ils avançaient, et plus Ana se persuadait que quelque chose d'encore plus merveilleux s'y cachait. Cette peinture végétale n'était qu'à ses prémices. Le bouquet final l'attendait là, quelque part. Elle se laissait guider par son instinct, arpentant chaque centimètre d'herbe. Bientôt, elle distingua un petit sentier de pierre qui s'enfonçait derrière une haie. Elle interrogea le Patron du regard. Il hocha la tête en guise d'approbation. Telle Alice suivant le lapin blanc, elle s'engouffra dans cette allée. Elle avançait prudemment. La haie passée, elle continua sur le chemin. Les bras des arbres et leurs feuillages cachaient la luminosité. Son cœur palpitait.

C'était comme jouer aux aventuriers. Elle savait qu'elle s'approchait du but. Une branche lui barra la route. Elle leva la main. Le Patron apparut à ses côtés et l'écarta sur le côté avant même qu'elle ne puisse toucher les feuilles. Ana lui sourit pour le remercier. Elle s'avança dans la lumière puis s'arrêta, stupéfaite. Les oliviers et les cyprès laissaient la place aux cerisiers japonais et pins. Les dernières fleurs de camélias et d'azalées persistaient ici et là. Des fougères, des roseaux et des iris tapissaient les berges d'un bassin. Les plantes aquatiques comme les nénuphars apportaient une touche de sérénité. La retenue d'eau entourait un îlot. En son centre se dressait un somptueux érable pourpre du Japon. On pouvait le rejoindre par un petit pont en bois rouge.

Ses yeux brillaient, tandis que ses lèvres laissaient échapper un "waouh" silencieux. Ana se tourna vers le Patron. Son sourire était éblouissant. La réaction de la jeune femme l'attendrit. Le silence était d'or, seul le bruit des vagues semblait faire exception à la règle. Tout était parfait. Il distingua un "merci" du bout de ses lèvres. Elle s'éloigna de lui pour s'installer devant le bassin. Il l'observa. Elle était vraiment merveilleuse. Elle apportait LA touche de perfection à ce tableau. Il osa se rapprocher d'elle et s'assit juste à côté, posant ses mains sur l'herbe. Les nénuphars captivaient toute l'attention de la jeune femme. Il la fixa longuement du regard, résistant à la terrible tentation d'être encore plus proche.

De son côté, Ana sentait qu'elle était au centre de son attention et, quelque part, cela lui plaisait. Puis, lorsque le Patron remarqua qu'il était obnubilé par elle, il détourna la tête vers l'arbre. Il sentit quelque chose de doux se poser sur sa main. La paume d'Ana.

— Vous êtes en train de vous relâcher, taquina-t-elle.

— Plaît-il ? demanda-t-il en bafouillant.

— Vous n'avez pas cessé de me regarder et là, vous êtes ailleurs. J'aurais pu m'enfuir.

Il secoua la tête.

— Vous avez raison. Seulement, je ne voulais pas être trop intrusif. Et d'ailleurs, ce n'est pas moi qui vous retiens, c'est lui.

Il désigna l'érable. Ana le suivit du regard.

— C'est vrai qu'il est majestueux.

Les derniers rayons de soleil filtraient à travers les feuilles pourpres, teintant de reflet rubis le visage d'Ana. À moins qu'elle n'était vraiment en train de rougir… Sa main était restée sur la sienne, et il ne la repoussait pas.

L'homme, quant à lui, pouvait sentir sa chaleur. Il lui suffisait de lever un doigt pour la caresser. Il allait se contenter de ce simple contact. Puis, il aperçut une goutte d'eau tomber sur la peau de la jeune femme. Il leva les yeux vers le ciel. Les nuages noirs s'étaient alliés en masse. Ils étaient compressés les uns sur les autres, prêts à céder.

— Merde, murmura-t-il.

Un puissant rideau de pluie s'abattit sur eux. Le Patron referma sa main sur celle d'Ana. Il l'aida à se relever rapidement et l'entraîna sous l'érable. Une fois en dessous, il la relâcha. Ana se mit à rire doucement. Puis, ses vocalises prirent de l'ampleur jusqu'à ce qu'elles percent le son de l'eau.

— Et ça vous fait rire ? demanda-t-il, enjoué.

— Hihi… Vous devriez voir votre tête, explosa-t-elle. Enfin, dans la mienne, parce que je ne sais pas à quoi vous ressemblez. Haha ! Je ne sais pas si vous avez compris, mais… Haha !!

Le Patron œuvra pour ne pas succomber à son chant. Les yeux larmoyants, Ana essayait de reprendre son souffle. À chaque fois qu'elle le voyait, elle rigolait de plus belle.

— J'évacue le stress, expliqua-t-elle entre deux éclats. Va me falloir… hihi… une douche froide pour me calmer !

À ces mots, elle s'éloigna de lui à reculons. Il fit un pas. Elle poursuivit jusqu'à quitter l'abri. La fraîcheur de la pluie la saisit. Ana écarta les bras et leva la tête vers les cieux. Ses yeux se fermèrent. Les gouttes explosaient et rebondissaient sur sa peau. Elle se sentait bien.

— Ana, revenez ! ordonna le Patron.

Elle abaissa son visage vers lui, un brin malicieuse.

— Venez me chercher, le défia-t-elle en souriant.

Ses mains se posèrent sur les hanches avant de toucher le front sous la capuche. Elle commençait un nouveau jeu dangereux avec lui. Il ne pouvait pas la laisser avoir le dessus. Il devait avoir le dernier mot. À son tour, il affronta les trombes d'eau, sous l'œil ravi de la jeune femme. Il s'arrêta devant elle.

— Revenez, Ana, vous allez tomber malade, tenta-t-il de la raisonner.

Elle recula en lui faisant “non” du doigt, d'un air espiègle.

— Ne me forcez pas, Ana...

Elle lui répondit par un sourire éclatant.

— On ne vous a jamais dit que la pluie était les confettis du ciel ? demanda-t-elle en levant les yeux au ciel.

— Ana... supplia-t-il.

— La pluie me rend puissante, laissez-moi vivre ma renaissance !

L'averse était battante. Le Patron contempla ce nouveau tableau vivant. Les cheveux de la demoiselle étaient trempés à souhait. Sa robe lui collait à sa peau, laissant apparaître une jolie lingerie. Les flots coulaient le long de son corps. Il découvrait ses courbes, et cela lui plaisait encore plus. Il fit un pas vers elle. Non, il ne devait pas. Il referma sa main en poing. Ana l'aperçut. Elle s'approcha spontanément de lui.

— Est-ce que ça va ? demanda-t-elle.

Ses grands yeux bleus faisaient transparaître son inquiétude. Il aperçut une mèche de cheveux collée sur son front qui gâchait son joli minois. Il leva la main et la replaça derrière son oreille. La chaleur de ce contact fit rougir les joues de la jeune femme. Il glissa son doigt sous son menton et l'obligea à lever les yeux vers lui. Une attraction s'opéra.

— Ne jouez pas avec moi, lui dit-il d'un air suppliant. Vous n'imaginez pas…

Ce que j'ai envie de vous faire là tout de suite, songea-t-il en se mordant la langue. Les lèvres de la jeune femme s'ouvrirent. Ses pupilles se dilatèrent. Elle réalisa qu'elle était sûrement allée trop loin. Ses yeux se posèrent sur son masque. Un autre sentiment la traversa. Il comprit.

— Non… murmura-t-il.

Le bruit de la pluie couvrit son mot. La tension entre eux devint palpable. Même si elle ne le voyait pas, il la dévorait du regard. Elle ne réfléchit plus. Elle s'avança vers lui jusqu'à ce que son corps rencontre le sien. Il voulait la repousser. Son cœur lui dictait autre chose. Sa respiration s'accéléra. Elle lui prit les mains et les posa sur ses hanches. Un frisson le parcourut. C'était mal, mais il en avait tant rêvé… Il s'approcha d'elle plus encore. Ana perçut la chaleur du Patron à travers ses vêtements mouillés. Leurs corps étaient scellés. Elle se mit à trembler de désir. Comprenant ses intentions, il voulut l'arrêter, l'en empêcher. Mais à cet instant, c'était elle qui avait le dessus. Il ne pouvait pas aller contre, il la désirait bien plus que tout.

La jeune femme osa ensuite abaisser le masque délicatement. Le bas du visage se dévoila. Cette barbe de quelques jours et cette bouche parfaitement dessinée lui avaient terriblement manqué. Elle resta quelques instants stupéfaite, puis elle posa ses mains sur son torse.

Il tressaillit. Sa mâchoire se contracta tandis que son cœur battait la chamade. Ana s'élança sur la pointe de ses pieds. Elle posa ses lèvres sur les siennes. Un premier contact, simple et léger. La passion embrasa le Patron. Dans un souffle, il l'embrassa, plus enivré. Ana passa ses bras autour de son cou et lui rendit son baiser, plus intensément encore. Il resserra son étreinte. Il la fit décoller du sol tout en la pressant contre lui. Elle était à lui. À cet instant, elle était sienne. Il ne voulait pas la laisser partir. Ana ferma les yeux pour profiter pleinement de cet instant, se donnant entièrement à lui. Elle glissa sa langue contre la sienne. Sa peau se mit à frissonner. L'envie de ne faire qu'un devenait plus forte. Ils perdirent le contrôle de la situation. La main de la jeune femme passa sur sa capuche. Elle revint à la réalité. Elle pouvait lui arracher. Découvrir le visage de cet homme qu'elle désirait. Non, ce n'était pas le moment. Il fallait qu'ils se reprennent. Elle cessa l'embrassade en baissant sa tête sur son torse.

— Vous avez raison, dit-elle en reprenant son souffle. On devrait rentrer avant de tomber malade.

Elle serra machinalement la chemise de l'homme entre ses doigts. Le Patron semblait désemparé. Il la maintint contre lui encore quelques secondes, ne sachant pas quand il pourrait la reprendre dans ses bras avant de la relâcher doucement. Il remonta son masque à contrecœur.

— Comme vous voulez, Ana…

Le retour se fit dans le calme, toujours sous une pluie battante. Enfin, le silence ne résidait pas dans l'esprit du Patron. C'était même l'inverse.

Oh, putain… je suis allé trop loin… Beaucoup trop loin… Je ne vais jamais pouvoir faire machine arrière… Elle m'a… Je l'ai… merde… ce n'était qu'un baiser, mais… Non, c'était bien plus que ça. Ce n'était pas un simple baiser ordinaire, c'était une déclaration… Et ce n'est même pas moi qu'elle a embrassé, c'était le Maître Kidnappeur. Comment je vais faire pour rattraper ça ? Putain… Comment je vais pouvoir lui dire qui je suis ? Est-ce qu'elle comprendra ? Non, elle me rejettera… Ce n'est pas moi qui l'attire, c'est l'autre… Putain, mais t'es trop con ! Je n'aurais jamais dû céder, elle va croire que je la manipule… En même temps, j'en avais tellement envie… Je rêvais de l'embrasser, de la prendre dans mes bras. Ana… J'aurais tellement voulu que cela se passe autrement, toi et moi… Je ne suis qu'un sombre crétin ! J'aurais dû écouter Juan dès le départ. Putain ! Maintenant, comment vais-je faire ? Et quand je la vois comme ça, trempée jusqu'à la moelle et que je n'ai même pas un parapluie pour l'abriter, je me dis que je suis vraiment qu'un abruti fini…Si je n'étais pas aussi con, je t'aurais donné ma chemise et ma capuche pour te protéger... Si je n'avais pas aussi peur de te perdre, je t'aurais dit qui j'étais. La vérité, Ana, c'est que je suis...

Complètement tarée ! songea Ana au même moment. *Ma pauvre fille ! Je n'aurais jamais dû céder à mes pulsions ! J'ai fait n'importe quoi ! J'en avais tellement rêvé que j'ai pris mes désirs pour la réalité. J'espère qu'il ne s'est pas senti obligé... il était bien consentant, au moins ? Oh, mon Dieu... Et s'il ne l'était pas ? Il m'aurait repoussée, quand même... Il ne m'aurait pas serrée contre lui et rendu mon baiser avec tant de passion... si ? Non, bien sûr que non ! Il semblait même attristé quand je lui ai dit qu'il fallait rentrer... Oh, putain, on a vraiment merdé... Enfin, on n'a rien fait de mal ? Si ?*

Elle jeta un rapide coup d'œil derrière elle. Il avait les mains dans les poches, la tête baissée. Sa stature était complexe à décrypter. Avec ce masque, elle ne parvenait pas à dire s'il était triste ou en colère.

Une fois arrivés devant la porte d'entrée, il rompit le silence.

— Ce qui vient de se passer...

Redoutant la suite de ses propos, elle le coupa.

— Ne dites rien, s'il vous plaît, murmura-t-elle en rougissant. Laissez ce souvenir là où il est.

Et laissez-moi croire que ce n'était pas une erreur. Elle aperçut le masque se serrer en un coin. Elle ne le laissa pas répliquer, et rentra dans la maison. Il la suivit. Julio sortit d'une pièce avec une bassine.

— Quelle idée d'aller se balader sous ce déluge ! dit-il en la présentant à Ana.

— C'est vivifiant ! répondit-elle en rassemblant ses cheveux sur un côté.

Elle les pressa pour retirer le surplus d'eau. Puis, elle fit de même avec sa robe. Elle commença à prendre l'escalier. Le Patron n'en avait que faire de s'essuyer. Il ignora Julio et la poursuivit jusque devant la porte de sa chambre. Avant qu'elle ne puisse actionner la poignée, il l'interpella.

— Vous savez, Ana Maria, je suis...

Le sang de la jeune femme ne fit qu'un tour. Une détonation retentit dans sa tête. Son visage devint soudainement blanc. Il venait de l'appeler par son véritable prénom. Elle l'avait fait radier de tous les documents officiels, comment était-ce possible qu'il le connaisse ? Elle ne l'avait jamais mentionné à qui que ce soit depuis cette fameuse nuit. Le seul qui l'appelait encore de cette façon était son employeur, qu'elle avait retiré de sa liste de suspects. Cela ne pouvait pas être une erreur. Ce qui signifiait…

Elle leva les yeux vers lui lorsqu'il l'appela de nouveau. Ana. Juste Ana, cette fois-ci. Ses lèvres parlaient, mais elle n'entendait rien. Son corps reculait malgré elle. Elle ne supportait plus sa présence. Elle devait s'éloigner de lui, retrouver un périmètre de sécurité. Elle prit congé en le saluant de la main. Elle s'engouffra dans sa chambre, referma la porte sur lui sans lui donner l'opportunité de poursuivre, sans le regarder ni lui sourire.

À cet instant, il sut qu'il avait vraiment merdé. Il resta debout face à cette porte sans pouvoir la franchir. Un fossé immense venait de se creuser. Il ignorait comment rattraper le coup, mais il était certain d'une chose : il ne la laisserait pas s'échapper.

Livide, Ana se traîna dans la salle de bains, progressant lentement telle une âme perdue. *Si un homme nous enlève, ce n'est pas pour notre bien. C'est pour nous faire du mal…* se répétait-elle tel un mantra. *Il m'a retrouvée… il va recommencer…*

Tremblante, elle ouvrit le robinet de la douche et s'assit sous le jet d'eau. L'eau chaude ruisselait sur ses vêtements. Elle retenait ses cris, mais ses larmes coulaient. *Ana Maria, ma tragédie.* Une nuit d'horreur où la torture, le sang et la mort avaient dansé ensemble. Elle avait été meurtrie, elle avait failli y rester. La violence était inimaginable malgré le fait que sa mémoire lui faisait défaut. Elle ne se souvenait pas de tout, mais il y avait eu un événement marquant. Ses doigts se cramponnèrent à sa crinière. Ses bourreaux n'avaient cessé d'insister sur son deuxième prénom pendant qu'ils commettaient leurs actes sanguinaires. Une partie d'elle était morte, cette nuit-là ; Maria avait disparu. Sa main s'écrasa sur sa bouche pour retenir ses sanglots tandis que d'innombrables questions s'entre-choquaient dans son esprit. Et si le Maître Kidnappeur avait été l'un des leurs ? S'il faisait partie de ce trio qui n'avait jamais été retrouvé ? Est-ce qu'il l'avait séduite dans l'unique but de la faire sombrer de nouveau ? Tout n'était que mensonges et calomnies ? Elle l'avait embrassé… elle se dégoûtait. Avait-elle désiré celui qui lui avait arraché le dos ? Voulait-il terminer son travail ? Une nouvelle voix retentit soudainement dans sa tête : et si ce n'était pas lui ? S'il avait simplement fait des recherches sur elle et qu'il avait fait un lapsus ? Elle secoua la tête. Elle ne savait plus quoi penser. Elle voudrait faire taire ces voix qui lui disaient tout et son contraire. Elle releva la tête. Elle n'avait plus le choix : elle allait devoir le confronter, faire cesser ces secrets. Il avait sa part de responsabilité, après tout. Il n'était pas blanc comme neige. Et c'était à elle de bouleverser les codes, de reprendre le cours de son existence en main.

X. Rendez-vous aux Enfers

La pluie n'avait pas cessé. Après avoir pleuré toutes les larmes de son corps, Ana se ressaisit. Elle retira ses vêtements de plomb et se sécha rapidement. Un peignoir moelleux s'enroula autour d'elle tandis qu'une serviette venait se poser sur sa tête. Elle posa ses mains sur le lavabo, se faisant face dans le miroir. Son regard était devenu glacial. Sa colère était immense, d'autant plus qu'elle s'était littéralement jetée dans ses bras. En pensant à ce baiser enivrant, elle doutait de la sincérité des sentiments qu'il avait eus à son égard. Tout n'était peut-être que stratagèmes et mensonges afin de la manipuler plus facilement.

Son poing se referma sur lui-même. Elle avait ressenti quelque chose de fort, d'intense pour lui et finalement, il avait tout fait pour masquer ses véritables intentions. Il était dans le jeu de la séduction afin de la piéger, encore. Elle en avait à présent la certitude. L'appeler Ana Maria était un aveu. Il connaissait tout d'elle, car il était présent lors de cette fameuse nuit, et il allait le payer très cher. Elle voulut le faire souffrir comme elle avait souffert, peut-être même commettre l'irréparable pour s'échapper de ses griffes une bonne fois pour toutes.

Ana sortit de la salle de bains et observa les objets qui pouvaient l'aider à le confronter. Son regard se posa en premier sur le lit. L'oreiller ferait bien l'affaire, si elle arrivait à pénétrer dans sa chambre pendant qu'il dormait. Elle l'avait fait une fois, pourquoi pas une autre ? En revanche, elle n'avait pas la force nécessaire pour maintenir la pression sur son visage longtemps. Il pourrait la renverser comme une feuille. Elle abandonna cette idée.

L'inspection reprit. Elle s'arrêta sur les pivoines. Certaines plantes avaient des propriétés toxiques, celles-ci n'en avaient pas. Quoique l'eau du vase pouvait lui causer une bonne indigestion. Cependant, comment allait-elle s'y prendre pour lui faire boire à son insu ? Elle n'avait même pas accès à la cuisine ou à une autre pièce de la maison. Ana ressentit un nouveau pincement au cœur. Ces bouquets, si chers à son cœur, n'étaient que des impostures. Langage de fleur, n'importe quoi ! Dans un accès de rage, elle attrapa les pivoines par leurs tiges et les lança sur le sol. Elle fit de même avec toutes les autres. Un mélange de couleurs apparut. Ana s'effondra sous la tension. Ses genoux se cognèrent contre le parquet, ses mains s'écrasèrent par terre, les larmes coulèrent abondamment sur ses joues déjà rougies par les émotions et tombèrent inlassablement sur le sol. Elle resta dans cette position pendant quelques minutes avant de se reprendre. Sa main balaya toutes les coulées de sel du revers. Elle s'assit sur le sol. Son attention se porta sur une feuille. Elle la saisit entre ses doigts, caressant chaque nervure. Toutes ces marques d'affection n'étaient que des leurres, et elle les avait aimées de tout son cœur. Elle n'en avait pas beaucoup reçu.

Le dernier en date, c'était un patient qui le lui avait offert. Le bouquet était incroyable, immense avec beaucoup de couleurs. Un peu comme le tapis de pétales qui s'étalait devant elle. L'homme avait pris le temps de lui mettre un petit mot. Elle l'avait appelé et était tombée sur sa messagerie. Elle lui avait proposé de prendre un verre ensemble. Elle n'avait jamais eu de retour sur ce bel homme qui avait fait chavirer son cœur. Mais ce bouquet avait égayé sa journée, tout comme ceux du Patron.

Quelqu'un frappa à la porte à cet instant. Elle s'empressa de rassembler les fleurs encore viables rapidement et les posa sur son lit. Puis, elle passa de nouveau ses mains sur son visage pour essuyer les dernières larmes avant d'aller ouvrir. Son sang ne fit qu'un tour lorsqu'elle découvrit le visiteur. Un masque blanc, une chemise-capuche descendante sur le visage de couleur grise, un jean noir. Elle oublia quelques instants sa colère. Ces couleurs lui allaient bien. Il tourna le visage sur le côté lorsqu'il découvrit la tenue de la jeune femme.

— Pardon, Mademoiselle Ana, je ne voulais pas... dit-il, gêné.

— Il n'y a aucun mal, bafouilla-t-elle en retenant la jonction du peignoir au niveau de sa poitrine. Hum... Que puis-je pour vous ?

— Je vous ai trouvée absente tout à l'heure et je voulais m'assurer que vous alliez bien.

— Oui, oui ! s'empressa-t-elle de dire. Tout va bien.

Il se dirigea vers elle, la mâchoire serrée.

— Avez-vous réfléchi à ma proposition ?

— Votre proposition ? répéta-t-elle, surprise.

— Un dîner ce soir tous les deux pour vous donner des réponses... Vous ne m'écoutiez pas ?

Elle sentit le rouge picoter de nouveau ses joues. Pour autant, son intérêt devint soudain. Il allait lui donner exactement ce qu'elle voulait.

— Non, avoua-t-elle. J'ai eu une sorte d'absence, excusez-moi. Mais j'accepte votre proposition.

— Ana, vous semblez différente. Est-ce que vous êtes...

— Nerveuse ? Pas du tout, répondit-elle rapidement.

Sa voix la trahit. Ses vocalises montèrent dans les aigus. Cela ne lui échappa pas. Il était évident qu'elle le fuyait. Sa mâchoire se contracta. Sentant une certaine tension entre eux, Ana rebondit rapidement en feignant un faux sourire.

— Je vais aller... me reposer ! dit-elle en désignant quelque chose à l'intérieur. Je voudrais être en pleine forme pour notre dîner ! Alors... À tout à l'heure !

Sans réfléchir, elle referma la porte sur lui. Elle s'adossa contre elle et se laissa glisser sur le sol, tétanisée. Ses membres se mirent à trembler. Elle avait peur. Peur qu'il lui fasse du mal. Peur que tout ne soit qu'illusion. Elle ne pouvait plus lui faire confiance, même s'il avait été bon avec elle. Elle commençait à l'apprécier. Des sentiments étaient en train de naître. Ils avaient été tués. En fin de compte, c'était un manipulateur et un menteur. Son dos le lui rappelait sans cesse.

Et s'il n'y était pour rien dans cette sombre histoire ? Que c'était une simple coïncidence qu'il l'eût appelée de cette façon ? Elle n'arrivait pas à s'en convaincre. Cela ne pouvait pas s'improviser. Elle voyait son sourire, sa gentillesse, son humour… Il n'avait pas le profil de ses tortionnaires. Même si elle ne se souvenait pas de tout, ils étaient plus durs. Ils avaient agi sans crier gare. Un peu comme Juan, Julio et Tonio. Les deux premiers s'étaient rapidement repentis. Après tout, ils avaient agi sous les ordres de leur chef. Mais ces derniers jours, ils avaient plutôt joué un rôle de garde du corps / confident que bourreaux.

Quant à Tonio, lui, c'était différent. Son cas avait été réglé, enfin c'est ce que le Patron disait. *Il n'aurait pas menti sur son cas ?* se demanda-t-elle en mordant sa peau à côté de son ongle. Est-ce qu'en fin de compte, il serait toujours dans les parages ? Non… Il semblait sincère. Tout se mélangeait. Elle retira la serviette de ses cheveux et la jeta non loin d'elle. Elle se releva et se dirigea lentement sur la terrasse, espérant retrouver la raison.

De l'autre côté de la porte, le Patron n'avait pas bougé. Ana l'évitait comme la peste, à présent. Elle n'était plus la même. Il était en train de vivre ses pires craintes. Elle le voyait comme une menace, et avait peur de lui. Pire encore, elle ne lui faisait plus confiance, leur lien était brisé. Elle ne le regardait plus et son sourire était faux. Ses jolies pommettes ne remontaient plus. Il était en train de la perdre. Son poing s'abattit sur le mur brutalement. *Quel abruti*, songea-t-il. Comment allait-il réparer cela ? Est-ce qu'elle le croirait quand il lui dira pourquoi il a fait tout cela ?

C'était peu probable. Il avait envie de se cogner la tête dans la cloison. Il n'avait plus le choix. Ce dîner allait prendre un tournant risqué. À présent, il allait devoir lui révéler toute la vérité s'il ne voulait pas la perdre définitivement. Il s'écarta de sa chambre lentement, le visage sombre.

Pendant ce temps, Ana sentait la pluie s'abattre sur son visage tel un torrent, lui rappelant les vagues s'écrasant sur les rochers. Son esprit l'emmena vers le dernier endroit où elle s'était sentie bien : le jardin japonais. Elle imagina le niveau de la mare se remplir tandis que l'érable serait en train de lutter contre le vent. Elle sentit un léger sourire. Cela resterait malgré tout un magnifique souvenir. Même s'il avait participé à ces atrocités et qu'il regrettait son geste, elle ne pourrait pas lui pardonner. L'hôpital, la lutte pour sa survie, sa rééducation… tout cela ne pouvait pas être balayé avec un simple "désolé". D'autant plus que son cœur commençait à éprouver des sentiments pour lui, semblables à de l'amour. Si tel était le cas, il fallait qu'elle les fasse taire pour toujours. Elle n'arrivait pas à s'y résoudre.

Ses yeux se levèrent vers les nuages. Les gouttes s'écrasèrent contre son visage. Que devait-elle faire ? Désemparée, elle songea au dîner de ce soir. Elle appréhendait le fait d'être seule avec lui. Peut-être qu'il s'agissait d'un guet-apens, peut-être qu'il était sincère quand il disait vouloir mettre les choses au clair. La mort dans l'âme, Ana se traîna de nouveau à l'abri des gouttes. Elle inonda le sol avec son peignoir trempé. Elle partit à la douche.

Lorsqu'elle en ressortit, elle se fit de nouveau face dans le miroir. La blancheur de sa peau était étincelante. Les bleus semblaient avoir disparu. Elle s'obligea à se sourire. Elle secoua la tête. Pas dans cet état d'esprit. Il fallait qu'elle trouve le courage de se battre, d'affronter ce démon. Pour sa survie, elle devait se surpasser. Elle se regarda de nouveau. *Trouve en toi la force de réussir,* se dit-elle. *Tu es une putain de gonzesse, Ana ! Tu ne peux compter sur personne. Il n'y a que toi. Toi et toi seule. Alors, prends ton courage à deux mains et montre-lui que tu n'es plus Ana Maria !*

Un nouveau sourire apparut, celui de la détermination. Son regard brisa la glace. Et pour réussir, elle allait devoir sortir le grand jeu, le plus beau qu'elle pouvait donner. Elle retourna vers le dressing et se para de sous-vêtements blancs et fins. La penderie s'ouvrit. Il y avait bien cette robe qui pourrait tenter le Diable... Elle l'avait déjà repérée, mais n'avait pas osé la porter. C'était le moment parfait pour l'essayer et la mettre en avant.

Ana déplaça plusieurs vêtements et la trouva. Le buste était doré à souhait avec des broderies fines et des strass. Le col en V mettait en valeur la poitrine. Les bretelles se nouaient autour du cou, laissant ainsi le dos nu jusqu'au creux des reins. L'idée qu'il puisse admirer son tatouage et ses actes passés l'enchantaient. La robe s'arrêtait au-dessus des genoux avec une légère ouverture sur la jambe droite. Elle laissait deviner les courbes de la jeune femme, elle était parfaite. Ana la déposa délicatement sur le lit. Le repas du midi n'était pas encore servi, ce qui laissait toute l'après-midi pour se transformer.

Les préparatifs avaient commencé aussi bien en bas que dans la chambre de la jeune femme. Pendant qu'on dressait la table au rez-de-chaussée, elle s'affairait à se coiffer d'un chignon bas tressé. Des pétales de rose étaient étalés en guise de décoration sur la nappe immaculée et Ana piquait une pivoine dans ses cheveux. On s'activait en cuisine, elle s'attaquait au maquillage grâce à sa pochette qu'elle avait dans son sac à main. Le teint était soigneusement travaillé, l'eyeliner était tiré finement sur sa paupière dorée, tandis qu'au rez-de-chaussée, on vérifiait une dernière fois l'alignement parfait. Une dernière touche de rouge à lèvres, un bouchon sautait de sa bouteille.

Dans la chambre à côté de la sienne, le Patron boutonnait sa chemise sur les poignets. Ana enfilait la robe. Il se regardait dans son miroir, un brin anxieux. Elle prenait la paire de sandales dorées à talons hauts. Il se parfumait. Ana sourit en s'admirant dans le miroir. Il avait le visage fermé. Elle espérait faire danser le Roi des Enfers. Il appréhendait sa rencontre avec l'Ange. Elle s'installa sur le lit, faisant attention à ne pas froisser la robe. Il sortit de sa chambre d'un air sombre.

On frappa à la porte de la jeune femme. Confiante, elle l'ouvrit. Juan l'attendait. Lorsqu'il la découvrit, sa mâchoire se décrocha. Satisfaite, Ana pivota sa tête sur le côté avec un léger sourire.

— Est-ce que tout va bien, Monsieur Juan ? demanda-t-elle, mielleuse.

Il ne dit rien.

— C'est peut-être un peu trop pour un dîner avec mon hôte ? poursuivit-elle en passant ses mains sur la robe pour l'épousseter.

— Alors, si je puis me permettre… arriva-t-il à bafouiller. Vous êtes… Enfin c'est… Je pense qu'il sera ravi !

— Vous croyez ? répondit-elle en battant des cils. J'en ai peut-être fait un peu trop ?

Juan prit son courage à deux mains.

— Avec tout le respect que je vous dois, je suis sûr que si j'aimais les femmes, j'aurais bandé !

— Oh… rougit-elle.

Cela la ravit au plus haut point. Le Patron n'aura d'yeux que pour elle et elle pourra lui faire avouer l'inavouable. Elle était prête à le faire succomber. Juan l'invita à sortir de la chambre. Elle continua de jouer la carte de séduction en lui offrant un sourire divin. Elle se concentra pour ne pas perdre cet élan. Ils descendirent l'escalier. Puis ils tournèrent vers la droite. Ils traversèrent un grand couloir pour arriver face à une porte. Julio sortit d'un côté.

— ¡ Oh, Dios Mío ! s'exclama-t-il en portant sa main sur son cœur.

Bluffé était le terme adéquat pour déterminer l'expression faciale du Colosse.

— Vous êtes ravissante, Patronne !

— Merci beaucoup, Julio, dit-elle en dévoilant ses dents.

Juan ouvrit la porte. Elle pénétra à l'intérieur. Il la referma derrière elle. Les dés étaient jetés. Ana déglutit et s'avança prudemment dans cette nouvelle pièce. Les murs étaient blancs avec une fine bande horizontale dorée en son milieu. Au plafond, il y avait un lustre en cristal de toute beauté. La lumière semblait tamisée. Il y avait une cheminée éteinte sur le côté. Un peu plus loin, des fauteuils dorés qui lui faisaient dos. Une table ronde était au centre de la pièce. Elle était joliment dressée et décorée. Un seau avec du champagne se tenait au milieu. Ce dîner prenait des allures de rendez-vous amoureux. Si leur relation était différente, elle se serait laissée charmer. Seulement, ce soir, c'était un rendez-vous aux Enfers.

Ana regarda autour d'elle. Il était là. Elle pouvait le sentir. Une angoisse la prit au cœur. Enfin, elle aperçut une main avec un verre de vin rempli, attendant tranquillement sur un des fauteuils. Elle échappa un soupir. Elle devait garder son self-contrôle.

— Mademoiselle Ana… dit-il sans se retourner.

— Maître Kidnappeur, répondit-elle durement.

— Vous sentez-vous mieux ? demanda-t-il gentiment.

Elle déglutit en silence et détourna le regard en lâchant un rapide "oui". Ce n'était qu'un mensonge de plus.

— Vous avez une bien jolie table, poursuivit-elle en l'ignorant.

— N'est-ce pas ?

Une tension différente des autres fois se faisait ressentir. Des blancs s'installaient. Elle était fuyante, il était distant. Elle perdait petit à petit confiance en elle. Il observait son reflet grâce à son verre en cristal. Elle l'ignorait encore, mais il était sous le charme. Ses yeux brûlaient d'amour. Sa poitrine se contractait. Il ne savait comment l'aborder. Elle semblait si parfaite et pourtant, quelque chose le tracassait. Le comportement de la jeune femme lui paraissait étrange. Elle marchait doucement vers la table. Il brisa la glace.

— Mademoiselle Ana, je me suis permis de vous convier ce soir afin de faire la lumière sur votre présence ici.

Enfin, c'est vous qui êtes lumineuse... songea-t-il, un pincement au cœur. Ana l'écoutait d'une oreille. Elle s'arrêta devant les couteaux étincelants. Une idée jaillit dans son esprit.

— Vous êtes une merveilleuse invitée, lâcha-t-il en la scrutant.

Elle leva la tête, surprise.

— Je suis ravie de savoir que je suis passée du statut d'otage à invitée. Forcée quand même, je tiens à le préciser.

Il passa sa langue sur ses lèvres. Elle n'était plus aussi coopérative qu'avant.

— Je vous ferai remarquer que vous avez vous-même choisi de rester parmi nous, alors que je vous offrais la possibilité de reprendre votre liberté.

— Vous parlez de ce jeu à double tranchant ? demanda-t-elle en posant sa main sur la table.

Un putain de jeu où j'aurais pu succomber... songea-t-elle en serrant les dents. Ses doigts effleurèrent la nappe, semblable à de la soie. Le toucher l'apaisa momentanément. Quand elle leva les yeux vers ce verre de vin qui ne cessait de la fixer, elle se sentit oppressée.

— Que se serait-il passé si j'avais choisi le portable ? demanda-t-elle d'un air mauvais. Vous auriez fait quoi ? Vous m'auriez fait croire que l'appel que j'aurais passé aurait abouti alors qu'un de vos hommes aurait été l'interlocuteur, comme vous l'avez fait avec le ministère de l'Intérieur ? Ou bien vous auriez attendu les renforts pour les assassiner ?

Il se mit à rire nerveusement. Une nouvelle facette semblait se dessiner.

— Avez-vous vraiment une aussi piètre opinion de moi ? se défend-il. Vous me fendez le cœur, Mademoiselle Ana. Je n'aurais en aucun cas fait ça ! Je ne suis pas un assassin ! J'ai entendu votre soif de liberté. J'ai préféré vous proposer cette solution, d'une manière peu orthodoxe, je le conçois. J'ai fait un pas vers vous et vous avez préféré rester ici. Peut-être, effectivement, que vous regrettez. Peut-être auriez-vous voulu reprendre votre vie d'avant et retrouver vos amis.

Le visage d'Ana se referma.

— Je n'ai pas d'amis, répondit-elle froidement.

— En êtes-vous sûre ?

L'air emplit ses poumons longuement, crachant la vapeur par les narines. Elle attrapa discrètement une lame qu'elle ramena doucement vers elle. La tension devenait de plus en plus difficile à gérer.

— En effet, répondit-elle sèchement. Je n'ai pas d'ami.

— C'est sincèrement navrant, dit-il en remuant son vin.

Non, ne fais pas ça. Retire-toi ça de la tête... songea-t-il en l'apercevant dans le reflet.

— Néanmoins, reprit-elle en faisant glisser sa main sur la nappe avec le couteau. Malgré quelques imprévus, j'ai fait de belles rencontres ici. Je le reconnais.

Il arrêta de faire valser son vin. Il ne croyait pas ce qu'il venait de voir. Elle n'allait quand même pas... Il serra son verre plus fort entre ses doigts.

— De belles rencontres ? l'interrogea-t-il. Faites-vous référence au fait que vous vous êtes donnée à mes lèvres ?

Elle lui lança un regard noir.

— Je n'ai jamais rêvé de rencontrer quelqu'un comme vous, répondit-elle. À quel jeu jouez-vous ?

Elle s'éloigna de la table doucement, la lame plaquée contre l'avant-bras. Il contracta sa mâchoire, conscient du danger.

— Rencontrer quelqu'un comme moi, je ne sais pas. Mais je suis persuadé que vous avez déjà rêvé de moi, d'une manière ou d'une autre... sourit-il. Cependant, sachez une chose, Mademoiselle Ana, je ne joue pas avec vous en cet instant présent.

Elle s'arrêta momentanément. *Bien sûr que si, il a toujours joué et joue encore,* songea-t-elle en refermant ses doigts sur son arme. Elle reprit son chemin lentement, s'approchant de lui.

Renonce...

— Vous dites avoir fait de belles rencontres, mais d'un autre côté, vous êtes constamment effrayée par celles-ci.

— Il y a de quoi, quand on ne sait pas pourquoi on a atterri ici !

Les yeux de la jeune femme étaient rivés sur la cible, un regard franc et direct. Ses lèvres étaient légèrement pincées. Elle se déplaçait de manière plus silencieuse. Il déglutit.

— D'ailleurs, depuis quand êtes-vous aussi désagréable, mesquin et manipulateur ? demanda-t-elle froidement. Vous l'avez toujours été, pourquoi cela changerait-il ? Vous m'avez fait croire que vous vous souciiez de moi, alors que tout n'était que mensonges ! Me faire tomber dans vos bras, c'était aussi une façon de me blesser encore plus, c'est ça ?

Sonné par les propos de la jeune femme, il ne la vit pas arriver juste derrière lui.

Ana aperçut le sommet de la tête du Patron, sans capuche. Ainsi donc, le Maître Kidnappeur était châtain. Une montée d'adrénaline l'envahit. Elle ne se laissa pas abattre, malgré son palpitant qui ne cessait de lui envoyer des alertes. Elle se prépara à lui donner le coup fatal. Le Patron revint à lui. Il prit le temps de détacher ses mots.

— Pour répondre à votre première question, Mademoiselle Ana...

Elle fit tourner doucement le couteau dans sa main. La lame se libéra sur le côté.

— Je suis désagréable depuis que... Vous vous êtes mis en tête...

L'arme se leva silencieusement. Elle devait l'abaisser d'un coup au niveau de la jugulaire.

— De me tuer...

À ces mots, il jeta son verre sur sa gauche. La diversion interpella la jeune femme. Il s'empara de sa main armée rapidement. Elle n'eut pas le temps de comprendre quoi que ce soit. Une clé de bras l'immobilisa. Ana se retrouva dos contre son torse, une main bloquée par son bras. L'action était rapide. Consciente du danger, elle se mit à trembler.

— Ana... susurra-t-il d'un air triste. Je vous ai promis de ne pas vous faire mal et voyez ce que vous me faites faire...

Elle sursauta. Il ne portait pas de masque.

— Je sais qui vous êtes, répondit-elle sûre d'elle.

— Si c'était le cas, vous ne seriez pas aussi tétanisée, lui assura-t-il doucement.

— Vous êtes ou vous faites partie des tout premiers cinglés qui m'ont enlevée et torturée !

Un frisson de dégoût parcourut son corps.

— Quoi ? Non, jamais...

— Bien sûr que si ! le coupa-t-elle violemment. C'est vous qui m'avez tailladé le dos ! Vous avez tellement aimé me faire du mal que vous ne pouvez pas vous empêcher de toucher à mes cicatrices juste pour vous rappeler quel effet vous avez ressenti quand vous m'avez...

— Non, Ana... blêmit l'homme. Ce n'est pas moi. Je peux vous jurer que ce n'est pas moi. Vous vous méprenez complètement !

Elle tendit l'oreille. Cette voix ne lui était pas inconnue.

— Cessez vos mensonges ! Vous m'avez appelée Ana Maria !

Il ne répondit pas, choqué par ce qu'il entendait. Elle poursuivit.

— Cela ne suffisait pas de laisser votre marque sur moi ! Vous vouliez aller plus loin ! Vous m'avez retrouvée après tout ce temps dans le seul but d'entrer dans ma tête et de jouer avec mes sentiments !

Les larmes coulaient le long de ses joues. Quant à lui, les propos de la jeune femme résonnaient tels des coups de poignard dans le cœur.

— Vous avez voulu m'attirer dans vos bras... sanglota-t-elle. Vous auriez fait quoi, par la suite ? Vous m'auriez transformée en une poupée de chiffon ? Une esclave sexuelle ?

Ses propos le brisaient. Il ne pouvait plus se taire.

— Non, Ana... vous vous trompez, se reprit-il difficilement.

Cette intonation ne la laissait pas indifférente.

— Je n'ai jamais voulu vous faire de mal.

La couleur de son visage s'effaça. Elle releva la tête. Cette voix, ce parfum, tout se rassemblait... Son sang ne fit qu'un tour. Les battements de son cœur résonnaient dans tout son corps. Il pouvait les deviner sous ses doigts. Il la lâcha doucement. Il fit un pas en arrière et jeta l'arme au sol.

Ana était terrorisée. Tremblante, elle prit son courage à deux mains. Elle inhala l'air. Ses joues étaient inondées. La boule au ventre, elle commença à se tourner, tête baissée. Il essayait de ne rien laisser transparaître, mais il redoutait cet instant où elle lèverait les yeux vers lui. Le champ de vision de la jeune femme laissa apparaître une paire de chaussures cirées. *On y est.* Apeurée, elle commença lentement son ascension. Elle découvrit son jean bleu brut moulant, sa chemise blanche, son cou. Elle se concentra ensuite sur chaque partie de son visage : son menton, ses lèvres, son nez. Ses fossettes apparurent lentement. Elle croisa enfin ses iris noisette. Son cœur rata un battement. Elle laissa échapper un bruit de stupeur. Ses doigts se posèrent en prière sur ses lèvres. Ses paupières se fermèrent, essayant de contenir un sanglot.

— Alors... C'était vous ? murmura-t-elle difficilement.

Il la regarda, accablé par la détresse de la jeune femme. Elle rouvrit les yeux. Elle voulait se convaincre qu'il n'était qu'une illusion. Sa tête disait non et pourtant, c'était la réalité. Son corps parlait pour elle. Tout son être était secoué par des tremblements. Elle les ressentait jusque dans sa poitrine. La cage thoracique se referma. Elle ne devint alors plus que l'ombre d'elle-même. Elle ne voulait pas y croire.

— C'était vous... depuis tout ce temps...

Un étrange sourire apparut sur ses lèvres. *Idiote...* songea-t-elle. Un doux rire nerveux creva le silence pesant. Le Patron était tétanisé. Sa bouche était sèche. Il ne pouvait pas s'exprimer. Les mots lui manquaient. Elle le regarda une dernière fois. Ses yeux le transpercèrent jusqu'au fin fond de son âme.

— Toi… murmura-t-elle dans un souffle.

Ana sentit son corps l'abandonner. Son oxygène se raréfia. Une onde de choc la traversa. Une détonation explosa dans sa tête. La pression emmagasinée se propagea dans sa boîte crânienne. Elle posa sa main dessus pour la contenir. Trop tard. Les étoiles apparurent. Ses jambes de coton ne la supportaient plus. Elle s'écroula. Elle entendit quelque chose au loin. Son prénom, peut-être ? Son souffle était coupé. Plus rien n'arrivait aux poumons. Son corps ne lui répondait plus. Tout devint flou autour d'elle.

Il se mit à hurler. Un cri déchirant. Le son transperça les cloisons, traversant les pièces. Dans la cuisine, Julio lâcha le verre qu'il tenait dans sa main tandis que Juan bondit de la chaise. Ils échangèrent un regard et se comprirent.

— Va chercher l'inhalateur de la gamine, ordonna Julio en se précipitant vers la sortie.

Juan s'exécuta, prenant une direction différente. Le Colosse courut tête baissée à travers le couloir vers le couple. Lorsqu'il défonça la porte, il découvrit une scène dramatique. La belle Ana reposait sur le sol tandis que le Patron la tenait dans ses bras, essayant de la maintenir éveillée. Elle semblait consciente, mais ne répondait à aucune de ses suppliques. Ses yeux peinaient à rester ouvert tandis que son corps entier était parcouru par des secousses musculaires. Julio s'empressa de rejoindre son ami.

— Qu'est-ce qui s'est passé ? lui demanda-t-il en prenant le pouls de la jeune femme à son poignet.

Il crut l'espace d'un instant à une crise d'épilepsie tant ses mouvements étaient incontrôlables. Le Patron la serrait contre lui afin d'éviter qu'elle ne se blesse. Julio reporta son attention sur son rythme cardiaque. Celui-ci était élevé, bien plus qu'à l'ordinaire. Il fronça les sourcils. Il observa rapidement les symptômes visuels. Il n'y avait pas de doute possible : elle était en train de faire une crise d'angoisse. Son corps s'exprimait à sa place.

— Ana, dis-moi ce qui se passe ! supplia le Patron, effrayé. Je t'en prie, parle-moi !

Il était dans son monde, concentré sur elle. Il n'entendit pas les conseils de Julio. Il ne voyait plus qu'elle, comme si elle agonisait dans ses bras. Elle cessa de trembler subitement dès que ses yeux se fermèrent à la dernière secousse. C'est alors que sa poitrine se mit à faire un bruit qu'il commençait à reconnaître.

— Elle fait une crise d'asthme ! s'affola le Patron. Il me faut sa Ventoline !

— Juan est déjà parti la récupérer, tenta de temporiser Julio. Il ne devrait pas tarder.

Terrorisé à l'idée de la perdre, il se retrouva seul face à sa plus grande peur. Le monde s'arrêta de tourner.

— Qu'est-ce que je fais ? paniqua-t-il de plus belle. Je ne peux pas la laisser comme ça !

— Donne-lui de l'air, conseilla Julio dans un calme olympien. Fais-lui du bouche-à-bouche.

Il exécuta les ordres de son ami. Il déposa Ana sur le sol avant de poser ses lèvres sur les siennes. Insuffler la vie, c'est tout ce qu'il comptait à cet instant. *Je t'en prie, reste avec moi. Ana, je t'en supplie...*

Juan arriva en trombe peu de temps après. Il glissa à côté d'eux et présenta l'inhalateur. Le Patron leva rapidement les yeux vers lui. Ne réfléchissant pas, il cessa sa manœuvre et s'en empara. Il souleva la tête de la jeune femme et lui administra deux bouffées. L'effet ne fut pas immédiat, comme à l'accoutumée. Il paniqua de plus belle. Son corps présentait également des tremblements. Son cœur s'apprêtait à quitter sa poitrine. Il devenait de plus en plus blanc à mesure que les secondes défilaient. Des gouttes d'eau ruisselèrent le long de ses joues et s'écrasèrent sur le visage de la jeune femme. Il l'appela plusieurs fois, sans réponse. Julio s'empara de son poignet.

— Son cœur reprend un rythme normal et régulier, constata-t-il.

Juan fronça les sourcils. Il souleva les paupières de la jeune femme et les examina avec la lampe torche de son téléphone.

— Elle répond.

Étourdi, le Patron écarquilla les yeux. Il redressa la tête lentement vers ses acolytes.

— Elle ne respire pas... s'inquiéta-t-il.

D'un coup, le corps inanimé reprit vie dans un immense souffle difficile. Juan s'écarta. Les paupières étaient toujours closes, mais ses yeux semblaient s'agiter en dessous. Le Patron s'empara à son tour du poignet de la jeune femme et le serra entre ses doigts. Julio souffla longuement, rassuré. Il échangea un regard avec Juan. Le sentiment était partagé. Ce dernier tapota gentiment dans le dos du Patron.

— Tout va bien, lui dit-il.

L'homme secoua la tête et tourna les yeux larmoyants vers lui.

— J'aurais dû t'écouter... répondit-il d'une voix pleine de regrets. Si j'avais su...

— Avec des "si", on refait le monde Patron, lança Julio, compatissant.

— Je lui ai littéralement brisé le cœur... J'ai failli la perdre...

Ses émotions martelaient son visage. Il serra malgré lui la main d'Ana de toutes ses forces. Ce contact ne devait pas être brisé.

— Elle est encore en vie ! s'exclama Juan.

— Elle a fait une crise d'angoisse suivie d'une crise d'asthme, elle va survivre, compléta Julio.

— J'ai failli la tuer...

— Ce n'est pas le cas ! lui assura Julio.

Pendant que les hommes tentaient de réconforter leur ami, Ana revenait doucement à elle. Ses paupières s'ouvrirent doucement. Elle sentit quelque chose qui lui tenait la main. Elle aimerait la retirer mais n'y parvenait pas. La poigne était trop forte. Elle aperçut l'ombre du Patron à ses côtés. Il ignorait qu'elle le regardait. La conversation n'était pas audible. Elle se concentra sur lui. Les traits de son visage se dessinaient. *T'es vraiment qu'un sale enfoiré !* songea-t-elle. *Un connard infini ! Pourquoi t'as fait ça ? Comment tu as pu... Sale con ! Tiens... on dirait que tes joues sont humides. Pourquoi t'es essoufflé ? Pourquoi tu trembles ? Qu'est-ce qui s'est passé ? Pourquoi tu parais désespéré ? Qu'est-ce qui ne va pas ?*

Ana le contempla dans son intégralité. Elle repéra une expression qu'elle ne connaissait que trop bien : la peur. Il avait été effrayé. Mais par quoi ?

Son regard croisa enfin le sien. Une étincelle jaillit dans ses yeux. L'espoir renaît. Ana découvrit le soulagement, mais également l'inquiétude. Il posa sa main sur sa joue et écarta une mèche de son visage. Elle sentit qu'il resserrait ses doigts sur sa prise. *Tu as eu peur de me perdre ?* se demanda-t-elle. Il leva les yeux à côté d'elle et parla à une autre personne. Le bruit était étouffé. Elle fronça les sourcils. Il baisa sa main et la lâcha. On la souleva de terre, tandis qu'il restait sur le sol. Elle crut reconnaître Juan. Il lui frottait le dos. *Pourquoi est-ce qu'il le réconforte ? Qu'est-ce que j'ai loupé ?* Elle ferma les yeux, éprouvée par sa dernière crise. Julio l'emmena dans sa chambre et la déposa sur son lit. Elle s'était déjà endormie profondément.

XI. Gentleman Détective

Ana se réveilla quelque temps plus tard, recroquevillée sous la couverture. Sa poitrine lui faisait mal. Elle sentit de nouveaux sanglots transpercer sa gorge. C'était lui, depuis le début… Elle écrasa une larme du revers de la main. Comment est-ce qu'ils en étaient arrivés là ? Qu'est-ce qui lui était passé par la tête ? S'il avait répondu à son appel, peut-être que tout aurait été différent…

Le Patron s'étala sur son lit, abattu, à bout de forces. Ses nerfs avaient lâché. À son tour, il sentit une larme rouler le long de sa joue. Ses mains s'écrasèrent sur son visage. Il sentait qu'il l'avait perdue. Il devait au moins lui expliquer pourquoi il avait entrepris toute cette mascarade. Mais après… tout sera définitivement fini pour lui. Elle le repoussera de toutes ses forces et il continuera de l'aimer de la même manière. Au fond, elle n'avait jamais quitté ses pensées depuis leur première rencontre. Il s'accrochait à ses souvenirs, si chers à son cœur…

Quelques mois plus tôt

Il avait franchi le seuil de la porte du cabinet d'ophtalmologie avec une certaine assurance, comme à son habitude. Avoir une bonne vue, c'était la base essentielle de son métier. Pourtant, lorsqu'il aperçut la secrétaire, tout autour de lui devint subitement flou. Les nombreux patients qui attendaient leur tour devant son bureau, la décoration, le mobilier... Son cœur rata un battement. Son corps se raidit tandis qu'il oubliait de respirer. Cette jeune femme était au centre de son attention. Elle discutait avec une patiente et son regard se détourna vers lui. Ses lèvres s'étaient étirées et ses pommettes légèrement remontées. Il sut à cet instant que c'était à lui qu'elle souriait. Pour la première fois depuis longtemps, il était déstabilisé. Était-ce par mimétisme ou bien par soulagement, il lui rendit de toute son âme.

Malgré le monde présent cette journée-là, Ana n'avait vu que lui. Grand, le teint légèrement rosé, des yeux noisette, avec une légère barbe de deux jours. Ses cheveux étaient d'un beau châtain, plus courts sur les côtés que sur le dessus. Il avait un sourire des plus charmeurs et des dents étincelantes, un minois d'ange. Elle tomba sous son charme au premier regard. Elle ne put s'empêcher de rougir lorsqu'il se présenta devant son bureau. Sa voix ne l'avait pas laissée indifférente. Elle était belle, avec ce ton grave qui lui était propre. Une voix qu'elle aimerait entendre lui susurrer des mots doux.

Il portait un veston en tweed bleu marine par-dessus sa chemise blanche qui lui collait à la peau. Il devait faire du sport à n'en pas douter, au vu de sa musculature. Il ne la lâchait pas non plus du regard. Elle avait un teint de porcelaine avec des anneaux bleus étincelants. Elle lui offrit un nouveau sourire qui fit chavirer son cœur. Après tout ce temps passé, elle était là, devant lui, lumineuse. Il tendit sa carte vitale. Elle lui effleura le doigt. Les effluves de son parfum étaient enivrants. C'était frais, sensuel. Le genre d'odeur qu'elle adorait. Son nom de famille était étranger. Il lui expliqua que son père était anglais et sa mère irlandaise. Pour autant, il n'avait aucun accent. Après les formalités faites, il partit à contrecœur dans la salle d'attente. Il l'avait laissée là, mais cela avait permis à la jeune femme d'avoir une vision sur son fessier.

Il y avait beaucoup de retard. Ana devait aider le docteur à préparer les examens. Elle se retrouva donc seule avec le bel inconnu dans une des salles d'examens. La lumière était tamisée. Elle n'osait pas le regarder. Il ne se gênait pas. C'était déconcertant, mais plaisant. Ana l'installa sur le fauteuil et prit place en face de lui.

Une telle opportunité ne se représentera pas une seconde fois, pensa-t-il en esquissant un sourire. *Je dois assurer si je veux la revoir.*

— Je vais faire les premiers examens et le docteur vous recevra après, lui avait-elle expliqué.

— Tant que je suis avec vous, tout me va, avait-il répondu d'une voix suave.

Le visage d'Ana se para de rouge. Il fut attendri par sa réponse corporelle, tandis qu'elle tentait de dissimuler son émotion en extirpant la machine d'examen de la table de consultation d'ophtalmologie.

— Vous allez poser votre menton sur la mentonnière et le front sur la barre du haut, s'il vous plaît, expliqua-t-elle.

— À vos ordres, Mademoiselle… ou bien Madame ?

— Mademoiselle, c'est très bien.

Il se réjouit. Elle l'aida à se placer correctement. Il avait comme consigne de ne pas bouger. Elle pouvait admirer son beau profil. Sentant son regard sur lui, il essayait de ne rien laisser paraître, sauf que… L'éclairage empêchait la demoiselle de voir la légère coloration des joues du patient. Il était troublé et même attiré par ce halo qu'elle dégageait. Elle s'installa à sa place. Lorsqu'elle actionna les premières commandes, elle eut l'impression que cet œil traversait tous les obstacles de l'appareil pour la regarder, elle. Pas le reste. Elle fut à son tour déconcertée.

Elle fit l'examen en prenant son temps. Les effluves de son parfum la tourmentaient. Elle voulait le respirer jusqu'à ce qu'elle soit complètement sous son emprise, même si c'était déjà le cas. Elle avait essayé de se concentrer, son travail devait être irréprochable si elle ne voulait pas subir le courroux de son patron.

Lorsqu'elle eut fini, elle lui demanda de patienter. Il avait été surpris qu'elle s'en aille aussi vite. Il voulut la retenir. Son bras se releva momentanément dans sa direction avant de s'arrêter. Il ne devait pas céder à cette pulsion. Elle lui annonça qu'elle l'attendrait à l'accueil. Il fut rassuré, mais néanmoins attristé. Ils se sourirent longuement. Elle quitta la salle avec une pointe de regret. Elle ignorait que ce sentiment était partagé.

Mais du travail l'attendait à son poste, notamment son ami Arthur, qui venait d'arriver avec une nouvelle patiente. Le visage rayonnant d'Ana ne le laissait pas de marbre.

— Je sais que je suis un bel homme, mais cesse de me regarder avec autant de convoitise ! dit-il en souriant. Efface-moi ce filet de bave, s'il te plaît !

— Oh ! Bonjour, Arthur, répondit-elle, gênée.

Ils avaient tous les deux un lien particulier. C'était la seule secrétaire qui recevait les ambulanciers avec bienveillance. Ces hommes en uniforme étaient les seuls avec qui Ana adorait converser. C'étaient des rayons de soleil dans cette foule tumultueuse. Au fur et à mesure de ses visites, elle et Arthur avaient échangé leurs numéros et continuaient leurs discussions jusqu'à tard le soir. Ils prenaient parfois des verres ensemble. Mais leurs horaires respectifs compliquaient leurs entrevues. Arthur avait endossé un rôle de grand frère lorsqu'il était de passage au cabinet. Avec son léger embonpoint, ses lunettes rondes qui amplifiaient ses yeux clairs et son bagou, il se permettait de remettre en place les patients qui manquaient de respect à sa petite "sœur de cœur".

En cette belle après-midi, il avait décidé de tourmenter la jeune femme. Il était rare de la voir aussi rayonnante. Une fois les formalités faites avec la patiente qu'il avait amenée, il assaillit Ana de questions. Il s'arrêtait quand le téléphone sonnait ou qu'elle était dérangée par quelqu'un et revenait à la charge. Ana cherchait désespérément à détourner la conversation. Elle perdit tous ses moyens lorsque le bel inconnu sortit de la salle de consultation. En le voyant, Arthur sentit monter en lui une pointe de jalousie. Il s'effaça pour assister en toute discrétion à leur conversation.

Cet individu avait besoin d'un nouveau rendez-vous pour un fond d'œil. Cet examen nécessitait la présence d'une seconde personne pour la conduite du retour. La pupille étant relativement dilatée, la vision se troublait et était altérée. Il était venu seul, pour le plus grand bonheur d'Ana. Elle fit sa feuille de soins et lui demanda de régler la consultation. Il sortit sa carte bancaire noire. L'inscription “World Elite” avait intrigué la jeune femme. C'était la première fois qu'elle en voyait une. Il devait avoir des finances plus que confortables pour obtenir une carte de ce calibre. Le jackpot au loto, peut-être ?

— Et n'oubliez pas le chauffeur ! insista Ana en lui redonnant la carte vitale. C'est vraiment important.

— Le produit semble déformer tout ce qu'on voit… j'imagine qu'il en va de même pour vous ? s'interrogea-t-il d'un air faussement perplexe.

Elle se mit à rire. Ce son fit bondir le cœur du jeune homme.

— L'effet est temporaire, je ne le serai pas longtemps, le rassura-t-elle.

— Même en voyant trouble, je suis certain que j'arriverai à vous discerner tel que je vous vois aujourd'hui.

À ces mots, il saisit délicatement la main d'Ana avant de la porter à ses lèvres. Elle piqua un fard monumental, tirant sur le violet. Le bleu de ses yeux grandit sous l'effet de la surprise. Son cœur se mit à cogner de plus en plus fort. Le patient plongea son regard dans les siens, terminant la valse musicale sur un solo de tambour endiablé.

— À très bientôt Mademoiselle.

Et il partit, laissant Ana pantoise, mais surtout sous le charme. Il lui adressa un dernier sourire avant de refermer la porte. Lorsqu'il quitta son champ de vision, son cœur se tut subitement. Elle huma les derniers effluves de parfum dans la pièce. En sortant de la pénombre, Arthur se mit à l'imiter grossièrement, tirant la jeune femme de sa rêverie.

— À très bientôt, Mademoiselle ! lança l'ambulancier en faisant une révérence exagérée. Donnez-moi votre main, que je la...

— Arthur, ça suffit ! ordonna Ana, gênée par le comportement de son ami.

— Ce type-là, c'est que de la gueule ! s'emporta-t-il. Voyez comment je suis le plus beau, le plus fort, le plus riche et gna gna gna ! Franchement, Ana ! Tu ne vas pas te laisser charmer par ce... truc, là !

La jalousie excéda la jeune femme.

— Mais t'as fini ?

— Certainement pas ! Il ne m'inspire pas confiance et tu devrais t'en méfier ! poursuivit-il en la désignant du doigt. C'est qu'un beau parleur qui essaie de te mettre dans son lit ! Ne tombe pas dans le piège !

— Calme-toi ! essaya-t-elle de tempérer. Il ne se passera rien avec ce patient.

Elle soupira en passant sa main dans ses cheveux.

— Oui, il est beau gosse, mais tu vois bien qu'on ne vit pas dans le même monde, dit-elle avec une pointe de regret. Et je n'ai pas à me justifier devant toi !

Pour mettre un terme à cette conversation, elle sortit de son tiroir une boîte en fer. Elle l'ouvrit et la tourna vers l'ambulancier.

— Un chocolat ? proposa-t-elle en lui tendant.

Le talon d'Achille d'Arthur. Il en prit plusieurs avant de retourner dans son coin en marmonnant. Elle lui promit de se méfier de lui. Mais elle avait surtout très envie de le revoir. Malgré ce qu'elle lui avait dit, elle se sentait irrémédiablement attirée par lui, comme s'il s'agissait d'une connexion profonde entre leurs deux âmes. Le fait qu'il allait revenir au cabinet la réconfortait. S'ils devaient se revoir, c'était qu'il s'agissait d'un signe du destin. Elle ne voulait pas laisser passer cette chance, tout comme lui d'ailleurs.

Le coude en appui sur le volant, les doigts sur les lèvres, les yeux rivés vers ses pensées, il ne voulait pas partir. Il n'avait qu'une envie : retourner la voir. C'était comme une évidence, elle et lui étaient liés.

***

Ana écrasa ses mains froides sur ses joues chaudes tandis que le Patron se mit à sourire tristement. *Elle était belle, cette époque…*

***

La seconde fois où ils se revirent, c'était un jeudi, deux semaines plus tard pour le dernier examen. Ce jour-là, il portait un splendide costume trois-pièces marron avec une chemise blanche et une cravate bleu nuit.

Ana guettait son arrivée depuis qu'elle avait repris le travail de l'après-midi, deux heures plus tôt. Malheureusement pour elle, elle ne put l'accueillir comme elle le voulait. Il était arrivé au moment où elle était avec une personne âgée au téléphone, dont la surdité ne faisait aucun doute. Une discussion quotidienne pour elle, un spectacle des plus adorables pour lui. En le voyant, elle ne put s'empêcher de lui sourire.

— C'est le cabinet d'ophtalmologie, essayait-elle de faire comprendre au patient depuis deux minutes. Le médecin des yeux. Des Yeux. Pardon ? Non, je ne veux pas vous vendre des œufs ! Monsieur Dupond ?? Non, ne raccrochez pas !!

Elle lui fit signe de lui donner la carte vitale afin que son patient physique puisse s'installer dans la salle d'attente. Il secoua la tête avec un petit air de satisfaction. Ce qui se passait était bien trop intéressant pour ne pas en profiter. Enfin, c'était surtout aussi pour la voir, profiter d'elle un peu plus longtemps. La découvrir dans son rôle de secrétaire médicale, c'était faire un nouveau pas.

— C'est l'ophtalmologiste ! s'égosillait-elle. Le médecin des yeux pour un rendez-vous. Yeux ! Rendez-vous ! Mais non, ce n'est pas la police…

Au cabinet ! UN REN-DEZ-VOUS-AU-CA-BI-NET ! Allez chercher votre appareil ! Madame n'est pas avec vous ? Comment ça, je n'ai pas de sous ? Mais pas vous ! Un rendez-vous ! Mon Dieu, c'est une catastrophe… On n'est pas sortis du sable…

Elle tentait de gérer aussi bien le patient en ligne que celui qui était présent devant elle. Malgré ses nombreux signes pour le diriger vers la salle d'attente, il avait décrété qu'il ne bougerait pas. Pendant qu'elle bataillait avec Monsieur Dupond, Ana ne cessait d'échanger des sourires complices avec le bel irlandais, pour son plus grand plaisir. Il devinait sa gêne, mais elle restait professionnelle en toutes circonstances.

Soudain, le visage de la jeune femme s'illumina. Elle eut une idée. Certaines personnes malentendantes n'entendaient pas les sons aigus. Uniquement les sons graves. Elle se racla la gorge avant de prendre une intonation étonnante.

— Monsieur Dupond ? C'est le Médecin des yeux.

Le cœur du Patron bondit dans sa poitrine. Cette voix sensuelle était sûrement la plus belle qu'il eût entendue. Comme attiré par ce nouveau timbre, il fit malgré lui un pas vers elle.

— Vous m'entendez ? poursuivit Ana sans avoir remarqué le changement d'état d'esprit de son irlandais. Oh, c'est merveilleux. Prenez une feuille et un stylo, je vais vous donner votre rendez-vous pour votre contrôle post-opératoire.

Il regrettait de ne pas être au bout du fil. Le rendu devait être encore plus sexy. La chance lui souriait, la sirène était devant lui. Il était prêt à succomber à ses chants. Elle raccrocha quelques secondes plus tard. Elle se tourna vers lui avec un sourire.

— Bonjour ! dit-elle avec sa voix normale. Je suis enfin à vous !

Le cœur de l'homme bondit de nouveau tandis qu'il sentit poindre sur ses joues un petit échauffement. *Ne dites pas ce genre de choses de manière si innocente…*

— Bonjour, Mademoiselle, répondit-il en donnant sa carte vitale pour échapper à ses pensées.

Une certaine tension s'installa entre les deux. Leurs doigts s'effleurèrent de nouveau lorsqu'elle se saisit de la carte. Dans une pulsion, il s'empara de la main de la jeune femme avant de la porter à ses lèvres. Ana rougit de plus belle. Elle se détourna de lui, craignant que le docteur ne découvre cette scène.

— J'espère ne pas vous avoir offensée, s'excusa-t-il immédiatement, confus. C'est ainsi que ma mère voulait que je salue les jolies jeunes femmes.

Elle piqua un nouveau fard, mais ne releva pas le compliment.

— Est-ce l'élégance à l'irlandaise ? demanda-t-elle.

— Pas forcément, Mademoiselle, lui répondit-il avec un sourire.

Le cœur des deux personnes battait à l'unisson sans qu'aucun ne puisse l'entendre. Ils ne pouvaient se détacher du regard. Ils étaient attirés l'un par l'autre, mais ils savaient que la limite ne devait pas être franchie. Aussi, le patient décida de prendre les devants avant de commettre un nouvel impair.

— En revanche, si un jour vous m'appelez en prenant votre voix grave, je serais obligé de vous inviter à dîner.

Elle rit nerveusement. Son visage s'illumina à la proposition.

— Cessez de jouer avec moi ! dit-elle en touchant ses cheveux.

— À vos ordres, Mademoiselle... Mais c'était sincère.

Elle s'empourpra tandis qu'elle se mordait les lèvres en abaissant le regard. Cette tension, cette chaleur entre eux ne la laissait pas de marbre. Elle vibrait. Mais ce n'était pas le lieu le plus romantique pour se laisser submerger. Aussi, elle décida de reprendre son rôle de secrétaire.

— Vous avez un chauffeur ? demanda-t-elle d'un ton sérieux.

Il acquiesça. Elle lui désigna la salle d'attente où il se rendit, non sans un pincement au cœur. En le voyant s'éloigner, Ana avait d'ores et déjà décidé qu'elle jouerait avec lui, et qu'il n'était pas prêt pour ce qui allait se passer.

Ana feuilleta son dossier. La dilatation devait se faire dès l'arrivée du patient. C'était dans ses attributions. Elle s'empara des gouttes et d'un mouchoir. Malgré le métier qu'elle exerçait depuis quelque temps déjà, elle avait toujours du mal à accepter d'être perçue comme une attraction touristique lorsqu'elle pénétrait dans la salle des patients. Elle passait au scanner de tous, chacun suivant ses moindres faits et gestes. Nerveuse, elle inspira et expira plusieurs fois avant de se lancer dans la fosse aux lions. Elle espérait toutefois que son patient se tiendrait à carreau.

Lorsqu'elle se présenta dans l'entrebâillement de la porte, elle découvrit qu'il était sur son téléphone, installé à côté d'une chaise vide, en face d'une très belle brune aux jambes bronzées. Cette dernière bombait sa poitrine tout en jouant avec une mèche de ses cheveux. Son talon aiguille claquait le sol, sûrement pour attirer l'attention de l'homme. Les papys, eux, avaient miraculeusement retrouvé la vue, notamment au niveau du décolleté proéminent de la femme. L'irlandais, lui, n'en avait que faire, ce qui soulagea Ana.

Quand il entendit les bruits de pas se rapprocher de lui, il rangea son téléphone et accueillit la secrétaire avec un léger sourire. Il éloigna de lui-même la chaise vide pour laisser de la place. Ana le remercia et se mit à ses côtés. Elle avait une vue plongeante sur ses muscles qui remplissaient la chemise. Son parfum n'était pas le même que la dernière fois, mais il avait une odeur si sensuelle qu'elle en était toute retournée. Il se concentra pour la regarder dans les yeux, même si la vue sous-jacente était tout aussi intéressante. Hésitante, elle lui demanda de pencher la tête en arrière et de regarder le plafond. Il obtempéra sans rien dire. Ana posa le revers de sa main au niveau de sa joue pour étirer la paupière inférieure tandis qu'elle visait l'œil avec la dosette entre le pouce et l'index. Sa peau était chaude. Elle eut un léger frisson. Restant professionnelle, elle le prévint qu'un léger picotement se ferait sentir. Il se laissa faire.

La première goutte tombée, il ferma son œil quelques secondes avant de les rouvrir pour que la praticienne puisse terminer son travail. La douce caresse du mouchoir vint se poser sur les paupières pour retirer le surplus du produit. Ana le lui tendit après. Il la remercia en lui touchant volontairement le bout de ses doigts. Ils échangèrent un sourire complice et la secrétaire repartit à son bureau. En quittant la salle d'attente, elle entendit la patiente entamer une conversation avec l'homme.

— Ce n'est pas drôle d'avoir les gouttes ! dit-elle.

Ana se plaqua contre le mur juste à côté pour épier les propos.

— Ça dépend pour qui, répondit-il d'un air détaché.

Telle une fouine, Ana sortit de sa cachette et fit mine de chercher un dossier dans l'armoire située juste à côté de la salle. Elle jeta un rapide coup d'œil. Il était sur son téléphone.

— Personnellement, moi, je ne peux pas les supporter, poursuivit-elle en faisant des gestes avec ses mains pour capter son attention. Ça me brûle, c'est infernal !

Ana secoua la tête. Elle tendit l'oreille. Aucune réponse de la part de l'homme. Elle repassa rapidement devant en zieutant. Il était toujours sur son écran. Elle sourit et retourna à son bureau. Elle nota dans le dossier l'heure à laquelle elle avait administré le produit. Elle leva la tête et prêta attention à ce qui se passait en salle d'attente. Silence complet. Elle se réjouit. Quelques minutes plus tard, Ana y retourna pour administrer la seconde dose. Le même scénario recommença. Un sourire échangé entre eux, l'ignorance totale pour l'autre patiente qui tentait une fois encore de se faire entendre par ce bel inconnu.

Une demi-heure plus tard, le docteur demanda à Ana de passer une radio de la rétine au bel Irlandais. En entendant son nom, il se releva d'un pas assuré. Le produit avait fait son œuvre. Tout autour de lui était flou, aussi bien en vision de loin qu'en vision de près. Il avait perdu ses repères, mais savait comment s'orienter. Aussi, il salua brièvement les autres patients et se présenta devant le bureau de la secrétaire. Ana l'emmena dans une nouvelle salle. Il ne reconnut pas les alentours, mais la lumière était de nouveau tamisée, comme la première fois. Elle l'installa sur le tabouret devant l'appareil émettant le plus de bruit. Assis, il était tout aussi grand qu'elle. Ana lui demanda de se tourner vers elle et ajouta de sa belle voix grave :

— Regardez-moi droit dans les yeux, s'il vous plaît.

Le visage du jeune homme s'illumina. Il ne pouvait que se plier face à la sirène. Il n'arrivait pas à la discerner ni voir ses réactions tout comme ses mimiques faciales. Lui qui en avait fait son cœur de métier, il était face à un océan de secrets. Une ombre s'approchait de lui. Son doux souffle sur son visage le tourmenta. Il se mordit les lèvres. Quant à Ana, elle jubilait. L'heure de la revanche avait sonné.

— Dilatation à 6 millimètres, chanta-t-elle. Je ne suis pas certaine que vous voyiez encore très bien.

— J'arrive à deviner ce qui se passe autour de moi, répondit-il d'une voix sensuelle.

Elle déglutit.

— Vous allez mettre votre tête sur la machine, répondit-elle en détournant la conversation. Cela va se passer comme si je vous prenais en photo.

— J'espère que j'aurai la vôtre en retour, dit-il en se laissant guider pour l'installation.

Elle retint un rire.

— Le docteur va être ravi d'ajouter votre beauté oculaire à sa collection, c'est certain !

— Cessez de briser mes fantasmes, plaisanta-t-il.

Ana éteignit la lumière, les plongeant dans le noir total.

— Ou pas… murmura-t-il pour lui-même.

La jeune femme s'affaira de l'autre côté de la machine.

— Le flash est relativement puissant, alors si vous êtes ébloui, vous me le dites et on fera une pause, d'accord ?

Il hocha la tête. Elle lui donnait des consignes. Regarder le point vert. Ne pas cligner. Cligner. L'examen se réalisa dans le calme. Lorsque ce fut terminé, la lumière revint. La jeune femme scruta longuement les radios qu'elle venait de prendre. Elle ne voyait rien d'anormal. Elle quitta son poste pour se mettre à côté de lui.

— Aucune femme ne m'avait autant ébloui que vous, Mademoiselle, déclara-t-il encore sous le coup des flashs.

— Même pas la belle brune dans la salle d'attente ? demanda-t-elle de but en blanc.

— Qui ? s'étonna-t-il. Non, je n'ai rien remarqué, hormis la petite mamie de l'autre côté de la salle qui semblait être perturbée. Vicieuse, peut-être ? Enfin, très bizarre ! Non pas que son strabisme me dérange, mais elle avait quelque chose dans le regard vraiment… étrange.

Ana blêmit. Ses yeux s'écarquillèrent.

— Quoi ? Comment ça, elle est encore là, cette petite dame ? s'interrogea-t-elle. Elle avait rendez-vous avant vous…

Elle se mordit les lèvres.

— Je crois qu'on l'a oubliée, avoua-t-elle à voix basse.

L'homme croisa ses bras sur le torse, un large sourire sur le visage.

— Je vous tourmente tant que ça, Mademoiselle ?

— Ne prenez pas vos désirs pour la réalité, bafouilla-t-elle en rougissant.

Il se redressa un peu plus sur son tabouret, lui faisant face. Elle ne recula pas. Les pupilles dilatées lui confirmaient qu'il ne savait pas où il regardait. Elle en profita donc pour plonger pleinement dans ces ronds noirs prédominant un fin anneau noisette. C'était la plus belle chose qu'elle avait vue aujourd'hui. Une vive tension s'installa entre eux. La lumière tamisée rendait l'ambiance plus magique. En se concentrant, il arrivait à voir les détails du visage de la jeune femme. Il se sentit irrémédiablement attiré par elle. Il n'avait qu'une envie à cet instant : l'embrasser. Son corps s'avança lentement, tout comme le sien. Ils ne furent qu'à quelques centimètres l'un de l'autre quand le téléphone se mit à sonner. Déstabilisée, Ana détourna le regard en sentant le rouge lui picoter le visage.

— Excusez-moi, je vais devoir retourner à mon poste ! dit-elle en reculant.

— Attendez, Mademoiselle, l'interpella-t-il avant qu'elle ne se sauve. Pourriez-vous me donner votre prénom, s'il vous plaît ?

Elle sourit.

— Ana, Monsieur. Je m'appelle Ana.

Il répéta son prénom en souriant. Elle commença à s'écarter de lui et à prendre la direction de la porte.

— Mademoiselle Ana ? l'interrogea-t-il une seconde fois. Avant que vous ne partiez, j'aurais une autre question à vous poser et je préfèrerais vous la poser ici plutôt que de vous mettre mal à l'aise devant les autres patients.

— Euh... Oui ? répondit-elle nerveusement.

Il inspira longuement. Elle se pinça les lèvres. Il se tourna vers elle.

— Accepteriez-vous de prendre un verre avec moi, un jour, à votre débauche ou en week-end ? Enfin, quand cela vous arrange.

Le cœur d'Ana rata un battement. Elle n'arrivait pas à croire ce qu'elle venait d'entendre.

— Oh... euh... parvint-elle à dire, hésitante.

Un nouveau silence s'était installé. Il ne voyait pas ses réactions et redoutait sa réponse. Elle le vit troublé. Un sourire diabolique franchit ses lèvres.

— Vous me prenez vraiment au dépourvu ! poursuivit-elle en bafouillant. C'est très flatteur, merci ! Merci beaucoup pour votre invitation. Cependant...

Le sourire de l'homme s'effaça progressivement. Elle poursuivit sur sa lancée.

— Mon employeur m'a fait signer un contrat concernant les relations professionnelles et patientèles. Et dedans... il est dit que...

L'homme devenait de plus en plus livide au fur et à mesure qu'elle parlait. Elle se pinça les lèvres pour éviter de rire.

— Je n'ai pas le droit d'avoir de relations quelconque avec qui que ce soit que j'ai rencontré dans cet établissement. Imaginez la réputation du cabinet si on apprenait ça ou si mon idylle se terminait mal.

Surpris, il ne savait plus quoi dire, se demandant même si c'était vraiment légal d'inclure cette mention dans son contrat. Son sourire avait disparu et Ana pouvait deviner la gêne.

— Bon, allez, j'arrête de vous faire marcher ! lança-t-elle joyeusement. J'accepte votre proposition. Oui, ce sera avec plaisir de prendre un verre avec vous.

Il se détendit subitement. Sa main se porta toutefois sur son cœur, comme s'il allait bondir de sa poitrine.

— Vous êtes vraiment diabolique ! s'exclama-t-il en souriant. Et après, c'est moi qui joue avec vous !

Elle se mit à rire.

— Je vous rends la monnaie de votre pièce, Monsieur.

À cet instant précis, le docteur pénétra dans la salle sans crier gare. Surprise, Ana baissa le regard vers le sol, ce qui n>échappa pas au patient. Ce dernier fronça les sourcils.

— Qu'est-ce qui se passe ici ? demanda le nouvel arrivant.

— Rien, Monsieur, je viens de terminer.

Elle fila rapidement hors de la salle, les laissant en plan. En s'installant à son bureau, Ana était malgré tout dans une douce euphorie. Lui et Elle. Elle et Lui. Autour d'un verre. Un rendez-vous avec quelqu'un... Cela ne lui était pas arrivé depuis très longtemps. Elle se demandait même si c'était réel ou si elle ne se montait pas un film. Était-ce vraiment sincère ? Ou ce n'était que le coup d'une nuit ? Elle sourit à cette possibilité. Et pourquoi pas, après tout ? Elle n'avait qu'une vie. Il fallait qu'elle en profite.

Le bruit assourdissant d'une porte claquant contre le mur la sortit de sa rêverie. Un homme se présenta à elle, le poing fermé et la mâchoire contractée. Il tapa violemment sur son bureau. Elle sursauta.

— Où est le docteur ? hurla-t-il à pleins poumons.

Ana déglutit. Les yeux de l'individu crachaient une haine immense. Elle allait devoir le gérer en attendant la fin de l'examen en cours.

— Bonjour, répondit-elle calmement. Je suis désolée, mais le docteur est actuellement en consultation. Est-ce que je peux vous aider ?

— Non !! postillonna-t-il. Je veux le voir immédiatement.

Ana se mordit les lèvres et inspira longuement.

— Il n'est malheureusement pas disponible pour le moment, mais je peux vous faire patienter quelques instants. Est-ce que vous pouvez me dire ce qui vous arrive ? Vous avez mal où…

— Ça ne vous regarde pas !! cria-t-il de toutes ses forces, faisant trembler une cloison.

— Je vais aller chercher le docteur, mais j'ai besoin de connaître le motif, car je ne peux le déranger sans raison valable. Si vous avez une limaille dans l'œil, je peux soulager votre douleur et…

— Ça n'a rien à voir !! Arrêtez de faire votre mielleuse, là, et allez me le chercher tout de suite !

Le patient se mit à crier le nom du docteur dans tout le cabinet, réveillant la salle d'attente.

— Monsieur, calmez-vous, s'il vous plaît ! tenta d'apaiser Ana.

— Fermez votre gueule, vous !

Ana se releva de son fauteuil, agacée.

— Vous croyez que vous allez me faire peur avec votre taille aussi ridicule ? poursuivit-il en ricanant. Amenez-moi le docteur et que ça saute !

— Et moi je vous ai demandé d'attendre gentiment, haussa-t-elle le ton.

L'homme se pencha sur le bureau. Ses yeux étaient injectés de sang.

— Je vais m'occuper personnellement de vous si vous ne me donnez pas ce que je veux.

Il tapa de nouveau le poing sur le bureau. Ana sursauta. À force d'avoir affaire à ce genre d'individus, elle était parée à toute éventualité. Elle savait qu'elle devait garder son calme. Elle soutint le vil regard de l'homme et scruta rapidement ses yeux. Il n'y avait aucune lésion, le contour n'était pas rouge, pas de larmes. Pas de conjonctivite apparente, pas d'infection oculaire. Pas de boutons ni d'abaissement de paupières.

— Puis-je vous demander votre nom afin de lui apporter votre dossier, s'il vous plaît ? demanda-t-elle d'un ton plus calme.

— Ça ne vous regarde pas ! aboya-t-il. De toute façon, vous ne servez à rien et vous ne servirez à rien ! À part faire la potiche et écarter vos cuisses !

— Pardon ? s'emporta-t-elle, offusquée. Vous allez me parler mieux que ça !

— Arrêtez de faire votre Sainte Nitouche, là ! Toutes les secrétaires se font sauter par leur patron, c'est bien connu !

Cette pensée émoustilla l'énergumène. Il dévisagea Ana rapidement et loucha sur sa poitrine. C'était une gonzesse comme une autre. Elle était pas trop mal dans son genre. Il passa sa langue sur ses lèvres. Ana recula tandis qu'il approchait son visage d'elle. Son souffle la dégoûta.

— Si jamais il ne vous satisfait pas, vous n'aurez qu'à m'appeler, lui dit-il d'une voix plus posée. Je suis un gars sympa, dans le fond.

— Je ne crois pas non, répondit-elle froidement en s'écartant de lui et du bureau. Je vais aller voir s'il a terminé.

— Il vient de finir, lança l'Irlandais d'un ton menaçant.

Elle jeta un regard vers lui. Son aura parut sombre. Son poing s'était refermé sur lui-même. Sa présence venait réconforter la jeune femme. Elle souffla et retourna à sa confrontation avec l'autre homme.

— Je vais aller le chercher, dit-elle calmement.

— Ouais, c'est ça et plus vite que ça !

Elle le foudroya du regard et lui tourna le dos. Une pulsion s'empara de l'individu. Il se rapprocha d'elle rapidement et lui mit une main aux fesses. L'Irlandais n'eut pas le temps d'intervenir. La haine envahit la jeune femme d'un coup, et avec elle, la sensation qu'elle devait mettre un terme à ces agissements immoraux. Une rage que la jeune femme avait contenue en elle bien trop longtemps. Sa main s'éleva dans les airs et vint claquer la joue de l'homme de toutes ses forces. Le son retentit dans tout le cabinet. Le visage de l'énergumène marqua rapidement l'empreinte de la paume.

— Vous me touchez encore une fois et je vous jure que vous le regretterez ! menaça Ana.

Blessé dans son amour propre, l'homme la fusilla du regard. Il porta sa main sur sa joue et l'insulta. Ana aperçut son Irlandais s'approcher. Elle lui fit un signe de ne pas s'en mêler.

La colère grandissait en lui. Sa mâchoire était contractée à son paroxysme. L'effet du produit oculaire commençait à se dissiper. Il vit Ana dans un tel état qu'il respecta son choix. Il fit un pas en arrière. Mais entendre les insultes pleuvoir sur elle lui était insupportable. Aussi, il enregistra la tête de l'homme dans sa mémoire. Il allait le regretter...

Ana s'éloigna d'eux et lorsqu'elle arriva devant la porte des consultations, celle-ci s'ouvrit sur un docteur qui n'avait rien entendu de l'altercation. Elle lui expliqua calmement la situation ainsi que sa réaction. Elle tomba de haut lorsqu'il l'accusa d'avoir été impulsive et de ne pas avoir été professionnelle. Elle n'avait pas à gifler un patient. Ana commença à se faire incendier par son employeur, chaque mot faisant office d'un coup de couteau. L'Irlandais ne pouvait pas rester de marbre face à cette injustice et se mêla à la conversation houleuse. Ana n'entendait plus rien. Elle avait envie de se cacher. Elle recula lentement vers son bureau. L'homme bafoué revint à la charge.

— Vous allez peut-être me faire des excuses, maintenant ?

Ana secoua la tête et se pinça discrètement. Rêvait-elle ? Non, absolument pas, elle était en plein cauchemar.

— Il est hors de question que je m'excuse, répondit-elle calmement.

— Vous avez giflé un homme, Ana Maria, sermonna le docteur. Vous auriez dû vous contenir!

Cet ultime coup de poignard l'acheva. Il restait impassible face au geste déplacé de cet homme, comme si c'était un dû. Travailler pour lui revenait à renoncer à son propre corps ?

— Mais vous êtes con ou vous le faites exprès ? lança l'Irlandais en s'interposant.

— Je pensais qu'en travaillant pour vous, j'aurais au moins une certaine sécurité, dit Ana, perdue. Je constate que ce n'est pas le cas… Alors, vous savez quoi ?

Les larmes roulèrent sur ses joues.

— Allez tous vous faire voir !

Elle s'empara de son blouson et de son sac. Puis elle fila vers la porte de sortie en la claquant violemment. Les appels du docteur restèrent sans réponse. Elle était dévastée.

— J'espère sincèrement que vous avez une bonne assurance, lâcha l'Irlandais, menaçant, en se précipitant à sa poursuite.

Ana descendit le long du trottoir. Elle s'arrêta devant la portière de sa voiture puis s'assit sur le sol, incapable d'aller plus loin. Dehors, il la chercha rapidement du regard. Il la trouva recroquevillée sur elle-même. Il ressentit un pincement au cœur. Il se dirigea vers elle et s'installa à ses côtés. Elle releva la tête.

— Allez, ça va aller, lui dit-il d'une voix apaisante en lui sortant un mouchoir de sa poche.

Elle s'en empara et tamponna ses larmes.

— On passe déjà l'étape d'échange de Kleenex, ça va vite entre nous, je trouve… plaisanta-t-il pour détendre l'atmosphère.

Elle échappa un petit rire. Une douleur bien connue la tourmenta soudainement. Une grimace s'empara de son minois tandis que sa main se plaqua contre sa poitrine. Un sifflement retentit, interpellant l'homme. Il la vit ouvrir son sac et sortir rapidement son inhalateur.

— Les émotions trop fortes me coupent le souffle, expliqua-t-elle en prenant une bouffée. Parfois, je m'évanouis tant ça me compresse à l'intérieur. Ça ressemble à une crise cardiaque, mais c'est juste de l'asthme.

— Ce doit être impressionnant, répondit-il doucement.

— Pour vous, certainement, haussa-t-elle les épaules. Pour moi, c'est comme un malaise. Je suis désolée…

— Vous n'avez pas à vous excuser, surtout auprès de moi. Heureusement que vous ne vous êtes pas évanouie ! dit-il pour se rassurer. Croyez bien que ces deux-là ne méritent aucunement le pardon pour des actes aussi abjects. Je vais m'occuper de leur cas personnellement.

Sa voix s'était quelque peu renforcée.

— N'en faites pas une affaire personnelle, dit-elle doucement. Ce n'est malheureusement pas la première fois qu'on me malmène…

Il se tourna vers elle, stupéfait. Elle vit défiler devant ses yeux d'horribles souvenirs qu'elle pensait avoir enfouis. Elle ferma les paupières et fronça les sourcils. Une main bienveillante se posa sur son épaule.

— Ana… commença-t-il à dire.

— Ça va aller, répondit-elle en essayant de se reprendre.

Il écarta son bras. Elle sentit un picotement lui parcourir le visage. Elle battit des paupières rapidement.

— Je n'aime pas vous voir comme ça, lui dit-il d'une voix douce. Alors, si vous le voulez bien…

Elle le regarda longuement avant d'accepter cette main tendue et de s'y engouffrer. Elle leva la tête vers lui. Il avait comme une aura au-dessus de la tête, comme s'il la protégeait. Un ange tombé du ciel. Ils échangèrent un sourire. Son nez collé contre le col de sa chemise, le parfum s'installa lentement dans ses narines. Sa respiration se calma progressivement. Elle se sentait bien contre lui, il avait la sensation d'être son monde. Une nouvelle connexion se créait entre eux. Désormais, plus rien n'existait, à part cette chaleur partagée. Une larme s'échappa sur la joue de la jeune femme. Il l'intercepta avec son pouce. Elle sursauta à ce contact. Il lui sourit avec bienveillance.

— Merci beaucoup, lui dit-elle.

Ses pupilles commençaient à rétrécir. Il voyait de mieux en mieux. Il pouvait enfin contempler les traits de la jeune femme sous la lumière naturelle. Elle était si belle, avec son petit nez et ses quelques taches de rousseur. Ses yeux bleus papillonnaient. On était loin de la rage qu'elle avait déployée lorsqu'elle avait giflé le patient. Il pensait en connaître la raison, il voulut en avoir le cœur net.

— Ana, est-ce que je pourrais vous poser une question un peu déplacée ?

Elle hocha la tête en guise de réponse.

— J'imagine que vous avez dû vivre un drame pour vous être emportée, si je puis dire. J'aimerais vous dire à quel point je suis sincèrement désolé…

— Ne le soyez pas, le coupa-t-elle. Je ne crois pas que vous soyez impliqué dans ma tragédie.

Il leva un sourcil.

— Comment ça ? Ils n'ont pas trouvé qui vous avait fait ça ?

Elle baissa le regard.

— Il n'y en avait pas qu'un… mais ne vous imaginez pas que c'était un viol collectif ou que sais-je… Non, c'était plus…

Elle se mordit les lèvres, ne sachant quel terme employer pour qualifier ces actes.

— L'enfer.

Il resserra son étreinte autour d'elle puis il lui prit délicatement la main. Son cœur s'emballa. Elle sentit son visage rougir.

— Ana, je sais que mes propos risquent d'être perçus comme désinvoltes, mais je vais vous faire une promesse. Si la police n'est pas capable de trouver les coupables, je vais prendre le relais.

Sa voix avait subitement changé. Elle était devenue dure, froide. Surprise, Ana s'écarta doucement de lui. Il la laissa s'échapper de son emprise.

— Mais pourquoi feriez-vous ça ? demanda-t-elle, intriguée. Et puis, comment est-ce que vous pouvez faire quelque chose de plus que ces agents ? Enfin…

Elle cherchait ses mots. La mimique sur son visage l'attendrissait plus encore. Seulement, il ne pouvait pas tout lui dire. Comment réagirait-elle si elle apprenait qu'il était capable de déchiffrer le langage corporel, que ce soit les gestes ou les micro-expressions ? Rien ne pouvait lui échapper.

— Disons que j'ai le bras long et que j'ai quelques ressources supplémentaires, se contenta-t-il de dire, un sourire aux lèvres.

— Vraiment ? demanda-t-elle en haussant un sourcil.

Elle ne le croyait pas. Il enchérit davantage.

— Je suis une sorte de détective privé, avoua-t-il. Trouver la vérité, c'est ma spécialité. Alors, oui, je n'utilise pas les mêmes réseaux que la police. Parfois, je frôle l'illégalité, mais comme j'ai aidé de nombreuses personnes haut placées…

— Voyez-vous ça, sourit-elle en le défiant. Vous n'avez pas peur que je vous dénonce aux autorités après m'avoir confié vos dires ?

— Et si je vous offrais mes services à un tarif vraiment avantageux ? se vanta-t-il. Disons, un verre, qu'en pensez-vous ?

Elle rit de nouveau.

— C'est vraiment tentant, Monsieur le Détective…

Il la dévorait des yeux, tandis qu'elle se mordit les lèvres.

— J'accepte, sourit-elle en lui tendant la main.

Il la prit doucement pour sceller leur accord. Il voulait que cet instant perdure pour toujours.

— Allez, séchez vos larmes et rentrez chez vous, poursuivit-il à contrecœur. Je gère la situation avec votre employeur. Si je passe un ou deux coups de fil, je suis certain qu'on trouvera un arrangement sans que vous soyez prise pour cible.

Elle l'interrogea du regard. Il se contenta de lui répondre par un sourire. La porte du cabinet s'ouvrit non loin d'eux. L'infâme bonhomme colérique sortit, l'air satisfait. Il remonta l'allée et dépassa une jeune femme rousse sur le trottoir.

L'Irlandais le fusilla du regard. Il sentit la jeune femme se redresser, peu rassurée. Il l'apaisa en lui caressant le dos de sa main. Une fois l'homme éloigné, il l'aida à se relever.

— N'hésitez pas à m'appeler à n'importe quel moment de la journée ou de la nuit, dit-il en lui donnant sa carte de visite. Juste pour parler ou pour aller prendre notre verre ensemble. Je suis à votre disposition.

Ana la remercia.

— Je vous promets de vous appeler.

Il lui ouvrit la portière de sa voiture et l'invita à monter. Elle se tourna vers lui une dernière fois.

— Alors, à bientôt, monsieur le gentleman détective privé, lui dit-elle.

— À bientôt, charmante demoiselle.

L'aura de cet homme était chaleureuse, belle. Elle succombait à lui, tout simplement. Elle se résolut à le laisser ici.

Ana rentra dans sa voiture. Il referma sa portière. Elle mit le contact. Un dernier signe de la main et elle partit. Il attendit qu'elle soit suffisamment loin pour remonter l'allée en courant. Il ouvrit la portière passagère de l'Audi noire et s'engouffra dedans rapidement.

— Oh, putain ! lança Julio en échappant son téléphone. Tu m'as fait peur !

— T'as vu le type qui remontait l'allée tout à l'heure ? lui demanda-t-il déterminé. 1 mètre 80, cheveux noirs, une marque de main sur la joue gauche. Il portait un t-shirt…

— Beige avec un jogging défraîchi, coupa le Colosse. Oui, mon Capichef. Il était à pied et il a pris la direction du centre-ville.

— Parfait, répondit-il avec un sourire menaçant. On va lui apprendre ce que c'est que la véritable courtoisie…

Julio partagea un air complice. Il n'avait pas besoin qu'on lui fournisse plus d'explications. Après tout, c'était lui, son Patron. Il mit le contact et partit à la poursuite de l'individu. L'Irlandais composa un numéro sur son portable.

— Allô, Juan ? demanda-t-il. J'aurais besoin d'informations compromettantes sur le docteur Osman, s'il te plaît. Oui, c'est urgent. Top, merci beaucoup !

La voiture rattrapa rapidement l'individu. Elle s'arrêta juste devant lui. Le Patron sortit du véhicule en furie. Il choppa l'épaule du type, le tira vers lui et lui asséna un violent coup dans la mâchoire. L'homme tomba dans les pommes. L'Irlandais le rattrapa et le fourra dans le coffre de l'Audi. Il remonta dans le véhicule après avoir examiné rapidement les alentours. Ils repartirent tranquillement comme si de rien n'était.

De retour chez elle, Ana, quant à elle, ne savait que penser de cette folle après-midi. Elle avait surtout des papillons dans le ventre et des étoiles dans les yeux. Elle s'était affalée sur son canapé, la carte du Gentleman Détective en main. Ses doigts passèrent sur toutes les lettres d'or, ressentant ainsi l'effet de relief. Elle avait quelque chose en plus dont elle ne se lassait pas : son odeur. Elle sourit. Elle s'entraîna à mémoriser son numéro. Cependant, Ana n'avait jamais osé le rappeler. Ni le jour même. Ni les suivants. Elle avait peur de le déranger et regrettait de ne pas lui avoir donné le sien…

Deux semaines s'étaient écoulées. Au croisement d'une rue piétonne, la jeune femme se heurta à une personne. Elle se confondit en excuses. L'homme était sévèrement blessé. Son visage portait de nombreuses ecchymoses avec un pansement sur le nez comme s'il avait été cassé. Son bras droit était plâtré. Il essayait de marcher grâce à une béquille qu'il prenait de la main gauche.

— Vous me faites des excuses, maintenant ? lança la personne d'un air mauvais.

Ana reconnut l'horrible patient.

— Oh ! On dirait bien que le karma s'est occupé de vous, dit-elle d'un air sévère.

— Le karma n'a rien à voir dedans ! s'emporta-t-il. Je me suis fait agresser par un type complètement barré et un monstre juste après être sorti de chez vous ! Je suis sûr que c'est vous qui me l'avez envoyé ! Je vais porter plainte !

Ana croisa les bras sur sa poitrine. *Un type barré et un monstre ? Il n'aurait quand même pas...*

— Je n'ai besoin de personne pour me défendre ! répondit-elle.

L'homme grogna et se rapprocha d'elle. Une ombre plus imposante apparut derrière sans qu'elle ne le vît. Le blessé s'arrêta. La silhouette se dessina dans le sillage de la jeune femme. Ses yeux lancèrent des éclairs. Une aura menaçante plana. Le démon était prêt à lui sauter dessus.

Son teint devint soudainement livide comme s'il avait vu un fantôme.

— Oubliez ça, lança-t-il apeuré.

Il commença à reculer.

— Je ne vous importunerai plus, poursuivit-il en baissant la tête. D'ailleurs, je vais déménager loin de cette ville de tarés. Je suis désolé pour tout le mal que je vous ai causé et maintenant, ne m'approchez plus jamais !

Sa voix trahissait son angoisse. Il fit demi-tour rapidement et s'éloigna à toute vitesse.

Ana fronça les sourcils, intriguée. Elle se retourna. Il n'y avait que des passants. Pourtant, il était bel et bien là, à quelques mètres d'elle, le dos tourné avec une capuche sur la tête.

Une semaine après cette rencontre, alors que l'après-midi était bien engagée et surtout chargée entre les examens, les patients qui affluaient et les coups de téléphone intempestifs, Ana se posa enfin sur son siège. Elle souffla longuement. Elle entendit la porte du cabinet s'ouvrir. *Putain, mais foutez-moi la paix deux minutes !* Un homme chauve à lunettes entra dans son bureau, muni d'un énorme bouquet de fleurs.

— Bonjour, lui dit-il. Je cherche, je cite : une jolie secrétaire répondant au délicieux prénom de Mademoiselle Ana.

Cette dernière se releva du bureau, surprise. Cette citation ne pouvait provenir que de Lui. Elle sentit le rouge monter aux joues.

— Euh... je crois que c'est moi...

L'homme lui tendit en souriant. Le cœur chantant, elle prit mille précautions pour le réceptionner. Le livreur repartit sans demander son reste. Le bouquet était si gros qu'elle le posa aussitôt sur son grand bureau pour pouvoir le contempler. Il y avait quelques brins de lilas, des violettes, des camélias, des azalées, des roses et des pivoines. Cette composition atypique lui fit chaud au cœur. Elle découvrit la petite carte sur le côté.

"Belle Ana, j'aurais aimé être à vos côtés pour découvrir le rouge de vos joues se refléter dans les pétales des roses blanches. Aussi, je me permets cette audace dans le seul but d'avoir de vos nouvelles. J'imagine que vos journées sont éreintantes... N'oubliez pas que ma proposition tient toujours, si le cœur vous en dit..."

La belle sourit. Elle s'empressa de se saisir de son portable et courut s'enfermer dans les toilettes. Elle composa le numéro. Lorsqu'elle appuya sur le bouton vert, elle sentit tout son corps trembler. Qu'allait-elle lui dire ? Elle ne l'avait jamais rappelé auparavant...

Une pointe de nervosité la saisit. Finalement, elle tomba sur la messagerie. Elle souffla le temps de l'annonce d'accueil et se lança au bip.

— Bonjour, Monsieur le Gentleman Détective. C'est Ana, la secrétaire du cabinet d'ophtalmologie, commença-t-elle d'une voix gênée. Je voulais vous remercier de vive voix pour le bouquet. Enfin, j'imagine que c'est vous ! Il est vraiment magnifique... Merci beaucoup.

Elle laissa un petit silence de quelques secondes.

— Vous n'imaginez pas à quel point ce cadeau me fait chaud au cœur. Et je me sens nulle... avoua-t-elle d'une petite voix. J'aurais dû vous appeler avant, mais je n'ai pas osé... À vrai dire, je ne savais même pas quoi vous dire... Et maintenant que je suis en train de laisser un message, je me dis que je suis complètement stupide...

Elle se mit à sourire, imaginant sa réaction.

— Vous allez rire de moi, j'en suis persuadée ! Hum... Concernant votre proposition, oui, je l'accepte. Et c'est moi qui offre la première tournée pour me faire pardonner ! Vous pouvez me rappeler à ce numéro. Je garderai mon téléphone avec moi pour ne pas louper votre appel. Alors... à bientôt ? Belle journée à vous...

Elle raccrocha avec un pincement au cœur. Elle retourna à son bureau où le docteur l'attendait. Elle se remit au travail, traquant en parallèle la moindre vibration dans sa poche. La fin de journée et la soirée se passèrent à toute vitesse. Il n'avait pas appelé. Elle laissa son téléphone allumé toute la nuit. Aucune nouvelle. Ni le lendemain ni les jours qui suivirent. Ana désespérait. Elle trouvait des prétextes. Elle imagina qu'il était en déplacement. Qu'il ne pouvait pas lui répondre. Mais au fond, ce silence la brisait. Elle voulait croire qu'elle avait droit à l'Amour avec un grand A, que c'était Lui. En fin de compte, Arthur avait raison. Ce n'était qu'un dragueur de bas étage... Cet Irlandais de pacotille... Elle fit une croix sur lui et tenta de l'oublier... jusqu'à ce qu'un mystérieux van l'emmène dans un endroit inconnu, commandité par...

XII. La Maison aux Souvenirs

Keenan, murmura Ana en prononçant “i” les deux E. Keenan O’Neill, le charmant patient irlandais qu’elle devait revoir. Elle l’avait fait attendre. Il l’avait enlevée.

Elle ouvrit les yeux péniblement dans la pénombre et se tourna vers la baie vitrée. La pluie avait cessé de tomber. Ses yeux étaient encore humides. La révélation avait été un véritable choc. Elle n’aurait jamais pensé à Lui. Au contraire. Rien ne laissait présager ce cruel coup du destin. Ses doigts se refermèrent en un poing sur son cœur. Il l’avait manipulée. Elle se souvenait de sa promesse de retrouver ses agresseurs. Il disait détester l’injustice. Il avait commis une sacrée bavure.

Pour autant, elle était sous son charme dès le départ. Son corps entier l’avait réclamé, Lui et le Maître Kidnappeur. Deux identités, un seul homme. Son subconscient réveilla une musique de Chris Isaak s’intitulant *Wicked Game*. Cette chanson évoquait un amour impossible, un feu qu’on ne pouvait éteindre, et un désir si puissant qu’il rendait fou. Comme ce qu’elle ressentait à cet instant.

Ana ne pouvait nier la réalité. Elle murmura son prénom. Son cœur bondit. Elle recommença. Boum Boum. Son visage apparaît dans ses pensées. Boum Boum. Elle avait chéri l’espoir d’être aimée par Keenan. Elle avait adoré embrasser le Maître Kidnappeur. Elle le savait. Il y avait bien longtemps qu’elle n’avait pas ressenti cela. Elle comprenait pourquoi elle lui avait accordé une certaine confiance. Inconsciemment, elle avait reconnu ses mots, ses intonations… Elle était prête à lui planter un couteau dans la carotide. Il l'avait si facilement désarmée. Heureusement… Elle aurait pu le tuer. Une larme s'échappa à cette pensée.

Son cerveau entra en ébullition. Pourquoi avait-il fait cela ? Pourquoi ne s'était-il pas montré tout de suite ? Qu'est-ce qu'il lui cachait ? Avait-il de bonnes raisons ? Elle n'arrivait plus à réfléchir. Ensevelie sous une montagne de questions sans réponse, elle se retrouvait de nouveau piégée dans l'ignorance. Cela ne pouvait plus durer. Elle voulait comprendre. Comment connaissait-il son prénom originel ? Ana Maria. Son cœur se contracta. Elle ne lui avait pas donné. Mais quelqu'un d'autre l'avait fait. Ses yeux grandirent dans la pénombre. Cette fois-là, avec le patient fou furieux… Le docteur l'avait sermonné. Le seul qui continuait à l'appeler ainsi. Keenan avait dû le retenir. Et c'était sorti tel un aveu. Il ne devait pas faire partie de cette bande de truands.

Idiote… En fin de compte, qu'est-ce qu'elle connaissait réellement de lui, si ce n'est rien ? Mis à part ses langages floraux codés, ses jeux tordus et son obsession pour elle. Ce mot la percuta. C'était vraiment le seul qui s'était soucié d'elle. Depuis le départ, depuis toujours. C'était Lui qui l'avait soigné, qui veillait de loin à ce qu'elle ne manque de rien. Ces gestes avaient plongé la jeune femme dans bien des tourments. Elle s'était éprise de lui au fur et à mesure. Il semblerait qu'il était déjà sous son emprise à elle. Enfin, c'est ce qu'elle voulait croire.

Ana se tourna dans le lit. Elle le revit dans ses songes, juste avant qu'elle ne sombre dans le noir le plus total, après sa crise. Il était transpirant, s'accrochant à sa main comme un fou. Il ne voulait pas la lâcher. Son regard, son désespoir, l'inquiétude qui grandissait de plus en plus. Elle ne connaissait que trop bien ce sentiment paralysant. Incapable de réfléchir, incapable de raisonner, l'inévitable et son impuissance, c'était ça : le masque de la peur. C'est ce qu'il avait dû ressentir. L'évidence éclata : il avait eu peur de la perdre. Cette pensée émut la jeune femme. Une nouvelle larme roula. Elle se redressa dans le lit, le poing toujours serré contre son cœur. Elle avait mal à l'intérieur. Elle devait savoir, ce silence n'était plus tolérable. Il fallait qu'elle le voie, qu'elle comprenne. Maintenant.

Elle posa les pieds au sol et avança vers la porte de la chambre. En passant devant le miroir de la coiffeuse, son reflet l'interpella. Le teint blafard, les yeux gonflés, le maquillage avait coulé, la pivoine tombait à moitié... Non, elle ne voulait pas se présenter à lui sous cette apparence de femme fragile. Elle se dirigea vers la salle de bains pour retirer le maquillage. Sa main passa dans ses cheveux ondulés sous l'effet chignon. Les vagues tombaient en cascade sur ses épaules. Quant au reste de la tenue, elle s'en fichait. Elle repartit aussitôt. Elle appuya sur la poignée de la porte et franchit le seuil. Julio était assis juste à côté. Elle sursauta, ne s'attendant pas à le voir ici. Il se tourna vers elle.

— Comment allez-vous, Patronne ? demanda-t-il gentiment.

— Patronne... répéta-t-elle d'un air résigné. J'aurais dû le comprendre depuis le début... Je suis vraiment sotte !

Sa main s'éclata sur son front. Il lui sourit.

— Il ne faut pas le prendre comme ça, lui répondit-il d'une voix douce. Patron, c'est son surnom depuis toujours. Et puis, vous... je trouvais que ça vous allait bien aussi. J'aime bien appeler les gens que j'apprécie de cette manière, c'est ma façon de me démarquer.

Ana souffla en échappant un sourire.

— Vous lui avez fait une sacrée peur, vous savez ? poursuivit-il.

Elle referma derrière elle la porte et s'y adossa.

— J'ai eu un petit aperçu, en effet... soupira-t-elle.

Sa tête rebondit délicatement contre le panneau.

— Quand vous m'avez enlevée, commença-t-elle à dire en tremblant, je me voyais battue, agonisante dans un cercueil, laissée pour morte, enterrée dans un terrain vague... J'ai cru que ma putain de vie allait se terminer...

Elle ferma les yeux, ravalant sa colère grandissante.

— Et il est arrivé masqué comme un chevalier quand l'autre... Bref... il a dissimulé son identité tout en se préoccupant de moi... Je n'arrive pas à croire que votre Patron, ça soit...

Elle déglutit.

— Lui... Il semblait si gentil et attentionné quand il était mon patient au cabinet... J'ai l'impression d'avoir été trahie et manipulée.

Son regard se posa sur Julio. L'air compatissant de l'homme l'apaisa.

— Vous savez, Patronne, malgré ce que vous avez pu croire, sachez que c'est un homme bien. Il a pris de mauvaises décisions, mais aussi de bonnes.

Il marqua un temps d'arrêt, cherchant les réponses dans le vide.

— Il tient à tout vous expliquer lui-même, alors je ne dirai rien. Mais s'il y a bien une chose que je peux affirmer, c'est que vous êtes vraiment spéciale pour lui. S'il vous perdait, ça serait la fin de son monde. Et de lui.

La jeune femme fronça les sourcils tout en croisant les bras.

— Pourquoi est-ce que vous me dites ça, Julio ?

— Parce que c'est important que vous le sachiez. Il n'a pas eu le temps de vous dire les choses à cause de votre catharsis. C'est bien cela qu'on dit ?

Elle acquiesça.

— Bref, reprit-il en se levant du siège. Maintenant que vous savez cela, peut-être que vous allez pouvoir temporiser sur tout ce qui se passe autour et être plus... détendue ? Si le Patron a agi de cette manière, c'était pour vous protéger.

— Me protéger ? haussa-t-elle la voix. Mais de quoi ? De qui ?

L'homme se pinça les lèvres. Il en avait trop dit, ou pas assez.

— Ce n'est pas à moi de répondre, Patronne.

Puis, il détourna la conversation.

— Je suppose que si vous êtes là, c'est pour aller le voir ?

— J'ai besoin de comprendre, dit-elle à voix basse.

— Juanito lui a donné un calmant à son insu, avoua-t-il. Je crains qu'il ne puisse vous répondre.

La jeune femme écarquilla les yeux. Sédaté à son tour par ses hommes ? Quelle ironie. Cette nouvelle lui esquissait un léger sourire.

— Je serais tenté de vous dire qu'il vaudrait mieux le laisser se reposer, poursuivit Julio, l'air de rien. Mais je crois aussi qu'il a besoin de voir que vous allez bien. Alors, je vous laisse passer. Cependant, s'il vous plaît, Patronne, s'il dort, laissez-le. Cette soirée a été vraiment compliquée pour lui.

L'attitude de ce grand gaillard toucha la jeune femme. Elle acquiesça en silence avant de se diriger doucement vers la chambre du Patron. Le cœur battant, elle approcha sa main de la poignée. Un dernier regard vers Julio et elle l'abaissa.

Ana pénétra à l'intérieur en retenant sa respiration. La clarté de la nuit illuminait la pièce. Elle s'avança doucement après avoir refermé la porte derrière elle. Elle s'approcha du milieu de la pièce. C'est là qu'elle le découvrit, dans les bras de Morphée. Son torse dénudé révélait ces abdos en béton qui la faisaient tant fantasmer, tandis qu'un fin drap effleurait le reste de son corps. Il avait une main sous son oreiller et la tête tournée vers la baie vitrée. Elle rougit. Le Maître Kidnappeur ressemblait à un bel ange. Son visage semblait détendu. Ana comprit ce que voulait dire Julio. Déçue de ne pas pouvoir dialoguer avec lui, elle commença à faire demi-tour. Puis, elle aperçut une ombre bien connue sur la table de nuit : son inhalateur. Elle se rapprocha doucement du meuble. Elle arriva à la hauteur du Patron, retenant sa respiration pour ne pas le réveiller. Sa main se tendit vers l'objet. D'un coup, quelque chose lui empoigna le bras et la tira sur le côté violemment. Un cri s'échappa de sa bouche. Son dos s'écrasa sur le lit. Puis, aussitôt maîtrisée, elle ressentit quelque chose de froid sur son front. Un revolver était posé sur sa tête. Derrière le canon, elle vit son visage.

— Ne me tue pas, dit-elle en levant les mains en l'air, paniquée.

— Ana ? s'étonna-t-il en retirant son arme à toute vitesse.

Le revolver fila sous l'oreiller. Le choc provoqua une nouvelle crise d'asthme. Keenan la redressa tout en s'emparant de son inhalateur. Ana lui arracha des mains et prit une bouffée. Puis, elle se releva à toute vitesse, s'éloignant de lui en titubant.

— Putain, mais t'es qui, en fait ? souffla-t-elle, apeurée.

Confus, il essaya de rassembler ses esprits.

— Ana, je suis désolé… commença-t-il à dire.

— T'as failli me tuer ! paniqua-t-elle en lui balançant le flacon à la figure.

Par chance, elle ne savait pas viser. Le médicament tomba à côté de lui sur le parquet.

— Laisse-moi t'expliquer… la supplia-t-il.

— NON !

Elle chercha la porte de la chambre du regard.

— Je n'aurais jamais dû venir ! s'emporta-t-elle en s'éloignant rapidement.

— Ana, écoute-moi… dit-il en se relevant.

— Ne t'approche pas de moi, plus jamais ! hurla-t-elle en se tournant vers lui.

Le visage effrayé de la jeune femme fut un supplice pour lui. Il ne pouvait pas la laisser ainsi. Keenan se hissa hors du lit. Un vertige le secoua, l'obligeant à se rasseoir aussitôt. La pièce commençait à tourner autour. Il posa ses mains sur son front en gémissant.

Ana s'inquiéta aussitôt. Elle lâcha la poignée de la porte lorsqu'elle le vit tanguer de gauche à droite. Il s'appuya sur la table de nuit comme d'un point de repère.

— Ce n'est rien, souffla-t-il entre deux nausées. Laisse-moi t'expliquer ce qui s'est passé, je t'en conjure…

Son teint était blanc. La jeune femme fit un pas vers lui, méfiante.

— Tu veux que j'aille chercher Julio ?

— Non, c'est bon… Reste.

L'attitude du jeune homme perturba Ana. Elle ne pouvait pas le laisser dans cet état. Prenant son courage à deux mains, elle se rapprocha de lui.

— Je ne te ferai jamais de mal, dit Keenan, perdu dans l'espace-temps.

— Tu viens de me menacer avec un revolver, répondit-elle en s'arrêtant.

— T'as essayé de m'égorger, dit-il en échappant un rire.

Un frisson parcourut son corps.

— Et je ne t'en veux pas, Ana, poursuivit-il. J'aurais sûrement fait la même chose à ta place…

L'intonation était emplie de bienveillance. Ses mots percutèrent le cœur de la jeune femme. Elle sentit une once de culpabilité monter en elle.

— Keenan…

L'homme leva la tête vers elle. Il lui sourit. Puis, un vertige, plus fort, s'empara de lui. La lumière dans ses yeux s'éteignit. Son corps se relâcha. Ana le vit partir. Elle accourut vers lui, attrapant de justesse sa tête avant que celle-ci ne cogne contre le rebord de la table de nuit. Elle l'allongea dans le lit, alluma la lampe de chevet et l'examina rapidement. Elle l'appela à plusieurs reprises. Il avait perdu connaissance. Ses mains tapotèrent ses joues pour le faire revenir à lui. Cela ne fonctionnait pas. Elle plaça le second oreiller sous les jambes de l'homme avant de rabattre le drap afin de maintenir sa chaleur corporelle. Puis, elle se précipita vers la salle de bains. Trouvant un gant propre sous le meuble du lavabo, elle l'attrapa puis l'humidifia. Elle retourna auprès du malade. Elle prit place à ses côtés, glissant le gant sous le nez de l'homme. L'humidité remonta dans ses narines et stimula ses sens. Dans un souffle, Keenan battit plusieurs fois des paupières. Il revenait à lui.

— Est-ce que tu es une illusion ? lui demanda-t-il en la découvrant à son chevet.

— Non, répond-elle en lui tamponnant le front avec le gant.

— Tu es certaine que tu es réelle ?

Ana ne répondit pas tout de suite. Elle était surtout préoccupée. Les pupilles de l'homme étaient dilatées et ses propos peu cohérents. Le calmant de Juan n'aurait pas ces effets-là… À moins que…

— Tu as beaucoup bu, ce soir ? l'interrogea-t-elle, angoissée.

Il réfléchit longuement. Les connexions cérébrales avaient du mal à se faire. Il voulut compter sur ses doigts, mais bizarrement, il en avait beaucoup plus que d'habitude. Les yeux d'Ana s'écarquillèrent. Elle comprit qu'elle allait devoir veiller sur lui jusqu'à ce que son organisme élimine l'alcool et le médicament.

Keenan leva les yeux vers la jeune femme. Il la trouvait tellement belle dans ce halo de lumière qu'il ne résista pas à l'envie de la provoquer.

— Prouve-moi que tu es réelle et je te dirai, répondit-il en la défiant.

Ana retira le gant, agacée.

— Je ne veux pas jouer ! Tu nages en plein délire, Keenan !

Il se mit à rire. *Si c'est un délire, alors je ne veux pas en sortir.*

— Je devrais aller voir Juan et Julio pour leur dire que tu n'es pas dans ton état normal, dit-elle en s'écartant de lui.

— Non ! s'écria-t-il en la retenant par le bras. Reste. Ne pars pas !

Il s'était redressé si vite qu'elle craignait un nouveau malaise. Malgré son état, sa poigne demeurait forte, comme s'il s'accrochait à cette réalité.

— Je t'en prie, reste, Illusion d'Ana… murmura-t-il. J'ai tant de choses à te dire…

Elle soupira, lançant un regard vers la porte puis vers lui.

— Je t'écoute, répondit-elle calmement en s'asseyant à ses côtes.

Il desserra son emprise. Sa main glissa le long de son avant-bras et s'arrêta sur ses doigts.

— À vrai dire, je ne sais par où commencer…

Il baissa la tête, comme un enfant prêt à avouer une bêtise. Ana l'observa en silence.

— Je suis sincèrement désolé de t'avoir caché la vérité...

La pulpe de ses doigts caressait la paume délicate de la jeune femme. Puis, ses phalanges s'entrecroisèrent aux siennes. Son pouce continuait de caresser le dos de sa main. Cette tendresse ne la laissait pas de marbre.

— Je ne voulais pas te faire de mal, poursuivit-il. Je n'ai jamais voulu qu'on en arrive à tout ça... J'ai été contraint de le faire.

Ana fronça les sourcils.

— Je l'ai fait parce que c'était nécessaire. Je ne voulais pas qu'il t'arrive malheur. Je ne le permettrai jamais.

Le cœur de la jeune femme bondit hors de la poitrine. Que voulait-il dire ? Il leva les yeux vers elle.

— Tu as froid ? demanda-t-il d'un air inquiet. Ta peau est gelée.

Cette nouvelle l'avait en effet refroidie. Elle secoua la tête.

— De quoi est-ce que tu me parles ? demande-t-elle, perturbée. Pourquoi est-ce qu'il m'arriverait malheur ?

— Il ne t'arrivera rien, je te protégerai, lui promit-il en baisant sa main.

Elle attrapa son poignet.

— Keenan, j'ai besoin de savoir ! Qu'est-ce qui se passe ?

Il baissa de nouveau le regard vers leurs mains, s'enfonçant dans le silence. Ana fit claquer ses doigts à côté de son oreille.

— Eh oh ! s'énerva-t-elle. Je t'ai posé une question !

Il ne réagit pas. Il soupira longuement, ne sachant comment aborder la chose. Après tout, il était en plein délire, c'était elle qui le lui avait reproché. Alors, pourquoi devrait-il parler à une illusion ?

Il leva de nouveau les yeux vers elle. Elle s'était rapprochée de lui, suspendue à ses lèvres.

— Keenan, l'appela-t-elle. Réponds-moi !

Mais ce délire, il ne voulait pas qu'il s'arrête. Il lâcha sa main pour lui caresser la joue. Elle se raidit.

— Tu sais que tu es vraiment belle quand tu es en colère ? lui dit-il d'un air amoureux.

Son cœur rata un battement. Sa mâchoire se décrocha. Il sourit.

— Oh… lâcha-t-elle, surprise. Keenan…

Clac ! La main d'Ana s'écrasa sur sa joue. Sa tête bascula sur le côté. Ça, il ne l'avait pas vu venir.

— Reprends tes esprits, tu veux ? s'agaça-t-elle.

Sa peau commença à l'échauffer. Il posa sa main dessus. La chaleur le surprit.

— Je l'ai méritée, avoua-t-il, un mince sourire aux lèvres.

Il se tourna vers elle.

— Parle-moi, le supplia-t-elle. Qu'est-ce qui se passe ?

Il la contempla encore, s'arrêtant sur ses lèvres.

— Rien… murmura-t-il.

À vrai dire, il avait perdu le fil de la conversation.

— Oh, putain ! jura-t-elle en le repoussant.

Elle monta à califourchon sur lui, plaçant ses paumes de main de chaque côté de sa tête. Ses yeux plongèrent dans ses beaux iris noisette.

— Parle-moi !! cria-t-elle.

Il la contempla longuement avec un sourire.

— Tu sais que dans mes rêves les plus fous, je rêve de ça ? répondit-il ravi de la tournure que prenaient les choses.

Et dans les siens aussi. Ana battit des paupières rapidement. Elle rougit.

— Ce n'est pas grave, se radoucit-elle en comprenant qu'elle n'aurait pas ses réponses. Je reviendrai quand tu te sentiras mieux.

— Je me sens bien quand je suis avec toi, répondit-il du tac au tac.

Son cœur bondit hors de sa poitrine. Sa sincérité sonnait comme un écho. Ana fut aussitôt traversée par une onde de choc. Elle plongea de nouveau dans ses prunelles, à la recherche d'informations. Elle avait l'impression de se voir à travers. Il n'y avait qu'Elle qui comptait. Elle et rien d'autre. L'attirance physique qu'il éprouvait à cet instant était réelle. Elle n'était pas non plus insensible à la chaleur qui traversait ses cuisses. Le corps bouillant de l'homme l'enveloppait. Elle oublia tout le reste. Sa respiration s'accéléra. Ses pupilles se dilatèrent. Sa bouche s'ouvrit légèrement. Elle avait envie.

Ana se redressa légèrement, surprise à cette pensée. Keenan en profita. Il attrapa les poignets de la jeune femme et la fit basculer sur le côté. Puis, il écrasa sa bouche contre la sienne. Ses yeux s'ouvrirent en grand. Elle voulut aussitôt le repousser. Mais son corps tremblant l'en dissuadait. Ce n'était pas du dégoût qu'elle éprouvait, mais du désir. Elle succomba à son tour, rendant son baiser. Leurs langues se rencontrèrent, se chevauchèrent et se mêlèrent. Chacun se noya dans le baiser de l'autre. Elle tenta de glisser sous lui, cherchant le contact de son torse contre sa poitrine. Il lâcha les poignets de la jeune femme et fit glisser ses mains dans son dos. Elle pouvait enfin le toucher. La formation de ses muscles sous ses doigts l'excitait. Son corps à lui frissonnait à son contact. Sa main passa dans ses cheveux, tandis que l'autre se glissa dans le creux de ses reins. Il la serra de plus en plus. Elle échappa un soupir de plaisir. Il ouvrit un œil. Il ne rêvait pas. La belle Ana était dans ses bras, s'abandonnant à ses baisers. Son cœur papillonna plus fort. Si seulement il n'y avait pas ce foutu drap entre eux… Il pourrait l'arracher, tout comme cette robe d'ailleurs. Il se vit découvrir le corps de son amante avec ses mains, mais surtout avec sa bouche, ses lèvres, sa langue. Son corps s'immola à cette pensée. Tout son être se mit à perler. Il ouvrit difficilement les yeux. Elle était toujours là, mais cette fois-ci, elle était enveloppée dans une sorte de nuage. Quelque chose ne collait pas. Aussi, il cessa de répondre aux demandes de la demoiselle.

— Est-ce que ça va ? s'inquiéta-t-elle en posant sa main sur sa joue.

Le teint de son amant ressemblait à un cachet d'aspirine. Il semblait être dans un autre état, luttant pour rester conscient. Elle quitta ses bras et l'obligea à se rallonger entièrement. Puis, elle cala de nouveau l'oreiller sous ses jambes.

— Keenan, comment est-ce que tu te sens ? demanda-t-elle en prenant place à côté de lui.

— J'ai l'impression d'avoir commencé un rêve, et je suis incapable de le terminer...

Elle posa sa main sur son front.

— Je vais te chercher de l'eau, lui dit-elle en se levant. Ne bouge pas.

La silhouette fantomatique s'échappa du lit. Il ne put la retenir. La brume s'échappa du bout de ses doigts. De nouveau seul dans sa chambre, il comprit que tout ce qu'il venait de sentir et de vivre n'était qu'un fantasme de plus. Il soupira.

— Elle me rend fou... murmura-t-il en fermant les yeux.

Il s'éveilla plusieurs fois au cours de la nuit et à chaque fois, il la voyait. L'esprit d'Ana le hantait. Il ne restait pas longtemps conscient, mais lors de ses éveils, il apercevait ses yeux bleus qui ne le quittaient pas, comme s'ils étaient inquiets. Sa silhouette fantomatique brumeuse allait et venait au gré de ses désirs. Il la surprit une fois, penchée au-dessus de lui, offrant une vue indéniable sur son décolleté. *Je devrais peut-être aller consulter... elle est devenue mon obsession,* songea-t-il en refermant les yeux. Une autre fois, elle était à côté de lui. Elle le regardait dormir. Il voulait la toucher, mais son corps ne lui répondait pas. Ses paupières se fermèrent et lorsqu'il les ouvrit, elle avait complètement disparue. Il sentit son cœur se serrer. *Putain de rêve à la con...*

La matinée était bien avancée. Le soleil pointait haut dans le ciel. Keenan ouvrit doucement les yeux. Il était moins fiévreux. Ce qu'il vit autour de lui semblait plus cohérent. Ses pensées allaient de nouveau vers Ana. Que faisait-elle ? Comment est-ce qu'elle allait ? Avait-elle digéré la nouvelle ? Comment allait-il pouvoir l'aborder ? Lui dire les choses n'allait pas être simple... Surtout si elle venait à faire une nouvelle crise d'asthme... D'ailleurs, il avait encore son inhalateur. Un prétexte pour la revoir. Il fallait qu'il lui rende. Sa main se tendit vers l'objet. Elle était... là. Elle n'y était plus. Il leva la tête de son oreiller. Elle était sûrement tombée. Il tenta de se pencher. Quelque chose clochait. Il perçut comme une respiration derrière lui. Il y avait aussi une odeur qui flottait dans l'air, de la nectarine. Il se raidit. Cette senteur... il devait rêver. Il huma un peu plus. Elle semblait réelle. *On dirait son parfum...*

Keenan se tourna doucement dans le lit. Il se retrouva nez à nez avec la belle Ana. Le souffle lui manqua. Ses lèvres s'entrouvrirent tandis que son cœur se mit à battre à tout rompre. La jeune femme dormait à poings fermés sur la couverture, le bras sous l'oreiller. Loin d'être la princesse d'hier soir, elle portait sommairement un haut à manches longues avec un jogging. Devant cette illusion presque irréelle, il approcha sa main de sa joue. Il perçut sa timide chaleur. Il s'arrêta. Ce n'était pas son esprit qui le tourmentait. Ana était là, en chair et en os. *Depuis combien de temps ?*

Il enleva le drap qui le recouvrait pour le poser sur elle. Son faciès se détendit à son contact. Un mince sourire apparut sur ses lèvres. Keenan n'osa plus bouger. Cette vision l'enchantait. Il passa sa main sous son oreiller, repoussant l'arme plus loin. Puis, il observa sa belle. Il n'arrivait pas à croire ce qu'il voyait. Elle aurait dû être furieuse, peut-être même terrorisée... Que s'était-il passé ? Il se rappelait son malaise à elle. De Juan essayant de l'apaiser sans succès. Il lui avait donné un verre d'eau. Mais après... Keenan ferma les yeux quelques secondes. Il comprit. Enfin, cela n'expliquait pas la présence de la demoiselle ici. Il rouvrit les paupières. Elle semblait être en parfaite santé. C'est tout ce qui comptait.

Il la regarda longuement pendant plusieurs minutes. Son corps se mit à frissonner. Ses yeux s'activèrent sous ses paupières. Son petit nez gigotait dans tous les sens. La belle était en train de rêver. Il sourit, curieux de savoir à quoi elle songeait. La respiration s'accéléra pour finir en un long soupir. Ses paupières s'ouvrirent délicatement. Redoutant la réaction de la demoiselle, il s'écarta d'elle.

— Bonjour, Ana, bafouilla-t-il en l'évitant du regard.

— Bonjour... marmonna-t-elle en refermant les yeux.

D'un coup, elle les ouvrit en grand, surprise. Elle redressa son buste et se pencha vers Keenan. Sa main se posa sur son front. Il n'osait plus bouger.

— Comment est-ce que tu te sens ? demanda-t-elle.

— Je vais bien, dit-il en s'interrogeant sur le comportement de la jeune femme.

— Vraiment ? s'inquiéta-t-elle en tapotant sur ses joues.

Il s'empara de sa main doucement. Elle s'arrêta aussitôt.

— Et toi ? Comment est-ce que tu vas ? l'interrogea-t-il.

— Je suis rassurée, avoua-t-elle.

Il ne semblait pas comprendre.

— Tu ne te rappelles pas ? demanda-t-elle. Je suis venue te voir après mon malaise, et...

Elle s'arrêta. Le cerveau de Keenan était déconnecté. Ses yeux partaient à la recherche de réponses. Sa tête finit par faire "non". Cela la vexa.

— Ce n'est pas grave, murmura-t-elle, froidement.

C'est peut-être mieux ainsi, après tout... Elle s'écarta de lui.

— Attends, lui dit-il en agrippant son avant-bras.

Son visage se tourna vers lui. Il la sonda rapidement. Il découvrit à travers ses mimiques la colère et la tristesse qu'elle dissimulait derrière cette façade de glace. Mais c'était surtout ce regard fatigué et cerné qui l'interpellait. Il s'était passé quelque chose.

— J'aimerais qu'on discute, mais ailleurs qu'ici. Est-ce que tu veux bien... ?

— D'accord, coupa-t-elle.

Il sentit sous ses doigts le muscle du bras se raidir. Il la relâcha. Elle se leva du lit et se dirigea vers la porte. Elle ne se retourna pas. Pas une fois. Lorsqu'elle quitta la chambre, un nœud se figea dans son cœur. Keenan toucha la place chaude où elle était. Son odeur y était ancrée. Elle avait passé sa nuit ici, sur le dessus du lit. Pourquoi pas sous les draps ? Ses souvenirs ne voulaient pas se réveiller. Il souffla longuement et quitta le lit. Une bonne douche devrait le raviver.

Ana était restée plantée devant la porte de sa chambre. Elle ne cessait de jouer avec l'intérieur de sa joue. Son poing se fermait et s'ouvrait, tel un spasme incontrôlé. Keenan ne se souvenait pas de leur baiser, de cet échange langoureux et passionné. Il l'avait pourtant si ardemment désirée. Elle le voulait aussi, et il n'avait aucun souvenir. Elle croisa les bras sur sa poitrine. *En même temps, il croyait que j'étais une illusion...* Elle soupira longuement.

Une porte s'ouvrit sur sa gauche. Julio sortit torse nu, offrant un nouvel aperçu de sa musculature. Il n'avait peut-être pas le "six-pack", mais ses muscles étaient si développés qu'il en était impressionnant. Ses cheveux noirs étaient ébouriffés. Il tenait son jean par un passant sur le côté. Son air d'abruti heureux interpella Ana. Son expression disparut dès qu'il l'aperçut. Il s'arrêta sur sa lancée. Elle ne l'avait pas revu depuis la veille. Même lorsqu'elle était retournée dans ses appartements. Le Colosse s'était volatilisé... dans la chambre de Juan. Sa bouche forma un O. *C'est donc là qu'il s'était planqué pendant tout ce temps !* Sur le coup, elle lui en voulut avant de se radoucir. Ce n'était qu'un homme, après tout. Et sa nuit avait dû être meilleure que la sienne. Elle sourit avec un petit air diabolique.

— Bonjour, dit-elle d'un air moqueur. Belle matinée, n'est-ce pas ?

— Sí Patronne... répondit-il, penaud. Belle matinée...

— Keenan aimerait m'emmener ailleurs, alors soyez sages pendant notre absence, le taquina-t-elle en retournant à sa chambre.

Elle n'entendit pas la réponse de Julio, si tant est qu'il lui ait répondu. Une fois la porte fermée, tout se bousculait dans sa tête. L'heure des révélations avait sonné. Elle en était persuadée.

En sortant de la salle de bains, les cheveux dressés en queue-de-cheval,

Ana se dirigea vers la terrasse pour prendre la température. Douce chaleur et soleil radieux. Elle retourna vers le dressing où elle opta pour une robe blanche vintage, arrivant à mi-mollet, évasée sur la jupe et se nouant autour du cou, rappelant celle d'une certaine Maryline Monroe. Des sandales dorées complétèrent la tenue.

Elle était surtout dans l'appréhension de le revoir. Maintenant qu'une partie de la vérité avait éclaté, elle redoutait ce qui n'avait pas encore été révélé. Était-elle prête à tout entendre ? Elle se mordit la joue. *De toute façon, je n'ai pas le choix…* Elle se donna du courage et quitta la chambre.

Keenan l'attendait déjà. Il avait mis une chemise blanche à manches courtes ainsi qu'un jean noir. Ses cheveux encore humides dégageaient une odeur particulièrement agréable. Ils échangèrent un regard en silence. Après un moment d'hésitation, il lui tendit la main. Elle la regarda longuement. Elle souffla et s'en empara délicatement. Ils descendirent les escaliers. Puis, ils prirent la direction du jardin. Ils suivirent une autre allée en pierre parsemée d'arbres et de feuillage. Aucun des protagonistes ne parlait. L'ambiance était lourde.

À mesure qu'ils percevaient le bruit des vagues, la tension descendait. Le son devenait de plus en plus fort. Keenan laissa passer Ana devant. Face à elle, une lumière vive puis une plage de sable fin et une mer bleue étincelante apparurent. L'air iodé emplit ses poumons. Elle respirait. Elle tourna la tête vers une cabane en bois avant de porter son attention sur Keenan. *Il a vraiment le chic pour me surprendre.* Ses yeux brillaient. Sans briser le silence, il l'emmena vers la cabane en bambou, protégée par un toit en chaume et les larges feuilles de palmiers qui l'entouraient.

Ana s'installa sur un tabouret haut. Keenan passa de l'autre côté du bar et s'affaira à préparer le petit-déjeuner. S'il voulait marquer des points auprès de la demoiselle, il devait mettre les bouchées doubles. Heureusement que ses compagnons avaient préparé le terrain pour lui… Il les remercia longuement en pensées.

Pendant ce temps, Ana profitait de la beauté du lieu. L'apaisement était immédiat. Quelques minutes plus tard, la bonne odeur du thé réveilla le ventre affamé de la jeune femme. Des fruits frais furent disposés sur le comptoir. *Il fait ça bien,* songea-t-elle en ignorant l'implication de Juan et Julio dans ce petit-déjeuner romantique.

Keenan s'installa face à elle, de l'autre côté du bar et lui tendit une tasse. Elle la saisit en le remerciant, puis la porta à ses lèvres. Tout était parfait, à l'exception du regard de Keenan. C'était enfin le grand moment.

— Je t'écoute, dit-elle, résignée à faire la lumière sur tous ces mystères.

— Avant de commencer, j'aimerais vraiment que tu saches que je suis sincèrement désolé pour la façon dont tu as été malmenée au départ, avoua-t-il. Ce que je m'apprête à te raconter va te paraître dingue. Mais je te jure que c'est la vérité. Tu dois me croire. S'il te plaît, ne dis rien. Laisse-moi m'expliquer. Je dois soulager ma conscience et mon cœur. Je risque d'évoquer certains sujets durs, aussi bien pour toi que pour moi. Je m'excuse d'avance.

Elle acquiesça en silence. Son regard ne la trompait pas. Il semblait sincère.

— Je suis prête, souffle-t-elle.

Elle attrapa un morceau de melon et l'engloutit. Il inspira longuement.

— Je serai bref sur ce passage, parce que c'est assez difficile à entendre, commença-t-il à dire. Je voulais m'excuser d'avoir imposé Tonio dans ta vie.

Ana sursauta en entendant ce prénom. *Il commence par là... Comme si j'avais envie de parler de cette abomination de la nature au petit-déjeuner...* songea-t-elle en se mordant la joue.

— Je ne pensais pas qu'il avait autant dévié, poursuivit-il un pincement au cœur. Je le connais depuis des années. Juan m'avait prévenu que Tonio était différent depuis quelque temps... Je n'ai pas voulu le croire. Ou du moins, je ne voulais pas le voir. J'ai le sentiment qu'à travers le mal qu'il t'a fait, c'est moi qui l'avais orchestré... Comme s'il avait été le prolongement de mes bras. Je n'ai pas vu sa déviance. J'étais incapable de le voir, parce que j'accordais une confiance aveugle à mes gars. Et surtout parce que j'étais obnubilé par toi… J'ai été un chef de merde et un protecteur à la con sur ce coup. Si j'avais su ce qui allait se produire…

Son poing se referma sur la tasse. Le silence qui suivit fut lourd. Keenan se perdit dans ses pensées pendant quelques instants. Ana le ramena à la réalité en posant sa main sur la sienne.

— Il ne te fera plus de mal et c'est le principal, se reprit-il d'une voix abattue. Mais sache que ce fardeau, je le porte avec toi. Pardonne-moi.

Il dégagea son petit doigt pour caresser la peau de la jeune femme. Fidèle au silence, elle se contenta de hocher la tête.

— Je voudrais m'excuser de ne pas avoir répondu à ton unique appel, ni même de t'avoir rappelée.

Ana se redressa, retirant sa main au passage. Ses sourcils se rejoignirent.

— Tu te souviens du bouquet que je t'avais envoyé à ton travail ? sourit-il gêné. Eh bien…

Il échappa un petit rire nerveux tandis qu'elle essayait de comprendre ses dires.

— Je t'avouais mon affection pour toi, poursuivit-il sans détour. Et te disais également qu'avec tout le respect que j'avais, j'allais te protéger. La pivoine, c'est la protection rapprochée.

— Protection rapprochée pour dire enlèvement ? comprit-elle.

Il hocha la tête. Elle battit des paupières plusieurs fois pour assimiler la nouvelle. Keenan lui laissa le temps. Elle s'empara de plusieurs framboises et les avala d'un coup. À défaut d'avoir de la liqueur, cela pouvait faire l'affaire.

— Ana… Tu es véritablement en danger, conclut-il. C'est pourquoi j'ai orchestré tout ça. Quelqu'un te veut du mal et je crois que ça a un rapport avec tes cicatrices.

Cette révélation fit passer une framboise de travers. Elle toussa.

— À vrai dire… on se connaît depuis longtemps, conclut-il. Enfin, quand je dis “on”, c’est moi… Tu n’en as aucun souvenir, parce que tu étais inconsciente…

Il marqua un temps d’arrêt.

— Je te connais depuis cette terrible nuit, il y a quelques années, avoua-t-il.

Son sang ne fit qu’un tour. Ana blêmit. Ses mots la percutèrent.

— Je n’ai pas participé à ça, je te le jure.

Son regard était sincère. Quant à celui de la jeune femme, il était indescriptible. De nombreuses émotions troublaient son visage. Elle esquiva ses anneaux noisette, à la recherche de réponses dans le sable. Sa main se mit à trembler. *Il était là…* Son corps s’arrêta de respirer pendant quelques microsecondes. Les larmes lui montèrent. Keenan lui saisit délicatement la main. *Ne pas l’interrompre… Je ne dois pas l’interrompre,* se martelait-elle dans la tête.

— Je vais évoquer ma “Maison aux Souvenirs”, poursuivit-il d’une voix triste. Je vais ouvrir la porte aux fantômes et à mon passé. C’est compliqué pour moi d’en parler, alors ne m’en veux pas si jamais je m’égare dans mes propos.

Sa tête se leva vers lui. D’elle-même, elle serra ses doigts et hocha la tête.

— J’étais aux urgences, cette nuit-là, commença-t-il. Je venais de déposer un ami. Je remplissais des papiers quand j’ai entendu des personnes s’affoler. Une jeune fille était en train de perdre la vie. J’ai vu une armée de soignants et d’infirmiers courir dans sa direction. Bien sûr que j’étais intrigué. Mais je n’ai pas eu à bouger. Tu es passée à côté de moi. Je ne pourrai jamais oublier ce que j’ai vu… Le brancard était inondé, les draps étaient teintés… on te suivait à la trace. Tu étais d’une blancheur immaculée sous ce rouge puissant… ton corps semblait… explosé, en miettes, désarticulé. J’ai ressenti un mélange de peine, de tristesse et de haine. Comment est-ce qu’on pouvait faire ça à quelqu’un ?

Ana eut un haut-le-cœur. Elle esquiva son regard. Une larme s'échappa. Keenan lui serra la main doucement.

— Quand j'ai entendu qu'ils t'avaient trouvée agonisante, sur des poubelles sous la pluie battante, j'étais effondré et en colère. Personne ne savait depuis combien de temps tu te battais pour rester en vie. J'ai entendu une infirmière crier qu'il fallait te faire une transfusion de sang. Je n'ai pas hésité une seconde. J'ai laissé les papiers en plan et je leur ai courus après. Je ne pouvais pas te laisser comme ça.

Il baissa le regard comme s'il revivait de nouveau cette nuit. Mais pour celle qui était devant lui, il se devait d'être fort. Il se redressa.

— Je leur ai présenté ma carte de donneur. Je suis du groupe O, je peux donner à tout le monde. Devant l'urgence de la situation, même si c'est hors protocole, ils m'ont accepté, parce que tu risquais de mourir d'une seconde à l'autre.

Son poing se contracta à cette idée.

— Pendant qu'on m'équipait, ils t'ont mise sur le ventre et…

Il s'interrompit. Ce souvenir lui souleva le cœur.

— Un interne s'est évanoui, avoua-t-il. La plupart ont tourné la tête, même quelques secondes. Tu avais subi des tourments inimaginables… je t'avoue que j'ai mordu mon poing, de rage. Tu étais écorchée vive… Je revois encore l'état de ta peau lacérée avec des entailles plus ou moins profondes. La chair était à vif, le sang coulait… c'était…

Ses yeux trouvèrent ceux de la jeune femme, apeurée.

— Excuse-moi, Ana, pour tous ces détails… murmura-t-il.

Sous le choc, elle écarta sa tasse ainsi que toute la nourriture avoisinante, tout en détournant le regard. *Il était là… Il a vu…*

— Tout était fait d'une certaine manière pour que ça soit… je ne sais pas. Il n'y a pas de mots pour décrire cette boucherie. En rinçant tes plaies, les médecins ont découvert de multiples blessures. Ils ont surtout examiné les entailles. L'angle et la profondeur de la lame variaient selon les motifs, ce qui indiquait qu'elles avaient été causées par plusieurs personnes. Pardon, je me doute que tu le sais déjà tout cela, mais...

Il marqua un nouveau temps d'arrêt.

— Ces images ne m'ont jamais quitté. Tout comme toi, elles me hantent, sans cesse. Je sais ce que tu as vécu et ce que tu peux ressentir à cet instant. Quand tu as été en réa, on m'a relié à toi par une perfusion. Après, j'ai passé des journées entières à la recherche de ces pourritures. Et les nuits, j'étais à tes côtés pour veiller sur toi.

Il écarta une mèche de cheveux sur le visage d'Ana. Une nouvelle larme s'échappa.

— Pourquoi as-tu fait tout ça ? murmura-t-elle en réprimant un sanglot. Tu ne me connaissais pas...

Elle réprima un frisson.

— Ton dossier ne comportait aucune personne à contacter, aucune famille, rien, répondit-il d'un air détaché. Tu étais seule. Et dans un certain sens, je l'étais aussi... Quand je venais te voir, je te parlais de l'avancement de mes investigations, bien que j'avais l'impression de traquer des fantômes. Je te parlais de moi, de l'actualité, de tout et n'importe quoi. Puis un jour, tu t'es réveillée. J'étais là quand tu as posé les yeux sur moi.

Son visage s'attendrit.

— Je n'oublierai jamais ce bleu qui m'a transcendé. Je n'ai vu que ça et j'ai su à cet instant que...

Il s'interrompit. Ana resta suspendue à ses lèvres.

— Je devais te laisser tranquille, finit-il d'une voix triste.

Ses propos brisèrent le cœur de la jeune femme.

— J'ai cessé de venir, poursuivit-il sur le même ton. Mais je me voilais la face. Tu me manquais. J'avais l'impression de te connaître. Je n'étais qu'un inconnu pour toi. Alors je prenais de tes nouvelles via un interne avec qui j'avais sympathisé. Il m'a encouragé plus d'une fois à venir te rencontrer officiellement. Je me disais que tu n'aurais peut-être pas voulu nouer une relation avec un homme après cela. Et puis, imagine notre première conversation “Salut, je suis le mec qui t’a donné son sang et qui a veillé sur toi pendant que tu étais dans le coma. Oh, mais, ne t’inquiète pas, j’étais pas du tout obsédé par toi ! D’ailleurs, je me suis promis de retrouver les types qui ont tenté de t’assassiner !”.

Le ton plus léger fit sourire Ana. Elle réalisa qu’effectivement, elle se serait méfiée de lui. Bien plus qu’aujourd’hui.

— Tu vas sûrement me prendre pour un fou, mais je venais te voir en secret. Je prenais de tes nouvelles. J’entendais les progrès que tu faisais. Et parfois, lors de tes séances de rééducation, j’étais là, dans un coin. Je voyais ta force, ton courage. Tu te battais, tu voulais vivre. Ton rire égayait ces couloirs…

Et je tombais amoureux à chaque fois que je l’entendais, se dit-il.

— Puis un jour, je me suis dit que je n’avais rien à faire dans ta vie. Alors j’en suis sorti sans en être véritablement entré. Ça m’a beaucoup peiné, mais je devais me désintoxiquer de toi. Je ne pouvais pas rester accroché à quelqu’un qui ne me connaissait pas.

Sa voix faiblit sur les derniers mots qu’il venait de prononcer.

— L’enquête n’avançait pas non plus, reprit-il. Je l’ai mise de côté. C’est lâche, je sais. Mais elle me liait à toi et je ne voulais plus… je mourais d’envie de te voir, je ne m’en donnais pas le droit. Le temps est passé et jamais je n’ai cessé de penser à toi.

Un sourire apparut sur ses lèvres.

— Quand je t’ai retrouvée dans ce cabinet médical, j’ai cru à une plaisanterie. Tu étais là, rayonnante. Et j’ai encore succombé. Nos chemins étaient destinés à se croiser de nouveau. J’ai été sûrement un peu familier avec toi, je l’avoue. Même un peu lourd sur la drague, navré.

Un sourire glissa sur les lèvres d’Ana.

— J’ai voulu te découvrir véritablement. J’ai aimé te mettre mal à l’aise, te voir rougir. Admirer tes expressions sur ton visage. Et je te découvre encore aujourd'hui, pour mon plus grand bonheur.

Il déposa un baiser sur la main de la jeune femme. Celle-ci était stupéfaite par ses propos. Elle buvait ses paroles, prenant conscience du lien qui les unissait depuis le départ. Est-ce que son inconscient se souvenait de la présence de cet homme ? Était-ce pour cela qu'elle n'avait jamais réellement eu peur de lui ? Qu'il la captivait ?

— Après notre première rencontre officielle, j'ai rouvert ton dossier, expliqua-t-il. J'ai réussi à établir un lien avec ton agression et d'autres affaires qui se sont produites après... Il y a d'autres victimes, mais malheureusement...

Sa mâchoire se contracta.

— Elles n'ont pas survécu.

L'âme d'Ana quitta son corps quelques instants. Son cœur explosa. Keenan resserra sa main pour l'apaiser.

— C'était le même mode opératoire, aucune preuve, soupira-t-il. Ce sont des pros. Pourtant, j'ai compris quelque chose. Grâce à ces victimes, j'ai découvert qu'ils n'avaient pas fini leur œuvre avec toi. Quelque chose les avait empêchés de poursuivre. Pris de panique, ils t'ont jetée dans la rue, te croyant morte. Cette révélation m'a pris au dépourvu. Je t'ai donc fait mettre sous surveillance, juste au cas où. J'avoue que je t'ai moi-même suivie. Plusieurs fois... n'importe où. Dans la rue, dans ton magasin préféré, au parc... mes plus belles filatures... C'était comme si j'avais une seconde chance. Je me rapprochais de toi...

Il disait cela avec un émerveillement aux lèvres. C'était de cette manière qu'il connaissait tout d'elle, ce qui ne la laissait pas de marbre. *C'est flippant, quand même...* songea-t-elle.

— Et puis, il est apparu que nous n'étions pas les seuls.

Une angoisse s'empara de la jeune femme. Le ton devint plus froid.

— J'ai donc créé une sorte de double filature. Julio te suivait et moi je suivais l'autre type.

Ana secoua la tête. Cela devenait compliqué pour elle. Et comment avait-elle fait pour ne rien voir ? Un géant dans les parages, il fallait être aveugle pour ne pas le remarquer !

— On s'est rendu compte que ce n'était jamais le même qui était derrière toi. Ils changeaient. Alors, j'ai décidé de provoquer une bousculade une fois, juste pour pouvoir mettre un nom sur un type. Je vais te passer les détails, mais j'ai réussi à le blesser suffisamment pour obtenir son ADN. En rentrant, j'ai donné l'échantillon à Juan pour qu'il puisse l'identifier. D'après notre logiciel, cet homme venait de fêter ses trois mois. Il n'existait pas avant ! Puis, tout s'est accéléré. Ils gagnaient du terrain, se faisant plus pressants, comme s'ils allaient commettre l'irréparable. Alors, je n'ai pas réfléchi et pour te protéger, j'ai orchestré ton enlèvement.

Le regard dans le vide, la demoiselle peinait à croire son récit. La jeune femme secoua la tête.

— Pourquoi est-ce que tu fais tout ça ? demanda-t-elle d'un air sévère. Je ne t'ai jamais demandé de m'aider, ni de t'occuper de moi ou que sais-je ! Pourquoi tu t'es autant attaché à moi alors qu'on ne se connaissait même pas ? Tu aurais pu me laisser. Je ne vois pas pourquoi tu t'obstines autant à vouloir me protéger, alors que…

— Parce que je tiens à toi, Ana ! répondit-il d'un ton sec. Et rien ni personne ne m'empêchera de te protéger, même pas toi.

— Même si je te le demandais ?

— Je t'ai fait une promesse sur ton lit d'hôpital, je ne la briserai pas.

— C'est facile, quand l'autre n'est pas conscient… lâcha-t-elle en détournant le regard.

Un homme obsédé par elle, d'autres qui veulent lui faire la peau… tout cela était trop dur à assimiler. Elle leva un œil vers lui. Il guettait le moindre fait et geste de sa part. Elle soupira. Cette histoire la dépassait.

— Je ne me souviens pas de ce qui s'est passé. Je ne suis pas une menace pour eux, alors pourquoi est-ce qu'ils s'en prennent à moi ? demanda-t-elle, passablement agacée.

— Quoi qu'il en soit, je les briserai de mes propres mains avant qu'ils ne puissent te toucher.

— Tu n'es pas Dieu, tu sais, rétorqua-t-elle. Tu n'as pas ce pouvoir.

Un rictus se forma dans le coin de ses lèvres.

— Je le prends quand même. Et qu'importent les conséquences que cela implique.

Le ton glacial de sa voix fit trembler Ana. Une question lui brûla alors les lèvres.

— Tu l'as déjà pris, n'est-ce pas ?

Keenan souffla fortement, tel un aveu. Il détourna le regard vers la mer. Ana déglutit.

— Qui ? interrogea-t-elle. Qu'est-ce que tu as fait ?

Sa respiration devint lourde. Il se pinça les lèvres avant de poser les yeux sur elle. Le bleu de ses prunelles transpirait la peur.

— Tu ne veux pas le savoir, répond-il en essayant de se calmer.

Elle lui attrapa les doigts.

— Si, grogna-t-elle.

Elle le supplia du regard. Il n'arrivait pas à lui tenir tête. Il soupira.

— Tu sais ce que j'ai fait à Tonio, répondit-il. Tu étais là, tu m'as entendu me déchaîner. C'est suffisant.

— Alors, pourquoi est-ce que j'ai l'impression que ce n'est pas le seul à avoir subi ton courroux ?

Il referma sa main sur la sienne, essayant de s'apaiser. Il détourna les yeux.

— Arrête, Ana…

— Dis-moi, insista-t-elle.

Il souffla longuement.

— C'est toi qui as blessé le mec qui m'avait manqué de respect quand tu étais venu au cabinet, n'est-ce pas ? demanda-t-elle, suspicieuse.

La main de Keenan se referma de plus belle. Il se mordit les lèvres.

— Avoue, s'obstina-t-elle. J'ai besoin de savoir.

— J'aurais recommencé s'il t'avait ne serait-ce qu'insultée, confirma-t-il à demi-mot. Et s'il avait été en mesure de te toucher, je l'aurais massacré.

Sa voix était froide. Un frisson parcourut son corps. Ses lèvres s'entrouvrirent, laissant s'échapper un souffle court.

— Donc, tu étais déjà en train de me suivre quand je l'ai recroisé… comprit-elle. C'est toi qu'il l'a mis en fuite.

Un nouveau rictus apparut sur ses lèvres. Il n'avait pas besoin de répondre, elle avait déjà sa réponse.

— OK, faut que je fasse une pause… dit-elle en reprenant sa main.

Keenan se tourna vers elle, surpris.

— Ana, l'appela-t-il, inquiet.

Elle sauta de son siège et s'écarta de lui. Il décida de la rejoindre.

— Ne me suis pas, lui ordonna-t-elle en l'arrêtant d'une main. Je t'en prie. Je dois…

Elle se tourna vers l'océan, ne pouvant plus à cet instant le regarder. Son cœur se contractait.

— J'ai besoin… laisse-moi ! dit-elle en passant sa main dans ses cheveux.

Elle n'arrivait plus à réfléchir. Tout s'embrouillait dans sa tête. Les dernières révélations la mutilaient. Le regard dans le vide, elle avançait vers la mer.

Keenan, le cœur brisé, la regardait partir. Il mourrait d'envie de la rattraper, de lui dire qu'il était désolé. Sauf que ce n'était pas vrai. Il l'avait fait en son âme et conscience. On ne devait pas la bafouer. Pas elle. Ces hommes méritaient leurs peines. Il ne regrettait en rien son geste. Mais cette boule dans sa gorge, son palpitant qui se resserrait… Il avait peur de la perdre à mesure qu'elle s'éloignait de lui.

Ana devait s'isoler, partir loin de lui ne serait-ce que quelques minutes, avoir un temps juste pour elle. Elle avait envie de hurler sa peine sans être entendue, de pleurer sans être vue, de disparaître l'espace d'un instant pour ne plus rien sentir. Ses pieds foulèrent la mer. Le froid la saisit, mais elle poursuivit sa route. Lorsque l'eau lui arriva au niveau de sa poitrine, elle prit une grande inspiration et plongea dans l'écume. Dans les tréfonds de l'océan, elle put hurler à sa guise, de toutes ses forces.

Ses sentiments étaient entremêlés. La vérité était si difficile à croire... Qu'avait-elle fait pour mériter cela ? Elle avait hérité d'un Ange Gardien Vengeur... Avait-il vraiment de bonnes intentions malgré son penchant pour la violence lors de ses accès de colère ?

Ana ne cautionnait pas ces actes, elle en avait trop souffert. Cependant, cette fois-ci, c'était différent. Il l'avait fait... pour elle ! Il tenait à elle, ça crevait les yeux. À présent, maintenant qu'elle était là, à portée de main, n'allait-il pas devenir jaloux, possessif et tout faire pour la garder sous sa coupe ? N'allait-il pas devenir violent avec elle pour la soumettre ? Après tout, elle était l'objet de son obsession... Au fond d'elle, même si elle avait encore du mal à l'admettre, elle aimait ce sentiment. Il avait passé des nuits entières à ses côtés juste pour veiller sur elle. Une psychose malsaine ou un véritable coup de foudre ? Malgré tout, l'histoire qu'il lui avait racontée avait trouvé écho en son cœur. À présent, elle ne risquait plus rien. Il serait là. Il émanait de Keenan une aura spéciale dont elle n'arrivait pas à connaître l'étendue. Était-ce cela, l'Amour avec un grand A ? Être prêt à tout pour l'autre, qu'importent les conséquences ? Ou bien étaient-ils tous les deux malades et s'étaient trouvés pour combler les TOC de l'autre ?

Le baiser passionné de la nuit lui revint en mémoire. Son corps frissonna sous l'eau. Elle avait développé des sentiments pour lui. Elle ne pouvait plus le nier.

La jeune femme remonta à la surface et se tourna vers la terre ferme.

Il n'avait pas bougé, comme elle lui avait demandé. Elle sentit son regard peser sur elle, malgré la distance qui les séparait. Elle retourna vers lui en nageant. Puis, une fois sur la plage, elle se dirigea vers lui.

Keenan n'osait pas bouger tant il était sous le charme de la sirène. Ses beaux cheveux blonds étaient plaqués en arrière, laissant la blancheur de sa peau émettre toute sa lumière. Sa robe lui collait à merveille à la peau. Ses courbes parfaites et son regard de glace étaient remplis d'une colère ardente. Elle se planta devant lui. Telle une pulsion, ses bras s'enroulèrent autour de son cou. Son corps mouillé inonda la chemise du jeune homme. Il se retint de frémir. Elle fut saisie par sa chaleur. Elle leva son visage vers lui et l'affronta.

— Je ne sais pas si je dois croire tout ce que tu as dit, avoua-t-elle. Mais il y a une chose dont je suis certaine. C'est que cette nuit, tu n'as pas pu me mentir.

Il fronça légèrement les sourcils. Sa tête dévia sur le côté.

— Tu ne t'en souviens peut-être pas, mais laisse-moi te rafraîchir la mémoire…

À ces mots, elle se hissa sur la pointe des pieds pour déposer un baiser. Le goût salé de ses lèvres l>enivra. Son cœur bondit. Ses bras s'accrochèrent à elle, l'embrassant plus fort encore. Il la serra étroitement contre son torse, ne lui laissant aucune échappatoire. *C'est peut-être la dernière fois…*

Les mains froides d'Ana se posèrent sur ses joues. Il ouvrit les yeux. Elle se retira de ses lèvres.

— Je t'ai dit que je n'étais pas une illusion. Même si tu m'as menacée avec ton flingue…

Elle se détacha de son emprise. Il n'essaya pas de la retenir. Elle s'échappait du bout de ses doigts, tel un fantôme. Son visage se tourna vers la mer.

— Cette nuit, on a inversé les rôles, dit-elle avec force. C'est moi qui ai veillé sur toi.

Un silence les sépara.

— Je suppose que je peux t'accorder le bénéfice du doute... poursuivit-elle en portant son poing sur sa poitrine.

Keenan sentit un soulagement traverser de part en part son corps tandis que celui d'Ana était parcouru de frissons. En voyant cela, il retira sa chemise rapidement sans qu'elle n'ait son mot à dire.

— La dernière fois que tu étais trempée, je n'avais même pas de quoi te protéger, dit-il en la posant sur les épaules de la jeune fille. Elle est un peu mouillée, mais...

Il enroula ensuite ses bras autour d'elle et l'attira contre lui, sa tête contre son torse.

— Elle devrait te protéger un peu du vent, conclut-il d'un air amoureux.

La main délicate d'Ana s'agrippa à l'avant-bras du jeune homme.

— Je suis désolé, murmura-t-il en déposant un baiser sur sa tête. Si tu le veux bien, on pourrait terminer le petit-déjeuner et rentrer après ? Tu n'as pas beaucoup mangé...

Elle huma la chemise tandis qu'elle sentait la chaleur de Keenan dans son dos.

— Toujours en train de veiller sur moi, à ce que je vois...

— Pour toujours et à jamais, répondit-il en déposant un baiser sur sa tête.

XIII. Le reflet des souvenirs

De nouveau à la cabane en bambou, Ana déplaça sa chaise au soleil afin de se sécher. Keenan lui apporta sa tasse de thé. Elle lui rendit sa chemise à contrecœur. Son cœur palpita de plus belle lorsqu'il la reprit, touchant involontairement ses doigts. Mais l'heure n'était pas à la tentation. Elle porta sa boisson à ses lèvres. Elle ne put s'empêcher de le regarder remettre sa chemise du coin de l'œil. *Un strip-tease inversé, ça a son charme aussi.* Un léger haussement de sourcil et un long soupir trahirent les pensées de la jeune femme. Keenan perçut la fébrilité d'Ana. Il esquissa un léger sourire. Il la laissa terminer son petit-déjeuner tandis qu'il remettait tout en place derrière le comptoir.

Il ne vit pas que la jeune femme était de nouveau en proie au doute et à la réflexion. Son regard dur était rivé vers les vagues. Ses révélations l'avaient perturbée, notamment le fait qu'elle n'était pas la seule victime. Elle ne pouvait pas rester les bras croisés. Peut-être même qu'à l'heure actuelle, une autre personne subissait la même chose. Elle réprima un frisson. Non, elle devait agir. C'était la seule encore en vie. Elle devait essayer de retrouver la mémoire pour mettre un terme à cette boucherie.

Le thé englouti, Ana retourna au comptoir. Elle s'empara des derniers fruits restants et les croqua à pleines dents. Comme lui avait dit Juan, il fallait qu'elle prenne des forces si elle voulait s'enfuir. Les ennemis avaient juste changé. Keenan se posa devant elle, observant ses moindres faits et gestes. C'est à ce moment qu'elle s'accrocha à son avant-bras. Son attitude le surprit.

— Laisse-moi vous aider dans vos investigations, demanda-t-elle, déterminée. Fais-moi voir ce que vous avez trouvé. J'aurai peut-être un déclic, un flash-back, quelque chose...

Il passa sa langue nerveusement sur ses lèvres.

— Tu en es certaine ? demanda-t-il, inquiet.

— J'ai peur de revivre ce cauchemar, avoua-t-elle. Mais tu disais qu'il y avait eu d'autres victimes après moi, alors... Je dois stimuler ma mémoire pour ne plus oublier. T'es avec moi ?

— Bien sûr que oui.

— Alors, je ne crains rien, dit-elle en posant sa tête contre son biceps.

Ils quittèrent la plage et retournèrent sur leurs pas, vers la demeure. Ana passa dans sa chambre afin de prendre une douche rapide pour retirer le sel. Puis, elle se revêtit d'un débardeur beige et d'un pantalon carotte noir, plus confortables pour rester en intérieur. Lorsqu'elle ouvrit la porte, personne ne gardait la porte. *À croire que ma captivité a réellement pris fin,* pensa-t-elle en descendant l'escalier.

Keenan l'attendait. Ils prirent ensemble le long couloir, puis la seconde porte sur la droite. La luminosité éblouit la jeune femme. La pièce s'étendait à perte de vue avec ses murs clairs et ses nombreuses fenêtres. Plusieurs tableaux ornaient la salle ainsi qu'une bibliothèque immense prenant quasiment tout un pan de mur. Au niveau du mobilier, il y avait une grande table avec plusieurs dossiers dessus, entourée de chaises. Un canapé en velours trois places vert prenait place à côté d'une cheminée. *Il ferait bon de s'y installer en hiver avec un livre*, songea-t-elle en imaginant un grand feu crépiter. Le plancher était en bois massif. Son regard fut attiré ensuite par une pile de dossiers sur la table.

— Alors, tu es vraiment détective privé ? demanda Ana en se dirigeant vers elle.

— On va dire ça, sourit-il.

— Dis-m'en plus, je veux savoir qui tu es réellement, dit-elle en se tournant vers lui.

Il avança vers elle d'un pas décidé et leva son visage vers lui.

— Tu ne me fais toujours pas confiance ? sonda-t-il.

— Bien sûr que si, rétorqua-t-elle.

Il sourit.

— Tu réponds vite, tes pupilles se sont rétractées. Tu as eu un léger mouvement de recul, tu viens de me mentir, ma douce Ana.

Ses yeux grandirent d'un coup, ses lèvres s'ouvrirent sans laisser s'échapper de son.

— Surprise, hein ? se moqua-t-il. C'est ça, mon métier.

Il s'empara d'une chaise et guida Ana sur celle-ci.

— Je ne comprends pas, répondit-elle en s'asseyant.

— Quand je te disais que j'étais une sorte de détective privé, je ne te mentais pas. Je mène des enquêtes pour le compte d'autrui. Ma spécialité, c'est décrypter le langage corporel. Ainsi, je sais si la personne que j'ai en face de moi est sérieuse ou non. J'ai ma propre société que j'ai développée et améliorée grâce aux compétences de Juan et Julio.

— C'est-à-dire ? demanda-t-elle en levant les yeux vers lui.

Les doigts de Keenan se posèrent sur le dossier de la chaise d'Ana.

— Juan est vraiment psychiatre, poursuivit-il. Je l'ai débauché du cabinet dans lequel il exerçait. Parce qu'il faut savoir que ce petit malin a un talent caché : c'est un génie de l'informatique. Je l'ai su quand il a essayé de pirater mes comptes.

Un rire s'échappa de ses lèvres.

— Comment ça ? sonda Ana.

— Je lui ai proposé un salaire mirobolant pour l'avoir dans mon équipe. Il pensait que je mentais. Il a failli se faire avoir par ma cybersécurité. Le test était réussi de mon côté et il commençait à s'ennuyer dans son milieu. C'était un bon compromis pour les deux partis.

— Et pour Julio ? demanda-t-elle.

Il tira la chaise à côté d'elle et s'y installa.

— Lui, c'est autre chose. C'est la force tranquille et une loyauté sans faille. Après, il manie très bien les armes. C'est un super combattant au corps à corps. Il va sur le terrain quand ça devient vraiment compliqué. Autrement, il fait la paperasse et il range.

Sa main désigna la pile de documents qui se tenait devant eux.

— N'importe comment ! soupira-t-il.

Ana rit. Effectivement, il y en avait partout : des chemises de toutes les couleurs, des coins de papier dépassant dans tous les sens, des Post-its retraçant certainement une chronologie ou des éléments communs. Ana remarqua un dossier épais comportant son prénom. Son cœur se resserra. Finalement, Keenan disait peut-être la vérité… Ce qui la bousculait davantage, c'était sa naïveté à ne pas avoir vu qu'elle était suivie par plusieurs individus. Tout s'était déroulé dans son dos.

Elle parcourut du regard les autres dossiers. D'autres prénoms étaient inscrits. Ceux-ci étaient numérotés. Il y avait un dossier appelé Emilia, un autre Maëlla et un troisième Edana. Sûrement les autres victimes… Ana fronça les sourcils. *Pourquoi tous les prénoms se terminent par la même lettre? Serait-ce un lien ?*

Un froid la traversa. Le sentiment de culpabilité prenait place dans son cœur. Pourquoi elles ? Quel lien avaient-elles en commun ? Ces prénoms ne lui évoquaient rien. Son ventre se noua.

— Qu'est-ce qu'on attend ? demanda-t-elle, un brin anxieuse.

— Juan et Julio, lui répondit Keenan en posant ses mains à plat sur la table. J'aimerais qu'ils soient présents.

— Je comprends… dit-elle en baissant la tête.

La paume de Keenan se posa sur sa cuisse.

— Est-ce que ça va aller ?

— Oui, répondit-elle en serrant son poing. Il le faut.

Sa détermination se lisait à travers son visage. Néanmoins, le léger spasme dans ses doigts trahissait sa nervosité. Il posa sa paume dessus.

— Hey... murmura-t-il d'une voix apaisante. Tout ira bien, d'accord ? Et si c'est trop dur, on arrêtera tout.

Ana hocha la tête en soufflant longuement. Keenan fouilla dans sa poche.

— Tiens, regarde, lui dit-il en extirpant son inhalateur. Si t'as besoin, elle est là. Et moi aussi...

Son visage s'illumina. Elle leva les yeux vers lui, attendrie.

— Tout comme eux, termina-t-il en apercevant Juan et Julio entrer dans la salle.

Elle les salua d'un petit sourire. Les arrivants s'installèrent face au couple.

— Nous sommes avec vous, Mademoiselle Ana, dit Juan en guise d'encouragement.

Il leva son poing pour la motiver. Elle secoua la tête avec un sourire.

— On va procéder étape par étape, d'accord, Patronne ? commanda Julio. Je vais vous donner les dossiers et...

— Oui, parce que franchement, c'est le bordel sur cette table ! s'exclama Keenan en la désignant. Comment veux-tu qu'on retrouve quoi que ce soit ?

Juan retint un rire tandis que la langue de Julio claqua contre son palais. Il prit un dossier rose coincé entre une enveloppe kraft et une pochette vers le milieu de la pile.

— MES papiers, MON organisation, lança-t-il d'un air dédaigneux en faisant taper les feuilles sur la table.

Ana gloussa. Elle savait qu'ils essayaient de la mettre la plus à l'aise. Elle les remercia intérieurement.

— Alors, allons-y, dit-elle, faussement joyeuse.

Le Colosse lui tendit le dossier. Il portait le prénom d'Emilia. Ana s'en saisit, la main légèrement tremblante. Il lui semblait plus épais que lorsqu'il était dans la paluche de Julio.

— Il y a des photos très dures, Patronne, lui dit-il d'un air prévenant. Vraiment difficiles. Faudrait pas que vous vomissiez votre petit-déjeuner.

Elle se mordit l'intérieur de la joue en guise de réponse. Elle inspira longuement. Elle posa le dossier devant elle. Un dernier regard vers chaque homme pour se donner du courage. Puis, elle l'ouvrit. Le premier document était un rapport de police. À celui-ci était accrochée une première photo. Le rouge attira son attention. Elle savait ce que c'était. Elle ne pouvait pas le voir, pour l'instant. Elle la détacha du trombone et la retourna aussitôt. Ses lèvres se pincèrent. *Peut-être que si je lis rapidement le compte-rendu, cela me mettra dans l'ambiance…* Elle le prit en main et le parcourut en diagonale. Elle constata qu'elle et Emilia n'avaient aucun point en commun ni même physique, hormis le fait d'habiter en France. Elles vivaient à l'opposé l'une de l'autre, n'avaient pas fréquenté les mêmes lieux et n'avaient pas de passions communes. Emilia était née en novembre, Ana en décembre.

Elle apprit qu'aucune arme n'avait été retrouvée sur la scène du crime ni même une quelconque empreinte. *Les fameux fantômes dont me parlait Keenan…* Elle abandonna sa lecture et prit de nouveau la photo entre ses mains, hésitante. *Je dois le faire,* se martela-t-elle dans sa tête. *Je dois voir…* Aussi, elle souffla un grand coup et la retourna. La lumière se reflétait dans la mare de sang. Elle ne vit que le rouge dans un premier temps. Une nausée remonta au niveau de sa gorge. Ses yeux fuyèrent quelques secondes tandis qu'elle devenait blanche comme neige. Elle inspira et posa de nouveau ses prunelles dessus.

Un bloc de granit dégoulinant de sang était posé au centre de la photo dans une ambiance sombre et pesante. Des bougies encore allumées entouraient cette table. *On dirait une cérémonie du sacrifice…* songea-t-elle en posant ses doigts sur ses lèvres. Elle reprit le rapport de police. Elle n'avait pas encore regardé la date. Un frisson de terreur la parcourut.

— Tout va bien, Patronne ? s'inquiéta Julio.

— Je suppose que vous avez déjà fait le lien, mais elle a été tuée exactement six mois après mon agression… demanda-t-elle d'une voix étranglée.

— Et c'est pareil pour les deux autres, avoua Keenan. Il y a toujours six mois d'intervalle entre chaque meurtre.

Sa respiration se coupa. Puis, elle balaya la salle de ses prunelles attristées. Sa main passa nerveusement dans sa crinière dorée. Elle joignit la photo à son dossier original et passa au second.

— Attention à celui-là, prévint Julio en se redressant. Il y a le rapport du médecin légiste, mais également des photos plus dures.

— OK… souffla-t-elle, anxieuse.

— Je voulais vous ménager un peu avant d'aller plus en avant dans l'affaire en elle-même, c'est pour ça que je les ai classées dans cet ordre.

— C'est gentil… murmura-t-elle en lui adressant un bref sourire.

Keenan hocha la tête. *Finalement, son organisation n'est peut-être pas aussi mauvaise que ça…*

Lorsqu'Ana ouvrit le document, elle vit directement une nouvelle photo. Le corps d'Emilia reposait sur la table en pierre, telle qu'on l'avait retrouvée : sur le ventre avec des lacérations dans son dos apparent. Le sang coagulé renforçait la noirceur autour des trous béants. Des lambeaux de sa chair semblaient se détacher. L'image était trop violente pour la jeune femme. Elle quitta son introspection pour retenir une nouvelle nausée. *Oh, putain… Heureusement qu'il m'a prévenue mais… c'est à ça que je ressemblais ?* se demanda-t-elle, écœurée.

Elle jeta un coup d'œil vers Keenan. Il la couvait du regard. Sa main s'était posée malgré lui sur sa cuisse pour la réconforter. *Il m'a vue comme ça ?* Son cœur se resserra davantage. *Pas étonnant qu'il veuille me protéger de ces monstres…*

Elle posa la photo et prit la seconde en main. Il s'agissait des blessures de la victime dans son dos. Elles avaient été prises après avoir été nettoyées par le médecin légiste. Sa bouche se tordit, tandis que son nez se mit à gigoter dans tous les sens. Il ne fallut pas longtemps à la jeune femme pour comprendre que, ce qui la perturbait dans cette photo, c'était le manque de peau dans chaque symbole. En effet, celle-ci avait été prélevée par les meurtriers. Ce qu'elle avait sous les yeux dépassait l'entendement. Sa main s'écrasa sur sa bouche, tandis qu'une larme s'échappait de son œil.

— C'est horrible… murmura-t-elle. Comment est-ce qu'on peut faire ça ?

Elle détourna le visage sur le côté.

— Je comprends mieux pourquoi tu disais que ça avait un rapport avec mes cicatrices, poursuivit-elle à l'attention de Keenan.

Elle souffla longuement et reprit la photo. Chaque symbole était entouré et annoté manuellement. Elle ne reconnut pas l'écriture et reporta son attention sur les lacérations.

À la base de la nuque, il y avait une coupelle renversée, c'est ce qui avait été écrit. En descendant le long de la colonne vertébrale, sur les côtes à gauche, il y avait un grand rectangle avec des bâtons sur toute la longueur du dessus. Certaines plaies étaient si profondes que l'on pouvait deviner ce qui se cachait sous l'épiderme. Ici, la personne avait inscrit des points d'interrogation. Quant aux côtes situées à droite, on y avait lacéré le motif d'une vague ondulante. Elle faisait la même longueur que le rectangle. Enfin, dans le creux des reins, il y avait le symbole du roseau fleuri en hiéroglyphe. C'est ce que la personne avait interprété.

— Peut-être qu'il faudrait éviter que vous regardiez la troisième photo, proposa Juan en voyant le teint cadavérique d'Ana.

— Pourquoi ? demanda-t-elle en tremblant. Elle est pire que ça ?

Keenan frotta sa main contre la cuisse de la jeune femme.

— Disons que là, tu tiens l'après, lui dit-il doucement. La troisième, c'est le "avant"… Ne te sens pas obligée de la regarder, tu peux passer à autre chose.

Elle se prit la tête dans ses mains. *Je ne peux pas abandonner maintenant… Faut que je continue ! Allez ! Du nerf ! Tu leur dois au moins ça !* Elle déposa la photo qu'elle avait dans les mains avant de s'emparer de la troisième en fermant les yeux. *Tu es une super nana, tu peux regarder ça !* Elle souffla lentement et la retourna. Lorsqu'elle les rouvrit, l'horreur était absolue. Comme l'avait prévenu Keenan, le "avant" était abominable. Les symboles étaient encore recouverts de sang coagulé. Certaines traînées de sang semblaient remonter vers la nuque alors que le reste s'écoulait sur le côté, comme des ailes. Ses yeux se fermaient d'eux-mêmes.

— Putain, je vais gerber… murmura-t-elle contre son poing.

Elle posa la photo, face cachée, et passa ses mains sur son visage. Elle savait d'ores et déjà que cette image ne la quitterait plus.

— Ça va aller ? s'inquiéta Keenan en lui frottant le dos.

— Il faut que je voie le bon côté des choses, relativisa-t-elle en écrasant une larme. Je suis encore en vie parce qu'ils n'ont pas terminé leur travail. Ils ne m'ont pas fait la coupole ni prélevé la chair. Enfin, ça, je suppose que vous le saviez déjà aussi.

Ils acquiescèrent en silence.

— J'ai vraiment l'impression de ne servir à rien, c'est frustrant… dit-elle en s'emparant du rapport du médecin légiste. D'ailleurs, comment avez-vous fait pour obtenir tous ces documents ?

— Disons que j'ai un petit talent caché, répondit Juan, un sourire en coin.

— Vous n'avez pas peur de vous faire prendre ? demanda-t-elle sérieusement.

— L'adrénaline me fait vibrer, Mademoiselle Ana. Et puis, ce qu'on fait est plus légal que les atrocités perpétrées dans cette affaire.

— Certes, hocha-t-elle la tête.

Elle avait déjà vu des rapports de police, mais pas ceux du médecin légiste. Peu à l'aise, elle le parcourut rapidement. Le jargon médical étant une langue inconnue pour elle, elle fila rapidement à la conclusion.

Après avoir été lacérée de son vivant, le coup fatal aurait été causé par une arme blanche. En effet, juste au niveau de la mâchoire et en dessous des vertèbres cervicales, le bourreau aurait enfoncé une lame plus qu'aiguisée et l'aurait ramenée avec force par devant. Sur son passage, la lame avait sectionné les veines jugulaires, les artères carotides et la trachée. Le coup était net, fait par un professionnel. La victime était morte sur le coup. Le médecin légiste assurait qu'Émilia s'était vidée de son sang en quelques secondes. Celui-ci aurait été récupéré par les criminels puisqu'il en manquait beaucoup dans le corps, mais il n'y en avait pas assez sur la scène de crime. Le médecin assurait également que la base de la nuque et le dos avaient été "raclés" afin de récolter l'hémoglobine.

Ana fit le lien avec les traînées sanguinolentes vues précédemment. *Mais pourquoi faire ? Le conserver tel un trophée ?* Elle secoua la tête et poursuivit sa lecture.

La victime avait des marques sur ses poignets et l'intérieur de ses genoux. Elle était maintenue pendant sa torture. Les os de la main s'étaient fissurés sous le poids de quelque chose… ou de quelqu'un. Le médecin légiste n'arrivait pas à déterminer ce qui l'avait retenue. Il avait cependant exclu l'hypothèse d'une corde. En effet, il n'y avait pas de plaie de friction. La peau ne présentait aucune brûlure superficielle, ni même en profondeur. Seulement des hématomes.

Le médecin légiste confirmait également que la victime n'avait pas été droguée et avait été consciente du début à la fin. Malgré les évanouissements, les bourreaux la faisaient revenir à elle sans cesse. Les joues de la victime avaient été longuement frappées, ce qui avait causé des ecchymoses. De plus, ses cheveux étaient encore humides lorsqu'on l'avait retrouvée, tout comme le sol. Le médecin légiste supposait qu'ils avaient dû user de bassines d'eau pour l'éveiller.

Ana perçut cette information comme un coup de poignard dans le cœur. Emilia avait ressenti chaque coup de couteau, chaque lacération, chaque coulée de sang... Elle avait vu tout ce qui se passait. Elle avait été incapable de se défendre. Elle n'avait pas eu la chance de s'en sortir. Ana referma le dossier, tremblante. Elle passa sa main dans ses cheveux puis se leva de sa chaise et fit quelques pas dans la salle, sous l'œil attentif de Keenan.

La détresse émotionnelle de la jeune femme l'inquiétait. Il savait que lui montrer ces dossiers serait une épreuve pour elle. Il espérait que cela l'aiderait à retrouver la mémoire, même si pour l'instant, rien ne se passait. Malgré son consentement, il avait l'impression de l'avoir achevé. Il hésita à se lever et la prendre dans ses bras. Cependant, lorsqu'il croisa son regard, il comprit qu'il ne fallait pas qu'il la touche. Elle avait comme une lueur de dégoût et d'horreur. L'enlacer reviendrait à la traiter comme une victime. Ce n'était pas ce qu'elle souhaitait à cet instant.

Déterminée à poursuivre les investigations, Ana retourna à sa place.

— Avant que je ne regarde un nouveau dossier, est-ce que vous pouvez me dire concrètement ce que vous avez trouvé ? demanda-t-elle à l'assemblée. À quoi j'ai échappé, en fait ?

Juan et Julio regardèrent Keenan à l'unisson. Il sourit, gêné. Ses doigts se posèrent sur les commissures de ses lèvres. Il sentit le regard de la jeune femme sur lui également. Ses bras se croisèrent contre son torse en soupirant.

— Nous supposons qu'il s'agit d'un tueur en série, lâcha-t-il, telle une bombe.

— Vous supposez ? répéta-t-elle, inquiète.

— À vrai dire, il y a cette temporalité, ces six mois de décalage entre chaque crime, mais aussi sa signature. Mais c'est après que cela devient un peu plus compliqué.

— En effet, reprit Juan. Normalement, un tueur en série sévit seul. Ici, nous avons plusieurs individus. Donc j'ignore encore s'il y a un commanditaire qui contrôle les autres ou bien s'ils se sont alliés pour partager leurs moments de folie, si je puis dire. Je n'ai pas assez d'éléments pour établir un diagnostic. Il faut savoir aussi qu'en général, il n'y a aucun lien entre le meurtrier et sa victime. Et il n'y a aucun mobile apparent. Enfin... L'autre concordance qu'on a trouvée entre vous quatre, à part le fait que vous soyez des femmes avec des prénoms se terminant par un A, ce sont vos dates de naissance.

— C'est-à-dire ? interrogea Ana en levant un sourcil.

— Vous êtes toutes de la fin d'année, répondit Julio. Novembre – Décembre.

— C'est pas bon d'être Sagittaire, en fait...

— Normalement, un serial killer ne tue pas par idéologie ou par fanatisme, continua Keenan. Mais ça arrive. Là, on suppose qu'il y a un rapport d'ethnie.

— Attends deux minutes ! s'exclama-t-elle en secouant la tête. Sous prétexte que notre signe astrologique serait un homme avec une moitié de cheval, on se ferait massacrer ?

— Ce n'est qu'une supposition, répéta Keenan. Tout à l'heure, je te parlais de sa signature. Je suppose que tu as deviné ce que c'était.

— Bien sûr, leva-t-elle les yeux au ciel.

Comme si elle pouvait oublier qu'elle avait des marques à vie sur son corps. Même cachées, elle les portera jusqu'à la fin de ses jours.

— C'est quelque chose qui ne change jamais. Elle est propre à lui et...

— Mais vous savez ce que ça veut dire, ces hiéroglyphes ? le coupa Ana dans son élan.

— Amemet, répondit Keenan. Juan a une connaissance spécialisée dans l'égyptologie.

— En effet, enchaîna l'intéressé. Amina m'a également confirmé son identité : La Dévoreuse. Dans la mythologie égyptienne, Amemet était une créature mi-lion, mi-hippopotame avec, selon les représentations, une tête de crocodile. Elle était l'une des quarante-deux juges du tribunal d'Osiris. Quand une âme était jugée "impure", Amemet dévorait son cœur.

— Et après, on s'en prend à un type hybride cheval, s'exclama la jeune femme en se tapant la tête. N'importe quoi…

Keenan essaya de rester sérieux, malgré l'humour d'Ana qui faisait son petit effet. Il se tourna vers Juan et le remercia d'un signe de tête avec un petit sourire avant de reporter son attention sur Ana. Il sentait bien qu'elle était désemparée. Elle ne tenait pas en place sur son siège, s'impatientant même. Le flot d'informations la contrariait.

— Il faut savoir également que son mode opératoire a changé, poursuivit le Patron pour obtenir l'attention de la jeune femme.

— Attends, ce n'est pas fini ? s'exclama-t-elle en fronçant les sourcils. Qu'est-ce que cela veut dire ?

— Ne le prenez pas mal, Patronne, participa Julio. Mais vous n'auriez jamais dû finir dans la rue. Toutes les victimes ont été retrouvées sur le lieu où elles ont été torturées, sauf vous ! Vous étiez la première, donc on suppose qu'ils ont paniqué à cause d'un événement tiers.

— Ah… chouette, ironisa-t-elle. Mais comment est-ce qu'elles ont été découvertes, ces filles ? C'est sombre comme si le lieu n'était plus habité depuis longtemps ou que c'était sous terre…

— Toujours par un appel anonyme issu d'un téléphone prépayé qui a cessé d'émettre juste après, répondit Juan en haussant les épaules. Les enquêteurs n'ont jamais retrouvé les portables, et nous non plus d'ailleurs !

Ana soupira de toutes ses forces et se prit la tête dans les mains. Trop. C'était trop pour elle, et elle n'avait toujours aucun flash-back. Rien ne se manifestait, aucune connexion ne se faisait. Elle se sentait inutile, mais surtout perdue. Tout ce qui se passait autour d'elle semblait sortir tout droit d'une mauvaise fiction. Mais ce n'était pas le moment de faire des caprices. Keenan et ses hommes avaient enquêté sur ce dossier pour l'aider, même si elle n'avait rien demandé. Ils avaient franchi la ligne de la légalité avec ces documents. Elle se devait au moins de leur faire amende honorable. Elle jeta un nouveau coup d'œil à la pile. Oui, elle le devait. Au moins par respect.

Elle redressa la tête et demanda à avoir le dossier des deux autres victimes, Maëlla et Edana. Julio les lui transmit aussitôt. Ana les ouvrit, parcourant rapidement les feuilles. La même scène d'horreur répétée, la même ambiance macabre et sanguinolente, aucune information concernant les agresseurs...

Ana laissa les trois dossiers ouverts devant elle et demanda à voir son propre dossier. Keenan tressaillit. Julio s'exécuta après avoir échangé un regard avec son Patron sans un bruit. La jeune femme souffla un grand coup avant de fendre sur la première page. Son cœur se contracta. La première photo représentait la scène du crime. On n'y voyait pas grand-chose. Le rendu était sombre à cause de la luminosité. On apercevait les poubelles renversées. Les traces de sang avaient été lavées par la pluie abondante, cette nuit-là. Elle sentit un nœud se figer dans son estomac. Elle reposa la photo et poursuivit son investigation. Une photo de ses blessures apparut. Elle ne les avait pas vraiment vues à vif. Son coma ayant duré trois mois, la cicatrisation avait fait son œuvre. Voir à quoi elles ressemblaient lui donna une nouvelle nausée. Sa main se porta à sa bouche. Elle traversa rapidement le compte-rendu médical. Même cas de figure pour les autres filles, si ce n'est qu'elle était encore en vie. Elle soupira.

— Donnez-moi les photos des types qui m'ont suivie s'il vous plaît, demanda-t-elle.

— Rien ne vous revient, Patronne ? demanda Julio.

Ana secoua la tête. Il s'empara alors d'un nouveau dossier, de couleur marron cette fois-ci. Sur celui-ci était répertorié sous le mot "Fantômes". Elle esquissa un léger sourire avant d'ouvrir le dossier. C'était une série de photographies, catégorisée par individu. Elle nota la présence de quatre tas, soit quatre personnes. Un frisson s'empara de son dos. *Dire que je n'ai rien vu... c'est aberrant !* Elle prit la première série. Une photo initiale, en noir et blanc, montrait la jeune femme, marchant dans la rue d'un air insouciant. Elle était suivie par un homme dissimulant son visage.

— Vous êtes sûrs que ce n'est pas Keenan, ça ? demanda-t-elle d'un air ironique en la faisant partager aux hommes.

— Comment peux-tu comparer un mec faisant approximativement 1m65 et moi qui fais 1m88 ? bougonna l'intéressé.

Elle reprit la photo en souriant. D'autant plus que Keenan ne courbait pas le dos. Sa démarche était sûre, pas comme cet individu. Sa tête pencha sur le côté. Était-il bossu ?

Elle la posa et prit une autre. C'était vraisemblablement la même, prise à quelques minutes d'intervalle, toujours dans le même style. Cette fois-ci, Ana passait devant une vitrine. Son reflet la suivait tandis que l'homme était toujours derrière elle, capuche sur la tête. Le noir et blanc renforçait l'insouciance de la jeune femme face au danger. Elle capturait une émotion étrange. C'est alors que son corps se raidit. Des sueurs froides la transpercèrent. Cette scène, elle l'avait déjà vécue.

Ana se retrouva projetée deux ans en arrière. Elle se souvint de cet ancien monde : les contours d'une rue sombre sur la gauche, l'allée centrale peu allumée par les lampadaires, des bâtiments sur la droite en construction. La jeune femme passait souvent par ce coin pour rejoindre son logement. C'était d'ordinaire calme, personne n'était dans les parages.

Elle longeait la grande vitrine d'un futur magasin de mode. Son reflet l'interpella. Elle y jeta un regard. Il y avait quelqu'un derrière elle. Il semblait la suivre.

Revenant au présent, elle sortit de sa torpeur.

— Est-ce qu'on aurait... le visage de cet homme ? murmura-t-elle d'une voix étranglée.

Keenan se raidit sur sa chaise tandis que Julio reprit la série de photos et fouilla son contenu. Il extirpa alors le visage de l'individu. Ana s'en empara du bout de ses doigts. Son sang ne fit qu'un tour. Tout devint flou. Son corps se figea tandis que ses poils se redressèrent. Ses yeux filèrent dans tous les sens, comme emportés par un vertige.

— Ne la touche pas, ordonna Juan à l'intention de Keenan alors qu'il avait déjà émis un mouvement vers elle.

Celui-ci serra la mâchoire, relâchant même un soupir de désapprobation. Mais cela, elle ne l'avait pas entendu. Ce n'est qu'au bout d'un petit moment qu'Ana émergea de sa tétanie. Ses beaux yeux bleus se plantèrent dans ceux de Keenan, et elle lui murmura dans un souffle :

— Je me souviens de tout.

Après une pause imposée, Keenan prit Ana dans ses bras et l'emmena sur le canapé, non sans qu'elle ne rechigne. Julio déposa le dossier marron sur la table basse située juste en face d'elle, puis il se dirigea vers un coffre en bois, à côté de la bibliothèque. Il s'empara d'un plaid moelleux d'une couleur beige et s'empressa de le déposer sur les épaules d'Ana. Juan, parti faire du café/thé entre temps, déposa une tasse de thé menthe fumant dans ses mains. Il mit à disposition le reste des boissons sur la table basse.

— Tu ne veux pas ton inhalateur ? demanda Keenan en la sortant de sa poche.

— Je vais bien, je vous dis ! sourit-elle en voyant tout le monde à ses petits soins.

Même nerveux, son rire détendait l'atmosphère. Il prit place à ses côtés, passant sa main dans son dos. C'était surtout une manière pour lui de se rassurer. Ana se redressa. Julio prit une chaise et s'installa en face d'elle tandis que Juan s'installa à côté de la jeune femme, sur la dernière place du canapé, devenant alors le centre d'attention de tous.

Elle prit une grande gorgée de thé avant de la poser devant elle. Sa bouche se tordit tristement en regardant le sol.

— Je pensais que j'allais être plus bouleversée que ça, commença-t-elle à dire. Je tiens étrangement le choc…

— C'est parce que vous êtes bien entourée, Mademoiselle Ana, répondit Juan dans un sourire. Il faudra être vigilant, surtout la nuit. Il se peut que vous soyez en proie à des cauchemars plus impressionnants. Et au besoin, je pourrais de nouveau mettre à votre service mes compétences.

Elle hocha la tête en guise de remerciement.

— J'ignore encore si le reflet de mes souvenirs est fiable, mais j'espère pouvoir vous aider, dit-elle en retirant ses chaussures.

Elle s'engouffra un peu plus dans les coussins, les genoux repliés contre sa poitrine. Keenan se tourna légèrement et passa son bras juste au-dessus d'elle. Ils échangèrent un regard complice avant de reporter son attention sur Julio.

— Est-ce que tu pourrais me passer la photo du type qu'Ana aurait identifié, s'il te plaît ?

— Bien sûr Patron, répondit-il en lui tendant.

Il s'en empara. Cette fois-ci, l'image était en couleur. Ils avaient rogné uniquement son visage. Keenan scruta attentivement l'homme.

L'assaillant avait plusieurs caractéristiques visuelles qui le rendaient unique en son genre. Tout d'abord, il avait un œil de verre d'un gris blafard, l'autre était d'un marron foncé. La pupille en son centre ressortait par son éclat noir. Mais surtout, c'était cette immense balafre profonde qui partait de la prothèse oculaire et qui descendait vers sa joue gauche le plus visible. Elle était encore d'une couleur prononcée, ce qui signifiait qu'il avait été tailladé peu de temps avant la prise de cette photo. Il n'avait pas encore totalement cicatrisé. *Méfie-toi que je ne te fasse pas la même chose de l'autre côté lorsque je t'aurai attrapé,* gronda l'Irlandais tandis qu'il mémorisait chaque partie du visage de l'homme, y compris l'implantation capillaire de ses cheveux fins, coupés très courts. Il sentit le regard d'Ana peser sur lui.

— Excuse-moi, la rassura-t-il en reposant l'image.

Il se tourna complètement vers elle avec un faux sourire. *Ce type ne mérite rien pour attendre.* Elle prit sa main pour essayer de le calmer.

— Je vais vous faire part de ce dont je me souviens, dit-elle. Alors, je vais vous demander, et surtout à toi, Monsieur O'Neill, de ne pas m'interrompre.

Ses dents se dévoilèrent, tandis qu'il continuait d'imaginer comment il pourrait torturer ce premier individu.

— Nous vous écoutons, Mademoiselle Ana, répondit Juan d'un air bienveillant.

Julio s'empara d'un calepin ainsi que d'un stylo, prêt à écrire tout ce qu'il entendait. La jeune femme souffla longuement et entama son récit.

— Je me souviens que la nuit n'était pas encore tombée. Je ne sais plus d'où je venais, mais je rentrais chez moi et j'avais pour habitude de passer par ce quartier en construction. À ce moment de la journée, il n'y avait personne. Tous les ouvriers étaient partis. C'est en passant devant une grande vitrine que je me suis rendu compte que j'étais suivie par quelqu'un. J'ai aperçu son reflet. Je n'y aurais pas prêté attention s'il ne portait pas une capuche et une soutane. J'ai continué d'avancer avec une certaine appréhension. C'est alors que j'ai vu en face de moi un second homme. Il attendait sous un lampadaire. Celui-ci ne cessait de clignoter par intermittence. Je ne voyais pas son visage, mais je n'étais pas rassurée. J'ai commencé à accélérer. Le type de derrière m'a imitée. J'ai voulu traverser la route. Un troisième homme s'est mis au milieu de la chaussée. J'ai commencé à avoir très peur. Je me souviens encore des frissons qui parcouraient mon corps, de mon cœur tambourinant dans ma poitrine... Je savais que je devais courir, mais j'ignorais par où. Tous les accès étaient bloqués à cause de ces types. Et...

Elle laissa un silence, resserrant sa main sur celle de Keenan.

— Je n'ai pas eu le temps de fuir, dit-elle d'une voix tremblante. Le mec de derrière s'est rapproché très vite de moi. Je ne l'ai pas entendu. Quand il m'a touchée, je me souviens avoir hurlé à pleins poumons. C'était un quartier en reconstruction. Il n'y avait personne pour m'entendre…

Sa voix faiblit sur le dernier mot. Seul le son du crayon de Julio griffonnant sur le papier excluait un silence complet. Ana se reprit et poursuivit.

— J'ai essayé de me débattre, mais il était vraiment fort. Il me faisait mal… L'homme qui était en face s'est précipité pour ouvrir une porte non loin de nous. J'ai vu le troisième traverser la route. Et nous sommes entrés dans cette bâtisse. Ils ont posé leurs sales mains sur moi, ils m'ont plaqué le dos contre quelque chose de froid et humide. Certainement sur la table qu'on a vue sur les photos…

Un frisson parcourut son échine.

— Je me souviens aussi des bougies qui illuminaient la pièce. Il y en avait partout autour de nous. Deux d'entre eux m'ont maintenue à mains nues, aux pliures du coude et du genou.

Ana se mit à trembler. Keenan se rapprocha d'elle jusqu'à pouvoir la tenir dans ses bras.

— Je me suis retrouvée nez à nez avec le mec en soutane. Il dégageait quelque chose de terrifiant en plus de cacher son visage derrière un masque d'Anubis. Comme si c'était une sorte de prêtre ou que sais-je. Il était le seul à être habillé de cette manière. Les deux autres étaient sobrement habillés de noir avec leur capuche sur la tête. Mais c'est ce qu'il avait dans la main qui me faisait le plus peur…

Un nouveau silence s'installa. Elle écrasa une larme.

— Il avait un très grand poignard… murmura-t-elle.

Le poing de Keenan se serra en entendant ces mots.

— Il était étrangement beau, se remémora-t-elle. Il était sombre comme la nuit et incrusté de pierres rouges comme le sang. Son pommeau était large, il tenait bien en place dans la main de ce type. Quant à sa lame, sa base faisait quelques centimètres, mais au fur et à mesure, elle rétrécissait.

Sa pointe devait se compter en millimètre. C'est pratique pour signer sur la peau... ironisa-t-elle. Et puis ensuite, tout s'est accéléré.

Les yeux se fermèrent quelques secondes.

— Ils m'ont mise sur le ventre, s'étrangla-t-elle. Et ils m'ont maintenue de la même manière qu'avant. Je ne pouvais pas me défaire de leur emprise... j'ai regardé de tous les côtés et...

La respiration de la jeune femme s'accéléra. Sa tête se tourna d'instinct vers la gauche. Elle tomba nez à nez avec Juan. Son regard descendit sur sa main et se figea, comme si un nouveau souvenir venait de faire son apparition.

Prise au dépourvu, Ana s'empara de la main de Keenan. Elle traça de son doigt un symbole entre son pouce et son index.

— Ici, murmura-t-elle, ils avaient tous un tatouage.

Elle leva les yeux vers son Irlandais.

— C'était un triangle avec l'œil d'Horus.

Julio ne manqua pas de relever cette information. Il l'inscrivit en le soulignant plusieurs fois.

— J'ignore quelle est sa signification, poursuivit-elle à voix basse avant de reprendre le cours de son histoire. J'ai entendu le prêtre derrière moi réciter une prière dans une langue que je ne connaissais pas.

De nombreux frissons la parcouraient.

— Je me suis agitée dans tous les sens. Et c'est là que j'ai réussi, je ne sais comment, à libérer ma jambe et à donner un coup à un des hommes sur le côté. Il a reculé et sa capuche s'est enlevée.

Elle s'arrêta de parler. Sa tête désigna la photo sur la table basse.

— C'était lui, confirma-t-elle.

Tous les regards se posèrent sur cette ultime image avec un certain soulagement. Leur enquête allait pouvoir avancer.

— Il m'a très vite maîtrisée, reprit Ana. J'ai senti que le type derrière s'approchait de moi. Il a tiré sur mon pull et la lame de son poignard s'est engouffrée dans les fibres. Elle était si aiguisée... C'était comme s'il fendait la surface de l'eau. Puis il a déchiré mon vêtement à la main. Il a écarté les pans pour dévoiler mon dos...

Sa voix s'étrangla tandis que son corps devenait fébrile, se raidissant au fur et à mesure que son témoignage avançait.

— Ensuite, il... il a baissé mon pantalon...

Elle retint une nausée. Cela en fut trop pour Keenan. Il détourna le regard pour mordre son poing tout en frottant le dos de la jeune femme. *Je vais me les faire. Ces sales ordures vont le payer très cher...*

— Pour dénuder le bas de ma colonne vertébrale... précisa-t-elle à voix basse en se rappelant la honte qui l'avait incommodée. C'est là où les racines de mon tatouage prennent effet.

Une bouffée de chaleur l'envahit.

— Excusez-moi, retint-elle un sanglot en s'échappant de l'étreinte de son Irlandais. Faut que je...

Elle se releva, quitta la couverture et fila sur le côté. Elle fit plusieurs pas, tremblante. Tout se déroulait de nouveau sous ses yeux. La douleur, la peine, la peur... Toutes les émotions qui l'avaient animée cette terrible nuit remontaient à la surface. Ses mains s'écrasèrent contre son visage. Keenan se releva et la suivit. Elle s'était arrêtée et tremblait de tout son être. Il l'a pris de nouveau dans ses bras.

— Je suis là, murmura-t-il d'une voix douce. Je suis là, ne t'inquiète pas.

Son étreinte réconfortante la submergea de plus belle. De nouvelles larmes coulèrent le long de ses joues. Sa main s'accrocha à son biceps. Elle aperçut du coin de l'œil la table avec tous les dossiers, notamment les photos des corps mutilés des jeunes femmes. Leurs visages transpiraient la douleur. Elle ne devait pas se taire. Pour ces victimes, il fallait qu'elle parle. Elle eut un mouvement de recul. Les bras de Keenan se relâchèrent.

— J'avais juste besoin d'une pause, dit-elle d'une voix étranglée.

— Prenez votre temps, Mademoiselle Ana, surgit Juan derrière eux, un mouchoir à la main. Vous avez vraiment progressé aujourd'hui, soyez fière de vous.

Elle le prit et tamponna ses pommettes.

— Merci beaucoup, Doc, répondit-elle avec un petit sourire.

— Enfin quelqu'un qui me reconnaît à ma juste valeur, se vanta-t-il pour détendre l'atmosphère.

Elle esquissa un petit sourire et retourna vers le canapé, traînant Keenan derrière elle par la main. Lorsqu'ils s'installèrent de nouveau, elle se blottit directement dans ses bras. Encore une fois, cette aura protectrice venait la réconforter. Ses yeux se fermèrent quelques instants, profitant de la fragrance et des battements de son cœur pour s'apaiser.

— Quand le prêtre eut fini de "déblayer" la zone, si je puis dire, il a commencé à me scarifier en commençant par le bas des reins, reprit-elle en déglutissant. Je sentais le sang couler à mesure que le hiéroglyphe naissait. Puis, le prêtre a donné son poignard à l'homme qui était sur sa gauche. Pendant cette passation, l'homme a relâché sa prise au niveau de mon genou. J'en ai profité pour dégager ma jambe et j'ai pu lui asséner un coup de pied. C'est là que j'ai aperçu la couleur de sa peau. Il était blanc, mais d'un blanc… Même à la lueur des bougies, il faisait vraiment pâle. Peut-être était-il atteint d'albinisme ?

Julio s'empressa de noter cette nouvelle information sur son carnet. Il jeta également un coup d'œil aux piles de photographies. Avait-il été un des suiveurs d'Ana ?

— Ça n'a pas duré longtemps, continua-t-elle. Le prêtre m'a vite chopée pour me remettre en place et m'a empêchée de bouger. Ils ont échangé de place. Je sais que mon nouvel assaillant a pris un malin plaisir à me faire mal. C'est lui qui m'a fait le rectangle avec les bâtons et la vague. Je me souviens que mon corps tressaillait à chaque fois que la lame se figeait dans ma chair. Il faisait durer son plaisir…

Un souffle rauque retentit derrière elle. Les muscles de Keenan explosaient.

— Je n'arrivais plus à me débattre, poursuivit-elle en l'ignorant.

L'endorphine faisait effet et je perdais du sang. Je luttais pour rester éveillée, mais je voulais que cela se termine...

À cet instant, Keenan sentit un nœud se figer dans sa poitrine. Il resserra malgré lui la main de la jeune femme.

— Lorsqu'il eut fini son œuvre, il voulut passer le poignard au dernier homme, celui à l'œil de verre. Mais... il s'est passé quelque chose d'étrange.

Les trois hommes se redressèrent sur leurs assises, tout ouïe.

— J'ai entendu un gros boum, comme une petite explosion pas très loin de là où nous nous trouvions, suivi d'un cri...

Le cœur de Keenan rata un battement et blêmit.

— Je me suis dit "mon Dieu, je suis peut-être sauvée". Sauf qu'un de mes tortionnaires s'est mis à paniquer. Un des deux autres voulait qu'il se calme, qu'il fallait finir leur travail. Ils se sont embrouillés et m'ont relâchée, pensant que j'étais HS. Seulement, j'étais encore consciente... alors j'ai saisi ma chance. J'ai roulé sur le côté de la table et je suis tombée sur le sol. J'ai rampé à même la poussière. Mais je ne suis pas allée bien loin. On a entendu des sirènes retentir presque aussitôt. Le prêtre a ordonné ma mort. Il ne voulait pas se servir du poignard, car il était sacré. L'espoir de m'en sortir s'échappait peu à peu. Et quand j'ai senti cette main puissante m'attraper... J'ai su que c'était la fin... Ç'a a été le déluge. Leurs poings se sont écrasés sur moi et leurs coups de pied me brisaient les os ici et là... Mon visage s'est mis à enfler. Mes yeux grossissaient à tel point que je ne voyais quasiment plus rien. Le goût du métal restait en bouche. Je n'arrivais pas à crier, seulement à gémir. Je pouvais à peine respirer...

Keenan resserra son étreinte autour d'Ana. Sa tête pivota vers le mur, ne pouvant plus faire face à ce récit.

— Mais j'ai fait la morte, poursuivit-elle, non sans un air de fierté dans sa voix. Je n'ai plus bougé, ni fait de bruit. Les coups se sont arrêtés. Des mains se sont emparées de mon corps désarticulé. On m'a mise sur une épaule et ils ont couru. La douleur de la clavicule de l'homme s'enfonçant dans ma cage thoracique m'a permis de rester un peu en éveil. Je me souviens avoir ouvert la bouche pour que le sang s'écoule.

Elle a imité le Petit Poucet pour qu'on puisse la retrouver... songea Juan en ajustant sa position d'assise. Sa main s'agrippa à son biceps. Le récit de la demoiselle était éprouvant.

— Ils se sont arrêtés et m'ont balancée sur une poubelle mais je ne sentais que cette odeur de rouille autour de moi. J'ai ouvert un œil. Il y avait encore une ombre qui planait. C'était le prêtre qui se penchait vers moi. J'ai retenu ma respiration. Il a retiré son masque pour mieux me regarder, je pense.

— Mais c'était qui ? s'exclama Julio d'une voix forte, emporté par l'histoire.

— Je n'arrive pas à m'en rappeler, soupira-t-elle.

— En tout cas, Mademoiselle Ana, vous avez fait preuve de sang-froid et d'un courage exemplaire, enchaîna Juan d'un air admiratif.

Keenan déposa un baiser sur la tête de la jeune femme.

— Je suis désolé que tu aies vécu tout cela, murmura-t-il d'une voix si basse qu'elle fut la seule à entendre.

Sa main se resserra sur le bras du jeune homme.

— C'est passé, maintenant, dit-elle. Mais je vous avoue que je suis un peu chamboulée, là... surtout dans ma poitrine...

— Une nouvelle crise d'angoisse ? s'inquiéta Julio.

Les poils de Keenan se hérissèrent aussitôt.

— Non, rassura-t-elle. C'est une sensation étrange, mais ce n'est pas ça.

— Vous avez mis des mots sur vos maux, répondit Juan d'une voix calme. D'autant plus que vos souvenirs ont été bloqués pendant une longue période.

— Oui, vous avez sûrement raison, opina-t-elle d'un geste de tête.

— Ce qui me chagrine un peu dans votre histoire, c'est qu'ils vous ont passé à tabac au lieu de vous briser la nuque, dit Julio d'un air naturel en reprenant ses notes. Ça aurait été plus rapide et au moins, vous seriez vraiment morte.

Il aperçut un orage se profiler dans les prunelles de Keenan. Le genre de regard qu'il devait désamorcer avant qu'une nouvelle boucherie ait lieu.

— Sans vouloir vous offenser, bien sûr, s'empressa d'ajouter le Colosse en baissant la tête.

Ana se mit à glousser.

— J'ai ma théorie dessus, répliqua Juan. Mais elle risque de ne pas plaire...

Indirectement, il s'adressait à Keenan. Son torse se mit à gonfler sous la colère grandissante. Ana ignora le comportement de son Irlandais et reporta son attention sur le psychiatre.

— Tout d'abord, je voudrais vous remercier pour votre témoignage, poursuivit Juan. Grâce à vous, on va pouvoir approfondir leurs profils psy et sûrement progresser dans nos investigations. Ma théorie, pour répondre à Julio, c'est qu'ils ont voulu, certainement, assouvir un de leurs fantasmes malsains, à savoir voir une victime souffrir et jouir de...

Le regard de tueur de Keenan le fit perdre ses moyens.

— Bref, coupa-t-il en sentant une goutte de sueur poindre sur son front. D'après le rapport des médecins légistes, toutes nos victimes ont toujours été conscientes des crimes. Ils les forçaient à se réveiller quand elles s'évanouissaient. Ce qui veut dire qu'avec Ana, malgré l'explosion entendue, ils ont voulu aller jusqu'au bout de la douleur. On fait toujours des erreurs avec sa première victime, c'est pour ça que le mode opératoire a changé entre elle et les autres.

Des erreurs ? Mais ils l'ont meurtrie, ces enfoirés ! Ils l'ont massacrée ! Putain, si je retrouve un de ces types, je jure que... Ana tapota sur le bras de Keenan pour attirer son attention.

— Calme-toi, tu veux ? lui demanda-t-elle gentiment.

— Mais je suis calme ! répondit-il en grondant.

— Tu es en train de me comprimer, j'ai un peu de mal à respirer...

— Oh, pardon… s'excusa-t-il aussitôt en la relâchant.

Elle tourna la tête vers lui, un sourire aux lèvres. Julio se racla la gorge bruyamment pour étouffer son rire naissant.

— Vous avez dit aussi que vous aviez vu un autre type, Patronne. Est-ce que vous pourriez l'identifier ?

— C'était un court instant, mais oui, je peux essayer.

Le Colosse se leva et s'empara d'un dossier où le prénom d'Ana était inscrit à la main. Sur toutes les photos de cette série, peu importe l'endroit, elle était suivie. Elle s'empara du portrait. Non, elle ne le reconnaissait pas. Elle passa à une autre. Non, toujours pas. Et ce n'était pas le même individu. Elle écarta les photos. Une autre l'intrigua. Elle l'approcha de son visage.

— C'est lui, le second homme, reconnut-elle.

Keenan se pencha par-dessus son épaule. Une montée de chaleur l'envahit. C'était lui qui dégageait une fureur sans nom. Ana tendit la photo à Juan. Par curiosité, elle examina le reste. Son cœur se serra lorsqu'elle découvrit l'homme à l'œil de verre. Ils en avaient encore après elle. Elle posa son doigt sur ses lèvres, dubitative. *Pourquoi ?* songea-t-elle. *Est-ce qu'ils m'ont vraiment crue morte ? Sont-ils revenus pour terminer leur travail ? Mais pourquoi après tout ce temps ? Quelque chose ne colle pas, c'est évident. Mais j'ignore quoi…* Ana soupira. Sur les dernières photos regroupées par un trombone, il était impossible d'avoir ne serait-ce que le profil du dernier type. Il était toujours habillé de noir, la tête baissée. Il était sur ses gardes, comme s'il savait qu'il était suivi. D'après les annotations laissées par l'équipe, il avait une façon de marcher particulière. Sa dégaine lui était propre et sa taille coïncidait avec le mètre 80. C'est ainsi qu'ils ont supposé qu'il s'agissait toujours du même individu.

— Bien ! lança Juan d'un air enjoué. Je vais relire les notes de Julio pour peaufiner le profil de nos nouveaux amis.

— Attends ! s'écria l'intéressé. Je vais t'aider !

Ils se levèrent en même temps. Un échange de sourires complices n'échappa pas à la jeune femme. Lorsqu'ils furent assez loin, Ana remarqua que Keenan n'était plus le même. Il semblait agacé, son esprit fusait dans tous les sens. Elle lui prit la main. Il frissonna. Son soupir fut lourd de sens.

— Qu'est-ce qui se passe ? lui demanda-t-elle, inquiète.

Il n'osait pas la regarder. Son poing fermé se posa sur sa bouche. Elle l'interpella doucement. Nouveau soupir.

— Tu dis avoir entendu une détonation, ce soir-là...

Il se gratta la tête, gêné. Sa voix semblait étranglée.

— Je crois que j'étais à quelques mètres de toi...

Elle écarquilla les yeux.

— Je t'ai dit que j'étais déjà à l'hôpital quand tu es arrivée. J'avais emmené un ami. Eh bien... C'est lui qui a déclenché la bombe.

Elle garda le silence, stupéfaite par ces propos. Keenan posa enfin son regard sur elle, rempli de tristesse.

— Tu devais être toute proche pour l'entendre... Elle n'a fait des dégâts que dans un petit rayon...

Sa pression sanguine augmenta. Tous les muscles de son corps se raidirent.

— Hé... murmura Ana en lui serrant la main. Calme-toi. Tu ne pouvais pas savoir. On ne se connaissait pas, à l'époque. Mais maintenant, tu es là. Et c'est le principal. Et si cette explosion n'avait pas eu lieu, je ne serais plus de ce monde à l'heure qu'il est.

Keenan s'empara d'Ana et la serra de toutes ses forces contre lui. Il retint un sanglot.

— Je ne peux pas imaginer un monde sans toi. Je deviendrais fou.

Ses mots touchèrent son cœur. Elle arriva à s'extirper de sa prise et prit son visage entre ses mains. Son pouce écrasa la larme qui s'était échappée.

— Tu es mon Ange Gardien, Keenan O'Neill.

— Non, je ne crois pas… dit-il en détournant le regard. Je ne t'aurais jamais laissée si j'avais su que tu courais ce danger.

— Mais tu l'as été, à l'hôpital. Même si ce n'est pas toi qui m'as retrouvée, tu as veillé sur moi pendant trois mois. Et tu es revenu avant que je ne connaisse le même sort que ces filles…

Elle sourit et se serra un peu plus contre Keenan. Il approcha ses lèvres des siennes et y déposa un tendre baiser. Il relâcha son étreinte et se releva, le poing fermé.

— Sauf que… On ne touche pas à mon Ana.

L'intonation de sa voix devint subitement plus dure. Comme un grognement sorti des profondeurs de son âme. Le sang de la jeune femme ne fit qu'un tour. Il s'empara des photos des tortionnaires. Il se retourna vers elle. Son visage était illuminé par la haine. Ses muscles semblaient se déchirer sous la chemise. Le canapé engloutit Ana face à une telle aura.

— Je vais faire fonctionner mon réseau, lança-t-il en les agitant. Ils ont intérêt à les trouver en premier, parce que si c'est moi…

Il ne termina pas volontairement sa phrase. Ana retenait sa respiration, surprise par le changement de comportement. Le corps du jeune homme se mit à trembler. Le regard mauvais, la mâchoire proéminente, Keenan tourna le dos à la jeune femme et commença à s'éloigner d'elle.

— Tu sais que la violence ne résoudra pas les choses ? dit-elle à demi-voix. Ça pourrait te retomber dessus.

— J'en ai rien à foutre.

Les bras écartés de son corps, il prenait de l'ampleur. Un raz-de-marée humain commençait à déferler dans le salon.

— Ne dis pas ça.

— Je sais ce que j'ai à faire, répondit-il sèchement. Ils t'ont pris ton dos et trois mois de ta vie. Je leur prendrai bien plus encore.

Ana déglutit tandis que la porte se referma violemment. Ses deux mains se posèrent en prière devant sa bouche. *En fin de compte, qui est-il vraiment ?*

XIV. L'orage arrive

Si le Diable existait, il aurait corrompu cette enveloppe charnelle pour en faire son plus valeureux soldat.

L'attitude de Keenan plongeait Ana dans la perplexité et l'incompréhension. Elle s'empara d'un coussin et le plaça sur son ventre, tel un bouclier. Tout en le serrant contre elle, elle ne cessait de le voir. Ce visage froid et brut, cette haine qui paraissait telle une seconde peau... Ce masque des Enfers lui avait fait perdre ses moyens. A-t-il toujours été ainsi ? Double face ? Manipulateur au profil angélique ? Elle n'était pas la cible de sa rage, seulement celle qu'il devait protéger. Sa voix retentit dans son esprit. "*On ne touche pas à mon Ana*". Les spasmes se calmèrent. Sa respiration retrouvait sa sérénité. Elle esquissa un léger sourire. "Mon Ana". Elle, qui ne s'était jamais sentie en sécurité, se retrouvait à présent dans un cocon ardent de possession. Et quelque part, cela lui plaisait.

De son côté, Keenan avait quitté la propriété. Il avait envoyé rapidement un SMS à Julio, en sachant qu'il communiquerait cette info à Juan. "Parti. Reviens bientôt. Veille sur elle." Il s'élança à bord de son Audi R8 sur le chemin pour retrouver la route principale. Les mains s'agrippaient au volant telles des serres aiguisées. Son regard était perçant, à l'affût des potentiels dangers routiers. Une fois sur la départementale, il accéléra encore. La voiture dépassait les 150 kilomètres/heure. Cette route sinueuse, il la connaissait par cœur. Il n'avait pas de destination précise.

Contrairement à ce qu'il avait fait croire à Ana, il n'allait pas activer son réseau tout de suite. Quant à la police... Ils étaient bien trop incompétents pour prendre en charge ce type d'affaire. Déjà qu'un meurtre était au-dessus de leurs moyens, alors une histoire de secte et de sacrifices de jeunes femmes... Il sentit un frisson parcourir son échine à cette pensée. Oui, c'était ça, en réalité. Ce n'était pas que des tueurs en série. C'était un groupe. Et les symboles égyptiens, le masque d'Anubis, Amemet... une religion ancestrale. Ce fameux prêtre dont Ana avait parlé, et si c'était lui, le gourou ? Un poignard sacré pour ôter la vie... Ses doigts s'agrippaient durement au volant. *Putain, je ne comprends rien ! Quel est le taré qui a créé ça ? Pourquoi ? Et c'est quoi, ce putain de lien entre eux et Ana ? Est-ce parce qu'elle est toujours vivante ? Mais comment l'aurait-il su ?* Les questions fusaient dans son esprit tandis qu'il reportait une partie de sa rage sur l'incompétence policière. La preuve : ils n'avaient jamais pu trouver le moindre indice pour sa Belle. Par contre, pour faire taire ces horreurs, ils étaient champions ! Personne n'en avait entendu parler, même sur les réseaux. Pas de fuite. Tout se passait en interne. Le pire dans tout cela, c'est que ces meurtriers allaient recommencer. Il en était convaincu. Ana aurait pu être la quatrième victime s'il ne l'avait pas enlevée avant eux... Alors, que va-t-il se passer ? Le délai des six mois arrivait à expiration. *Vont-ils commettre un nouveau crime ? Quand je pense qu'avec mes propres ressources, je n'arrive pas à avancer non plus...* Il expira bruyamment. *On ne peut même pas définir qui sera la prochaine victime. Elle pourrait être n'importe où et on ne pourra pas la sauver... Tant qu'on n'aura pas trouvé comment ils fonctionnent, on ne pourra pas anticiper leurs faits et gestes... Putain, ça craint !*

Et il ne croyait pas si bien dire. Non loin d'eux, à une demi-heure de la résidence, une femme venait de se faire enlever par des individus ayant un tatouage entre le pouce et l'index : un œil d'Horus dans un triangle...

Keenan rétrograda rapidement afin de doubler une première voiture.

Puis une seconde. Le compteur avoisinait les 170. Ce n'était pas assez rapide pour se calmer. Son corps entier tremblait sous le coup de l'émotion. Il essayait d'avoir les idées claires, mais les révélations d'Ana l'avaient chamboulé. Et la rage qu'il avait emmagasinée auprès d'un ancien collaborateur ne cessait d'exulter à travers ses narines. *Tonio...* fustigea-t-il. Ce prénom était craché à travers ses dents. *J'aurais dû le tuer de mes propres mains, putain !* Cette pensée ne le quittait pas. Il se rappela l'affection qu'il portait à Tonio. Cette soi-disant amitié qui s'était assombrie. Ses coups bas et sa face cachée. Comment Julio avait-il pu ressentir quelque chose pour ce monstre ? *L'amour rend parfois vraiment aveugle et con !* Il n'avait que du dégoût et du mépris pour cet être infâme. Il frappa son volant.

— J'aurais vraiment dû le tuer moi-même !

Il maudit un instant ses acolytes qui l'avaient empêché de l'assassiner. *C'était pourtant comme ça que ça devait se passer ! Il devait crever comme un clebs !* Agoniser de ses blessures, ce n'était pas assez fort. Rien n'était comparable à ce qu'Ana avait dû subir pour survivre. Son esprit fit un amalgame entre la torture de la jeune femme et les méfaits de Tonio. Il la voyait encore sur ce lit d'hôpital. Sa pâleur, sa froideur... Elle aurait pu finir de la même façon, ou pire... Il en voulait au monde entier. Mais surtout, c'était après lui qu'il en voulait. Lui, Keenan O'Neill. Il n'avait rien vu, alors qu'il était reconnu dans son domaine comme étant l'un des meilleurs. Mais pour Tonio, il s'était complètement voilé la face. Juan l'avait pourtant mis en garde. Il ne l'avait pas cru. Il savait pertinemment que le psy était sous le charme de Julio et qu'il voyait Tonio comme un rival potentiel... *Querelle passionnelle, mon cul !* Keenan se mordit le poing. Ce n'était pas une simple jalousie amoureuse. Le psy l'avait vu ! Un psy ! Pas lui ! Lui qui en avait fait son cœur de métier... Il frappa de nouveau son volant. *J'aurais dû l'écouter, putain... J'aurais dû le croire ! Mais quel abruti ! Mais quel con ! Dire que j'ai exposé Ana à un véritable danger... Putain, mais quel con !*

Un klaxon retentit. Sa voiture s'était déportée sur l'autre voie. Il écrasa sa pédale de frein de toutes ses forces et mit un violent coup de volant sur la droite, évitant le poids lourd, avant de le redresser sur la gauche. L'Audi fit plusieurs zigzags tandis qu'elle perdait de la vitesse. Dans un dernier assaut pour reprendre le contrôle de son véhicule, Keenan tira sur le frein à main et tourna le volant. La voiture fit un demi-tour dans un sillon de poussière sur la route.

Voyant le camion s'éloigner de lui, Keenan prit conscience de l'absurdité de son geste. Il secoua la tête. *Faut que je me calme.* Il repartit et chercha un endroit où se garer. Il jeta son dévolu sur un chemin forestier. Il coupa le contact et sortit de la voiture. Ses mains passèrent longuement dans ses cheveux châtains.

— T'es qu'un abruti, O'Neill !

Il s'assit sur le capot de la voiture, le cœur encore battant. *J'aurais pu crever ! Mais quel con, putain !* La chaleur du moteur ne fit que l'agacer. L'envie de cogner sa voiture était forte. La mâchoire serrée, il s'éloigna finalement du véhicule pour s'engouffrer dans la forêt. Là, il jeta son dévolu sur un sapin. Il lança un premier coup, puis un second. Le tronc se mit à trembler. Certaines aiguilles tombèrent. Un troisième coup. L'image d'Ana lui revint en mémoire. Il entendit son rire. Il s'arrêta et posa son front contre l'écorce.

— Heureusement que tu ne me vois pas comme ça…

Il leva les yeux vers la cime.

— Ana…

Peu après le départ de Keenan, Julio l'avait rejointe et lui avait proposé de passer l'après-midi à la piscine de la villa. Elle avait accepté. Après s'être parée d'une robe de plage et d'un maillot de bain deux-pièces blanc, elle s'était installée sur un transat où Morphée était venu l'accueillir rapidement.

Elle ouvrit les yeux et tourna la tête. Julio, dans son costume impeccable, était statique. Sous ses lunettes de soleil, il gardait les alentours. Elle laissa son regard vagabonder autour d'eux. Tout le contour de la piscine était parsemé de rochers, à l'exception de l'entrée. De nombreux palmiers, bosquets et fougères ornaient ses alentours. Un petit écrin sauvage dans cette propriété. Elle songeait à Keenan. Cela faisait un bon moment qu'il était parti. Elle espérait son retour. Elle ajusta ses lunettes de soleil et se leva du transat.

— La Patronne s'est bien reposée ? demanda Julio sans changer de posture.

Elle sentit sa bouche pâteuse.

— Pas trop mal, répondit-elle. J'aimerais bien me désaltérer, par contre.

— Ça tombe bien, dit-il en souriant. Les rafraîchissements arrivent.

Ana le suivit du regard. Un grand type au crâne rasé, torse nu et tatoué s'approchait d'eux. Il amenait avec lui un plateau rempli de cocktails colorés. La jeune femme abaissa ses lunettes. Il arborait un immense tatouage philippin sur le pectoral droit et différents symboles tribaux sur ses biceps. Elle reconnut celui dans le cou.

— Je comprends mieux votre penchant pour Juan, lança-t-elle. Sous ses airs posés de psychiatre, il a tout l'air d'un bad boy. Il est vraiment sexy.

— Hé ! répliqua Julio, surpris.

— Il est pas mal, poursuivit-elle en souriant.

— Mais ça suffit ! s'empourpra-t-il.

Elle se mit à rire. Juan déposa les boissons sur une petite table située non loin d'eux et fit la distribution.

— J'ai un Cosmo pour une demoiselle, dit-il en tendant le verre à Ana, un Soleil à l'Espagne pour l'homme en costume...

Julio s'esclaffa. Tandis que la main du géant se posa sur celle de son amant, Ana détourna le regard. Leur petit jeu de séduction l'amusait.

— Il n'est pas revenu ? demanda Juan en le cherchant.

— Je n'ai pas eu de nouvelles, lâcha Julio d'un air rempli de sens. C'est un Leprechaun bien dosé, j'imagine ?

Juan acquiesça.

— Il faudrait peut-être éviter… on ne sait jamais.

— Hum, c'est pas faux, répondit le psy d'un air gêné.

Il se dirigea vers une roche derrière eux et ouvrit la trappe. Un mini frigo y était installé.

— Eh bien, tchin ! dit-il en prenant son mojito.

Les trois trinquèrent ensemble. Juan prit des nouvelles d'Ana.

— Je vous avoue que je suis un peu secouée, mais ça va, dit-elle. Je ne suis pas certaine que Keenan soit indemne, par contre…

— À mon avis, il est bien plus affecté par votre situation qu'il ne veut le reconnaître en votre présence, soupira le psy. Il lui faut un peu de temps pour digérer.

Sous entendu qu'il calme ses nerfs avant de revenir s'il ne veut pas la faire flipper ! songea-t-il. *Mais depuis qu'elle est rentrée dans sa vie, ce côté impulsif ne cesse de ressurgir. Il se laisse de nouveau envahir par sa peur de l'abandon. Quand je pense qu'on avait réussi à le calmer…*

— Je devrais m'inquiéter ? demanda Ana en voyant la mine sombre du psychiatre.

Juan leva les yeux au ciel. Sa bouche se tordit. Il devait être honnête.

— J'aimerais vous dire non, mais il a des accès de colère assez brutaux, si je puis dire. Et parfois, il peut faire des choses irréfléchies. À part ça, c'est un amour.

Julio détourna la tête d'un coup vers le psy. Son regard était mauvais.

— Non, mais pas dans ce sens ! se reprit-il.

Ana sourit avant de reprendre son sérieux.

— Qu'est-ce qu'on peut faire, dans ces cas-là ?

Les deux hommes échangèrent un regard. Tous deux gardaient en mémoire l'épisode de Tonio. Tout comme le patient qui avait osé toucher à sa dulcinée. Et d'autres événements antérieurs. Julio apposa sa main sur son épaule, comme pour soulager une vieille blessure. Ce geste n'échappa pas à la jeune femme. Elle se raidit.

— Vous voyez un ouragan, Patronne ? demanda-t-il. Quand vous voyez qu'il se dirige vers vous, vous fuyez. Là, c'est pareil.

Elle fronça les sourcils.

— Il vous a déjà blessé ? l'interrogea-t-elle, surprise.

Le Colosse soupira.

— Ce n'était pas complètement de sa faute. Il s'est beaucoup excusé.

— Et il a été aux petits soins avec lui pendant des semaines, compléta Juan.

— En fait, il n'est pas méchant. Loin de là ! poursuivit Julio avec une certaine admiration. Il donnerait sa vie pour chacun d'entre nous. Mais il ne faut pas qu'on touche aux êtres de sa sphère proche. Il devient incontrôlable. Et même moi, avec ma carrure plutôt imposante, il pourrait me briser en deux.

L'imaginer mettre une raclée à Julio ne laissait pas la jeune femme de marbre. David face à Goliath. Tous les poils de son corps se dressèrent.

— Keenan a toujours eu un problème avec la gestion de la colère, enchaîna Juan. Depuis de nombreuses années. À part ce défaut qui lui fait de l'ombre, c'est un type extraordinaire.

— Ouais, il nous a tirés de situations délicates, se remémora Julio, un brin nostalgique. Il a toujours été là pour nous soutenir. C'est un super mec.

Ana sourit face à la loyauté de ces hommes. Elle les remercia pour leur honnêteté. Le silence s'installa et la jeune femme se rendit vite compte de la tension palpable qui régnait entre les deux. L'attirance était flagrante. Les échanges de sourires, bien que très discrets, s'immisçaient rapidement. Afin de leur laisser un petit moment de répit, la jeune femme décida d'aller se baigner. Elle retira sa robe et fila dans l'eau, espérant secrètement que Keenan ne tarderait pas à revenir. Elle aussi voulait profiter d'un moment de complicité avec l'homme qui murmurait à son cœur. Malheureusement pour elle, il n'était pas encore prêt à revenir.

***

Assis derrière le volant de sa voiture, Keenan avait allumé son ordinateur portable. Il fallait qu'il se change les idées et rien de tel que le travail pour penser à autre chose ! Tandis qu'il ramait à faire la connexion avec son téléphone, il s'obligeait à faire des exercices de respiration pour se calmer. Puis, il lança des recherches de reconnaissance faciale sur les deux individus qu'elle avait identifiés. C'était long. Mais il avait besoin de ça. D'un temps où son agressivité retomberait avant de retrouver sa belle Ana… Son prénom suffit à le faire sourire. À l'apaiser aussi, d'une certaine manière. Il se sentait encore électrique. Il ne voulait pas lui faire peur. Le démon qui était en lui pourrait détruire à jamais la confiance qu'elle lui avait accordée. Et ça, il ne pouvait pas l'accepter. Il souffla longuement. Non, il ne pouvait pas la perdre. Il avait besoin d'elle. Voyant que la qualité du réseau était insignifiante, et avant de laisser de nouveau son agressivité parler, il décida de rentrer.

***

Ana barbotait toujours dans la piscine. Le temps s'écoulait lentement. Elle entendait les deux amants converser à voix basse. Le petit rire de l'un enchantait l'autre. Elle les ignorait tout en ressentant une pointe de jalousie. Elle leva sa main vers le ciel. Comme elle aimerait que celle de Keenan s'y entremêle. Elle qui avait eu peur de lui était à présent complètement sous son emprise. Impulsif ou pas, elle ferait avec. C'était lui qui l'avait protégée. Il lui offrait une chance : celle d'exister pour quelqu'un.

Cela n'avait pas de prix.

Le bout de ses doigts était fripé. Il était temps pour elle de sortir. Elle revint lentement vers le bord afin que les amants terminent leur conversation. Elle prit le temps d'essorer ses cheveux puis quitta complètement l'eau. Une fois installée sur le transat, un “merci” glissa à côté de son oreille. Juan s'était assis sur la chaise voisine, le regard charmé et le sourire bienheureux.

— Je ne sais pas de quoi vous parlez, feignit-elle.

— Je crois que si.

Ses fossettes remontèrent en guise de réponse.

— Voulez-vous boire quelque chose ? poursuivit Juan en s'emparant du verre vide.

— Oh oui, volontiers ! s'exclama-t-elle.

— Je vais vous chercher ça.

Elle le remercia et ferma les yeux. Ses pas s'éloignaient. Un autre bruit de verre. Puis le silence. Sa respiration s'apaisa. Son corps se détendit.

Plus rien n'existait. Pendant de longues minutes, elle était seule et en paix. La douce chaleur du soleil sur son visage la faisait rayonner. La brise tempérée venait caresser son corps. Le souffle prit l'aspect des mains de Keenan. Elle imagina la pulpe de ses doigts la balayer. D'abord sur son visage. Puis elles glisseraient vers son décolleté. Cela serait d'abord doux. Et ensuite, plus fort. Il l'empoignerait par la taille pour la rapprocher de lui. Son corps brûlerait tout en échangeant des baisers ardents. Son regard de braise plongerait dans ses prunelles et lui crierait qu'une chose : prends-moi. Elle frémit. Oh oui. Elle voulait ressentir ça. Ce fantasme devait devenir réel. Tout comme ce parfum, délicieux, fort et puissant. Elle le désirait dans le creux de son cou, sur ses draps et bien plus encore.

Ana ouvrit les yeux d'un coup. Cette senteur était trop intense pour n'être qu'une illusion. Elle se redressa d'un coup. Une pivoine rouge était posée sur la table voisine. Elle l'attrapa du bout des doigts et la porta à ses narines, un sourire aux lèvres.

— La Belle au Bois Dormant est enfin réveillée ? demanda une voix derrière elle.

À vrai dire, il la surveillait depuis un moment déjà. Il était arrivé peu de temps après et avait découvert sa dulcinée allongée de tout son long. Ses gardes du corps l'encerclaient. Il savait qu'il pouvait compter sur eux deux, quoi qu'il advienne. Cette scène l'avait fait sourire.

Il s'était rapproché en silence et les avait remerciés d'un signe de tête. Juan et Julio s'étaient déplacés aussi furtivement que possible. Arrivé à sa hauteur, l'un lui avait posé sa main sur son épaule tandis que l'autre lui désignait le frigo. *Il a bien le droit à un petit remontant, lui aussi.* Puis, ils l'avaient laissé.

Seul avec son Leprechaun hautement dosé, il l'avait siroté lentement tout en considérant sa belle. Elle était magnifique. Qui aurait cru que le blanc du maillot de bain aurait fait ressortir son bronzage naissant ? Et que dire de cette poitrine, déjà généreuse, rehaussée de plus belle ? Ses cheveux blonds, encore humides, apportaient une telle subtilité à son doux visage. Ce qu'il adorait par-dessus tout, c'étaient ses mimiques quand elle rêvait. Surtout quand son petit nez se trémoussait dans tous les sens. Le long soupir qu'elle avait émis l'avait saisi dans ses entrailles. Un fantasme. Tout son corps semblait attiré par une entité supérieure. Il en fut momentanément jaloux.

— Il faut croire que le Prince Charmant ignore comment sortir la princesse de son sommeil, rétorqua Ana, un sourire aux lèvres.

Keenan revint à lui. Il lui sourit. Elle se retourna, les yeux pétillants.

— Si je t'avais embrassée alors que tu dormais, j'aurais pu être accusé de terribles choses, répondit-il d'une voix sensuelle.

Ana se leva et le rejoignit. Il l'attendait derrière son transat, à l'ombre d'un palmier. Le pas léger de la jeune femme et son immense sourire le subjugua. Elle s'arrêta devant lui. Ses mains passèrent autour de son cou. Le corps à moitié dénudé de la jeune femme contre lui le rendit toute chose. Il posa ses mains dans le creux de ses reins.

— Et si je suis consentante, Monsieur O'Neill ? susurra-t-elle à son oreille.

Un frisson le parcourut abruptement. Il la sentit fébrile sous ses doigts.

— Tu m'as manqué, poursuivit-elle de sa voix aguicheuse.

— Ana… murmura Keenan en plongeant son regard dans le sien.

Elle ne tenait pas. Elle le voulait. Keenan s'abaissa vers elle pour l'embrasser. Elle posa un doigt sur ses lèvres.

— Attends, murmura-t-elle, une idée derrière la tête.

Sa main glissa dans la sienne. Keenan aperçut une flamme dans les yeux de sa dulcinée. Il la suivit sans broncher, bien qu'il se doutait de sa destination. Il attrapa ses portables et les lança sur les transats en passant devant. Elle l'emmena vers la piscine. Il n'eut pas le temps d'enlever le moindre vêtement. Elle s'enfonçait dedans avec un tel aplomb qu'il ne résista pas. L'eau montait au fur et à mesure. Son jean lui collait à la peau. Le bas de sa chemise était trempé. Sa tenue semblait peser lourd d'un coup. Il n'en avait que faire. Il ne faisait que suivre sa sirène.

Ana se retourna vers lui dès que l'eau lui arriva à la poitrine. Un regard et il l'embrassa ardemment.

— Tu me rends fou… murmura-t-il entre deux baisers.

Ana sentit une bosse contre son ventre. Elle sourit entre plusieurs assauts de Keenan. Elle passa ses bras autour de son cou afin de se hisser à sa hauteur. Ses grandes mains caressaient son dos avec une telle pression que cela devenait jouissif. Surtout dans le creux des reins, cette zone érogène souvent oubliée… Puis, il la saisit sous les fesses. Elle passa ses jambes autour de sa taille en échappant un petit cri. Le sourire du jeune homme trahit ses intentions. Elle était obligée de se raccrocher à lui. Il la plaqua contre le rebord de la piscine. Elle était à sa merci. Ses doigts glissèrent le long de son corps. Elle frissonna à son contact. Il descendit lentement, la rendant folle. Puis, il remonta jusqu'à la naissance de son sein. Ses lèvres vinrent s'écraser dans son cou. Son souffle chaud sur sa peau humide l'excita plus encore. Un gémissement retentit. Elle resserra ses jambes afin de s'en prendre aux boutons de sa chemise. De haut en bas. Le torse parfait de Keenan se dévoila, entraînant chez la jeune femme des envies de plus en plus profondes. Le bas-ventre se dessinait. Elle n'y tient plus. Elle s'attaqua à son jean sous l'eau. Keenan posa sa main sur la sienne, un sourire aux lèvres.

— Ne sois pas si pressée, glissa-t-il dans son oreille. Et puis… Le latex et le chlore ne font pas bon ménage.

La jeune femme s'arrêta et leva les yeux vers lui. Elle réprima un rire nerveux.

— Mince… siffle-t-elle. Je n'y avais pas pensé…

Elle leva les yeux vers ceux de Keenan.

— Non, on ne le fera pas sans, dit-il en devinant ses intentions.

Elle se redressa pour lui faire face. Elle se mordit la lèvre et fit un regard aguicheur.

— J'ai tellement envie… murmura-t-elle de sa plus belle voix grave.

Keenan l'embrassa à pleine bouche pour la faire taire.

— C'est non, s'entendit-il dire entre deux baisers.

— Keenan… dit-elle en le suppliant.

Elle crevait de désir et ne demandait qu'à en être délivrée. Il se consumait. Il glissa sa main sous l'eau et passa ses doigts sous le maillot de bain de la jeune femme. Puis, il la pénétra avec son index, lui arrachant un cri jouissif. Il le fit bouger en elle. Elle ferma les yeux.

— Regarde-moi, lui dit-il. Quoi qu'il se passe, je t'en supplie, regarde-moi.

Elle s'obligea à les rouvrir. Le beau visage de Keenan la faisait grimper de plus belle. Son corps s'arc-bouta pour suivre les mouvements. Elle s'agrippa à lui avec force. Il en profita pour insérer un second doigt. Tous les muscles de son visage se crispèrent de plaisir, arrachant un nouveau gémissement. Elle se donnait à lui. Tout son corps, tout son être. Et c'est ça qu'il voudrait voir toutes les nuits de sa putain d'existence. Il accéléra le mouvement, son regard plongé dans le sien. Putain, qu'est-ce qu'il aimait la voir ainsi. C'était si bon… Ana ne tenait plus. Le troisième doigt lui arracha un cri encore plus sonore. Sa respiration s'accentua. Keenan devinait ses pulsations cardiaques sous cette poitrine qui ne cessait de monter et descendre rapidement. Son corps brûlant embrasait celui de la jeune femme. Elle était en ébullition. L'excitation la gagnait de plus en plus. Ses mouvements gagnaient en intensité. Son pouce effleura son clitoris. Son corps fut pris d'un spasme. Tout aussi surprise que lui, elle ne chercha pas à détourner le regard. Ses joues s'empourprèrent. Elle se raccrocha à ses prunelles noisette. Elle se retenait de crier. Il voulait l'entendre, la voir. Il joua encore avec. Le bassin de la jeune femme guida ses mouvements. Certains gémissements lui échappaient, pour son plus grand plaisir. Puis, elle atteint l'orgasme. Ses pupilles se dilatèrent d'un coup, son corps se raidit avant d'imploser. Elle s'accrocha à lui pour étouffer son cri dans le creux de son cou. Charmante vibration détonante. Il retira ses doigts pour la soutenir, ployant son genou sous elle afin qu'elle s'y assoie. Puis, il prit son visage entre ses mains et déposa un dernier baiser. Toute tremblante, elle n'osait plus bouger. Il la sentit sourire sous ses lèvres. Son regard plongea dans le sien. Il vit qu'elle aimerait lui parler, lui dire des choses à cet instant. Et pourtant, elle gardait le silence. Il leva les yeux vers le ciel. De gros nuages noirs gorgés d'eau avaient commencé à chasser le soleil. Il prit Ana dans ses bras et ils sortirent de la piscine. Il sentit son regard peser sur lui. Elle le dévorait. Non, c'était autre chose. Un sentiment bien plus fort. De l'amour ? Son cœur bondit hors de sa poitrine. Non, il devait faire erreur. Et pourtant, tous les signes étaient clairs.

— Est-ce que ça va ? dit-il afin de détourner les pensées qui l'attisaient.

— Oui, répondit-elle avec un sourire. Et toi ? Tu te sens mieux ?

Il la déposa sur le transat avec un baiser en guise de réponse. Puis elle enfila sa robe. Il s'essuya rapidement les paumes avec une serviette et récupéra ses portables d'une main.

— Rentrons, lui dit-il sereinement en lui tendant l'autre.

Elle la saisit et le suivit. Les premières gouttes de pluie tombèrent sur le domaine. Ils atteignirent la porte avant que les éclairs illuminent le ciel. Keenan inonda le sol en passant le seuil, ce qui fit rire la jeune femme. Elle l'observa du coin de l'œil. La chemise ouverte sur son torse ne la laissait pas de marbre. Il lui dit quelque chose dont elle n'entendit que des échos. Puis, il déboutonna son jean et fit descendre la braguette. Un sourcil se leva. Un coup de chaud s'empara de la jeune femme. Sa tête pencha sur le côté de la tentation. Keenan avait ce petit sourire charmeur.

— J'ignorais que Mademoiselle Ana était adepte du voyeurisme.

— Plaît-il ? demanda-t-elle en battant des cils.

Il s'avança vers elle. La température monta de nouveau. Il se pencha doucement. Elle retint sa respiration.

— J'ai dit : va te sécher, lui murmura-t-il avec un soupçon d'ironie. Je viendrai te chercher.

Je veux tellement faire les choses bien avec toi que je suis obligé de t'éloigner si je ne veux pas céder à une putain de pulsion.

— Oh ! Pardon...

À contrecœur, elle s'éloigna de lui. Elle lui lança toutefois un dernier regard avant de quitter son champ de vision.

Ana en profita pour passer rapidement sous la douche et remettre les vêtements du matin. À sa sortie, il était déjà là. Il avait opté pour un jogging décontracté et un t-shirt noir qui lui collait au corps. Elle lâcha un petit soupir de satisfaction en le voyant. *Si on reste dans la chambre, je ne pourrai pas me contrôler... Surtout avec son petit air mutin qui ne cesse de m'attirer...* songea Keenan en souriant. Il l'emmena de nouveau vers la salle de réception, et plus précisément, sur le canapé. Il s'empara d'un coussin qu'il apposa sur l'accoudoir.

— Ça ne te dérange pas si je veux juste profiter de toi, sans rien faire d'autre ? lui demanda-t-il d'un air amoureux.

Ana lui sourit en secouant la tête. Il l'attira vers lui tout en s'allongeant. La jeune femme mit sa tête contre son torse. Il lui passa sa main dans ses cheveux encore humides. Elle frémit. Ce geste l'apaisait. Elle se détendit, lui aussi. Leurs respirations se synchronisèrent, tout comme leurs battements de cœur. Ils ne formaient plus qu'un.

L'orage ne cessait de gronder au-dessus de la maison. Puis, la tempête fit son apparition. Le vent s'engouffrait dans les arbres, emportant avec lui branches fragiles et feuilles mortes. Les gouttes s'écrasaient contre les vitres. Le monde pourrait s'écrouler, ils étaient enfin ensemble pour leur plus grand bonheur.

Cependant, comme tous les bonheurs, ils ne sont pas éternels. Et cette ombre menaçante, clopinant vers la demeure d'un air décidé, ne disait rien qui vaille…

Keenan somnola rapidement. Ces derniers jours étaient éprouvants et sentir le cœur de la jeune femme battre contre son torse était si agréable qu'il avait enfin lâché prise. Ana, quant à elle, avait eu tout le loisir de l'admirer sous toutes ses coutures. Il était si beau que son rythme cardiaque ne cessait de s'emballer. Elle sourit et se lova un peu plus contre lui. Keenan la sentit bouger. Il s'empressa de l'étreindre de plus belle. Il ne voulait pas qu'elle lui échappe. Être prisonnière de ses bras était un supplice agréable. Cependant, elle ne pouvait s'empêcher de penser à ce qu'il adviendrait d'elle une fois que cette histoire sera terminée. Qu'est-ce que Keenan fera une fois qu'elle sera définitivement en sécurité ? Repartira-t-il ? Restera-t-il ? Elle fronça les sourcils. Non, elle ne pouvait plus concevoir un futur sans lui. Il était devenu son point de repère. Elle avait trouvé en lui une raison de se battre. Une raison de croire de nouveau en l'amour. Il ne pouvait pas la laisser… Cette pensée lui arracha une larme. Elle retourna se blottir contre lui. Puis, ses songes vagabondèrent vers sa vie en général. À son travail, ses connaissances. Qu'est-ce qui se passait là-bas, alors qu'elle était ici, à des centaines de kilomètres ?

La main de Keenan glissa doucement dans ses cheveux. Elle frissonna.

— Qu'est-ce qui te préoccupe autant ? demanda-t-il, les yeux fermés.

— Rien du tout, s'empressa-t-elle de répondre.

Il sourit.

— Tu sais que tu ne peux pas me mentir.

— J'ai cru comprendre, oui.

— Alors, pourquoi est-ce que tu t'obstines à le faire ? Tes gestes me font savoir que tu es tracassée.

— N'importe quoi, dit-elle en rougissant.

Il ouvrit un œil, un sourire en coin.

— Vraiment ? demanda-t-il d'un ton rieur. Alors, pourquoi est-ce que tu ne cesses de dessiner sur mon t-shirt du bout de ton doigt ? D'ailleurs, tu t'es légèrement raidie quand je t'ai demandé ce qui te préoccupait. Ta voix est montée dans les aigus quand tu as répondu. Et ta réponse était bien trop rapide pour être naturelle.

Ana se redressa, le confrontant du regard. Il leva sa main vers sa joue et la caressa.

— Tu as pleuré ? demanda-t-il en plissant légèrement les yeux.

Elle soupira. Avait-elle une trace de sel dans le coin de son œil ?

— Qu'est-ce qui te fait dire ça ? esquiva-t-elle.

— Tu ne réponds pas à ma question.

Sa voix fut plus grave. Elle lui attrapa la main et l'embrassa.

— Je suis un peu préoccupée par les événements passés et à venir.

Il l'observa attentivement.

— Qu'est-ce que tu veux savoir ? demanda-t-il doucement.

— À vrai dire, j'aimerais savoir si…

La porte de la salle s'ouvrit dans un grand fracas. Ana sursauta tandis que Keenan resserra ses bras autour d'elle, comme pour la protéger. Il détourna la tête, fusillant du regard le nouvel arrivant.

— Pardon, désolé !! s'égosilla Julio en levant les mains.

— Oh, putain, il m'a fait peur... murmura Ana en portant sa main sur sa poitrine.

— On est deux, grogna Keenan en desserrant son emprise.

Ana glissa sur le côté et se releva du canapé, suivie de Keenan.

— Je ne pensais pas qu'il y aurait eu un courant d'air ! expliqua le Colosse, penaud. Mais y a vraiment urgence...

Le Patron fronça les sourcils avant de se décomposer.

— Oh, non... comprit-il.

Il lança un regard à Ana, anxieux.

— Qu'est-ce qui se passe ? demanda-t-elle, hésitante.

— Il y a eu une nouvelle victime, annonça Julio d'une voix blanche. Elle s'appelait Tatiana Lebrun. Elle a été découverte à une demi-heure d'ici.

L'air cessa d'alimenter les poumons d'Ana. Elle était horrifiée.

— Quoi ? Vous en êtes sûr ?

— Certain, approuva Julio. C'est la même méthode.

— Cela ne peut être un hasard... lâcha Keenan d'une voix sévère. Ils nous ont retrouvés et ils nous le font savoir.

La blancheur de la peau d'Ana ressortit. Ses mains se mirent à trembler. Elle posa son regard sur le sol, dépitée. Keenan fit signe à Julio de partir. Ce dernier s'exécuta sans bruit. Lorsqu'il referma la porte, une ombre passa sur son visage. Son souffle devint plus profond.

— Putain... lança-t-il. Putain, mais où est-ce que j'ai merdé ? Putain !

Les veines de ses bras ressortaient tant ses poings étaient contractés.

— J'ai anticipé chaque fait et geste ! On a effacé nos traces. On a fait attention à chaque déplacement et ces putains de fils de pute sont dans les parages ! Mais comment ça se fait ? Putain !!

Il se déplaça dans la salle, tête baissée. La frustration et la colère prirent le pas sur la sérénité qu'il montrait quelques minutes avant. Ses traits étaient tirés, il était presque possédé. Sa peau était parée de rouge et ses yeux lançaient des éclairs.

Ana frémit. Elle l'avait déjà vu dans cet état, seulement elle était à moitié inconsciente. L'aura qu'il dégageait était stupéfiante. Il n'y avait plus que lui dans la pièce. Un ouragan… elle était pile dans son œil. Se rappelant l'histoire de l'épaule de Julio, elle déglutit. Il fallait qu'elle le fuie. Dès lors qu'il lui tourna le dos, elle recula doucement vers la porte de sortie.

— Où vas-tu ? lança-t-il brutalement.

Elle sursauta. Il s'était retourné et l'avait dans le viseur. Résignée à devoir l'affronter, elle inspira lentement.

— Je vais te laisser te calmer, répondit-elle en assurant sa position au sol.

— Tu restes ici, aboya-t-il.

Ana essaya de conserver son sang-froid, comme avec ses patients.

— Je te prierais de ne pas me parler sur ce ton, s'il te plaît.

Ses narines crachaient de la vapeur.

— Tu ne comprends pas, rugit-il. On a été suivis. Quelqu'un nous a balancés !

Il joignit le geste à la parole. La pile de dossiers vola dans tous les sens. Ana resta neutre malgré un léger sursaut.

— Et je suppose que ta première idée est d'accuser sans preuve un de tes amis, n'est-ce pas ? soupira-t-elle. Tu n'as pas besoin de me le dire, je le sens. Je ne lis pas sur le visage, mais j'ai un minimum de jugeote. Ils t'ont toujours été fidèles et loyaux. Est-ce que tu aurais aperçu un changement de comportement significatif chez Juan ou Julio ?

— Non, non, j'ai rien vu…

Keenan posa ses mains à plat sur la table.

— Mais comment ont-ils su, putain ?? poursuivit-il en les frappant sur le bois.

Ana sursauta encore.

— Ils ne sont pas encore là, que je sache, signala-t-elle d'un air supérieur.

Il se tourna violemment vers elle.

— Oh, Ana, ça va, avec ton sarcasme ! Si c'est pour dire des conneries pareilles, il vaudrait mieux que tu la fermes !

Ses yeux s'écarquillèrent. Elle fut stupéfaite de ses propos. Elle refusa de faire profil bas.

— Tu sais quoi, O'Neill ? T'as gagné !

Elle lui tourna le dos et fonça vers la porte.

— Reviens ici tout de suite ! lui ordonna-t-il.

Elle abaissa la poignée avant d'ajouter :

— Parle-moi encore comme à une chienne, et on verra lequel de nous deux reviendra la queue entre les jambes !

Puis elle s'engouffra vers la sortie en claquant violemment la porte. Elle tomba nez à nez avec Julio. Elle l'ignora et s'écarta de lui. Elle perçut très nettement un nouveau coup provenant de la salle. Il venait sûrement de briser la table. Mais qu'importe.

Ana fonça tête baissée, dans la demeure. Elle entendit son prénom plusieurs fois. Elle ne répondit pas. Déterminée à le laisser avec sa rage, elle ouvrit la première porte qu'elle trouva afin de le semer. Un éclair et le tonnerre retentirent en même temps. La lumière s'éteignit, plongeant la maison dans le noir complet alors qu'elle empruntait un couloir. Elle ignorait où elle se trouvait et était incapable de revenir en arrière. Elle était désorientée. Elle posa sa main sur la cloison et avança prudemment. Retrouver l'escalier. *Il faut que je retrouve ces marches*. Cependant, elle avait l'impression d'être à l'opposé. Cette partie-là, elle ne la connaissait pas. Elle fit demi-tour. La lumière de l'orage éclaira rapidement son chemin. Elle aperçut une porte, l'ouvrit et pénétra à l'intérieur. Ce qu'elle ignorait, c'est que la pièce n'était pas inhabitée.

Quelqu'un était là, tapi dans l'ombre. Les alarmes avaient été désactivées pour qu'il puisse pénétrer dans la demeure. Il venait à peine d'arriver et était en train de faire le plan de la maison de mémoire lorsqu'Ana passait devant lui. *Et elle me tomba dans les bras,* songea l'individu, un sourire narquois aux lèvres. Le tonnerre retentit. Il referma la porte aussitôt. La jeune femme sursauta en échappant un cri. La panique la gagnait doucement. Elle essaya de revenir sur ses pas, mais la poignée semblait coincée.

— Merde, fustigea-t-elle entre ses dents.

Elle se retourna et poursuivit devant elle. Une odeur de cigarette éveilla son flair. La jeune femme se raidit. Personne ne fumait ici. Elle déglutit. C'était peut-être une hallucination. L'orage éclaira la pièce. Elle aperçut une nouvelle porte en face d'elle. Elle s'y précipita et tenta de l'ouvrir. En vain. Elle semblait fermée à clé. Une goutte coula le long de sa tempe. Elle était prisonnière. Elle détourna le regard. Il y avait bien la fenêtre, mais était-ce raisonnable de sortir par là ? Quelque chose d'orange sembla s'illuminer à travers celle-ci. Ana se retourna, effrayée. Rien. Son cœur s'emballa. Elle fit quelques pas à tâtons. Quelque chose se colla à sa peau. Et cette odeur… Elle se mit à tousser avant de se figer. Les émanations de tabac étaient beaucoup trop fortes pour être fictives. Quelqu'un était entré dans la propriété. Et il était ici. Enfermé avec elle.

Sa gorge se noua et s'assécha, empêchant le moindre cri. La tension devint palpable. L'orage illumina une nouvelle fois la pièce. Ana en profita pour balayer rapidement la salle. Personne. Elle se mordit l'intérieur des joues. Son cœur s'emballa de plus en plus. Ses poings se refermèrent. Elle avança vers le centre de la pièce lentement, guettant des mouvements autour d'elle. Le moindre bruit pouvait la guider. Un léger crépitement retentit derrière elle. Le souffle fétide de la cigarette percuta ses cheveux tandis qu'une pique froide touchait son dos. Ana ferma les yeux. Elle se maudit d'avoir été impulsive. La lame remonta le long de sa colonne vertébrale sans la blesser. Elle retint ses larmes.

— Te voilà…

Son corps se mit à trembler. Cette voix, c'était celle de Tonio.

XV. Affronter son destin

Une sensation de déjà-vu saisit la poitrine d'Ana. Ses membres tremblaient à la faire tomber. Ce n'était pas la peur qui l'incombait, mais l'adrénaline. L'hormone se diffusait dans son corps, lui apportant une certaine confiance qu'elle avait déjà ressentie lorsqu'elle était en danger. Aujourd'hui plus que jamais, elle était prête à en découdre avec son passé, et affronter son destin.

Le poignard allait et venait sur la colonne sans la blesser. La lame effleurait à peine son vêtement. Celle-ci s'enfoncerait dans sa chair si Ana ne faisait qu'un seul pas de travers. Elle inspira longuement.

— Je te croyais mort, lâcha-t-elle d'un ton sévère.

Tonio se mit à rire d'une voix grave.

— Faut croire que la Faucheuse ne veut pas de moi, répondit-il dans un sourire diabolique.

— Comment vous m'avez retrouvée ?

— Comme on suit un GPS, répondit-il en passant sa lame entre deux côtes. Alors, Ana Maria, prête pour le grand saut ?

La jeune femme rouvrit les yeux, remplie de rage.

— Prête !

D'un geste rapide, elle se retourna et attrapa le poignard. Elle l'écarta d'elle et enchaîna avec un coup de genou dans la main. Le tintement de la lame s'écrasant au sol retentit. Ana poursuivit avec un coup de coude dans son plexus. Elle sentit quelque chose de dur sous l'impact. Tonio n'en fut pas ébranlé. Au lieu de se laisser aller à l'inquiétude, elle enchaîna directement avec un uppercut qui se logea sous le menton de l'homme. Tonio gémit. Les effets de l'héroïne qu'il avait ingérée peu de temps avant de pénétrer dans la propriété commençaient déjà à s'estomper. *C'est vraiment pas de la qualité, cette saloperie... Faut que je lui fasse remonter ! Mais avant...*

Ses yeux cherchèrent sa cible. Celle-ci avait récupéré le poignard et le menaçait avec d'une main. Il se redressa.

— Bouge pas, dit-elle d'une voix autoritaire. Je n'hésiterai pas à te planter avec !

— Je vois ça, ricana-t-il.

Un éclair illumina la pièce. Ana ne rigolait pas. Son regard lançait des éclairs, elle se sentait forte avec cette arme. Mais Tonio n'avait pas dit son dernier mot.

— Tu sais ce que je faisais avant de bosser pour ton connard de mec ? poursuivit-il d'un ton intimidant en faisant un pas vers elle.

— Je t'ai dit de ne pas bouger, grogna-t-elle en pointant la lame vers lui.

— J'étais dans l'armée, dit-il en ignorant la menace. C'est pas une pute dans ton genre qui va m'apprendre l'art du combat. Surtout celui du corps à corps. Mais ça, tu n'as pas dû l'oublier, n'est-ce pas ?

Il glissa la langue sur ses lèvres pour la déstabiliser. Le corps à corps... Elle se rappela la force qu'il avait utilisée pour la soumettre. Ses coups, ses mains dégueulasses sur elle... Elle n'était pas devant n'importe quel monstre. Celui-là l'avait poussée au-delà de ses limites. La confiance qu'elle avait s'estompait lentement. Tonio la dominait. Son aura la transcendait. Un frisson parcourut son échine. Sa main se mit à trembler, faisant bouger l'arme. Tonio s'arrêta devant la pointe.

— C'est bien ce qu'il me semblait, dit-il d'une voix sombre. T'es juste qu'une gonzesse, après tout. Tu ne vaux rien.

Le souffle fétide de son assaillant la fit reculer alors que son regard de glace ne cessait d'être menaçant. Un rictus passait au coin des lèvres de Tonio. La pièce fut momentanément éclairée par l'orage. Ana regarda l'arme qu'elle tenait. Sa bouche s'ouvrit en grand. Elle le reconnut. C'était le poignard noir avec des pierres rouges. Elle leva les yeux vers la main de Tonio. Il n'avait aucun tatouage entre le pouce et l'index. Pour autant, ce poignard correspondait à celui qui avait été utilisé lors de son agression. Cela ne pouvait être une coïncidence. Cette révélation lui fit l'effet d'un électrochoc. Tonio était lié à Amemet.

— Fini de jouer, dit-il d'un ton menaçant.

Les photos des victimes défilèrent devant ses yeux tout comme son agonie. Toute son histoire ressurgit. Ana secoua la tête.

— Fini de jouer, répéta-t-elle froidement en resserrant sa prise sur le poignard.

La rage s'empara d'elle, enfonçant l'arme dans l'abdomen de Tonio des deux mains. Elle eut l'impression de se heurter à un nouveau mur. Le corps de son assaillant se recroquevilla tout en laissant échapper un gémissement plaintif. Elle retira l'arme lorsqu'elle vit les mains de l'homme se rapprocher du point d'entrée de la lame. Il fut pris de secousses. Ana fit un pas en arrière. Tonio se mit à ricaner doucement, puis plus fort. La jeune femme se crispa. Elle regarda la lame. Elle était saine, aucune trace de sang ne perlait. Elle leva les yeux vers lui, livide.

— J'ai un gilet pare-balle et un anti-couteau sur moi ! railla-t-il en se redressant d'un air satisfait. Tu ne croyais quand même pas que je serais venu sans rien ?

Il balaya le poignard d'un revers de la main qui s'éjecta sur le côté. Puis, il s'empara de la trachée d'Ana et l'écrasa. Il la fit reculer, la plaqua contre la porte et la souleva de terre. Ses pieds ne touchèrent plus le sol. Ana tenta de se débattre comme elle pouvait. Son visage rougissait tandis que sa respiration devenait difficile. Elle enfonça tant bien que mal ses ongles dans la peau. Ses yeux firent des mouvements vers le haut.

— J'aimerais tellement te tuer de mes propres mains, sale garce, avoua-t-il en la voyant perdre ses moyens.

Il serra de plus belle sa gorge. Des gargouillis remontaient le long de la trachée de la jeune femme. Ses prunelles se révulsaient. Elle ne parvenait plus à se défendre. Tonio en était tout émoustillé, jusqu'à ce que la raison prenne le pas sur le désir.

— Mais on me le reprocherait et je veux rester dans ses bonnes grâces, poursuivit-il en la balançant sur le côté. Tu me fais vraiment chier, toi !

Ana se heurta à un meuble avant de chuter complètement. Elle gémit tandis que la toux s'emparait d'elle. Elle redressa la tête. Tonio avait disparu de son champ de vision. Un frisson la parcourut. Elle se retourna. Il était parti récupérer le poignard, derrière elle. Elle en profita pour se relever et courut vers la porte. Se souvenant qu'elle était bloquée, elle tâta désespérément la structure pour trouver le mécanisme bloquant. Le temps pressait, elle n'eut pas d'autre choix que de reculer et de mettre un coup de pied au niveau de la poignée.

— Je peux savoir ce que tu fais ? lança Tonio qui se tenait à présent à quelques centimètres.

Elle se figea et se retourna vers lui. Le poignard en main, il le faisait tournoyer entre ses doigts.

— Pourquoi vous en avez après moi ? demanda-t-elle, apeurée. Qu'est-ce que je vous ai fait ?

— T'es encore en vie, dit-il en remontant ses narines. Et ça lui plaît pas.

— À qui ?

— À quelqu'un, évita-t-il la question.

Un nouveau frisson la parcourut.

— Ça me fait chier, mais tu vas venir avec moi, dit-il en la pointant du poignard. Et si tu tentes quoi que ce soit, je te ferai mal. Vraiment mal.

Son corps tremblait de tout son être. Malgré tout, elle se devait de rester forte.

— Je n'irai nulle part, affirma-t-elle en soutenant le regard sombre de Tonio.

— Dans ce cas…

Il l'attrapa par l'épaule et la tira vers lui.

— KEENAN !! hurla-t-elle de toutes ses forces.

Lorsqu'il entendit son prénom, son sang ne fit qu'un tour. Le Patron se retourna dans le couloir qu'il arpentait depuis quelques instants. Elle devait être du côté de l'annexe de la maison. Il se précipita vers le cri tout en s'emparant de son portable. *Tiens bon, Ana, j'arrive !*

Après s'être débattue, Ana se retrouva de nouveau projetée sur le parquet. Tonio ne lui laissa aucun répit. Il se jeta sur elle et plaqua le poignard contre sa gorge. La sentir entre ses cuisses le fit bander d'instinct. Elle écarquilla les yeux.

— Si tu cries, je te plante, prévint-il en faisant lécher la lame contre sa carotide.

— Tu n'as pas le droit de me tuer, je te rappelle, le défia-t-elle en fronçant les sourcils.

Il grogna. Elle avait raison. Il devait calmer ses pulsions, mais la tentation était vraiment prenante. Il se pencha un peu plus vers elle. Le corps de la jeune femme transpirait de peur. Cette sensation était tellement jouissive pour Tonio qu'il en fut déconcerté.

Ana attrapa la main de son agresseur et écarta la lame de sa gorge sur le côté. Elle n'essayait pas de le taper ou de le repousser trop violemment. Un mauvais geste et elle pourrait finir égorgée. Il la laissa faire, sous l'effet de l'excitation se mêlant à l'héroïne. C'est à cet instant qu'il perdit le fil de la réalité. De nouveaux fantasmes explosèrent dans son esprit. Voir sa victime dans cet état d'esprit l'émoustillait. Sa hargne et ses petits mouvements entre ses jambes l'animaient du plus profond de ses entrailles.

— Je vais vraiment te… grogna-t-il en essayant de réprimer ses instincts primaires.

Puis un long râle s'exprima à travers ses dents.

— Oh, et puis merde ! termina-t-il avec un sourire diabolique.

Il leva le poignard au-dessus de sa tête lorsqu'un éclair illumina la pièce. Ana aperçut le danger. Sa respiration se coupa net. Tonio commença sa descente. Elle réussit à attraper l'arme avec ses deux mains. La lame entailla ses paumes. Elle se mit à gémir. Elle s'obligea à attraper le poignet de Tonio, usant de toutes ses forces pour le repousser. Mais il était bien trop fort pour elle. L'espace entre la pointe et la jeune femme s'amenuisa en un rien de temps. *Non, non, non !*

Un immense fracas retentit tandis que la lumière revint dans toutes les pièces de la maison. La porte s'écrasa contre un pan du mur sur le côté. *Merde,* songea Tonio en sortant de son avidité.

Keenan pénétra dans la salle d'un air menaçant, son flingue visant l'assaillant. Ses narines se dilatèrent tandis que tout son être se raidit. Ana était encore sous la menace du poignard. Il était à quelques centimètres de sa peau. Keenan réprima un frisson. *Ce n'est pas le moment de faire n'importe quoi, concentre-toi !* se dit-il en ne lâchant pas Tonio du regard.

— Lâche-la, ordonna-t-il froidement.

Son adversaire se mit à rire.

— Patron ! s'extasia faussement Tonio en se détournant vers lui. Ça faisait longtemps, n'est-ce pas ?

— Lâche-la, répéta-t-il plus durement. Ça sera mon unique avertissement.

— Je ne crois pas, non, répondit l'assaillant avec un sourire malsain en déplaçant la lame vers la gorge d'Ana d'un geste. Si tu me tues, elle meurt aussi.

Keenan se mordit la lèvre inférieure.

— Tu sais que ce n'est pas mal de l'avoir entre ses cuisses, nargua Tonio en la compressant.

Son genou rentra dans une côte d'Ana, la faisant gémir. Keenan fit un pas vers eux, agacé.

— Bouge pas ou je la plante, O'Neill ! prévint Tonio d'un ton menaçant.

Il serra la mâchoire. Ana, elle, resta étonnamment calme. Elle savait que le moindre geste, le moindre mot prononcé pouvait faire exploser la bombe irlandaise. Elle n'osait même pas le regarder, elle resta focalisée sur l'adversaire. Tonio était submergé de spasmes d'excitation. Ses prunelles sombres rencontrèrent celles de la jeune femme. Un sourire mesquin apparut.

— Tu sais ce qui pourrait être drôle ? demanda Tonio, une nouvelle idée en tête. C'est que je m'amuse avec ta copine sous tes yeux.

Keenan resserra son emprise sur son arme tandis qu'Ana sentit son corps se contracter sous cette menace.

— Si tu fais ça, je te jure que... commença à dire Keenan en essayant de garder la maîtrise de lui-même.

— Vise la tête, coupa Ana pour le désamorcer. Juste la tête.

Le visage de Keenan s'assombrit. *Pour qu'elle dise ça, c'est qu'il doit sûrement avoir un gilet pare-balles... l'enfoiré !* Il serra les dents. Tonio ricana devant l'audace de la jeune femme. Il planta son regard dans le sien.

— Il ne peut pas, répondit-il d'un air moqueur. S'il fait ça, avec son angle de tir et la position de ma lame, je t'emmènerai avec moi.

La peau d'Ana fut parcourue de sueurs froides tandis que Tonio lui sourit diaboliquement.

— D'ailleurs, je compte rester sur elle encore un peu, provoqua-t-il à l'intention de Keenan.

— Je ne suis pas certain que Mademoiselle Ana soit consentante, surgit Juan, armé.

Il se mit à la gauche du Patron et visa l'adversaire.

— Manque plus que le gros tas et toute la famille sera au complet ! s'exclama Tonio.

— Tu sais très bien que je ne suis pas gros, répondit l'intéressé en franchissant le seuil de la porte.

Il se positionna à la droite de Keenan et le visa également.

— Ils sont tous là ! s'enjoua Tonio. Regarde, sale garce ! Ils sont tous là pour toi !

Une larme roula le long de sa joue. La présence de ces trois hommes était presque inespérée. Elle sut à cet instant qu'elle ne devait pas faiblir, pas devant eux. Aussi, fut-elle prise d'un aplomb auquel elle ne s'attendait pas.

— Dégage la lame de mon cou si tu veux que je regarde, répondit-elle froidement.

— Dire que tu n'es pas tombée dans mon piège… C'est vraiment dommage ! s'extasia Tonio d'un air agité.

Keenan vacillait d'avant en arrière. Sa mâchoire était contractée à son paroxysme. Son souffle agacé devenait de plus en plus audible.

— Calme-toi, murmura Juan à son attention.

Il ne répondit pas. Son regard était braqué sur Tonio. Il analysait tous ses faits et gestes. Seulement, son adversaire le connaissait. Il savait comment le faire exploser. C'est alors que Tonio attrapa la main d'Ana et la serra de toutes ses forces, le faisant gémir de douleur. Sa paume entaillée saigna de plus belle, filant sur son poignet et son bras. Keenan vit rouge. Son grognement transcenda ses camarades. Julio écarta son bras sur le côté pour l'empêcher d'avancer.

— Ne cède pas à la provocation ! le somma-t-il.

— Je ne peux pas la laisser comme ça… trembla-t-il de colère.

C'est alors que l'impensable se produit. La vue de ce sang provoqua chez Tonio une pulsion qu'il ne put réprimer. Il écrasa la main d'Ana contre sa bouche. La jeune femme se raidit, tout comme ses compagnons. Tonio aspira dans un premier temps la coulée rougeâtre de sa blessure. Puis, sa langue passa sur les contours de la plaie, léchant ardemment l'hémoglobine. La sensation était telle que la mine d'Ana se décomposa au fur et à mesure. Tonio, enivré par ce goût métallique, se laissa aller et la lame qui effleurait la peau de la jeune femme s'enfonça délicatement dans sa chair. Un mince filet apparut le long de sa peau tandis que son gémissement ébranla Keenan. Il n'eut qu'une envie : tirer sur Tonio. Cependant, son corps refusait de bouger, comme paralysé par l'horreur qu'il voyait. Il était impuissant et la colère gagnait peu à peu son esprit.

Tonio relâcha le poignet d'Ana en souriant. Ses dents étaient teintées de rouge, la faisant frémir d'effroi. Il la dévora littéralement du regard. Elle ne s'était jamais sentie aussi en danger qu'à cet instant.

— Tu sais que t'es vraiment bonne, toi ? lâcha Tonio d'un ton sombre.

Keenan trembla de tout son être. Il fallait qu'il agisse. La rage s'emparait de lui. Il visa à côté du pied de Tonio, le doigt sur la détente.

— Si tu tires, Ana pourrait avoir une mauvaise réaction et se blesser davantage ! s'interposa Juan en posant sa main sur le canon.

Il essayait de garder son calme, mais sa voix trahissait son anxiété.

— T'as bien vu ce qu'il vient de faire ? gronda le Patron. Alors, tu proposes quoi ?

— Ça, répondit Julio dans un sourire en posant le canon de son arme contre la tempe de Keenan.

Un frisson glacial lui parcourut tout le corps. *Putain...*

— Julio, qu'est-ce que tu fous ? demanda Juan d'un air inquiet.

Il le regarda du coin de l'œil furtivement.

— Je fais ce qu'on m'a demandé de faire, répondit Julio froidement.

L'ambiance déjà tendue devint étrange. Ana ne voyait pas ce qu'il se passait, mais l'attitude de son assaillant, qui semblait s'amuser de la situation, ne la rassurait pas.

— Pourquoi tu crois que je t'ai seulement attaché à un arbre ? demanda Julio à l'attention de Tonio. Je n'ai pas cherché à te tuer parce que je savais que les autres viendraient te libérer. Fallait seulement que je te mette hors de la portée de Keenan avant qu'il ne soit trop tard.

Le cœur d'Ana cessa subitement de battre. Son visage se décomposa.

Alors, Keenan avait raison quand il parlait d'une taupe ? Ses craintes étaient fondées ?

— Pourquoi je te croirais ? demanda Tonio d'un air méfiant.

— Parce que je t'ai toujours suivi, répondit-il d'un ton sincère. Et que je ne supporterai pas de te voir mourir sous mes yeux.

Le tambour de Juan rata un battement.

— Tu... quoi ? s'étrangla ce dernier.

— Il est avec eux depuis le début, gronda Keenan.

— Quoi ? murmura Ana, tout aussi surprise que Tonio.

Juan changea de cible et mit Julio en joue.

— Comment t'as pu nous faire ça ? lui demanda-t-il en retenant les secousses de son corps. Après tout ce qu'on a vécu ?

— Il y a des choses que tu ne pourrais pas comprendre, soupira Julio en enfonçant le canon dans la tempe de Keenan.

Le Patron resta de glace face au comportement de son allié. Son attention restait entièrement focalisé sur Ana et son adversaire. *Une ouverture, juste une petite ouverture...*

— Je ne peux pas te croire ! s'égosilla Juan. Julio, dis-moi que c'est faux ! C'est une mascarade !

Tonio n'en croyait pas ce qu'il voyait. Celui qu'il prenait pour le fidèle toutou d'O'Neill était en réalité une taupe. Il se mit à rire. Accablée par ces révélations, Ana était tétanisée. La lame se détacha de sa peau. Les bras puissants de Tonio s'emparèrent de la jeune femme. Il la leva et la mit devant lui tel un bouclier. Il colla de nouveau le poignard un peu trop fort contre sa gorge, excité par ce qu'il voyait. Un nouveau filet rouge s'échappa, tout comme la larme qui coulait le long de sa joue. Julio menaçait Keenan, Juan visait son amant, cette scène était surréelle.

— La trahison a toujours un petit goût d'exaltation, tu ne trouves pas ? demanda Tonio à voix basse à l'attention d'Ana.

Elle ne put répondre, ses cordes vocales étaient nouées à l'angoisse.

Son regard parvint à s'accrocher à celui de Keenan. Malgré la terreur qu'elle ressentait, il lui envoyait une certaine vague de chaleur, comme s'il tentait de la rassurer.

— J'attends ton signal, lança Julio à Tonio.

Ce dernier fronça les sourcils.

— Dis-moi quand tu veux que je le bute, poursuivit le Colosse. Je te suivrai jusqu'au bout, Toninio.

Ce surnom fit exploser le cœur de Juan.

— Si tu fais ça, Julio, je serai obligé de te tuer aussi ! s'empressa-t-il de dire d'une voix tremblante. Et tu sais que je ne veux pas le faire…

Il ravala une larme.

— C'est un traître et les traîtres doivent payer, enchaîna froidement Keenan sans détacher son regard d'elle.

Elle murmura son prénom du bout de ses lèvres, tel un aveu de culpabilité. Elle abaissa les yeux.

— Regarde-moi, Ana, lui dit-il d'un ton plus doux. Ce n'est pas de ta faute, tu entends ? Ce n'est pas de ta faute. Regarde-moi.

Un sanglot s'empara de son être. Elle leva ses prunelles vers lui.

— Je me suis fait avoir comme un bleu, lui assura-t-il avec un léger sourire. Je n'ai pas su te protéger.

— Keenan… chuchota-t-elle difficilement en sentant sa poitrine se contracter.

— Maintenant, ferme les yeux, Ana, lui dit-il d'une voix assurée. Je ne veux pas que tu voies ça.

Non… tout mais pas ça, pleura-t-elle.

— Oh, mais moi, je veux qu'Ana Maria regarde ! s'extasia Tonio.

— Ne l'écoute pas, fais-moi confiance, rétorqua Keenan. Ferme les yeux.

— Certainement pas ! s'emporta Tonio en pressant la lame un peu plus contre la peau de la jeune femme.

Cette fois-ci, elle ne gémit pas. Son sang coulait le long de sa peau, mais ce n'était pas ça qui la blessait le plus. C'était cette trahison. Et surtout, à cause de sa foutue promesse, il allait mourir d'une balle dans la tête. Son corps trembla de plus belle.

— Fais-moi confiance. Quoi qu'il se passe, quoi que tu entendes, ne regarde pas.

Son sourire ne semblait pas disparaître malgré la menace du canon sur sa tempe. Ana laissa échapper un sanglot. Son corps chancelait de toutes parts tandis que la froideur de l'arme glissait contre elle. L'aura de Keenan semblait lumineuse. Elle voulait s'y réfugier, se dire que tout cela n'était qu'un cauchemar. Il continuait de lui sourire. Ses yeux lui envoyaient de l'amour. Si seulement elle était restée à ses côtés au lieu de s'enfuir... Un sanglot s'échappa d'entre ses lèvres.

— Pour une fois, Ana, écoute-moi, s'il te plaît, demanda Keenan, à la limite du supplice.

— Je suis désolée... dit-elle d'une voix à peine audible. Pardonne-moi...

Son petit poing se contracta tandis que ses yeux se fermèrent, se pliant ainsi à la dernière volonté de cet homme. Julio informa Tonio du comportement de la jeune femme.

— Ouvre ! ordonna ce dernier en la secouant.

— Non, suffoqua-t-elle.

— Sale garce !

Il la repoussa violemment sur le côté, cessant enfin de la menacer. Son corps rebondit sur le sol tandis qu'elle maintenait toujours les paupières closes. Puis, une première détonation retentit, suivie de deux autres distinctes. Son cœur explosa. Elle ne parvint même pas à crier, sa voix était nouée, inaudible. Elle se recroquevilla d'instinct, laissant les émotions la submerger. Sa main se posa sur son battant meurtri. Les larmes ruisselaient sans cesse, l'empêchant de respirer. Un gémissement se fit entendre non loin d'elle. Quelqu'un s'écroula. Le son du poignard s'écrasant sur le sol retentit également. Elle ouvrit ses yeux mouillés. Elle aperçut Tonio, gisant dans une mare de sang grandissante. Elle eut un mouvement de recul avant de sentir une ombre planer au-dessus.

Keenan s'agenouilla à ses côtés et la prit dans ses bras.

— Tout va bien, lui promet-il en la serrant contre lui.

Surprise, elle n'osa pas le toucher. Ses lèvres formèrent son prénom. Une nouvelle secouée de larmes l'envahit tandis qu'elle regarda par-dessus l'épaule de son sauveur. Juan frappa Julio dans son biceps violemment. L'expression sur son visage était on ne peut plus claire, un mélange de colère et de rancœur. Ils avaient, tous les deux, été dupés. Ses yeux s'écarquillèrent.

— Comment t'as pu me faire ça ? murmura-t-elle d'une voix étranglée en s'extirpant de ses bras.

Son regard de glace se planta dans ses anneaux noisette.

— Espèce d'abruti !

Les larmes roulaient sans s'arrêter.

— Je n'avais pas le choix, se justifia-t-il en approchant sa main vers sa joue. C'était la seule solution.

— T'es qu'un abruti, O'Neill ! dit-elle en le repoussant.

Elle le considéra quelques instants avant de s'engouffrer dans ses bras, pleurant à chaudes larmes. Elle s'agrippa à son t-shirt, cachant son visage contre son torse.

— Je te déteste, dirent simultanément Juan et Ana à leurs partenaires respectifs.

Keenan passa sa main dans les cheveux de la jeune femme, un sourire aux lèvres. *Moi aussi, je t'aime.*

Julio, quant à lui, regarda amoureusement Juan et lui fit comprendre qu'il saura se faire pardonner. À vrai dire, il n'avait pas menti quand il avait dit qu'il ne faisait que suivre les ordres. Il avait simplement omis de dire de qui ils provenaient... C'était un pari risqué, il avait fonctionné à merveille. Seulement, il ne s'attendait pas à revoir Tonio. Il était revenu et même s'ils avaient épargné ses points vitaux, il fallait le sauver pour l'interroger. Il ne savait comment gérer ces émotions qui l'assaillaient. Pour le moment, il allait tenter d'extraire les balles qu'il avait reçues. Mais après…

Quant à Juan, son orgueil avait pris un tel coup qu'il ne pouvait, à cet instant, plus regarder son amant dans les yeux. Il le perça de ses prunelles d'acier avant de lui tourner le dos et de quitter la pièce. Julio le laissa s'échapper entre ses doigts. Keenan, qui avait tout vu, lui fit un signe de tête. Il ira lui parler.

Peu de temps après, Ana et Keenan montèrent à l'étage afin de s'occuper des blessures. La jeune femme fit couler l'eau sur les plaies ouvertes de ses paumes pendant qu'il préparait le nécessaire de suture au cas où. Elle se risqua à utiliser le savon. Le picotement sur ses mains devint vite insupportable. Elle lâcha un petit cri avant de tout rincer. Elle recommença plusieurs fois. Puis, elle tapota avec un gant les fines coupures qui s'étendaient sur sa gorge. Lorsqu'elle sortit, Keenan l'attendait patiemment sur son lit. Elle avança vers lui, le souffle long avant de s'arrêter devant en le toisant d'un air mauvais. Il dégageait une telle chaleur qu'elle baissa toutefois sa garde.

— Je te déteste toujours, maugréa-t-elle en le serrant contre lui.

Son visage s'enfouit malgré elle dans ses cheveux châtains. Keenan passa ses bras autour de sa taille et la fit asseoir sur ses genoux, sans un mot. Il posa sa tête contre sa poitrine. Il la serra un peu plus fort contre lui. Les battements de son cœur l'apaisaient. Il huma doucement la peau de sa bien-aimée. Il ne voulait pas le dire, mais lui aussi, il avait eu peur. Peur de la perdre à cause de sa négligence. Peur que Tonio ne réagisse pas comme il aurait dû. Elle avait filé entre ses doigts et s'était retrouvée sous ce type, se battant contre une lame qui voulait plonger dans son cœur. Cette image terrifiante risquait de le tourmenter pendant longtemps. Il secoua la tête. Ana prit son visage entre ses mains et déposa un baiser sur le front.

— Si jamais tu recommences, je te jure que tu auras affaire à moi, le menaça-t-elle en s'écartant de lui.

— Et si tu me laissais au moins te soigner pour me faire pardonner ? demanda-t-il en esquissant un sourire.

Elle lui tendit sa main en le réprimant du regard. Il l'embrassa délicatement avant de la retourner. L'entaille était peu profonde. Il soupira de soulagement. *Au moins, il n'y aura pas de sutures, c'est déjà ça…* Il compara ensuite avec l'autre.

— Quand je pense que tu as attrapé le poignard à mains nues… secoua-t-il la tête. Mais qu'est-ce qui t'a pris ?

— Comment tu voulais que je fasse pour éviter qu'il me transperce le cœur ? répondit-elle avec dédain.

Un long soupir s'échappa de ses lèvres, tandis qu'il s'emparait d'une compresse et d'une bande extensible. *Elle n'a pas tort…* Il ressentit une pointe d'amertume. Cependant, contre toute attente, il parvint à relativiser. C'était passé. Elle était là, à ses côtés.

Ana, quant à elle, ne parvenait pas à se dire que c'était terminé. Son corps tremblait encore sous le coup de l'émotion. Une vague de chaleur la traversa de part en part. Elle voudrait envoyer tout bouler, cracher cette boule de colère. Mais il n'en fut rien. Elle se contenta de garder le silence tout en gardant les yeux rivés ailleurs que sur lui. Il savait exactement ce qu'elle ressentait. Il la regarda par en dessous, espérant un eye-contact. Elle l'ignorait et il le comprenait parfaitement. Elle s'était accrochée à lui d'une telle force qu'il en était troublé. Et maintenant qu'elle lui faisait la gueule, il était rongé par la culpabilité.

Keenan serra délicatement le bandage et reposa sa main. Ana tendit l'autre sans lui adresser un regard. Il procéda de la même manière. Lorsqu'il serra un peu trop fort la bande, elle préféra se mordre la joue plutôt que de lui faire le reproche. Il s'excusa de lui-même. Elle ne répondit pas. Lorsqu'il voulut regarder ses coupures dans le cou, sa main tapa dans la sienne.

— Je le ferai moi-même, répliqua-t-elle, impassible.

Sa pression sanguine accentua son teint. Une petite veine apparaissait sur son front tandis que son poing était toujours contracté. Elle l'évitait délibérément. Elle le fuyait, parce qu'elle savait qu'elle allait craquer, qu'elle allait lui pardonner alors qu'elle voulait être encore en colère contre lui.

Son comportement poussa Keenan dans ses retranchements, qu'importe les conséquences. Sa main chaude se posa sur la joue de sa belle. Ce contact la fit sursauter et elle tourna enfin sa tête vers lui. Profitant de cette occasion, ses lèvres plongèrent sur les siennes. Le cœur d'Ana bondit.

— Je suis désolé, s'excusa-t-il en collant son front contre le sien.

Ses doigts soulevèrent son menton, l'obligeant à le regarder droit dans les yeux. Un frisson la parcourut tandis que son faciès restait de marbre.

— Tu ne sais pas à quel point j'ai eu peur de te perdre aujourd'hui, murmura-t-elle froidement. Et ce n'est pas en me disant que tu es désolé que ça va changer quelque chose.

— Alors qu'est-ce que je dois faire pour que tu me pardonnes ? demanda-t-il d'un ton sincère.

— À ton avis ? grogna-t-elle. Je ne sais pas ! Tu nous as manipulés ! Et je ne suis pas la seule à avoir été bernée ! Juan aussi !

L'évocation de son ami lui laissa un nouveau goût amer en bouche.

— Je sais, j'irai le voir aussi, répondit Keenan d'un air désolé.

— Tu n'imagines pas ce que j'ai pu ressentir ! Mais quelle idée stupide !

Sa main tapa, malgré elle, dans son bras.

— J'avais peur de mourir, mais j'ai surtout eu peur de te perdre ! Toi ! poursuivit-elle.

— Je le sais, je l'ai vu, avoua-t-il. Il fallait désamorcer Tonio. Il devait baisser sa garde, et il n'y avait que Julio qui pouvait jouer ce rôle parce qu'ils étaient proches. Vos réactions ont conduit à ce résultat.

— Et si ce n'était pas lui, mais un autre ? l'interrogea-t-elle d'un air mauvais.

— Si cela avait été quelqu'un d'autre, il t'aurait embarqué sans chercher à jouer avec toi.

La mâchoire d'Ana se crispa tandis qu'elle le fuyait de nouveau du regard.

— Regarde-moi, s'il te plaît, lui demanda-t-il d'un ton suppliant.

— Faut savoir ce que tu veux ! répliqua-t-elle en se relevant d'un coup.

Sa main se porta sur son cœur blessé. Une larme lui échappa, tandis que tout son corps se mit à trembler. Elle lui tourna le dos.

— Et toi, qu'est-ce que tu veux à cet instant ? demanda-t-il doucement.

Elle inspira longuement.

— Là, maintenant ? demanda-t-elle en réprimant un nouveau sanglot. J'ai besoin d'être réconfortée, que tu me prennes dans tes bras en me disant qu'on est ensemble et c'est tout ce qui compte. J'ai besoin que tu me dises que tu tiens à moi et que tu m'ai…

Sa voix s'interrompit soudainement. Les paroles avaient dépassé ses pensées. Keenan se figea, tout aussi surpris qu'elle. Le remords s'installa dans son cœur.

— Ana… murmura Keenan, plein de regrets.

— J'ai failli crever aujourd'hui ! hurla-t-elle en revenant sur lui. Et toi aussi ! Toi aussi, tu aurais pu y passer ! Pas forcément avec Julio parce que c'était du bluff, mais imagine si ça ne l'avait pas été ! Imagine deux minutes !! J'ai cru que j'allais te perdre, putain !! Tu aurais pu mourir à cause de moi ! J'aurais fait quoi, après ?? Hein ?? Tu peux me le dire ?? J'aurais fait quoi sans toi ??

— Ana…

Elle s'éloigna de lui tandis qu'il se releva du lit.

— Rien !! revint-elle à la charge. T'as pris le monopole de ma vie et maintenant, je suis incapable de penser par moi-même !! Tu es là ! Toujours là ! Dans ma vie, dans ma tête ! T'as juré de me protéger, alors t'as mis ta putain de vie entre mes mains, mais tu te rends compte de ce que t'as fait ?? De ce que je dois porter en plus ??

Il s'arrêta devant elle. Son visage était rouge et commençait même à gonfler. Ses rides d'expression étaient contractées. Il la prit dans ses bras. Elle s'écroula à son contact. Ses larmes inondèrent son haut.

— Excuse-moi, Ana...

Il n'avait que des sanglots en guise de réponse. Il leva les yeux. *Je suis vraiment trop con,* se dit-il en la serrant un peu plus. Quelque chose se brisa en lui. Elle avait raison. Il se demandait si son plan avait été une bonne idée. L'impression de lui faire plus de mal que de bien l'anéantit. Pour le moment, il devait faire taire ces sombres pensées. À cet instant, elle avait besoin de lui. Aussi, il reporta son attention sur elle.

— Excuse-moi, lâcha la jeune femme dans un ultime sanglot. C'est la pression qui redescend...

— Tu as raison de m'en vouloir, lui dit-il en lui caressant le dos. Je ne suis qu'un égoïste.

XVI. Devinettes

Après que les larmes eurent cessé de couler, ce fut au tour de l'estomac d'Ana de se faire entendre. Celui-ci cria famine si fort que Keenan l'interpréta comme un signe de détresse. En effet, il n'était pas loin de 15 heures et son dernier repas remontait au petit-déjeuner. Aussi, il l'emmena au rez-de-chaussée. Ils prirent le long couloir puis la seconde porte sur la gauche. Lorsqu'ils entrèrent, la luminosité naturelle éveillait la pièce, se reflétant dans le carrelage blanc immaculé.

Il y avait, comme dans la plupart des pièces, une belle hauteur sous plafond. Les meubles en bois étaient modernes et se mariaient parfaitement avec les murs crème. Certains électroménagers étaient de couleur rouge. Keenan ouvrit le frigo, suivi d'Ana. Il s'arrêta, stupéfait. Tout était rempli et surtout, très bien garni. *Mais à quel moment a-t-il pu préparer tout ça ?* sourit-il en comptant le nombre de plats préparés. Tout était soigneusement étiqueté, cellophané ou dans des boîtes avec le nom des aliments allergènes utilisés. Julio et la nourriture, c'était quelque chose d'inimaginable. Ana passa la tête sur le côté.

— On se croirait dans une cafèt', gloussa-t-elle en voyant tous les mets. Mais du coup, il y a vraiment trop de choix !

— Je ne te le fais pas dire, railla-t-il. Au moins, il n'y a pas la mention "Réservée" ou "Touche pas à ça p'tit con"

— Mais non ? s'exclama-t-elle en écarquillant les yeux.

— Je t'assure, sourit-il. Alors, tu veux quoi ?

Toi, songea-t-elle en le fixant intensément. Ses pupilles se dilatèrent, l'espace d'un instant. Keenan intercepta ce mince signe. Il savait très bien ce que cela signifiait. Son sourire devint alors plus charmeur, ravi d'attirer autant de convoitise de la part de sa dulcinée. Ana ne resta pas insensible. Elle reporta toutefois son attention sur une salade. Il l'imita. Ils prirent place sur l'îlot central, et mangèrent côte à côte. Cette proximité l'attisait. Et pas seulement physiquement. Elle s'imagina pendant un bref instant un nouveau quotidien, aux côtés de cet homme qui la faisait tant fantasmer. Il faudrait que ce soit lui qui prépare les repas, ses talents à elle étaient compromis. Mais elle ferait un bon commis. Quoi que… Les aliments qu'elle préparait, pourtant avec amour, avaient une fâcheuse tendance à préférer la gravité à l'assiette. De même que le four aimait beaucoup lui forcer la main et brûler ses repas. Quant aux préparations de plats et de desserts, elle retrouvait encore des miettes de préparation plusieurs jours après avoir nettoyé son plan de travail. *N'est-ce pas, les petites pépites de chocolat dans le tiroir ?* Et lui, il en aurait tellement marre de ces bourdes qu'il la chasserait de la cuisine. Elle retint un sourire à cette pensée. Puis, elle vagabonda vers un horizon qui la faisait plus vibrer : les doux réveils par un baiser, s'embrasser pour aller au travail avant de se raconter sa journée le soir et leurs retrouvailles sous la couette. Ses joues piquèrent un léger fard. *Je veux vivre ça.* En regardant Keenan, elle eut le sentiment qu'elle pourrait effleurer ce rêve. Cependant, quelque chose, tapi dans les tréfonds de son âme, lui disait que son avenir était incertain. Les récents événements ne lui permettaient pas d'avoir cette perspective. Il la protégeait d'un terrible danger mais, elle n'arrêtait pas de se demander s'il partirait une fois que sa mission serait terminée, ou s'ils resteraient ensemble. Elle se souhaita la deuxième option. Après tout, elle était tombée amoureuse de lui et ses sentiments envers elle semblaient sincères et partagés. Il n'y avait pas de raison pour que leur histoire d'amour ne perdure pas. D'autant qu'elle n'avait jamais encore auparavant ressenti quelque chose de si fort pour quelqu'un. Et il disait qu'elle lui appartenait. *Mon Ana.* L'idée d'être possédée et d'être sa possession l'animait d'un désir sans nom. Être importante pour quelqu'un, c'était son rêve. Et en ce moment même, elle le caressait du bout de son doigt… Jusqu'à ce qu'un morceau de salade ne décide de se faire la malle et chuta lourdement, maculant son haut d'une traînée de sauce qui lui descendait jusqu'à son nombril. Heureusement pour elle, la salade stoppa sa course sur son siège, entre ses cuisses. Ana marqua un temps d'arrêt, la fourchette en l'air, blasée. Keenan lui tendit une serviette. Elle le dévisagea d'un sourire gêné.

— Désolée, rougit-elle en tentant de s'éponger le haut.

Il ne dit rien, mais son sourire en coin parlait pour lui. Il regretta le fait qu'elle était habillée, parce que si elle n'avait rien porté… Une chaleur grandissante teinta légèrement son visage pendant que sa main passait entre ses seins. *J'aurais dû le faire moi-même,* rêvassait-il en baissant les yeux. Son palpitant commençait à s'emballer. Une couleur verte attira son attention. Il souffla lentement, accentuant son désir. Ana soupira en constatant qu'elle agrandissait la tâche.

— Je ne suis vraiment pas sortable…

— J'aime bien, moi, la réconforta-t-il d'un ton aguicheur.

Il s'approcha d'elle d'un air décidé. Sa main se posa sur sa cuisse et glissa lentement vers l'intérieur. Il prit son temps pour parcourir chaque centimètre. Ana cessa de respirer, tandis que sa peau se parait de rouge. Les yeux noisette de Keenan ne la quittaient pas, guettant chaque mouvement de son corps, chaque pensée qui apparaîtrait dans ses pupilles. Il se rapprocha d'elle encore plus. La distance entre leurs lèvres devenait infime. Le cœur d'Ana rata un nouveau battement lorsque ses doigts se retrouvèrent entre ses cuisses. C'est alors qu'il refit le chemin inverse, intensifiant son toucher. Il remarqua alors que son souffle devenait court, elle était attentive à chaque sensation qu'il lui procurait. Il eut envie de la rapprocher encore plus de lui, jusqu'à ce qu'elle sente son corps se consumer contre elle. Ils échangèrent un sourire rempli de sous-entendus. Ses lèvres plongèrent doucement vers les siennes. Il sentit alors sa respiration saccadée contre sa bouche. Un dernier regard et…

— Oh, juste ciel, vous ne pouvez pas faire ça ailleurs ? lâcha abruptement Juan en se cachant les yeux.

Ana recula par surprise, laissant Keenan déconcerté. Ses dents mordirent sa lèvre inférieure. *Espèce de sale petit…* Il posa son coude contre la table.

— Ne t'imagine pas n'importe quoi, répliqua-t-il passablement agacé par le fait d'avoir été gêné. Il y avait un morceau de salade tombée.

À ces mots, il dévoila le fugitif entre ses doigts.

— Ce n'est pas comme si j'avais été le chercher avec les dents, conclut-il, un sourire aux lèvres.

La bouche d'Ana s'ouvrit sans qu'aucun son ne sorte, trop stupéfaite par les propos de Keenan.

— Rha ! Faites ce que vous voulez, mais pas quand je suis là ! rétorqua le psy d'un air dégoûté.

— Je crois que je vais aller me changer ! changea de conversation Ana, cramoisie jusqu'aux oreilles.

À ces mots, elle sauta de sa chaise, s'excusa auprès de Keenan et s'éclipsa rapidement. Le jeune homme soupira, sous l'air satisfait du psy.

— Tu fais vraiment chier, quand même, lui reprocha-t-il d'un air mauvais en récupérant l'assiette.

— Dois-je te rappeler ton coup de poker de tout à l'heure avec Julio ? dit Juan d'un air dédaigneux.

— Il fallait que les réactions soient naturelles, se justifia-t-il en rangeant le reste de la nourriture dans le frigo. Je suis désolé de ne pas t'avoir inclus dans mes manigances.

— Disons qu'on est quitte, à présent, sourit Juan, satisfait de sa petite vengeance personnelle.

Quant à Julio, je vais lui en faire baver comme jamais ! pensa-t-il avec un air diabolique. Keenan souffla et s'empara de la vaisselle pour la nettoyer.

— Maintenant que j'y pense, si tu ne traînes pas trop, elle doit être en train de se changer, poursuit Juan avec un sourire en coin. Tu pourrais entrer dans sa chambre, la surprendre et...

— Stop ! s'emporta Keenan en l'éclaboussant.

Juan se mit à rire en s'échappant rapidement sur le côté. Il avait anticipé ce coup.

— C'était trop tentant, rit-il avant de reprendre temporairement son sérieux. Au fait, je venais te dire que Julio était encore en train d'opérer notre ami. Il devrait finir d'ici une petite heure. Ça te laisse largement le temps de revoir ta dulcinée et de peut-être reprendre là où vous avez été interrompus. Enfin, si elle est toujours d'humeur, parce que je l'ai sûrement refroidie...

Keenan rangea la vaisselle rapidement. *Il n'y a pas qu'elle qui ait été refroidie... Attends un peu pour voir.* La malice dans le regard, il s'empara du dernier verre présent dans l'évier. Il le remplit d'eau froide et, sans crier gare, le jeta à la figure de Juan. Cette fois-ci, il n'eut pas le temps de l'esquiver. Tout le liquide se répandit sur son visage et ses habits. La fraîcheur lui bloqua la respiration.

— J'en connais un autre qui devrait aller se changer, se moqua Keenan en prenant la direction de la porte.

— Tu n'es qu'un sale gamin ! grogna Juan en passant sa main sur son crâne. Et ma mise en plis ?

Keenan se mit à rire et s'éclipsa aussitôt. *Ça fait quand même du bien de le voir dans cet état. On a l'impression de retrouver notre Keenan d'antan,* s'épongea Juan à l'aide d'une serviette.

Ana, de son côté, était dans tous ses états. Elle n'arrivait pas à calmer ses ardeurs. La proximité de Keenan, sa chaleur, son toucher, elle brûlait d'envie de reprendre là où ils avaient été interrompus. Un mince sourire se figea sur son visage. Elle savait qu'il allait la rejoindre. Il ne la laisserait pas filer aussi facilement, surtout qu'il aimait la provoquer. Seulement, cette fois-ci, ce sera elle qui jouera avec lui... Elle en profita pour filer rapidement à la salle de bains et se brosser les dents. Puis, elle se dirigea vers le dressing. On toqua à sa porte. C'était lui à n'en point douter, sa façon de frapper lui était propre. Elle l'invita en l'appelant. Lorsqu'il entra, elle fit passer son t-shirt par-dessus sa tête. Il la découvrit de dos, le tatouage apparent, traversé par une fine bande de tissu transparent bleu nuit. La porte du dressing s'ouvrit et Ana s'empara du premier chemisier qu'elle trouva. Ne résistant pas à la tentation qu'elle provoquait en lui, il s'élança vers elle.

Elle commença à enfiler son haut par les manches et fit valser ses cheveux. Les bras forts de Keenan l'enveloppèrent. Son souffle chaud la fit frissonner. Ses mains parcourent sa peau encore dénudée.

— Tu n'as pas de travail ? lui rappelle-t-elle en réprimant un gémissement.

Elle perçut un sourire se dessiner dans son cou.

— J'ai encore une petite heure, dit-il en l'embrassant encore. Tu ne veux pas de moi ?

Bien sûr que si, mais...

— Non, tu m'as mise dans l'embarras avec Juan, sourit-elle machiavéliquement. Et puis, aujourd'hui, tu n'en fais qu'à ta tête.

— Hum... je sais... Excuse-moi...

Ses lèvres se pressèrent contre son cou. Les yeux d'Ana papillonnèrent.

— Une minute, c'est tout à quoi tu auras droit, réprima-t-elle en se pinçant les lèvres.

Les mains de Keenan glissaient sur ses hanches et remontaient. Lentement. Elle posa ses paumes dessus et les guida sur sa poitrine. La tension grimpa. Il perçut les battements de son cœur s'accélérer. Sa peau semblait se consumer sous ses caresses. Il se mit au garde-à-vous. Son souffle s'accéléra. Ana afficha un sourire perfide.

— La minute est passée, lâcha-t-elle en écartant les mains de Keenan.

Elle s'échappa de son emprise. Un rire nerveux retentit. Elle se retourna vers lui tout en boutonnant son chemisier.

— J'espère que ça t'a plu, lui dit-elle en ajustant le col.

Sérieusement ? Amusé par la situation, Keenan leva les mains en l'air.

— J'accepte ma punition.

Il les rabaissa aussitôt et s'approcha d'elle à pas de loup. Ses bras s'écartèrent légèrement de son corps. Sa langue passa sur ses lèvres. Il leva son visage vers lui.

— Par contre, je te préviens. La prochaine fois que tu me provoques, je ne te lâcherai pas.

— J'espère bien, Monsieur O'Neill, répondit-elle, charmeuse.

La malice dans le corps, Ana accompagna ses propos d'un baiser qu'elle lui envoya.

— Tu sais que je pourrais te prendre, là tout de suite, dit-il en approchant la main de son visage.

— Tu ne peux pas, tu es puni, le repoussa-t-elle d'un air provocateur.

L'insolence d'Ana l'émoustillait davantage. Un étrange sourire apparut sur le visage de Keenan.

— Je retiens, Mademoiselle, dit-il en usant de sa voix sensuelle. Par contre, je prendrai ma revanche à un moment donné et tu auras beau me supplier, je ne céderai pas.

— Qui te dit que ce n'est pas toi qui me supplieras ?

Il passa à son tour sa langue sur ses lèvres. Il s'écarta d'elle, un sourire en coin.

— C'est ce qu'on verra. Je prends congé alors, répondit-il en s'éloignant.

Si tu crois que tu vas m'échapper en fuyant, c'est mal me connaître, sourit-elle en lui laissant une petite longueur d'avance.

En descendant les marches, Keenan essayait de réprimer toutes les pulsions dont son corps était assailli. Le bout de ses doigts se rappelait la douceur de sa peau. Son odeur de nectarine ne le quittait pas. Ses pensées le ramenaient sans cesse vers la piscine. Son érection était incontrôlable. *Maudite Ana,* maugréa-t-il entre ses dents. Et pourtant, rien ne l'empêchait de l'attraper et de lui faire sa fête, si ce n'est sa notion de consentement.

Il sentit une présence derrière lui. Un nouveau sourire se plaqua sur ses lèvres. *Elle est vraiment en train de me tester…* Il s'arrêta et se tourna vers la jeune femme. Elle avait encore son petit air supérieur. Et une idée en tête bien précise.

— Un problème ? demanda-t-elle en haussant un sourcil subtilement.

Keenan se mordit les lèvres. *Elle me cherche, elle va me trouver…*

— J'ai oublié un truc dans ma chambre, prétexta-t-il pour revenir vers elle.

Il passa à côté d'elle, accrochant son regard au sien. Elle le dévorait. Cette expression sur son visage le rendait toute chose. Encore un coup et…

— Je t'attends ici, lâcha-t-elle d'une voix grave.

C'était la provocation de trop. Il se tourna vers elle.

— Puni ou pas, viens avec moi, ça ne sera pas long.

Il attrapa sa main, l'entraînant avec lui à l'étage. Cette fois-ci, il l'emmena dans sa chambre. Et elle allait passer un sale quart d'heure.

Une fois entré, Keenan souleva Ana et l'embrassa sauvagement. Il l'embarqua sur son lit avant de l'écraser de tout son être. Ses mains s'emparèrent du chemisier et firent sauter tous les boutons. Sa poitrine se dessina sous la dentelle. Le petit cri de surprise d'Ana l'encouragea. Il fit glisser ses mains dans le dos. Un claquement de doigts et le soutien-gorge se détacha. Il s'en empara puis le jeta. Ana, quant à elle, effleurait sa peau sous le t-shirt. Elle s'y accrocha et le fit passer par-dessus sa tête. Son torse brûlant se renversa sur sa poitrine. Elle gémit. Il la fit taire d'un baiser ardent. Les pulsations cardiaques de la jeune femme résonnaient dans tout son être.

Les mains de Keenan s'activaient autour du pantalon d'Ana, s'empressant de dévêtir sa belle. *Oh, putain.* Il ne lui restait plus que le tanga. Il s'empara de nouveau d'Ana et défit les draps. Il l'allongea tout en la couvrant de baisers passionnés. Puis, il se couvrit afin de préserver la nudité de sa belle.

Ana s'attaqua à son jean. Il l'aida à le retirer. Sous le feu des baisers dans le cou, il ouvrit le tiroir de sa table de chevet pour s'emparer d'un préservatif. Puis, il arracha l'emballage. Elle jeta un œil à ce bruit, un sourire aux lèvres. Elle posa sa main sur son caleçon et le fit descendre, libérant ainsi son sexe. Keenan frissonna. Il n'en pouvait plus. *J'ai tellement envie de toi.*

Il enfila le préservatif. Ana posa sa main dessus. Il tressaillit. Ses petits doigts s'ondulèrent autour du latex et commencèrent à le mettre en place. Le visage du jeune homme s'empourpra. Il haleta. Sa bouche s'écrasa contre la sienne avant d'y enfoncer sa langue. Ana le relâcha pour s'y abandonner. Les mains de Keenan descendirent le tanga. Elle l'aida à l'enlever. Leurs peaux nues se rencontrèrent enfin. Ils échangèrent un regard complice. Keenan s'enfonça en elle, lui arrachant un cri de plaisir. Elle glissa ses mains dans le creux des reins. Il entama un va-et-vient rythmé. Ana rougit rapidement. Ils ne voulaient rien manquer. Elle se redressa pour lui faire face, les yeux dans les yeux. Toutes ses expressions de plaisir le stimulaient. Il soupira de désir. Ana gémit à chaque coup de reins. Elle enfonça ses doigts dans la chair de son partenaire pour le guider. Elle sentit qu'elle allait venir. Keenan n'en perdit pas une miette. Il intensifia la cadence. *Oh, oui.* Il s'enfonça encore plus loin. *Putain, c'est bon.* Elle gémit de plus en plus. Keenan essaya de ralentir. *Non, non, ne t'arrête pas,* le supplia-t-elle. Face à la demande de sa belle, il s'exécuta. Il la sentit fébrile. Tout son corps tremblait sous lui. Il ne tenait plus. Il s'emballa encore. Ana déconnecta et s'abandonna. *Oh, putain. Oui !* Keenan asséna les derniers coups de reins. Ana guida le mouvement. L'excitation dans les yeux du partenaire était euphorisante. L'effet fut instantané. Ils jouirent de plus belle jusqu'à atteindre l'orgasme. Keenan s'empressa de faire taire Ana avec sa bouche. Elle s'accrocha à lui de toutes ses forces. La plainte de la jeune femme fut puissante. Puis, l'extase retomba lentement.

Keenan éloigna son visage. Elle était essoufflée. Mais son sourire ravageur la réconfortait. Il écarta une mèche de ses cheveux derrière son oreille et s'allongea à ses côtés. Elle s'empressa de reprendre sa place dans ses bras. Elle posa sa tête contre sa poitrine, cherchant à reprendre le contrôle de sa respiration. Il lui déposa un baiser sur la tête. Puis il passa son bras autour de sa taille et lui caressa le bas du dos.

— Ana ? demanda-t-il.

— Oui ? répondit-elle en levant les yeux vers lui.

Ses anneaux noisette semblaient scintiller.

— Même dans mes rêves les plus fous, je n'aurais jamais imaginé que je vivrais cet instant avec toi… Alors, si c'est un songe, ne me réveille pas.

Elle lui sourit, attendrie par la déclaration.

— Ne me réveille pas non plus.

Pendant ce temps, dans une pièce secrète au rez-de-chaussée, Julio s'affairait à extraire les balles du corps de Tonio. Il connaissait les rudiments et les mettait en pratique quand c'était nécessaire, comme aujourd'hui. Ce n'était pas la première fois qu'il procédait à une telle opération, et ce n'était sûrement pas la dernière. De même que ce n'était pas lui, le spécialiste de cette discipline. Non, c'était son Patron. Julio avait appris les bases à l'armée, Keenan avait approfondi ses connaissances. D'autant plus qu'il jouissait d'une dextérité particulière qui l'avantageait dans ce type d'opération. Cependant, vu le passé que son Patron entretenait avec ledit patient, il valait peut-être mieux le laisser profiter d'Ana. Après tout, c'était sa "récompense" pour avoir réussi à triompher de ses pulsions meurtrières vis-à-vis de Tonio. Et quand il était avec sa belle, c'était le seul moment où Julio pouvait profiter de son Juanito… Quand le chat n'est pas là, les souris dansent, paraît-il. Pour eux, c'était la vérité absolue. Keenan étant absent, il profitait pleinement de la compagnie de Juan et osait même braver certains interdits. Seulement, aujourd'hui…

Julio cligna des yeux plusieurs fois. Il était droit comme un i. La pince dans la prolongation de sa main semblait bouger. Ses yeux se posèrent sur la mine endormie de son patient. Les yeux clos, le visage gonflé sous les coups d'avant, Julio pensait qu'il aurait ressenti encore quelque chose en le revoyant. Il n'en était rien. Il n'y avait plus rien. Seulement un homme qu'il devait soigner pour pouvoir l'interroger. Il ne serait pas étonné s'il était également complice des autres crimes.

Tonio connaissait tout de l'opération, même si c'étaient Keenan et Julio qui étaient chargés de la surveillance de la jeune femme. Pour autant, l'heure n'était pas aux spéculations. Il devait se concentrer sur sa tâche. Il reporta son attention sur les impacts de balles. Heureusement qu'elles s'étaient logées hors de portée des points vitaux : une dans l'épaule, une autre dans la jambe, et la dernière, non loin de la gorge. Julio secoua la tête. *C'est du Keenan tout craché, ça !* grommela-t-il. *Ça va être un peu plus compliqué à extraire.*

Et pendant que sa pince plongeait dans la chair pour s'accrocher au bout de métal, il se perdit de nouveau dans les méandres de ses pensées. Il n'avait pas revu Juan depuis le coup de poker. Son regard blessé, peut-être même trahi, le persécutait. Les remords rampaient le long de son échine. Il sentit comme un fardeau plus lourd à porter.

Juan, pourtant très joueur, avare d'humour en tout genre dans n'importe quelle situation, l'avait repoussé. Julio sentait encore le petit choc brûler sur son biceps, telle une morsure contenant un poison. Et il se répandait dans tout son être, comprimant son cœur et sa culpabilité. *Les ordres sont les ordres.* Il ne pouvait pas désobéir à Keenan, pas quand il s'agissait de la sécurité d'Ana. Et pourtant, il avait le sentiment d'avoir mal agi envers son bien-aimé.

Sa main se posa sur son palpitant. Sa mâchoire se crispa sous son masque chirurgical. Un long soupir déchiqueta lentement le silence qui régnait autour de lui. *Il faut vite que je termine. J'ai besoin de le voir.* Son avant-bras s'écrasa sur son front avant de reprendre la suite de l'opération.

Juan était revenu avec la ferme intention de se “venger” de ce coup bas. Seulement, en voyant Julio de dos, concentré sur sa tâche et malmené par ses pensées, son plan tomba à l'eau. Ses lèvres se pincèrent. Et puis, ce n'était pas n'importe qui sur la table. C'était celui dont Julio avait été amoureux pendant des années en secret, sans jamais lui avoir exprimé ses véritables sentiments. Heureusement pour lui, il avait réussi à se détacher après avoir longuement échangé sur le sujet ensemble. C'était là que Juan avait découvert que sous la masse imposante de Julio se cachait un petit cœur en guimauve. C'était ça qui l'avait fait fondre. Sa tête pencha sur le côté. *Je ne peux même pas lui en vouloir, je l'aime trop pour m'abaisser à ces futilités.* Il esquissa un petit sourire. Il s'empara alors de la dernière blouse chirurgicale jetable blanche, d'un masque chirurgical ainsi que de gants jetables qui se trouvaient dans une table à côté de lui. En s'habillant, son regard ne se détachait pas de cet homme qui faisait tant palpiter son cœur.

Juan entra dans la salle, le sourire masqué. Julio se tourna vers lui, surpris de le trouver là. Les yeux gris de son amant exprimaient toute la tendresse qu'il éprouvait à cet instant. Ce simple regard effaça toutes ses pensées parasites.

— Est-ce que je peux t'aider ? demanda Juan en se rapprochant de lui.

Julio ne sut que répondre. Les mains relevées au-dessus du corps de Tonio, il était obnubilé par la présence de celui qu'il chérissait le plus. Lorsque Juan s'arrêta juste à ses côtés, il eut envie de lui caresser la joue. Malheureusement pour lui, son gant ensanglanté l'en dissuada aussitôt.

— Si tu veux commencer à suturer... dit Julio d'une voix douce.

Juan hocha la tête tandis que ses pommettes remontaient sous son masque. Il prit le matériel adéquat et se plaça de l'autre côté de la table. Julio avait déjà retiré une première balle. Il le suivit du regard, incapable de regarder ailleurs que ce halo de lumière.

— Faut que je fasse ça bien si je veux continuer à recevoir les faveurs de mon adorable professeur, lança Juan d'un ton charmeur. Même s'il se joue de moi, parfois.

Ces mots délestèrent Julio d'un immense poids. Quant à la petite pique, il n'y prêta même pas attention. Il avait retenu "adorable professeur" et c'est tout ce qu'il comptait. Un léger sourire raviva sa bouille et il retourna à l'extraction de la seconde balle.

Lorsque l'opération fut terminée, ils sortirent ensemble de la salle. Julio quitta rapidement ses gants et s'empara alors de son portable.

— Qu'est-ce que tu fais ? demanda Juan en l'imitant.

— Je dis au Patron qu'il y a quelques petites complications et que l'opération sera plus longue que prévu, répondit Julio en rangeant le téléphone.

— Pourquoi ? haussa-t-il un sourcil en enlevant son masque.

Julio retira à son tour son masque et s'approcha de Juan.

— Parce que je compte bien m'excuser convenablement, répondit-il en le prenant par la taille.

— Hum... J'ai vraiment hâte de voir ça, répondit Juan en passant ses bras autour de son cou.

Ils échangèrent un sourire complice avant de s'unir par un baiser passionné.

À l'étage, Keenan entendit son portable émettre le son d'une notification. Ana le délivra de son emprise pour le laisser consulter son message.

Il quitta le lit et fouilla rapidement dans la poche de son jean. *Petit baratineur,* songea-t-il en découvrant ledit message. Il esquissa un large sourire puis se retourna vers Ana. Celle-ci était envoûtée par le corps nu du jeune homme. Elle leva les yeux vers lui, prise en flag'.

— Je crois bien qu'on a quartier libre pendant encore un petit moment, dit-il rempli de sous-entendus.

— Voyez-vous ça… répondit-elle d'une voix charmeuse.

Il répondit rapidement au SMS et retourna auprès de sa belle.

Le petit bruit de notification attira l'attention de Julio sans pour autant quitter les lèvres de son précieux Juanito. Il sortit le téléphone de sa poche et ouvrit un œil pour le lire.

— Il dit quoi ? susurra son amant en descendant sa bouche dans le cou de son compagnon.

— “Amusez-vous bien” avec un clin d'œil, répondit Julio en souriant.

Après être repassé dans sa chambre pour se vêtir d'un nouveau haut, Ana redescendit avec Keenan à la cuisine. Juan et Julio s'étaient déjà installés et grignotaient quelques mets. Ceux-ci les invitèrent à prendre place avec eux.

— Servez-vous, dit Julio en désignant les divers plats. Bien manger, c'est important !

Surtout après avoir fait des folies de son corps, sourit Juan, encore sous les effets des hormones du plaisir.

Ana s'installa sur une chaise et s'empara d'une tranche de melon. Elle croqua dedans à pleines dents. Keenan l'imita.

— L'opération s'est bien passée ? demanda ce dernier, non sans avoir l'envie de taquiner ses hommes.

— On a bien travaillé, répondit Julio en reprenant son sérieux. J'ai retiré les balles, bien qu'il y en ait une qui m'a donné du fil à retordre…

Et Juan a suturé, comme je lui ai appris. Tonio est sédaté, il ne risque pas de nous ennuyer pendant un petit moment. J'ai quand même pris l'initiative de lui faire une prise de sang. Son comportement était étrange. Les résultats toxicologiques seront connus prochainement.

— Tu as bien fait, félicita le Patron.

Un *tudum* retentit sur le portable de Juan.

— On vient de le recevoir, répondit ce dernier en faisant défiler le texte sur son écran. On retrouve des traces d'alcool, d'amphétamine et d'héroïne.

Ana lança un regard interrogateur vers lui.

— Mon portable est relié à l'ordinateur, lui expliqua-t-il. Dès que les données arrivent, même si je ne suis pas derrière l'écran, je les reçois instantanément.

— Mais il avait ça sur lui ? demanda Keenan en croisant les bras sur son torse.

— On n'a rien trouvé, secoua la tête Julio. À part son gilet tactique et son poignard.

— Pas d'armes à feu non plus ? sonda-t-il.

Julio secoua la tête.

— Alors, c'est pour ça qu'il était aussi bizarre ? lança Ana pour se joindre à la conversation.

— Plus bizarre que d'habitude ? taquina Juan.

— Plutôt dans le sens qu'il ne voulait pas me tuer, oui, répondit-elle en replongeant dans ses souvenirs. Il voulait m'emmener à quelqu'un.

Elle sentit Keenan se redresser sur sa chaise. C'est vrai qu'ils n'avaient que peu parlé depuis que Tonio avait été neutralisé.

— À qui ? demanda-t-il d'un ton glaçant.

— Quelqu'un à qui je déplais, vraisemblablement... avoua-t-elle en tournant son regard vers lui. Mais j'ai beau creuser, je ne sais pas à qui j'aurais fait du tort au point de vouloir ma mort.

— S'il bosse pour quelqu'un, ça veut dire que cette personne est au courant d'où il se trouve à l'heure actuelle, dit Juan en passant ses doigts sur les commissures de ses lèvres. En outre, la sécurité de la propriété est compromise.

— Alors il faut partir, enchaîna Ana.

Keenan serra son poing.

— N'oublions pas que Tonio est un solitaire dans l'âme, enchérit Julio. Il n'est pas du genre à suivre les ordres.

— Ce n'est pas l'impression qu'il m'a donnée quand il a voulu m'emmener, répliqua la jeune femme. Ça le saoulait, mais il s'était résigné. Il m'a dit qu'il voulait rester dans les bonnes grâces de cette personne, mais je n'en sais pas plus. J'ai joué sur ce tableau pour gagner un peu de temps, jusqu'à ce que vous me trouviez… Et je vous en remercie, d'ailleurs.

À ces mots, sa tête s'inclina légèrement vers Juan et Julio.

— Mais si jamais vous recommencez un tel stratagème, je vous jure que je ferai de votre vie un enfer, menaça-t-elle indirectement l'homme qui se trouvait à ses côtés.

On dirait un Keenan au féminin, songea Juan en esquissant un sourire.

— Quoi qu'il en soit, je pense qu'il faudrait qu'on s'en aille, poursuivit-elle d'un ton plus calme.

— Surtout si ses copains débarquent avec une artillerie plus lourde qu'un poignard, si tu vois ce que je veux dire, appuya Juan.

La mine renfrognée de Keenan en disait long. Un long soupir s'échappa de ses lèvres.

— Après, comme le soulignait Julio, il est de nature solitaire, enchaîna le psy. Il est peut-être aux ordres de quelqu'un, mais ça ne veut pas dire qu'il a agi parce qu'on lui a demandé. Comme l'a dit Mademoiselle Ana, il veut rester dans les bonnes grâces de X. Et comme notre ami agit souvent sous le coup de pulsions…

— C'est pas faux, acquiesça Keenan.

Son regard se perdit dans l'immensité de la table. Il se trouvait face à un dilemme. Rester ou partir. Quelles seraient les conséquences pour ces actes ? Est-ce qu'ils voulaient les faire bouger pour leur tendre un piège ? Quoique rester reviendrait également à ouvrir la porte aux assaillants.

Keenan détourna la tête vers Ana. Sa mine était sombre, les traits tirés. Ses yeux divaguaient de droite à gauche.

— Est-ce que tout va bien ? demanda-t-il en posant sa main sur sa cuisse.

Elle revint parmi eux à ce contact. Un léger afflux de sang regagna ses pommettes.

— Désolée, j'étais en train de penser à autre chose...

— Si c'est une question, nous avons certainement la réponse ! répondit Juan, sûr de lui.

Elle sourit brièvement.

— Il avait le poignard sacré donc il travaille pour Amemet mais... Est-ce qu'il a un tatouage sur la main ?

— Pas du tout, répondit Julio d'un air assuré.

— Mes agresseurs en avaient tous un... dit-elle, peinée. Donc, c'est peut-être le prêtre qui en a après moi. Il faut trouver son identité.

Keenan fronça les sourcils et fixa la table quelques instants.

— Je vais quand même aller vérifier ça, lança-t-il en se relevant. Il y a un truc qui m'interpelle.

— Je viens avec toi, enchaîna le Colosse. Ça me ferait vraiment chier d'être passé à côté d'un tel indice !

Les deux hommes quittèrent aussitôt la cuisine. Juan se tourna vers Ana, un brin espiègle.

— Je crois qu'ils n'aiment pas les devinettes, sourit-il de toutes ses dents.

Ils revinrent quelques minutes plus tard, l'air victorieux.

— Je ne suis pas aussi bigleux qu'il y paraît, malgré mon âge avancé ! se réjouit Julio en prenant de nouveau place à côté de Juan.

Keenan exhiba son portable et montra une photo de la main de Tonio. Entre le pouce et l'index se trouvait une légère coloration blanchâtre. En forçant le regard, on pouvait distinguer les restes d'un triangle avec des lignes en son intérieur. Ana sentit son cœur battre à tout rompre.

— Donc, ça pourrait être lui, le prêtre ? demanda-t-elle, légèrement tremblante. Mais alors, c'est qui le quatrième ? Et qui a tué Tatiana Lebrun ?

Keenan passa sa main sur la nuque de la jeune femme

— On lui demandera quand il sera réveillé, répondit-il doucement. Quoi qu'il en soit, ce soir, nous resterons ici. On ne pourrait pas transporter Tonio dans son état actuel. Et nous avons besoin de réponses. S'il a agi de son propre chef, nous avons une petite marge de manœuvre. En revanche, il faudra renforcer la sécurité du domaine. Juan, je compte sur toi.

— Yep, Patron, s'enjoua-t-il.

— Je m'y colle aussi, s'empressa d'ajouter Julio.

Keenan tourna la tête vers Ana.

— Quant à moi, je n'ai plus qu'à veiller sur toi, dit-il d'un air amoureux.

— Ça me convient, sourit-elle, un peu plus rassurée.

Un peu plus tard, tandis que Juan donnait des cours d'informatique à Julio, tout en pianotant sur son ordinateur à la recherche de nouveaux programmes pour la sécurité, Keenan eut envie de jouer à l'amant romantique. Il emmena Ana avec lui à l'extérieur et plus exactement dans le parc.

La nuit commençait à poindre le bout de son nez et les premières étoiles commençaient à scintiller dans le ciel. Les lumières solaires balisaient divers chemins. Il en choisit un spécifique. Ana le suivait comme son ombre, confiante. Lorsqu'elle reconnut certains arbres, un sourire s'empara de son visage. Il savait qu'il avait fait mouche.

Le jardin japonais arborait une touche de magie avec ses lanternes. Les lumières subtiles donnaient une autre dimension, mêlant la beauté nocturne à la poésie. De nouvelles impressions se dégageaient de ce lieu mystique. Ana en eut le souffle coupé.

Keenan lui lâcha la main pour qu'elle puisse se déplacer et admirer les jeux de lumière. Elle passa alors devant lui, un sourire éblouissant et les yeux pétillants. Elle se rapprocha de la mare, vers l'érable pourpre. Keenan ne la quittait pas du regard. Après tout, c'était elle, la pièce maîtresse de ce tableau vivant, la petite touche de perfection qui faisait battre son cœur. Il se rapprocha d'elle et enroula ses bras autour de sa taille. La tête de la jeune femme se posa sur son torse. Ses mains délicates s'accordèrent sur celles de son compagnon. *Qu'est-ce qu'on est bien, ici...* songea-t-elle en levant les yeux vers les étoiles.

Keenan caressa la main d'Ana du bout de son pouce. Le bandage contrastait avec la douceur de sa peau. Il eut un goût d'amertume en bouche. Il se ressaisit. Il ne voulait pas que de nouvelles pensées parasites l'animent. Pas maintenant. Pas quand elle est contre lui. Non, il voudrait vivre l'instant présent.

— C'est vraiment magnifique... murmura-t-elle.

— Pas autant que toi, répondit-il dans un souffle.

La tête blonde se releva légèrement vers lui, surprise. Il la couvait du regard. Une de ses mains se décrocha de sa taille pour aller se poser sur sa joue. *Je ne supporte pas l'idée de te perdre, tellement je suis fou de toi.*

— Je ne m'étais pas encore excusé pour la façon dont je t'ai parlé, poursuivit-il, le regret aux lèvres. Je n'aurais jamais dû hausser la voix ni même te dire ces choses. J'aurais dû te retenir quand tu as fui, au lieu de passer mes nerfs. Je te demande pardon.

— Je t'ai pardonné à l'instant même où tu as fracassé la porte pour me sauver.

Il échappa un rire nerveux. Un nouveau souvenir lui embruma l'esprit.

— Je te vois encore en train de lutter contre lui, avoua-t-il d'une voix triste en la serrant de nouveau entre ses bras. La lame qui vise ton cœur, ton sang qui coule le long de tes bras, et ce regard de tueur, son sourire fou… Je te promets de faire plus attention et de prendre les bonnes décisions qui s'imposent, et ce, quelle que soit l'issue.

— Qu'est-ce que tu veux dire ? demanda-t-elle, inquiète.

Il enfonça son visage dans ses cheveux et huma son shampoing. *Que si je devais renoncer à toi pour t'assurer un avenir meilleur, je le ferai. Qu'importe si je souffre de ton absence ou si je renonce à ma vie pour sauver la tienne. Je commettrai l'impensable juste pour toi, Ana.*

Elle sentit son cœur se contracter face à l'absence de réponse. Aussi, elle se libéra de son étreinte pour lui faire face.

— Keenan, est-ce que tu pourrais me faire une promesse ? demanda-t-elle d'un ton sérieux.

— Laquelle ? demanda-t-il en contemplant ses jolis yeux.

— Ne fais pas de conneries, s'il te plaît.

Il s'esclaffa.

— Pourquoi ? Tu as peur de quoi ?

— J'ai l'impression que tu me caches quelque chose et cela ne me plaît pas du tout.

Il inspira longuement. Elle était plutôt douée pour entendre ce qui n'était pas audible. Mais qu'importe. Il devait se préparer à toutes les éventualités et, surtout, la préparer, Elle. Envisager les pires scénarios comme les meilleurs.

— Promets-le-moi, insista-t-elle.

Il caressa sa joue du bout de son pouce avant de poser ses lèvres sur les siennes. Il l'étreignit un peu plus, la parant de sa chaleur corporelle.

— Tu ne me réponds pas, là, dit-elle entre deux assauts.

— C'est ça, ma réponse, répondit-il en l'embrassant de plus belle.

L'air se rafraîchissant, ils retournèrent vers la maison quelque temps après. Bien qu'elle l'eût laissé avoir le dernier mot, Ana avait l'estomac noué. Keenan semblait être prêt à faire quelque chose d'absurde. Elle n'était pas dupe. Sa main se resserra autour de la sienne.

Il la voyait tracassée. Il faisait comme si de rien n'était. Il savait exactement pourquoi elle était dans cet état. Il ne voulait pas remuer le couteau dans la plaie. Aussi, il l'accompagna jusque devant sa chambre. Il ne voulait pas la laisser, mais il avait encore des choses à faire du côté de son travail, notamment beaucoup de paperasse et, surtout, tout un réseau à activer. Ana se tourna vers lui et le remercia pour la soirée. Ils s'admirèrent l'un et l'autre. Puis, Ana perçut le bruit d'une porte s'ouvrir. Du coin de l'œil, Juan sortit de la chambre de Julio. Il était en caleçon et passablement éreinté. Surpris de les voir ici, il s'arrêta d'un coup. La fuite était quasiment impossible. Sa détresse se lisait sur son visage. Keenan s'apprêta à tourner la tête dans sa direction. Ana n'hésita pas. Elle saisit sa tête entre ses mains et la ramena vers elle, l'embrassant à pleine bouche. Keenan lui rendit son baiser en fermant les yeux. Ana fit un signe discret à Juan. Ce dernier retourna dans la chambre sur la pointe des pieds et referma la porte doucement. Une fois le danger écarté, la jeune femme retira ses lèvres.

— Qu'est-ce qui se passe, ma chérie ? demanda-t-il en la confrontant.

Son sourire diabolique apparut.

— Qu'est-ce que tu me caches ? poursuivit-il en levant son menton.

— Absolument tout, répondit-elle d'un air espiègle.

Il s'esclaffa.

— Tu tentes d'éviter ma question ?

— À moins que cela ne soit une invitation à un interrogatoire plus plus.

Ses dents blanches apparurent.

— Tu ne crois quand même pas que je vais te laisser repartir alors qu'on a passé une belle soirée tous les deux… dit-elle d'un air aguicheur. Je vais me dévêtir lentement jusqu'à ce que je sois entièrement nue…

Elle ne bluffait pas. Il passa sa langue sur ses lèvres.

— C'est vraiment tentant, Mademoiselle Ana…

Elle se retourna et appuya sur la poignée de porte.

— Est-ce que vous auriez un moment à m'accorder, Monsieur O'Neill ? demanda-t-elle de sa voix grave.

Elle enleva le premier bouton de son chemisier. Puis le second. La vue pigeonnante le titilla. Elle lui adressa un nouveau regard, rempli de sous-entendus. Il se mordit la lèvre. Elle recula subtilement dans la chambre. Le troisième bouton se détacha. Le quatrième également. Sa chemise glissa le long de ses bras.

Keenan tentait de réfréner ses pulsions. Pour autant, il fit un pas. Elle sourit avant de lui tourner le dos. Elle enleva le bouton de son jean et descendit la fermeture éclair. Ses mains se posèrent sur ses hanches, puis elles descendirent le long de ses cuisses en accentuant le mouvement. Ce cul tendu électrisa Keenan. Sa tête vira sur le côté. Non, il ne pouvait pas la laisser maintenant. Surtout qu'elle était en train de l'attirer dans son antre. Sa démarche était aguichante. Et ce fessier oscillait entre la gauche et la droite. Il passa sa main sur ses lèvres. Elle avait encore gagné. Il afficha un rictus avant d'entrer. Il referma la porte.

Ana s'arrêta face à la baie vitrée. Il se faufila à pas de loup vers elle. Elle perçut sa présence. Son reflet apparut dans la vitre. Elle tourna sa tête au-dessus de son épaule avec un regard de braise. Il la prit par les hanches et la ramena vers lui. Le dos plaqué contre son torse brûlant, elle retint un souffle. Ses grandes mains remontèrent vers sa poitrine. Tout son corps se mit à frissonner. Sa paume glissa encore et s'arrêta sur sa gorge, la serrant doucement. Le cœur d'Ana s'accéléra. Ses lèvres plongèrent à son oreille.

— Tu n'as aucune idée de ce que tu as éveillé en moi, murmura-t-il en donnant un coup de dents dans le lobe.

Hum... Son rythme cardiaque se hâta de plus belle. Elle observa son reflet avec une certaine malice.

— Tu ne sais pas ce qui se passe dans ma tête non plus, ricana-t-elle, insolente.

Ses poils se redressèrent.

— Tout juste, Princesse.

Il la retourna et la souleva du sol. Elle enroula ses jambes autour de ses hanches. Il la plaqua contre la baie vitrée. Face à face. Son corps brûlant contrastait avec la froideur de la vitre. Il attrapa ses poignets et les leva au-dessus de sa tête. Elle échappa un rire. Il la fit taire en écrasant sa bouche contre la sienne. Il l'entrouvrit et y engouffra sa langue. Elle roula et s'enroula autour de la sienne. Une de ses mains se libéra, tout en continuant de la tenir fermement. Il commença à parcourir son corps. Elle frémit de plaisir. Surtout lorsque sa paume arpentait sa hanche et continuait son exploration derrière sa cuisse. Son corps se mit à trembler. Il relâcha sa prise autour de sa main. Elle se raccrocha aussitôt à son cou. Elle tomba nez à nez avec des pupilles complètement dilatées. L'excitation était à son comble.

Il l'emmena vers le lit et la fit asseoir. Il retira son t-shirt à la hâte et le balança. Il était irrésistible. Il avança vers elle. Elle l'arrêta en posant son pied contre ses abdos puis le fit descendre jusqu'à son entrejambe. Il se mit à trembler. Elle sourit avant de retirer son pied. Elle se rapprocha de lui, déboutonna son jean et descendit sa fermeture éclair. Elle mit ses doigts dans les passants. Il tiqua. Elle engouffra sa main dans une de ses poches, le caressant allègrement au passage avant de prendre le préservatif. Elle haussa un sourcil avec un sourire en coin. Elle le déposa à côté d'elle puis retourna là où elle s'était arrêtée. Elle fit descendre son jean. Lentement. Le long de ses cuisses. Tout en le regardant droit dans les yeux. Puis, elle s'attaqua à son boxer, libérant son sexe. Il soupira. Elle le fit également descendre. Et sans crier gare, elle attrapa son pénis pour le prendre en bouche. *Oh, putain.*

Son corps se mit à flamber. Ana entama un va-et-vient langoureux. Il osa poser ses mains sur sa tête. Il gémit de plus en plus. Elle enroula sa langue autour de son membre et continua de le caresser avec. Il ferma les yeux et savoura chaque sensation. Ses doigts s'agrippèrent à sa chevelure. Doucement, il essayait de guider ses mouvements. Il ne faudrait pas qu'elle s'étouffe avec… Elle l'enfonça encore plus dans sa gorge. Il souffla. *Putain, que c'est bon.* Elle poursuivit son avancée. Il n'osait même plus la guider. Elle avait pris le contrôle de son être. Tremblant et haletant, il était à sa merci. Puis, Ana posa sa main autour et se retira dans un long soupir. Ses yeux bleus se levèrent vers lui.

Il était complètement absorbé par elle. Il passa son pouce autour de sa bouche pour lui retirer la salive. Ce contact l'excita plus encore. Elle s'empara du préservatif et déchira l'emballage. Elle l'appliqua tout en soutenant le regard survolté de Keenan. Une fois en place, il se jeta sur elle. Il la plaqua sur le lit, complètement animé par le désir. Il l'embrassa de plus belle. Ses mains parcoururent son corps. Ses doigts s'enfoncèrent dans ses cuisses, lui arrachant un cri de plaisir. Elle l'attrapa par les hanches et le fit rouler sur le côté. Elle lui monta dessus et, à son tour, elle partit à la découverte de son corps, à coups de langue et de morsures. Le tout sous les soupirs incessants de son compagnon.

Elle recherchait ses points de plaisir. Keenan tentait de sortir de son emprise. Il la chopa par les côtes. Ils se redressèrent simultanément. De nouveau face à face, leur excitation respective explosa. Keenan débarrassa sa belle de son soutien-gorge en un claquement de doigts. Il attrapa un de ses seins avec sa bouche et l'aspira goulûment. Elle se cambra en arrière. Il la retint avant de la plaquer sur le flanc. Il s'allongea à côté d'elle. Elle le saisit par la hanche et l'attira contre lui. Elle commença à le caresser. Il réprima un souffle. Il attrapa son poignet et vint le bloquer dans son dos. Il fit glisser sa main dans son tanga. Elle se mordit la lèvre. Il commença à la toucher. Certaines zones étaient bien plus érogènes. Ses soupirs de plaisir s'intensifièrent dès lors qu'il effleura le clitoris. Elle se cambra sous l'excitation.

Il sourit, animé par la sensation qu'il lui procurait. Il s'attarda dessus. Son corps semblait pris de spasmes. La sérénade débuta. Elle se débattit telle une diablesse. *Elle est si mouillée...* Il adorait. Son rythme augmenta. D'un coup, il descendit le long de la cuisse, attrapant au passage le bout de tissu. Son genou remonta pour l'aider à l'enlever. Le tanga tomba. Il la mit sur le dos, relâchant son emprise. Leurs corps nus se touchèrent.

Ana était fascinée par la chaleur qu'il dégageait. Il était incandescent. Puis, il la pénétra, lui arrachant un cri puissant. Il donna de grands coups de reins. Son chant reprit de plus belle. Elle lui prit la hanche afin de le basculer sur le côté. Il se retira, surpris. Elle lui monta dessus. Elle prit son pénis en main et l'enfonça en elle. Il soupira. Il posa ses mains sur ses fesses et la suivit dans le rythme. Les complaintes s'enchaînèrent. Keenan se redressa tout en la maintenant fermement. Elle passa ses jambes de chaque côté de ses hanches. L'angle devint plus intéressant, et intense. Elle passa ses mains au-dessus de ses épaules. Elle posa son front contre le sien.

Les yeux dans les yeux, il n'en perdait pas une miette. Les coups que la demoiselle donnait devinrent plus forts. Il la souleva et la fit basculer sous lui. Il s'empressa de lui prendre les poignets, les joignant à une main. Ses doigts défilèrent de nouveau sur son corps, jusqu'à son sexe. Elle le supplia de ne pas y retourner. Puis, elle se rétracta. En fait, si. Il fallait qu'il y retourne. Ses gémissements s'enchaînèrent tels un opéra. *Elle va me faire venir,* se dit-il en se mordant la joue.

Il retira sa main. Elle souleva une jambe. Il la saisit et s'enfonça de nouveau en elle. Elle jouit plus fort. Il s'empara de son autre jambe et la posa sur son épaule, s'enfonçant encore plus loin. *Oh, putain,* hurla-t-elle. Le plaisir était à son paroxysme. Ses yeux roulèrent sous ses paupières. Il donna un dernier coup de reins qui les libéra tous les deux.

Cependant, l'orgasme fut si puissant que la cage thoracique de la jeune femme se contracta. Elle se mit à tousser. Sa respiration devint sifflante.

Merde, siffla Keenan entre ses dents. Il se retourna et chopa l'inhalateur sur la table de nuit. Ana se redressa et, dans un sourire, prit une bouffée.

— Pas très sexy comme final, dit-elle en reprenant son souffle.

Il rit et l'attira contre lui.

— Ça veut sûrement dire que c'était pas si mal, répondit-il en souriant.

Elle haussa un sourcil. Il déposa un baiser sur son front.

— Reste avec moi cette nuit, lui demanda-t-elle en lui prenant sa main. Ne t'en va pas, s'il te plaît. J'ai besoin de toi...

Son petit air de cocker abattu le prit par les sentiments.

— Je vais rester, promit-il. Tu permets que j'aille à la salle de bains ?

Elle acquiesça avec un sourire. Il l'embrassa et l'abandonna deux minutes. Il quitta le lit, laissant à Ana une vue qu'elle n'était pas prête d'oublier. *Il est vraiment bien foutu...*

En l'attendant, elle remit de l'ordre dans les draps et l'attendit sagement. Il revint rapidement. Il s'allongea à côté d'elle. Elle posa sa tête sur son épaule. Il mit sa main dans le creux de ses reins. *Je l'aime tellement...* Elle rougit à cette pensée. Nue contre son corps brûlant, c'était ce qu'elle voulait vivre jusqu'à la fin de ses jours. Mais ça, elle ne pouvait le lui dire.

Elle leva les yeux vers lui. La vérité éclata dans ses prunelles. Keenan la vit lui crier son amour pour lui. Cela lui fit quelque chose dans son cœur. Il se pencha vers elle pour l'embrasser. C'était la seule réponse qu'il pouvait lui apporter à cet instant. Il craignait trop que la situation s'envenime. *Pourquoi avouer ses sentiments si on ne peut pas aller au bout ? On se ferait du mal... Mais n'est-il pas déjà trop tard ?* Cette réflexion le contraria. Bien sûr qu'il était trop tard, elle était déjà accro... mais pas autant que lui. Il perçut une lueur s'éteindre dans ses iris.

— Quelque chose ne va pas ? s'inquiéta-t-il.

— Non, il n'y a rien, murmura-t-elle en détournant le regard.

Il soupira. Elle était en train de mentir.

— Ana, dit-il en l'obligeant à le regarder. Dis-moi ce qui se passe. C'était si nul que ça ?

Ses traits se détendirent. La petite étincelle revint progressivement.

— Non, c'était parfait, répondit-elle d'une voix rêveuse.

Il lui sourit tout en lui caressant la joue.

— Alors, pourquoi tu sembles t'éteindre ?

Une ombre passa sur son visage.

— C'est juste… les événements passés et à venir me terrifient… et je ne veux pas…

Te perdre, s'abstint-elle de répondre. Elle n'avait pas besoin de le dire à voix haute. Il comprit de lui-même.

— L'avenir est incertain, mais rien ne peut nous arriver si on reste ensemble, s'entendit-il dire.

— Vraiment ? s'extasia-t-elle.

Il se mordit la langue.

— Vraiment, mentit-il.

Elle lui sourit et colla sa tête contre son torse. Elle ne l'entendit pas soupirer. À cet instant, il se maudit. Cela sonnait comme une promesse qu'il était incapable de tenir.

— Keenan ? l'appela-t-elle.

— Hum ?

— À l'avenir, arrête de lire mes expressions, s'il te plaît, ça devient agaçant.

Elle se tourna vers lui, amusée. Son air espiègle l'attendrit.

— Tu me cherches, c'est ça ? demanda-t-il avec un haussement de sourcils.

— Peut-être bien, ricana-t-elle.

Il sourit puis il l'attrapa et la fit basculer. Il lui grimpa dessus. Elle rit.

Il posa sa main sur sa joue. Il la regarda tendrement. *Je t'aime, Ana.* Elle plongea dans ses yeux. *Je t'aime, Keenan.* Il l'embrassa. Elle s'abandonna à ses lèvres. Et ils refirent l'amour.

***

Dans la nuit, un certain patient ouvrit les yeux. La douleur se diffusant dans son corps l'avait sorti de son sommeil de plomb. Tonio était torse nu, un large bandage lui prenait une épaule. *Je savais bien que j'étais dans ses favoris, elle a pris la peine de me soigner.* Il voulut se relever. Ses membres étaient entravés par des liens. Il se mit à ricaner tout seul. *Abruti, elle n'est pas là. Mais elle enverra quelqu'un me récupérer. Après tout, ce qu'elle cherche est ici et elle le sait…* Il aperçut une silhouette fantomatique à ses côtés. Une couleur orangée-rouge rayonnait dans son sillage. Il sourit avant de refermer les yeux.

***

La nuit avait été plutôt agitée. Keenan fut le premier à se réveiller de bonne heure. Il sentit la douce chaleur de sa dulcinée à ses côtés. Il attira vers lui son petit corps endormi et certainement endolori. Il contempla longuement sa jolie frimousse. Aucun de ses traits n'était tiré. À en juger par le petit sourire naissant, elle le sentait contre elle. Pendant quelques instants, il touchait le bonheur, le vrai. Celui qu'il espérait depuis longtemps. À présent, il ne voulait plus la lâcher.

Mais, pour une raison encore inconnue, son instinct lui disait que son répit serait de courte durée, comme si cette bulle fragile allait bientôt éclater. Il se pinça les lèvres en soupirant. Son intuition se trompait rarement. Il espérait que cela soit le cas. Il en doutait. Son cœur se serra. Il devait profiter de l'instant présent. Il tenta de se rendormir, mais de nombreuses pensées tombèrent en cascade dans son esprit. *Pourquoi*

Tonio en avait-il après elle ? Qu'est-ce qui s'est passé dans sa tête pour finir ainsi ? Et ces autres types ? Qu'est-ce qu'ils ont en commun avec lui ? Ce sont des fantômes ! Il faudrait que j'appelle Eric... Ou Ugo. Nan, Camille saurait mieux. Après tout, ils me doivent un service. Mais comment je vais leur expliquer que j'ai enlevé Ana et falsifié son enlèvement ? Même son employeur pense qu'elle est sous protection de témoins. Ah, il faudrait que je lui rende son portable aussi. Seulement... elle risque d'être déçue de voir qu'elle n'a quasiment aucun appel, aucun message... À part cet Arthur... Elle n'a pas de famille. Ça a dû être dur pour elle... Aucun repère. Abandonnée à la naissance, traînée de famille d'accueil en famille d'accueil, avec parfois de la maltraitance infantile... Putain, ça me répugne ! Il ouvrit les yeux et s'accouda à ses côtés. *En fait, si je suis contraint de te laisser, tu n'auras plus personne...* Son cœur se brisa. *Est-ce pour cela que tu t'es accrochée à moi ? Est-ce parce que tu as senti que j'étais un peu comme toi ? Non... Je me fais des idées... Enfin, je l'espère...* Une larme s'échappa de son œil. *Allez, O'Neill, arrête de penser à tout ça. Tu es avec elle. Et je suis en train de sombrer. Putain... Elle ne doit pas me voir ainsi... Faut que je m'en aille.* Il écrasa sa goutte d'eau et l'embrassa sur son épaule. Ana remua et s'agrippa à sa main.

— Ne me laisse pas... murmura-t-elle entre deux sommeils.

Son cœur se craqua encore.

— Je reviens, répondit-il à voix basse. Rendors-toi.

Elle marmonna quelque chose. Il prit sa main et l'embrassa de nouveau. Elle le relâcha. Keenan sortit du lit, récupéra son caleçon, ses affaires et quitta la chambre. Il ne vit pas la larme d'Ana lorsque celle-ci s'empara de son oreiller pour respirer son parfum.

Il retourna dans la sienne afin de prendre une douche chaude. Mais les pensées continuaient d'affluer. *Quand je pense qu'elle n'a pas eu le temps de créer des relations à ses cours de sport à cause de ce connard d'Osman ! Putain ! Heureusement que j'ai en ma possession des documents compromettants sur lui... Détournement, blanchiment d'argent... Un enfoiré qui se prend pour un dieu. Attends… Il est de quelle origine déjà ? Égyptien ?* Il se raidit sous la douche avant de secouer la tête. *Non, il n'a aucun lien avec ça. Il est con, arrogant, prétentieux et n'apporte d'intérêt qu'aux globes oculaires et au fric. À ce que je sache, les victimes ont été exsanguinées, pas énucléées.*

Quand tout sera terminé, je demanderai à Ana de démissionner. Ce type ne voit pas son potentiel. Je lui proposerai de travailler pour moi. Elle pourrait refaire sa vie sans crainte. Ainsi, on pourra être ensemble… Qu'est-ce qui m'en empêche, après tout ? Elle m'aime, je l'aime… Alors, pourquoi j'ai cette putain d'impression que cela va exploser ? Pourquoi je ne me vois pas avec elle ? Putain !

La douche prit un coup de poing. L'eau continuait de ruisseler sur son visage. La colère le gagnait. Il tourna le thermostat sur l'eau froide et posa ses mains sur la paroi. *Faut que je me calme, putain… Faut que je…* La mâchoire serrée, il encaissa la fraîche température sans broncher. Ses ardeurs ne diminuaient pas. Il coupa l'eau et se sécha rapidement. Il avait envie de tout casser. Ces impressions, ces sensations l'obscurcirent. Il ne pouvait pas la retourner voir dans cet état. *Putain ! Mais c'est quoi mon problème, à la fin ?*

Il s'habilla rapidement et quitta sa chambre. Il descendit les escaliers et passa la porte d'entrée. Les larmes de colère se confondirent avec la pluie. Sans se retourner, il se mit à courir.

Juan l'aperçut depuis la fenêtre de la cuisine. Il soupira devant sa tasse de café enfumée. Il se tourna vers Julio, désespéré.

— Il a encore pété les plombs, lui dit-il amèrement.

Le Colosse secoua la tête.

— C'est de pire en pire, non ? demanda-t-il en soupirant.

— J'en ai bien peur…

Juan porta la tasse à ses lèvres et but une gorgée.

— Qu'est-ce qu'on peut faire pour l'aider ? demanda Julio en mordant dans un morceau de pain.

Le psy détourna le regard. Keenan n'était plus qu'une lointaine silhouette sous une pluie battante.

— Rien, puisqu'il ne veut pas de nos solutions. Par contre…

Il revient sur Julio.

— Nous pouvons essayer de préserver Mademoiselle Ana de son tumulte avant qu'elle ne sombre, elle aussi.

Ana ouvrit les yeux. Elle tendit son bras à côté d'elle. Il n'y avait personne, la place était semblable à un glaçon. Il n'était pas revenu. Elle se tourna vers la place vide et la contempla. La journée débutait sur un goût d'amertume prononcé. Son cœur saignait. Le choc était rude. Elle avait l'impression d'avoir été trahie. Elle s'assit, attendant patiemment que la porte s'ouvre. Elle resta longtemps dans cette position. En vain.

Elle soupira et s'obligea à s'extirper du lit. Elle retira ses bandages aux mains. Pour se changer les idées, elle partit dans la salle de bains prendre une douche. L'eau coula. La buée s'éparpilla sur les parois. Ana commença à se laver. Mais elle n'y arrivait pas. Elle avait une boule de coincée dans la gorge. Elle n'avait pas de pep's. Aucune envie. Hier soir, c'était exceptionnel. Ce matin, c'était comme s'il ne s'était rien passé. Pas de mec. Pas de fleurs. Pas de mot. Rien.

Elle ressortit avec une mine déterrée et s'obligea à s'habiller, bien qu'elle n'avait qu'une envie : rester sous les draps pour dramatiser.

Ana quitta la chambre, les cheveux encore mouillés. Elle ne trouva personne dans le couloir ni dans les escaliers. Elle fila à la cuisine. Tout était désert. Elle poursuivit ses recherches dans les autres salles. Il n'y avait pas âme qui vive. Déçue, elle remonta à l'étage. Elle tomba nez à nez avec Julio qui sortait de sa chambre.

— Oh, mon Dieu, quelqu'un ! s'exclama-t-elle en soupirant de soulagement.

— Je ne crois pas qu'on se ressemble, lui et moi, répondit-il en souriant. Vous semblez perdue, est-ce que ça va, Patronne ?

Elle acquiesça en détournant le regard.

— Oui, ça va, mentit-elle. Keenan n'est pas là ?

— Je crois qu'il est parti faire un footing... lâcha-t-il sans réfléchir.

— Sous cette pluie ? s'exclama-t-elle, estomaquée.

Julio passa sa main derrière sa tête, gêné.

— Ouais... je crois qu'il s'est levé du mauvais pied.

— Oh... dit-elle avec une mine déconfite.

Son regard s'abaissa sur le sol. *Je ne comprends pas ce qu'il a pu lui passer par la tête... J'espère que je n'ai rien fait de mal...*

— Au fait, Patronne, je voulais vous dire merci pour hier soir, poursuivit Julio en la tirant de ses songes.

— Hier soir ? demanda-t-elle, intriguée. Qu'est-ce que j'ai fait ?

Il se mordit les lèvres, jetant un regard anxieux autour de lui.

— Juanito... murmura-t-il du bout des lèvres. Même si je suis persuadé que le Patron est au courant, on préfère la jouer profil bas. Alors, merci pour votre discrétion.

Il porta sa main sur le cœur. Elle lui sourit pour de vrai.

— Je n'ai rien fait de bien extraordinaire, vous savez.

Julio lui sourit à son tour avant de se renfermer.

— Patronne, il faudrait que vous sachiez... à propos du Patron...

La porte d'entrée s'ouvrit. Ana jeta un coup d'œil par-dessus la rambarde. Keenan apparut, trempé jusqu'aux os. Elle soupira.

— Vous avez raison, dit-elle à l'intention de Julio. Il doit revenir de son footing.

Julio secoua la tête. Elle se précipita vers lui. Le Colosse tenta de l'intercepter en lui prenant le bras. Malheureusement pour lui, elle était trop rapide. Elle avait déjà dévalé la moitié des escaliers lorsqu'elle aperçut le visage de Keenan.

Ses yeux gonflés l'interpellèrent. *Oh, putain, non,* grogna-t-il en se détournant d'elle.

— Est-ce que tu vas bien ? demanda-t-elle, inquiète.

— Ouais, ça va, lâcha-t-il sèchement. Je vais aller interroger Tonio. J'ai pris du retard.

Keenan se défila, rentrant dans une pièce sans lui prêter la moindre attention.

— Ben, dis-le si je te fais chier, répliqua-t-elle, tendue.

Sentant la peine envahir la demoiselle, Julio descendit pour la soutenir. Elle se tourna vers lui. À son tour, elle avait le regard sombre et la mâchoire serrée.

— J'ai fait quelque chose de mal ? demanda-t-elle, passablement agacée.

— Pas du tout, Patronne, la rassura-t-il en lui posant la main sur l'épaule. Il doit être dans son monde et ne prête pas attention à ce qui l'entoure.

Elle souffla pour éliminer la colère montante. *Au moins, il ne m'a pas agressée verbalement…* relativisa-t-elle en échangeant un sourire avec Julio.

— Ça ne doit pas être facile tous les jours pour vous, dit-elle en le soutenant du regard.

Il soupira.

— Pour être honnête, il n'a pas toujours été comme ça, avoua-t-il, un pincement au cœur. Et parfois, l'ancien Patron nous manque.

Ana fut intriguée.

— Il s'est passé quelque chose de grave ?

Il acquiesça.

— De quoi briser un homme, lâcha-t-il telle une bombe.

Le silence qui suivit fut lourd de sens, laissant d'innombrables possibilités, questions et réponses quant au comportement du jeune homme. Mais au vu du ton employé par le Colosse, il n'en dira pas plus.

— Alors, j'espère qu'il aura suffisamment confiance en moi pour m'en parler quand il se sentira prêt, espéra Ana en reprenant courage. Merci beaucoup, en tout cas, pour vos mots. Peut-être qu'il faudrait éviter de le laisser seul avec Tonio si c'est une mauvaise journée ? Il pourrait le tuer.

— On va faire en sorte qu'il ne le fasse pas, répondit-il en pinçant ses lèvres. Mais ça va, vous ? Vous voulez que je reste ?

Elle secoua la tête.

— Non, ça va aller, sourit-elle. Je vais aller me venger sur la nourriture.

— Vous avez raison, répondit-il d'un air soulagé.

Il lui jeta un dernier regard compatissant avant de prendre congé. Elle le regarda s'éloigner. Étrangement, il prit la même direction que Keenan quelques minutes auparavant. Lorsqu'il disparut de son champ de vision, le poing de la jeune femme se referma. Ses ongles se plantèrent dans son bandage. *Trauma ou pas, va vraiment falloir que tu te calmes...* grogna-t-elle. Comment pouvait-il réagir ainsi après qu'elle se fut donnée à lui avec autant de ferveur ? Comment pouvait-il être aussi si blessant alors qu'il avait été si aimant, la nuit dernière ? Elle regretta sa présence dans ces lieux. La mort dans l'âme, elle monta à l'étage. Devant sa porte de chambre, elle y explosa son poing sans ménagement. *Putain, il m'a contaminée...* Surprise de son geste, elle ouvrit sa main. Ses plaies s'étaient rouvertes. Elle se gronda et entra à l'intérieur. Il lui restait quelques bandes sur la coiffeuse. Elle refit ses pansements, serrant plus fort pour faire cesser le saignement. Puis elle redescendit.

Elle n'avait pas encore pris son petit-déjeuner et se dirigea vers la cuisine. La pendule indiquait neuf heures et demie. Après avoir fouillé dans l'immensité des placards, elle opta pour un simple thé ainsi que des viennoiseries.

L'eau de la bouilloire était déjà à bonne température. Elle versa l'eau chaude dans une tasse puis y plongea son sachet au jasmin. Elle s'installa sur une chaise et commença à déjeuner. L'eau se colorait au fur et à mesure qu'elle engloutissait son croissant. Elle enchaîna rapidement avec un pain au chocolat. *Putain, je ne devrais pas être dans une cuisine quand je suis agacée,* songea-t-elle en croquant dedans.

Quelqu'un rentra. Elle ne daigna pas accueillir le nouvel arrivant. Le bruit des pas était pressant et lourd, comme un surexcité en colère. Elle l'ignora, tout comme il l'avait fait. Sa présence l'exaspérait.

— Ana... commença-t-il à dire.

— J'ai pas envie de te parler, lâcha-t-elle entre deux bouchées, contrariée.

Elle entendit un long soupir. Elle se tourna vers lui.

— Je vois ça, dit-il d'un air hautain.

Oh, putain... Ses doigts pianotèrent sur sa tasse. L'air commençait à être chargé en électricité.

— Tu saignes toujours ? demanda-t-il en désignant sa main fraîchement bandée.

— Qu'est-ce que ça peut te faire ? répliqua-t-elle froidement.

Keenan leva les yeux en l'air. Il prit sur lui. *Calme-toi, calme-toi...* Il revint sur elle. Il l'examina sous toutes les coutures. La colère et l'anxiété ne faisaient pas bon ménage. Il n'aimait pas cette expression. Surtout quand c'était lui qui la provoquait.

— Excuse-moi, finit-il par dire en tournant la tête.

Elle secoua la tête. Elle se leva de sa chaise et s'éloigna de lui.

— Ana, j'essaie de te parler.

— Et moi, je n'ai pas envie de t'écouter !

Elle retira son sachet de thé et le mit dans la poubelle. Lorsqu'elle se retourna, il était déjà derrière elle, sans aucune possibilité de fuite. Elle serra fortement sa tasse.

— Bouge, menaça-t-elle.

Il secoua la tête. Il posa ses mains de chaque côté d'elle. Elle était prisonnière. Elle monta en pression. Son regard noisette semblait lancer des éclairs aux pics de glace.

— Bouge, répéta-t-elle.

— Pas tant que tu continueras à me mépriser comme tu le fais.

Elle s'offusqua. Au lieu de répliquer, elle lui fit face. Elle adopta la même posture que lui. Poitrine bombée, visage froid et bras légèrement écartés sur les côtés. Cela l'amusait.

— Qu'est-ce que tu as ? demanda-t-il pour briser la glace.

— Tu m'as blessée, lâcha-t-elle sans vergogne.

— Et je t'ai demandé de m'excuser, contrecarra-t-il.

— Tes excuses ne sont pas sincères.

— Je crois que c'est moi, l'expert en mensonges, ici, pas toi.

Elle se retint de lui envoyer sa tasse de thé à la figure.

— Laisse tomber, dit-elle en se baissant pour passer sous son bras. Tu m'énerves.

Et ça transparaît comme le nez au milieu de la figure, s'abstint-il de répondre.

Ana tenta de quitter la pièce d'un pas rapide.

— Si tu es OK, on va interroger Tonio, lâcha-t-il. Tu veux venir ?

Elle s'arrêta net, prêtant une attention particulière à cette invitation.

— Je te préviens, on ne va pas utiliser la méthode douce. Ça sera sanglant et certainement dur à voir. Tu verras mes hommes sous leur mauvais jour.

— Je doute qu'ils soient pires que toi, répondit-elle en se tournant vers lui. Et tu vas continuer à me parler comme une chienne ou tu vas t'améliorer ?

Son ton était cinglant. Le torse de Keenan explosa. Il se mordit la joue avant de répondre.

— Être dans la même pièce que cet enfoiré me met hors de moi. Alors, à ton avis ? Comment je vais être ? Je ne veux surtout pas t'infliger ma présence, Princesse.

— Passe tes nerfs sur lui, pas sur moi ! gronda-t-elle.

Ana le dédaigna. Elle prit une gorgée de son thé. Puis elle accepta sa proposition. Il lui fit signe de le suivre. Ils quittèrent la cuisine et se dirigèrent vers la bibliothèque. Ils s'arrêtèrent devant un pan de livres.

— Oscar Wilde est un très bon auteur, dit-il en s'en emparant d'un à la couverture rouge.

Il l'abaissa. Un cliquetis retentit. Le meuble s'enfonça dans le mur et se rangea sur le côté, donnant accès à un passage secret non éclairé. Ana haussa un sourcil.

— Ian Flemming n'est pas mal non plus, répondit-elle en essayant de garder la tête froide.

XVII. Nectarine

— Où est-ce qu'on est ? demanda Ana, perplexe.

L'espace de la pièce était si exubérant qu'il permettait d'accueillir une autre salle en son centre, plus petite, en forme de cube agrémenté de vitres. Elle était éclairée par des lumières internes indépendantes. À l'intérieur se trouvaient une table et deux chaises. Sur l'une d'elles était installé Tonio, menotté aux pieds et aux mains.

Un large bandage sur son épaule recouvrait ses blessures par balles. Il arborait toutefois un autre t-shirt noir que celui de la veille. Il était courbé, la tête penchée en avant. Les nombreux gnons qu'il avait pris au visage commençaient enfin à se rétracter, de même que la couleur des hématomes passait lentement au jaune.

— Dans une des pièces secrètes de cette maison, répondit Keenan d'un ton calme en avançant.

Ana le suivit. Ils passèrent devant le cube. Elle s'arrêta devant Tonio. Puis, elle remarqua la présence d'une caméra qui était posée juste devant lui. En levant les yeux, elle aperçut que quatre autres étaient installées à chaque coin. Elles étaient toutes braquées sur le prisonnier.

— C'est une salle d'interrogatoire dans une autre salle ? demanda-t-elle, soucieuse.

— Exactement, répliqua Keenan. Et comme dans les séries policières, lui ne voit pas ce qui se passe à l'extérieur grâce aux vitres sans tain.

— Il peut nous entendre ?

— Non plus. Par contre, nous oui.

Les lèvres de la jeune femme se rejoignirent en un coin.

— Mouais… dit-elle en reportant son attention sur Keenan. En fait, ce n'est pas qu'une simple demeure, si je comprends bien. C'est une sorte de QG.

— On peut dire ça, dit-il en haussant les épaules.

— C'est ton lieu de travail ?

— Je m'adapte en fonction des situations, répondit-il en esquissant un sourire. Pour toi, je voulais vraiment taper dans le mille. Alors, je voulais t'emmener vraiment dans une de mes maisons perso.

— Pardon ? répliqua-t-elle, surprise.

— Celle-ci m'appartient vraiment, sourit-il fièrement. Je l'ai simplement fait équiper au cas où mon travail viendrait se greffer.

— Attends, quoi ? s'étrangla-t-elle.

La confusion éclatait sur le visage de la jeune femme.

— Je t'avais dit que j'avais ma propre société avec pour clients des personnes très bien placées, répondit-il d'un air modeste. Mes services sont relativement onéreux et j'ai des employés à rémunérer aussi.

— Quand tu dis "onéreux", on parle de combien là ? demanda-t-elle en redoutant la réponse.

— Entre cinq et six chiffres, répondit-il fièrement. La vérité n'a pas de prix. Et puis, il faut bien que je m'équipe en matériel si je veux être performant.

À ces mots, il désigna le bureau qui se trouvait derrière lui. Les sourcils de la jeune femme se levèrent tandis que ses lèvres s'ouvrirent légèrement.

— Je te présente mon poste de contrôle quand je ne suis pas en train d'interroger les suspects.

Ana avança timidement vers les cinq écrans qui se dressaient sur le bureau en bois d'acajou. Tous étaient reliés à un joystick indépendant.

Un casque audio avec un micro était posé sur le clavier. La souris reposait sur un tapis en similicuir.

Keenan dégagea un premier fauteuil et invita Ana à s'y installer. Elle ne se fit pas prier. Quant à lui, il s'assit face à l'écran central. Il appuya sur une touche. Tonio apparut en gros plan. Ana recula légèrement.

Tout le faciès de l'individu était scanné. Chaque mouvement, chaque respiration était passée au crible. Rien ne pouvait échapper à l'œil perçant du Patron grâce à la résolution haute définition. La moindre mimique était visible. Elle remarqua également que la caméra centrale affichait un bouton rouge, enregistrant Tonio. Les autres caméras donnaient d'autres angles et des informations complémentaires, notamment sur la posture ou bien un geste caché sous la chaise.

Tonio fixait la caméra dans le vide, mais sa pupille s'ouvrait et se rétractait de temps en temps. Il était dans ses pensées et certains songes lui procuraient plus ou moins des émotions agréables. Les épaules d'Ana roulèrent en arrière. Ses jambes se croisèrent.

— Tu ne risques rien ici, détend- toi, dit Keenan d'une voix calme.

Elle détourna les yeux vers lui.

— Tu sais que je ne me contente pas d'examiner uniquement le visage, poursuivit-il. Je regarde la posture, le comportement, l'agitation ou le calme de la personne. Par exemple, là, tu es légèrement en retrait sur ta chaise et tous tes membres sont croisés. La présence de Tonio t'est difficile. Tu le regardes encore du coin de l'œil. Tu es sur la défensive. La nervosité se traduit aussi par le tapotement de son doigt sur ton biceps. Ta glotte est contractée et…

— Ce type a voulu me tuer plusieurs fois, cracha-t-elle. Alors, oui, je suis nerveuse et ça me fait flipper. Maintenant, tu te concentres sur lui et t'arrêtes de m'analyser !

— Si tu veux, tu peux partir, dit-il d'un ton étrangement calme.

— Certainement pas ! s'agaça-t-elle.

— Comme vous voulez, Mademoiselle Ana Maria, répondit-il en roulant expressément le R.

Elle bondit de sa chaise les poings fermés. Cela le fit sourire brièvement.

À cet instant, Juan franchit le seuil de la porte. Il ajusta quelque chose à son oreille tout en portant des dossiers sous le bras. Son visage était fermé. Il lança néanmoins un regard à Keenan. Il acquiesça en guise de réponse. Il mit son casque sur les oreilles et murmura quelque chose d'inaudible à Juan. Ce dernier hocha la tête. Il ne daigna pas saluer la jeune femme. Ana se rassit, déconcertée.

— Ce n'est pas contre toi, murmura Keenan à son intention. Son travail a déjà commencé. Il est déjà dans la tête de quelqu'un d'autre.

Elle haussa les sourcils. Juan se dirigea vers le cube. Keenan sortit un bloc-notes d'un tiroir à sa gauche ainsi qu'un stylo.

Le psy pénétra dans la salle d'interrogatoire. Le Patron s'empara d'un joystick pour faire un gros plan sur le visage du prisonnier. En apparence, Tonio ne sourcillait pas. Il restait focalisé sur la caméra. Sur les écrans, ses pupilles s'étaient dilatées de quelques millimètres. Il avait été surpris par l'entrée de Juan. Puis, par le bruit fort des dossiers qu'il venait de lâcher sur la table.

Ana décroisa ses bras. Elle se rapprocha de l'écran, fascinée par ce qu'elle venait d'apercevoir. Keenan sourit, enchanté par la curiosité dont la jeune femme faisait preuve.

— La nuit a été bonne ? demanda Juan en s'adressant à Tonio.

Ce dernier ne répondit pas. Pourtant, son sourcil gauche s'était élevé de quelques millimètres de manière très succincte. Ana observa la scène en silence.

— Voilà comment on va procéder, poursuivit Juan en redressant ses manches. Questions, réponses. Si ça ne me convient pas, je te cogne. Si ça me va, je te laisse tranquille, OK ?

Silence. Ana sentit comme une appréhension monter en elle. Sa poitrine se contracta. L'interrogatoire allait être musclé. Allait-elle pouvoir supporter sa vue ?

Une gifle s'abattit sur la joue de Tonio. La violence engendrée fit tourner la tête d'un quart sur le côté. Tonio siffla entre ses dents. Une gouttelette de sang s'échappa de sa lèvre. Juan se dirigea vers lui.

— Combien font un plus quatre ?

Ses sourcils se rejoignirent au-dessus du nez. Il ne comprenait pas où il voulait en venir. Juan passa derrière Tonio. Il enfonça ses doigts dans le premier impact de balle. La main d'Ana s'écrasa contre ses lèvres. *J'aurais peut-être dû la prévenir...* songea Keenan en la regardant du coin de l'œil.

— C'est vraiment impressionnant votre système de caméra et tout ça, là, dit-elle en s'approchant encore de l'écran central.

Son shampoing envahit l'espace. Sa proximité déconcerta quelque peu Keenan. Ses yeux se mirent à battre plus rapidement qu'à l'accoutumée.

— Tout est enregistré ? demanda Ana d'un air innocent.

— Bien sûr, balbutia-t-il en détournant le regard vers une autre caméra. Ainsi, je peux revoir encore les images et voir si je n'ai pas loupé quelque chose.

— C'est fascinant... dit-elle d'une voix admirative.

Elle regagna sa place tandis que le cœur de Keenan ne cessait de battre à tout rompre. *Concentre-toi sur l'interrogatoire, O'Neill...*

Le psy retira ses doigts. Il s'écarta légèrement et s'empara des dossiers. Tonio daigna enfin regarder son bourreau. Ses lèvres s'entrouvrirent légèrement. Ses narines se dilatèrent.

— Tonio, Tonio, Tonio... commença à dire Juan tel un psychopathe. Je savais que tu étais mauvais en calcul, mais de là à ne pas savoir compter le nombre de victimes que toi et tes petits copains avez massacrées avant de les sacrifier...

À ces mots, il extrayait quelques photos et les balança sur la table. Tonio se mit à rire. Keenan se rapprocha de l'écran.

— L'enfoiré… maugréa-t-il entre ses dents. L'ordure…

— Qu'est-ce qui se passe ? demanda Ana sur la défensive.

Il ouvrit un nouvel onglet et passa au ralenti la réaction du truand tout en désignant diverses zones avec son stylo.

— Pupilles dilatées, rapprochement subtil vers les photos, paupières inférieures remontées, commenta-t-il tel un professeur. Tout ça signifie qu'il est excité par son travail de boucher.

Ana détourna son regard, dégoûtée. Juan enchaîna en posant une simple question : pourquoi ? Tonio ne répondit pas. Il était obnubilé par les photos. Le bout de sa langue passa subtilement sur sa lèvre. Juan empoigna son épaule tout en écrasant sa face contre la table. Ana retint un cri. Le truand se remit à rire.

— Elle sentait bon la vanille, celle-là, finit-il par lâcher en désignant d'un coup d'œil une photo d'Edana. Et l'autre, là, la praline, poursuivit-il en montrant Maëlla. J'adore la praline.

Le poing d'Ana se ferma sur ses lèvres. Un haut-le-cœur s'empara d'elle. Keenan continuait d'observer la scène. Il avait les lèvres pincées et les sourcils abaissés.

— Et sinon, comment va notre amie commune ? demanda soudainement Tonio. Notre chère Ana Maria…

Le cœur de cette dernière bondit hors de sa poitrine.

— Je ne l'ai pas vue, depuis qu'elle a refusé de me suivre la nuit d'avant… sourit-il machiavéliquement. Elle me manque, la garce…

Keenan se mordit la joue tandis que son poing faisait ressortir ses veines de ses bras.

— Tu vois, avec elle, ce que j'aimais bien et que j'aime toujours d'ailleurs, c'est sa façon de changer tout le temps d'odeur, poursuivit-il d'un air admiratif. Je crois qu'en ce moment, elle est penchée sur les agrumes. Avant, elle était dans l'exotisme. L'hibiscus était bien, mais la grenade me faisait vraiment bander !

Le poing de Juan s'écrase de lui-même sur son nez. Le coup surprit Ana, Keenan l'avait vu venir. Le psy réajusta le col de sa chemise. Tonio secoua la tête et expulsa un crachat de sang. Puis, un sourire en coin se forma.

— Est-ce que c'est ça qu'elle sent aujourd'hui ? demanda-t-il, en faisant comme si de rien n'était.

— Ici, c'est moi qui pose les questions, grogna Juan. Est-ce que ton obsession pour l'odeur de tes victimes a un lien avec leurs meurtres ?

Tonio se redressa.

— Non, c'est un supplément que j'apprécie particulièrement.

Il planta ses yeux dans la caméra en face de lui, faisant danser la malice dans son regard.

— T'sais quoi ? poursuivit Tonio souriant. Je suis prêt à coopérer… à condition de revoir ma chère et tendre Ana Maria.

Celle-ci se raidit dans sa chaise.

— Il en est hors de question, lança Keenan à Juan dans le micro.

Tonio pencha sa tête sur le côté, toujours en regardant la caméra.

— Je suis persuadé qu'elle est là, sourit-il. Amène-la-moi et je te dirai ce que tu veux.

— Non, lâcha froidement Juan.

— Et si je te donne ma parole ? Ma première victime est toujours en vie. Elle est là, quelque part non loin de moi. Je peux encore la sentir. Je veux la voir.

— Il n'en est pas question, réprima Juan.

— Ah, je vois, sourit machiavéliquement Tonio. Keenan n'a pas apprécié que je m'occupe d'elle, ricana-t-il. Elle est si chère à son cœur pathétique qu'il ne veut pas la prêter à son vieil ami…

Son sourire devint de plus en plus grand.

— Oh, je n'en ferai rien… du moins, pour l'instant.

Les derniers mots laissaient comprendre la fin qu'il lui réservait. Ana ne perdit pas une miette de l'échange. Elle se rongea machinalement la peau de son pouce.

— Comment choisissez-vous vos victimes ? tenta d'esquiver Juan.

— Ana Maria d'abord, les réponses après, répondit Tonio d'un ton sec.

Puis, son sourire machiavélique fendit de nouveau son visage. *Je vais te faire passer ton envie de sourire, moi !* Le poing de Juan s'écrasa contre ses gencives.

— Comment choisissez-vous vos victimes ?! répéta-t-il.

— Ana Maria d'abord.

Un nouveau coup de la part de Juan s'emplafonna dans la joue cette fois-ci. La question se posa encore tandis que la réponse fut la même. Le dialogue se termina par un coquard. Et la situation recommença encore. Un échange de heurts et d'appels tel une joute verbale s'échangea entre Juan et Tonio, se soldant toujours par une frappe d'une violence grandissante. C'était à celui qui tiendrait le plus longtemps.

Malheureusement pour Juan, l'obsession débordante de Tonio pour Ana ne cessait de croître au fur et à mesure qu'il se faisait cogner. Il s'accrochait à elle plus que nécessaire. Ses appels devenaient de plus en plus forts. Le psy perdit son sang-froid. Sa main s'agrippa à ses cheveux et propulsa le visage du truand contre la table.

— Juan ! s'emporta Keenan au micro.

Un rire sinistre retentit. Tonio releva la tête. Son front s'était ouvert et le sang coulait le long de son nez. Une dent s'échappa de sa cavité.

— Ana Maria ! gloussa-t-il.

Celle-ci détourna le regard lorsqu'elle aperçut l'hémoglobine. *Putain, ce n'est pas possible…* se raidit Juan.

— Sors, grimaça Keenan au micro. Je ne peux plus travailler…

Il s'exécuta. Tonio continua d'appeler Ana.

— Allez me chercher Ana Maria ! Et je la veux toute seule ! Qu'on soit en tête à tête tous les deux ! Ana Maria ! Viens voir Tonton Tonio ! Ana Maria ! Ana Maria !

Keenan coupa le son. La jeune femme, quant à elle, était déstabilisée. Elle était concentrée sur ce malade mental. L'obsession qui l'animait l'écœurait. Elle arrivait à discerner son prénom sur ce qui lui restait de lèvres. Son menton était ouvert, son nez était sûrement fracturé. Elle n'avait jamais vu quelqu'un dans cet état aller aussi bien, comme si la violence orchestrée n'avait jamais eu lieu. Il était concentré sur un objectif et rien autour de lui n'avait d'impact.

Juan revint auprès d'eux et s'excusa de ne pas avoir pu soutirer des informations. Il se tourna ensuite vers Ana en lui demandant si elle allait bien. Elle hocha la tête. Il se détourna vers son Patron. Le corps de la jeune femme se mit à trembler tandis qu'une boule se formait dans on estomac. *Que faire ? Est-ce qu'il faut nécessairement que j'aille à sa rencontre pour qu'il se livre ? Est-ce que je vais pouvoir le supporter ?* Le contact de sa bouche hideuse contre sa main pour aspirer son sang refit surface. Son teint devint subitement blanc tandis qu'une nausée remonta le long de sa gorge.

Mais il est attaché... Elle trouva dans son champ de vision le regard de Keenan. Celui-ci se durcit.

— N'y pense même pas, gronda-t-il.

Elle prit sur elle, le poing sur le cœur.

— Il est menotté à une chaise et blessé.

— C'est non !

Elle et lui dans la même salle... plutôt crever !

— C'est sûrement le seul moyen pour le faire parler.

— J'ai dit NON !

— Mais je ne serai pas toute seule, vous êtes là, insista-t-elle.

— Hors de question que tu t'approches de lui ! répondit-il durement.

— Je serai derrière la porte, appuya Juan dans la proposition d'Ana.

Keenan gonfla ses pectoraux et commença à fuir le dialogue. Il s'éloigna d'eux, le visage contracté. La colère le gagnait. Il essaya de se maîtriser.

Ana l'attrapa par l'épaule, l'obligeant à lui faire face.

— Cela ne me fait pas plaisir, mais nous n'avons pas le choix !

Il la foudroya du regard. La rage l'animait de plus en plus.

— Je refuse de t'exposer à ce type, répondit-il d'un ton sec.

Il tenta de s'écarter. Sa pression sanguine augmentait considérablement. La main d'Ana s'accrocha à son bras.

— Keenan ! l'implora-t-elle. Je vais entrer dans le cube, avec ou sans ton consentement.

Il se retourna rapidement. Il l'attrapa par les deux épaules, menaçant.

— Fais ça et je te jure que tu le regretteras, dit-il d'une voix inquiétante.

Les yeux d'Ana s'écarquillèrent à l'extrême. Quelque chose se déchiqueta dans sa poitrine. Un frisson la parcourut. Jamais encore il ne lui avait parlé de la sorte. Déterminée à obtenir gain de cause, elle trouva la force de soutenir son regard. Pour autant, elle était brisée et les mots qui allaient traverser sa bouche furent empreints d'une tristesse grandissante.

— Alors, toi aussi tu me menaces maintenant ? demanda-t-elle, choquée.

Elle laissa un bref silence entre eux.

— Tu ne vaux peut-être pas mieux que lui, en fin de compte… réprima-t-elle en lançant sa main dans son bras pour se dégager.

Blessé dans son orgueil, il resserra violemment sa poigne sur ses prises. Ana se mordit les

lèvres pour ne laisser aucun son s'échapper. Pour autant, le comportement de son compagnon la fissura de plus belle. *En fait, si, il est capable de me faire mal physiquement…*

— Retire ce que tu as dit, grogna-t-il sous le coup de la colère.

— Keenan, ça suffit ! s'interposa Juan en attrapant son bras. Tu ne vois pas que t'es en train de la terroriser ? T'es en train de devenir comme lui ! C'est ça que tu veux ?

Il observa la jeune femme. Elle le fuyait du regard. Une larme s'échappa le long de sa joue. Elle était tétanisée. Sa lèvre inférieure s'était gercée sous ses dents. Il la relâcha aussitôt.

— Vous me faites vraiment chier, tous les deux, lança Keenan en se détournant.

Il quitta la pièce, telle une ombre enragée. Juan attira Ana vers lui, l'enlaçant dans ses bras. Elle lâcha les vannes.

— Navré pour cet incident, Mademoiselle Ana... dit-il d'un air triste.

— Vous croyez qu'il aurait pu me... sanglota-t-elle en s'agrippant à lui.

— Je ne l'aurais pas laissé faire, je vous le promets, la rassura-t-il.

Il soupira longuement tandis que sa main parcourait son dos pour la réconforter.

Keenan quitta momentanément la pièce. Son poing s'abattit contre le mur, créant un nouvel enfoncement. Des morceaux de la structure s'échappèrent. La mâchoire serrée, il relança un coup. Il inspira longuement, posant ses mains contre la façade. *Putain, reprends-toi !* Il expira. *Mais pourquoi elle m'a dit ça aussi ? Putain ! Elle sait que je suis sanguin, merde !* Nouveau coup. Son front et son avant-bras se posèrent sur le mur. *J'ai merdé...* Il soupira. Il souffla longuement avant de reprendre le chemin du retour.

La voir dans les bras de Juan résonna comme un coup de fusil. Il avait été loin. Il intercepta le regard mauvais de son ami. Beaucoup trop loin. Sa rage s'éteignit aussitôt. Il avait brisé sa promesse. Reprenant ses esprits, il hésitait à retourner vers eux. Les sanglots d'Ana lui déchiraient le cœur. Il passa sa main dans ses cheveux, penaud. Puis, il fit un pas vers elle et s'arrêta.

Ana essayait de se calmer. Elle essuya ses larmes du bout de ses doigts puis se détacha de Juan en le remerciant à voix basse. Elle aperçut Keenan. De la peine, elle passa à la colère en une fraction de seconde. Elle se dirigea vers lui, les poings fermés. Elle s'arrêta à sa hauteur et le toisa.

— Ne recommence plus jamais, dit-elle d'un ton cinglant.

Il la jaugea, l'air abattu.

— Je suis désolé, Ana, murmura-t-il en baissant le regard. C'est sorti tout seul… Je ne voulais pas…

— J'en ai rien à foutre, coupa-t-elle, agacée. Maîtrise-toi ou je ne resterai pas.

À ces mots, elle se détourna de lui. Puis elle revient à la charge.

— Ne t'avise même pas de recommencer. Ce n'est pas digne d'un homme.

Elle le quitta des yeux pour se tourner vers le psy.

— Juan, poursuivit-elle plus calmement, est-ce que tu pourrais aller chercher une serviette, s'il te plaît, pour Tonio ? Je lui apporterai moi-même, reprit-elle d'un ton cinglant à l'intention de Keenan.

Celui-ci redressa la tête, effaré. Son acolyte quitta la salle en le foudroyant. Se sentant minable, le Patron se déplaça à son bureau. Il sortit de son tiroir une oreillette. Il incita Ana à revenir vers lui et l'équipa en silence. Elle se laissa faire tout en l'ignorant. Elle ajusta ses cheveux, puis se dirigea vers le cube, déterminée à en découdre avec son passé.

Juan revint et lui donna ce qu'elle avait demandé.

— Faites attention à vous, Mademoiselle Ana, lui dit-il. Je serai juste derrière, si besoin.

— Ça devrait bien se passer, je serai surveillée de toutes parts.

Elle jeta un œil mauvais à Keenan. Il rejoignit son poste, oscillant entre la culpabilité et le désespoir. Il remit le son, ajusta les caméras. *Je t'en prie, ne fais pas n'importe quoi,* entendit Ana dans son oreille.

— J'aurais aimé avoir ton soutien au lieu de ton dédain, répondit-elle sèchement.

Le cœur de Keenan se contracta. Elle se dirigea vers la porte. Elle souffla quelques secondes. Un dernier regard à chaque homme présent et elle entra.

Tonio se redressa spontanément à la vue de la silhouette. Il offrit un beau sourire édenté. Une serviette lui atterrit en pleine face. Ana s'installa à l'opposé du prisonnier, le plus loin possible. Tonio ricana tout en s'épongeant le visage. L'odeur âcre du sang remua Ana. Elle croisa les bras. Ses jambes étaient également tournées vers le côté. Être face à son agresseur pourrait la paralyser de terreur. Seulement, cette fois-ci, il y avait des personnes avec elle. Ils ne la laisseront pas. Elle reprit confiance.

— Je suis tellement heureux de te revoir, Ana Maria, s'extasia-t-il en posant la serviette. Tu as l'air en forme !

— Ce n'est guère réciproque, répliqua-t-elle sur la défensive. Qu'est-ce que tu me veux ?

— Allons, Ana Maria, pas si vite, clama-t-il en tirant un peu sur sa menotte. On a tout le temps de se parler ! Laisse-moi te contempler. Tu as l'air de t'être remise de notre rencontre. J'avoue que ce collier bleu te va à ravir.

Elle fronça les sourcils.

— Et toi, tu as toujours ta sale gueule, en pire.

— C'est quoi, ton parfum du jour ? demanda-t-il, surprenant la jeune femme. Vois-tu, j'ai un petit problème olfactif passager, alors vas-y. Fais-moi rêver.

— Y a pas de parfum aujourd'hui.

— Et si tu te rapprochais pour vérifier ?

Keenan serra son stylo entre ses doigts. Elle ne bougea pas d'un pouce.

— Bon... je vois... je viendrai à toi quand je le pourrai, dit-il en souriant.

Un frisson parcourut la jeune femme. Elle ne répondait toujours pas.

— Tu n'imagines pas quel effet tu me procures, poursuivit-il en admiration. Ma première victime a vaincu la mort et elle se tient là, devant moi, bien vivante. C'est tellement excitant. C'est comme si je pouvais recommencer. C'est une chance incroyable. Je te plongerais bien ma lame dans la chair... et j'irais peut-être même encore plus loin... J'ai tellement d'idées créatives qui me viennent en tête là… c'est tellement bandant !

Il laissa un petit silence avant de reprendre.

— Putain, ouais, cette partie de mon corps fonctionne encore ! Quelle chance.

Sa langue passa sur sa lèvre fendue. Il pencha le haut de son corps vers elle. Ana s'obligea à garder un faciès neutre. Mais le dégoût que lui procurait cet individu ne restait pas transparent.

Keenan s'obligea à garder le contrôle. Il n'avait pourtant qu'une envie : aller la chercher. Juan était également prêt à intervenir.

— Qu'est-ce que tu me veux ? répéta-t-elle froidement.

— T'admirer pendant que tu respires encore.

Elle se releva et prit la direction de la porte.

— Non, reste !! la supplia-t-il.

La main sur la poignée, elle sentit un frisson la parcourir.

— Pourquoi ?

— Je te dirai ce que tes copains veulent savoir, alors reste, répondit-il dans un sourire.

Elle jeta un coup d'œil à la vitre sans teint. *Tu ne crains rien, ils sont là.* Elle déglutit et retourna s'asseoir au grand dam de Keenan. Ana posa son regard sur le visage blessé de Tonio tout en reculant au maximum dans son siège.

— Vas-y alors, dit-elle avec dégoût. Raconte-moi, je suis curieuse.

Son faux intérêt fit ricaner Tonio.

— J'ai tout planifié moi-même, se vanta-t-il. Je me suis entraîné pendant des années, sur tout ce que je trouvais. Mais toi… Ma toute première véritable victime, tu as un goût vraiment particulier. Je dirais même que ton sang serait sucré.

Il passa sa langue sur ses dents restantes. Ana se mordit la joue. C'était bien donc lui, le prêtre…

Keenan reporta son attention sur la caméra qui se situait derrière elle.

La jambe de la jeune femme ne cessait de bouger sous la table tandis que son poing était fermé et caché. Il s'empara de son micro.

— Hey... dit-il doucement. Ne t'inquiète pas. Tu peux sortir quand tu veux, alors ne t'oblige pas à rester. Mais si tu persistes, dis-toi que je suis derrière toi et que je ne te lâcherai pas.

Elle sursauta en entendant sa voix au creux de son oreille. Elle leva rapidement les yeux vers une des caméras dans le coin de la pièce. Son visage semblait un peu plus apaisé, ce qui le rassura aussi. Puis elle reporta son attention sur le criminel.

— C'est tout ce que tu as à me dire ? demanda-t-elle d'un ton cinglant.

Tonio se redressa un peu plus sur sa chaise. Son attention se porta sur les photos.

— C'est quand même une véritable bénédiction de les voir, dit-il en les parcourant du regard. Je me souviens encore de leur surprise quand elles ont compris qu'elles ne verraient plus le soleil. J'entends encore leurs cris de détresse, leurs supplications, leurs gémissements, leur dernier souffle. Je sens toujours sous mes doigts leurs corps qui tentent de s'extirper de nous, leurs peaux frissonnantes et froides. Je revois ma lame s'exprimer à travers leur chair. Et cette hémoglobine jaillissante de leur jugulaire. L'odeur qu'elles dégagent à la fin... Tu savais que le goût du sang variait selon les individus ?

Ana écarquilla les yeux face à cette révélation. Une nausée survint.

— J'aime bien les goûter quand j'ai terminé, poursuivit-il. J'ai déjà eu un avant-goût de ton sang, mais pas de ta chair... Je suis persuadé qu'elle est exquise.

— Attends, quoi ? lâcha-t-elle d'une voix blanche.

Son estomac se retourna. La pâleur de sa peau explosa, la plongeant dans une nouvelle tourmente.

Juan sentit son cœur imploser dans sa poitrine. Keenan, quant à lui, se redressa spontanément, le poing toujours serré.

— Les morceaux de peau ? se rappela-t-elle, épouvantée. Tu... Tu les...

Tonio se mit à ricaner. Elle recula sur sa chaise, livide. Keenan la somma de quitter la pièce. Elle ne pouvait pas. Ses jambes refusaient de l'emmener. Un froid de terreur la parcourut.

— Mais ne t'inquiète pas, je garde les meilleurs pour Amemet !

Le souffle coupé, Ana n'essayait plus de discuter.

— Et tu sais quoi ? Tu es tellement spéciale à ses yeux qu'elle m'a demandé ton cœur.

Elle releva la tête vers lui, affublée par diverses émotions.

— Elle ? Amemet ? demanda-t-elle, surprise.

Tonio ricana de plus belle. Elle entendit Keenan s'exciter au bout de l'oreillette. Ses mots lui parvinrent mâchés. Juan avait posé sa main sur la poignée de la porte, attendant le signal.

Ana arriva enfin à se lever de sa chaise. Elle fit un pas sur le côté. Le danger en face ne cessait de l'observer. Elle se sentit prise d'un vertige. Ses mains se posèrent à plat sur la table. Keenan ordonna à Juan d'entrer.

— Non ! lâcha-t-elle à son intention.

Elle s'écarta de Tonio et se mit dans le coin du cube. Elle encaissa longuement les dires du truand. Un silence pesant envahit l'atmosphère. Elle regarda loin devant, devinant le désarroi du Patron. Elle le fixait comme si elle le voyait, reprenant force et confiance. Un sourire mesquin apparut sur ses lèvres. Ana souleva le haut de son t-shirt, laissant crier son tatouage dorsal. Le rire se transforma en grognement.

— Votre marque, ma peau, lâcha-t-elle froidement à l'attention de Tonio. Vois ce que j'en ai fait.

Elle le rabaissa et se retourna vers son agresseur. Celui-ci avait les dents serrées. Il la maudissait du regard.

— Je ne suis plus sa propriété, je n'appartiens à personne.

Elle avança vers lui, déterminée. Ce changement de comportement interpella les hommes à l'extérieur.

— J'en ai terminé avec mes chaînes. Si Amemet veut mon cœur, qu'elle vienne le chercher. J'en ai fini avec vos conneries de rituels à la con, de votre délire égyptien et j'en passe.

— Je ne crois pas, non, défendit Tonio. Ce n'est que le début.

Ses mains se posèrent sur la table. Il s'obligea à se relever. Tremblant de toutes parts, l'aura qu'il émanait devenait de plus en plus pathétique. Il oscillait dans tous les sens. Ana leva la tête, hautaine.

— Tu lui as promis ma mort et t'arrives même pas à te tenir debout, t'es vraiment pitoyable.

Elle s'avança vers lui. Keenan la reprit. Elle ne l'écouta pas. Elle s'arrêta à quelques centimètres de Tonio.

— Et qui sait, peut-être que c'est un de nous qui tuera ta déesse de pacotille.

L'affront que venait de faire Ana explosa. L'afflux de sang dans le visage fit rougeoyer certaines plaies. Les membres de Tonio se contractèrent, faisant apparaître une veine sur son front.

— Tu ne sais pas qui nous sommes... grogna-t-il d'un air menaçant.

— Des tarés bons pour l'asile, répliqua-t-elle froidement.

— Tu ne connais pas nos ambitions...

— Je ne vois pas le rapport entre le cannibalisme et l'Égypte Antique, coupa-t-elle. Vous exercez simplement vos fantasmes en vous cachant derrière une sorte de divinité qui n'existe plus !

— Ne dis pas n'importe quoi ! s'emporta Tonio en faisant claquer ses mains sur la table. Amemet s'est réincarnée !

— Dans ton esprit de psychopathe, certainement, dit-elle en soutenant son regard.

— Tu me le paieras, sale serpent, répondit-il en serrant les dents.

— Tu n'as pas le droit de me tuer, provoqua-t-elle encore davantage.

Son corps emmagasina davantage d'adrénaline.

— Mais nous, on peut, sourit-elle en penchant la tête sur le côté.

Les narines de Tonio vibraient de colère. Ana s'écarta de lui et quitta la salle sans lui laisser la moindre chance de répliquer. La porte se referma sur l'homme, complètement retourné. Elle se colla contre la porte en expirant bruyamment. Juan lui sourit.

— Votre dernière réplique était parfaite, lui dit-il un brin admiratif. Un brin psychopathe, j'aime bien ! Mais si ça continue, il faudra vraiment consulter !

Ana se détendit à la vanne. Keenan n'avait pas quitté son bureau. Il était bloqué sur l'insulte du serpent. Il s'isola dans sa bulle. Ses yeux balayèrent ses notes à la recherche de quelque chose qui lui aurait échappé. Les pages tournèrent. Certaines connexions se firent, d'autres se détruisirent. Ses mimiques devinrent de plus en plus rapides. Son corps se crispait et se détendait. Ses lèvres s'exprimaient sans bruit jusqu'à ce qu'une bride l'interpelle : les dates de naissance des victimes, toutes affiliées au signe astrologique du Sagittaire. Et s'il y avait autre chose ? Son stylo griffonna toutes les dates sur le papier à la va-vite. La période du Sagittaire s'étendait du 22 novembre au 21 décembre. Quelque chose ne collait pas. Il y avait un lien infime, mais il manquait un élément. Aussi, il se releva de son fauteuil avec son calepin et se dirigea vers Ana et Juan. Ce dernier le repéra du coin de l'œil. La mine sérieuse l'intriguait, mais l'absence d'hostilité était plus marquée.

— J'ai besoin de tes lumières, dit Keenan d'un air déterminé.

— Je suis tout ouïe, répondit Juan en se tournant complètement vers lui.

— C'était quoi, le symbole du serpent, en Égypte Antique ?

Juan se frotta le menton.

— Ils étaient très présents dans leurs pensées religieuses, mais ils étaient surtout très craints. Apophis, le dieu des forces mauvaises et de la nuit, était un serpent géant et surtout, le mal incarné. Il attaquait toutes les nuits le dieu soleil Amon-Rê pour l'empêcher de se lever le matin.

— Un serpent géant d'un côté, des Sagittaires de l'autre et au centre Amemet… réfléchit Keenan. Y a rien de compréhensible !

— Qu'est-ce que tu as écrit ? demanda Ana en jetant un coup d'œil aux notes inscrites sur le calepin de Keenan.

— Les dates de naissance des victimes, expliqua-t-il en lui laissant le carnet.

Juan cligna plusieurs fois des yeux. Il s'empara de son portable et saisit deux dates : le 29 novembre et le 18 décembre dans son moteur de recherche.

— Serpentaires, dit-il en basculant l'écran avec Keenan. Un treizième signe dans l'astrologie occidentale.

— Triskaïdékaphobie, lâcha le Patron en soutenant le regard de son ami.

— À tes souhaits, répondit Ana.

— C'est la phobie du chiffre 13, expliqua-t-il en souriant.

Elle acquiesça en silence. Tout cela la dépassait. Elle se pinça l'arête du nez.

— Je vais y retourner, lâcha-t-elle en soupirant. Je vais voir ce qu'on peut en tirer d'autre, puisqu'il a daigné répondre malgré tout...

Elle jeta un regard vers Keenan qui ne semblait pas approuver sa décision. Pourtant, il hocha la tête.

— Oriente tes questions sur Amemet, lui indiqua-t-il. Si elle s'est réincarnée, ça veut dire que quelqu'un d'humain se cache en dessous.

Elle attendit son feu vert pour rentrer de nouveau dans la salle d'interrogatoire. La porte claqua avec détermination, faisant sursauter Tonio.

— Tu ne peux plus te passer de moi à ce que je vois, dit-il en la dévisageant.

L'agacement semblait être passé. Pour autant, les propos d'Ana tournaient en boucle et ne cessaient d'attiser la flamme de la haine. Il attendait une étincelle pour pouvoir lui sauter dessus. Blessé ou pas, il arrivera à mettre la main sur cette femme.

Ana décida de braver l'interdit. Elle se dirigea vers Tonio, plus près encore. Keenan se pinça les lèvres. Le prisonnier haussa un sourcil et un léger sourire apparut sur ses lèvres.

— Approche-toi encore un peu que je puisse te sentir, dit-il, subjugué.

T'as pas intérêt, grogna Keenan en gonflant son torse. La jeune femme s'arrêta et posa son fessier sur la table.

— Tu peux m'expliquer ton délire ? dit-elle en détour.

— Plaît-il ? demanda Tonio, soupçonneux.

— Amemet, c'est qui ? C'est quoi ? Je ne comprends rien.

— Cela ne m'étonne pas, répondit-il d'un air amusé.

— Dis-moi qui c'est et je te dirai quelle est mon odeur du jour.

Keenan s'arrêta en plein milieu de son mot gribouillé sur le carnet.

— À quoi tu joues ? grogna-t-il dans l'oreillette.

Elle capta l'attention de Tonio. Sa pupille se rétracta aussitôt.

— Je t'ai déjà dit qu'elle s'était réincarnée, répliqua-t-il en avançant lentement son torse. Mais bon, puisque tu insistes…

Une étrange lueur brilla dans ses yeux.

— Approche-toi et je te dirai tout ce que tu veux, dit-il d'un sourire méprisant.

— Si tu fais ça, Ana, je viens te chercher moi-même ! menaça Keenan de plus belle.

— Je doute que tu puisses sentir quoi que ce soit avec ton nez, répliqua-t-elle d'un ton supérieur.

— Il faut bien essayer pour savoir…

Sa langue passa sur ses lèvres.

— L'info d'abord, insista-t-elle. Je n'ai qu'une parole.

— Ana !

— Tu aimes vraiment te faire désirer, c'est vraiment typique de chez vous, ça…

Tonio ricana de plus belle et contempla de plus belle la jeune femme. Il renifla d'un coup.

— Vous avez relié diverses croyances pour créer votre propre religion et vous vous cachez derrière une fausse déesse pour commettre des crimes en toute impunité ?

La pique enflamma le prisonnier.

— Amemet est réelle ! s'indigna Tonio.

— Alors, c'est qui ? hurla-t-elle.

— Une très grande femme, répondit-il, admiratif.

Juan marqua un temps d'arrêt derrière la porte. Son regard confus capta celui de Keenan. Jamais encore ils n'avaient envisagé que la personne qui était à la tête de ces meurtres serait une femme.

— Son nom, demanda Ana.

— Ton odeur d'abord.

— Nectarine. Son nom ! enchaîna-t-elle.

— Qu'est-ce que j'aime cette odeur... soupira Tonio de désir. Approche-toi, Ana Maria, et je te dirai autre chose que tu ne sais pas encore.

Il éveilla en elle un intérêt particulier. Son instinct lui disait qu'il ne mentait pas. Elle en était certaine. Elle hésita quelques instants.

— Retire-toi ça de la tête, somma Keenan dans l'oreillette.

— Avant de venir ici, j'ai vu notre prêtresse bien aimée et elle m'a délivré un message qu'il fallait que je te transmette. Mais à toi et à toi seule.

Il jeta un coup d'œil aux caméras.

— J'imagine que ce serait trop demander de les éteindre, ricana-t-il. Alors, approche-toi, que je puisse te le dire.

— Il te manipule ! grogna Keenan.

— Je ne crois pas... répondit-elle d'un ton hésitant en s'adressant aux deux protagonistes.

— Tu ne t'es jamais demandé pourquoi on en avait après toi ? ricana-t-il. Pourquoi toi plus qu'une autre ? Après tout, tu es banale. T'es qu'une gonzesse sans grand intérêt. Mais pas pour elle. Elle, c'est différent. Elle a un motif précis pour toi.

Son ton angoissant avait captivé Ana. L'adrénaline la poussa à se lever et à aller à sa rencontre. Le corps de Keenan se paralysa tandis que les mains de la jeune femme se crispèrent sur les menottes de Tonio.

— Si tu tentes quoi que ce soit, t'es mort, murmura-t-elle en plongeant son regard de glace dans ses iris sombres. Un geste et t'es mort. Un cri, t'es mort. Alors, t'as intérêt à faire gaffe si tu tiens à revoir Amemet en vie.

Tonio soutint le regard de la jeune femme, un sourire aux lèvres.

— Elle sait où tu te planques, dit-il d'un ton grave. Elle et mes compagnons ne tarderont pas à venir vous déloger. Si jamais tu arrives à t'échapper, elle continuera de te traquer, et jusqu'au bout du monde s'il le faut. Et même si je ne réussis pas à te ramener à elle, quelqu'un d'autre prendra ma place jusqu'à ce que sa volonté soit accomplie. C'est toi qu'elle veut précisément. Les autres ne sont que des morceaux de viande qu'on balaye d'un coup de dents.

Un frisson vint glacer son sang.

— Tu n'aurais jamais dû survivre la première fois, poursuivit-il en détachant ses mots. C'est ce qui te rend encore plus particulière et surtout détestable. Elle veut ta mort, elle l'obtiendra. Mais je pense qu'avant, elle jouera avec toi. Maintenant qu'elle t'a retrouvée, elle ne te lâchera plus jamais.

— Qui est-elle ? demanda Ana en mettant de côté ses émotions grandissantes.

— Je te l'ai dit, c'est notre prophétesse, Amemet, répondit Tonio en inspirant longuement.

— Son vrai nom !

Un sourire mesquin se dessina lentement.

— J'aime beaucoup la nectarine, j'espère sincèrement que tu sentiras aussi bon quand...

Clac ! La main d'Ana venait de déverser sa rage contre la joue de Tonio. Elle claqua si fort que sa tête virevolta sur le côté. La jeune femme s'appuya sur les menottes pour se redresser, lui arrachant un gémissement de douleur. Puis, elle lui tourna le dos sans sourciller avant de partir de la salle.

Juan l'attendait devant, le visage fermé. Keenan s'empressa de quitter son poste et de la rejoindre. Elle ne dit rien. Elle le dévisagea tristement. L'adrénaline avait disparu. Il aimerait la prendre dans ses bras. Son attitude refusait tout contact. Elle voulait fuir, loin de tout ça. Tête baissée, elle fuit vers la sortie. Elle s'enfonça dans le passage secret en silence, ignorant le reste du monde. Puis elle se dirigea vers la porte d'entrée et s'arrêta sous la pluie battante. Elle déposa enfin les armes. Son corps tremblait. Ses gémissements s'entremêlaient aux gouttes.

Elle s'assit sur les marches, se repliant sur elle-même. Ses mains glissèrent dans ses cheveux. Elle refusait de croire qu'une gourelle avait jeté son dévolu sur elle. Pourquoi cette obsession ? À quel moment avait-elle croisé cette cinglée ? Depuis quand était-elle traquée ? Son cœur se contracta. *On dirait une partie de chasse qui perdure...*

Ana se redressa et écrasa ses larmes. Au moins, elle n'était pas seule. Mais était-ce suffisant pour venir à bout de cette secte ? Qui étaient-ils ? Combien étaient-ils ? Et pourquoi n'avait-elle pas été tuée avant ? Avaient-ils perdu sa trace momentanément ? Dans quel contexte ? Keenan avait commencé à la surveiller et elle était déjà suivie... Elle secoua la tête.

Une main se posa sur son épaule. Elle sursauta en échappant un cri. Juan s'excusa et s'installa à ses côtés.

— Elle est folle, cette histoire, dit-il pour briser la glace.

— Absurde même, souffla-t-elle.

Il lui sourit.

— Vous êtes forte, Mademoiselle Ana. On va réussir à vous libérer de tout cela.

— Vous êtes vraiment optimiste...

— Il le faut ! Mais ce n'était pas ça, le but de ma courte visite.

Elle haussa un sourcil.

— C'est un sujet un peu plus léger dont je voulais m'entretenir avec vous.

Et c'est surtout un moyen efficace de la désarmer après ces révélations. Il faut qu'elle se relâche.

— Dans ce cas, vous avez toute mon attention, dit-elle en se tournant vers lui.

— Hier soir, vous m'avez tiré d'un mauvais pas.

Elle chercha rapidement dans ses souvenirs. Elle le revit sortir de la chambre de Julio.

— Je ne sais pas de quoi vous parlez, sourit-elle. Il s'est passé quelque chose ?

— Absolument rien, dit-il en lui baisant le front.

Ce geste d'affection la surprit, mais l'accepta de tout son être. Elle en avait besoin.

— Pourquoi vous tenez tant à ce que cela reste secret alors que Keenan sait lire les expressions ? demanda-t-elle gentiment.

— C'est notre code de conduite, poursuivit Juan. On ne mélange pas les sentiments et le travail. C'est un peu râpé, je vous l'accorde, mais Julio a un peu de mal avec son homosexualité, alors on préfère jouer profil bas. Et le Patron fait comme s'il ne savait pas, alors cela nous convient parfaitement. En plus, ça pimente nos vies.

Elle sourit à cette confidence.

— Soyez heureux, c'est tout le mal que je vous souhaite, dit-elle avant de réaliser quelque chose. Vous avez laissé Keenan tout seul avec Tonio ?

— Oui, pourquoi ? demanda-t-il d'un air innocent.

Un silence s'installa. Leurs regards grandirent en un instant. Ils se relevèrent à la hâte et s'empressèrent de courir vers le passage secret. En arrivant, Tonio était toujours dans le cube, sagement attaché. Keenan était à son bureau en train de relire ses notes. Il leva un œil vers eux.

— Cela peut paraître surprenant, mais il m'arrive d'être calme, parfois, dit-il en souriant du coin des lèvres.

XVIII. Extraction

Peu de temps après, Ana s'était isolée dans la chambre. Keenan lui avait fait comprendre que la suite de l'interrogatoire de Tonio n'allait pas être facile et qu'il serait préférable qu'elle ne soit pas dans les parages. Elle n'avait pas voulu lui tenir tête.

Assise sur une chaise, devant la baie vitrée, une tasse de thé à la main, elle regardait dehors en espérant trouver des réponses à ses tourments. Pluie et feuilles volantes n'étaient qu'un divertissement sans intérêt. Toutes ses pensées étaient focalisées sur les dires de Tonio. Le fait qu'elle soit devenue la cible d'une secte connue ni d'Adam ni d'Eve la plongea dans une perplexité totale.

Ressassant le passé, elle cherchait à découvrir l'identité d'Amemet, persuadée qu'elles se connaissaient. Elle lui en voulait personnellement. Seulement, Ana n'avait jamais rien fait pour entacher la vie des autres. Serait-ce une sorte de fascination ? Qu'aurait-elle bien fait pour mériter ce genre "d'attention" ?

Elle soupira en prenant une nouvelle gorgée avant de contempler l'eau colorée longuement. Ce goût de fruits rouges n'était pas déplaisant. Mais sa couleur lui rappelait trop celle du sang. Elle fit la moue. Le dépôt dans sa tasse se superposait, lui rappelant des croûtes sur les plaies dont était recouvert Tonio. Ses narines se redressèrent de dégoût. Elle posa la tasse sur le côté et replia ses jambes contre elle. Elle aperçut en contrebas Julio faire sa ronde sous la pluie. Il n'avait pas été convié à l'interrogatoire de Tonio. Elle l'observa en silence. Il paraissait préoccupé malgré les apparences. Les lèvres d'Ana se pincèrent. Elle aurait pu le rejoindre, lui tenir compagnie. Cependant, en restant ici, elle assurait malgré tout sa sécurité. *Mais qui est-ce qui les protège, eux ?*

Elle sourit en repensant à la peur qu'elle avait ressenti quand ils s'étaient rencontrés. Cette appréhension, ces terreurs... Ils étaient arrivés dans un grand fracas. À présent, elle était habituée à eux et les appréciait bien plus qu'elle ne l'aurait imaginé. Ces derniers jours passés tous ensemble avaient malgré tout tissé des liens. Désormais, elle n'imaginait plus sa vie sans leur Patron... Sa gorge se noua.

Le retour à la réalité allait être difficile. Compliqué. Cet homme fougueux lui avait fait perdre la raison, elle craignait à présent sa disparition. À cet instant, elle sut que s'ils se séparaient, elle ne s'en remettrait pas. Il était la meilleure chose qui lui soit arrivée. Malgré l'altercation de tout à l'heure, il faisait partie de son monde. Elle gravitait autour. *Quitte à se brûler les ailes, autant se consumer entièrement.* Son petit cœur se resserra encore un peu. Il était là, deux étages sous elle, et c'est comme s'il était dans une autre dimension. Le temps semblait suspendu, interminable. Elle n'avait qu'une hâte : le revoir, se réfugier dans ses bras, tout oublier.

De son côté, Keenan et Juan avaient enchaîné les questions sans réponse. Tonio s'était voué au mutisme après le départ d'Ana. Ils n'avaient pas réussi à en tirer quoi que ce soit.

Keenan reprit ses notes. Il se rendit compte que certaines informations manquaient. Sa main n'avait plus écrit. Et pour cause, cela correspondait au moment où Ana était dans le cube. Il était resté focalisé sur ce qui se passait entre les deux individus pour anticiper le moindre danger, et intervenir si besoin.

Il leva les yeux, la revoyant encore dans le cube, seule face à ce démon

Il sourit. Son sang-froid et sa détermination avaient permis à la coquille de Tonio de s'effriter légèrement. Enfin... C'était parce que son obsession pour elle était immense. Keenan soupira. Elle lui manquait. Il se leva de son bureau et jeta un œil à la paperasse. Il secoua la tête. Pas maintenant. Sa conscience lui dictait autre chose. Il se dirigea vers la porte. Juan assurait la surveillance de Tonio. Il le mit néanmoins en garde contre les potentielles réactions de la jeune femme, notamment celle du rejet. Avec la réaction impulsive de Keenan avant l'interrogatoire, il se pourrait qu'elle soit sur la défensive, et peut-être même qu'elle ne voudrait pas avoir affaire à lui. Il en était parfaitement conscient. Seulement, il avait besoin d'elle. Il acquiesça en silence et remonta à la surface.

Keenan s'arrêta devant la porte d'Ana et cogna à la porte. La jeune femme lui ouvrit rapidement. Son visage fermé s'illumina soudainement.

— Ah, te voilà, lui sourit-elle en le faisant entrer.

— Comment tu te sens ? lui demanda-t-il en lui prenant la main.

Ses doigts se resserrèrent autour des siens. Son besoin de réconfort l'animait. Elle était tourmentée et surtout incapable de lui dire qu'elle n'allait pas bien. Aussi, il l'emmena sur le lit où ils s'allongèrent tous les deux. Elle posa sa tête contre son cœur battant. Elle se détendit lorsqu'il mit sa main dans son dos, cette chaleur la soulageait. Et ça, il pouvait lui offrir autant qu'elle le désirait.

— Vous avez pu obtenir quelque chose de lui ? demanda-t-elle après un long silence.

Keenan serra les dents. Il s'obligea à garder le contrôle.

— Il méprise les femmes, c'est une évidence. Et toi...

Ses narines se dilatèrent.

— Tu l'excites comme un fou parce que tu es encore en vie, lâcha-t-il d'un air dédaigneux. Putain, il me dégoûte, sans déconner. J'ai vraiment envie de fracasser sa tête de déterré contre le mur jusqu'à ce qu'il crève !

Il l'entendit glousser. Elle releva le visage vers lui.

— On est loin du gentleman dont tu te vantais d'être quand on s'est rencontrés, lui dit-elle d'un air espiègle.

Il s'assagit et passa sa main sur sa joue.

— Je te promets de faire plus attention… s'excusa-t-il.

— Cela ne me dérange pas, que tu sois un peu grognon. Avec modération, par contre.

Elle sourit tristement. Sa mâchoire se crispa. Puis il se reprit.

— Je suis vraiment désolé d'être aussi à cran… J'aimerais juste que cette histoire se termine afin qu'on puisse reprendre une vie normale, poursuivit-il. Je voudrais tant te rendre ta liberté, que tu sois hors de danger… Et peut-être qu'enfin, on pourrait aller prendre un verre ensemble, toi et moi. Peut-être même sabrer le champagne dans un bon restaurant, qui sait ?

Le rouge de ses joues éclata.

— Comme un vrai rendez-vous ? demanda-t-elle, surprise. Sans armes et sans violence ? Juste toi et moi ?

— Je te ferai voir à quel point je peux être gentleman, susurra-t-il en caressant sa joue.

— Arrête, tu me fais rêver.

Ses yeux pétillaient. Il l'embrassa sur la tête.

— Je te promets que je ferai tout ce qui est en mon pouvoir pour te sauver.

Elle le couvrait du regard. Ses yeux s'abaissèrent.

— Oui, mais… ne sacrifie pas ta vie pour moi, dit-elle du bout de ses lèvres. Je ne suis pas certaine de supporter l'avenir si tu n'es pas… là…

Ses mots étaient à peine voilés. Keenan se les prit de plein fouet.

— Parce que tu crois que je pourrais ? s'étonna-t-il. Je t'ai déjà vue à l'agonie et cela me hante encore. Il est hors de question que je laisse ces types ou cette Amemet toucher ne serait-ce qu'à un cheveu de ta personne ! Je préfèrerais mille fois me sacrifier.

— Je ne crois pas, non, cingla-t-elle. De toute façon, c'est vraiment après moi qu'ils en veulent. Tu as bien entendu ce qu'a dit Tonio ? Ils me traqueront jusqu'au bout du monde. Ils m'ont retrouvée comme on suit un GPS !

— Je ne comprends pas ce que ça veut dire, songea-t-il, l'air absent.

— Un GPS, c'est un système de position par satellite, tu ne le savais pas ? demanda-t-elle, surprise.

— Bien sûr que si ! sourit-il. C'est juste que je ne comprends pas pourquoi il a dit ça. Ils te suivaient à la trace, oui, mais...

Il marqua un temps d'arrêt. Il dévisagea la jeune femme. *Et si c'était toi qui avais un émetteur ?*

— Qu'est-ce que tu as fait après ta sortie de l'hôpital ? demanda-t-il en suivant son idée.

— Oula, tu m'en demandes beaucoup ! dit-elle en quittant les bras de Keenan pour s'asseoir en tailleur sur le lit. Eh bien, j'ai pas mal déménagé. Je me suis obstinée à vouloir rester dans les grandes villes, mais ça ne me convenait plus. Il m'a fallu un peu de temps pour que je m'en rende compte. Donc je me suis réfugiée à la campagne. Je suis arrivée dans mon logement actuel il y a six mois, à peu près.

Au moment où ils commettaient le troisième meurtre, songea Keenan en essayant d'établir un ordre chronologique.

— Et ces trois derniers mois, est-ce que tu as fait quelque chose de particulier ?

— Non, rien de spécial, dit-elle en levant les yeux en l'air. J'ai été pas mal malade par contre.

Cette information retint l'attention de Keenan et l'incita à poursuivre davantage.

— J'ai eu du mal à me débarrasser d'un virus et ça a aggravé mon asthme. J'ai fait beaucoup d'allers-retours à l'hôpital pour voir le pneumologue et essayé divers traitements.

— Ça a toujours été le même médecin ? demanda-t-il en se redressant d'un coup.

— Oui, répondit-elle, surprise. Quoique la dernière fois, j'ai eu affaire à son assistante...

— Et c'était, quand ton dernier rendez-vous ? s'inquiéta-t-il.

— Je suis un peu perdue dans les jours, alors je dirais que c'était il y a deux ou trois semaines.Elle se rappela qu'elle avait trouvé étrange qu'elle fût attendue à l'accueil principal. Un homme en blouse blanche l'avait interceptée et lui avait expliqué que le service de pneumologie était en rénovation suite à un dégât des eaux. Il l'avait donc conduite dans une aile du bâtiment qu'elle ne connaissait pas. Ana l'avait suivi sans broncher. Elle avait atterri dans une petite salle, loin de toute population. L'infirmier lui avait demandé de patienter. C'est alors qu'une belle rousse aux cheveux ondulés était apparue dans le cadre de la porte. Elle était très élégante. Elle dégageait un charme particulièrement hypnotique avec ses jolis yeux verts et ses taches de rousseur. Ses dents étaient immaculées. En voulant lui serrer la main, Ana avait remarqué que la charmante dame arborait une plume tatouée sur l'index droit. Elle n'avait pas non plus de badge.

La belle rousse s'était présentée en tant qu'assistante du pneumologue et qu'il ne pourrait pas la recevoir aujourd'hui suite à un problème familial. Il avait toutefois pris le temps de donner ses instructions. Aujourd'hui, ils allaient tester un nouveau traitement en une prise, par injection. Son asthme devait s'améliorer dans les prochains jours. Ana avait accepté sans demander de plus amples renseignements. L'injection s'était faite rapidement, sans anesthésie et dans le bras. Pour autant, la douleur l'avait subjuguée. Une fois faite, l'assistante lui avait indiqué la porte de sortie, tout était bon de son côté.

En revenant chez elle, Ana avait été malade pendant une semaine avec une montée de fièvre mirobolante. Son médecin généraliste lui avait dit que c'était un genre de virus qu'elle aurait attrapé à l'hôpital. En réalité, son corps se défendait contre tout autre chose.

En entendant ces informations, le palpitant de Keenan s'emballa. Cette bosse dans le bras de la jeune femme l'avait déjà interpellé quand il avait remis les nerfs en place…

Il se redressa abruptement sur le lit et s'empara de son téléphone. Le dernier numéro composé était celui de Juan. Il l'appela directement sous l'œil inquisiteur d'Ana.

— Juan, est-ce qu'il est facile de pirater le système informatique d'un hôpital ? demanda-t-il lorsque ce dernier répondit.

— Tout dépend du système employé, expliqua Juan. Mais si tu y parviens, tu peux faire tout et n'importe quoi. Tu peux affecter les processus de soin, bloquer la communication interne et externe entre les professionnels de santé et les patients, accéder à tous les dossiers médicaux, aux caméras de surveillance, au planning…

Keenan marqua un temps de réflexion. *S'ils sont capables de pirater le système informatique d'un hôpital, ils peuvent sûrement pirater les images de caméras de surveillance d'une ville et lancer des logiciels de reconnaissance faciale pour la retrouver. Vu qu'elle a beaucoup déménagé, ça leur a pris pas mal de temps… jusqu'à ce qu'elle tombe malade. Ses nombreux allers-retours chez le pneumologue ont dû lancer une alerte chez eux.*

— T'es toujours avec l'autre ? demanda Keenan en sortant de ses pensées.

— En effet, pourquoi ? répondit Juan.

— Demande-lui si Amemet est brune.

— Hey, l'Affreux, est-ce que ta cheffe est brune ? entendit Keenan au téléphone.

Un ricanement retentit en guise de réponse.

— Essaie la couleur rousse maintenant, signifia le Patron. Et observe bien ses yeux.

Le rire s'estompa aussitôt.

— Je dirais qu'il les a un peu plus ouverts que tout à l'heure, d'autant qu'il fait une tête bizarre.

— Alors, c'est bien Amemet qui s'est déplacée en personne pour vérifier l'identité d'Ana, cingla Keenan. Et elle lui a injecté une micro-puce dans le bras pour la retrouver. On descend pour le lui retirer.

— Ça marche, conclut Juan en raccrochant.

Pendant ce temps, de l'autre côté des vitres sans tain, Julio observait la scène. Les sentiments qu'il avait éprouvés pour Tonio semblaient avoir disparu. Le voir à l'état de chair désarticulée et sanguinolente lui aurait été difficile s'il avait vécu cette scène quelques jours plus tôt.

À présent, il ne ressentait plus rien pour cet individu. Non, l'intérêt qu'il portait était pour celui qui se tenait fièrement debout, dans une sorte de halo grâce aux lumières de la salle, un portable à l'oreille. Julio lui sourit sans que Juan ne l'aperçoive. Puis, il le vit se diriger vers la porte. Lorsqu'il apparut à l'extérieur, il ne put s'empêcher de le regarder amoureusement. C*'est lui que je veux, à présent.* Juan tourna la tête vers lui, un sourire aux lèvres.

— J'ai l'air bête, n'est-ce pas ? demanda Julio en se dirigeant vers lui.

— De ? répondit Juan, les yeux pétillants.

Il lui prit la main dès qu'ils furent assez proches.

— Je suis content que tu m'attendes à la sortie de mon boulot, dit-il d'un air détendu. Quoiqu'il est peut-être un peu salissant, poursuivit-il en examinant son t-shirt.

Julio lui fit relever la tête avec son doigt.

— Je m'en fiche, du moment que je suis avec toi.

— Tu sais que t'es mignon, quand tu t'y mets ? dit Juan d'un air enjôleur.

— Parce que je suis avec l'homme dont je suis tombé amoureux, lui dit son amant en l'attirant contre lui.

Sa tête se pencha en avant. Juan se hissa sur ses pieds. Leurs lèvres se rapprochèrent. Puis, un bruit de pas dans l'escalier retentit. Un léger smack et ils s'écartèrent à contrecoeur, mais toujours en n'ayant d'yeux que pour l'autre.

Le couple Ana/Keenan entra dans la pièce. Ils remarquèrent cependant l'étrange atmosphère qui résidait entre les deux hommes.

— Navré de vous déranger, mais l'heure est grave, dit-il en se raclant la gorge. Ana a rencontré Amemet il y a peu et elle lui a injecté une puce de localisation. C'est pour ça que Tonio nous a retrouvés aussi facilement. Le compte à rebours a commencé. Donc il faut s'en débarrasser au plus vite. Juan, je te laisse te charger de l'opération. Julio, je te laisse vérifier les liens de Tonio et barrer la porte du cube. Il ne faudrait pas qu'il s'échappe pendant qu'on s'occupe d'Ana. Et moi, je dois trouver un moyen de contrer les plans d'Amemet.

— Tu peux répéter la question ? s'offusqua Juan. Moi ? Opérer ? Mais t'es dingue, ma parole ! s'emballa-t-il. Oui, j'ai un doctorat, mais je ne suis pas ce type de docteur ! C'est toi qui es habile de tes dix doigts, pas moi !

— Ça, je ne te le fais pas dire, murmura Ana avec un petit sourire sur les lèvres.

Les visages se tournèrent vers elle.

— Ce n'est pas le moment de faire de l'humour, Ana chérie, répliqua Keenan, surpris.

— On ne veut pas savoir, répondit Julio, amusé de voir son Patron perdre ses moyens.

— Tiens, tu vois qu'elle vante tes compétences en dextérité, enchaîna Juan, bien décidé à refuser l'opération. C'est toi, le plus doué d'entre nous, paraît-il. Alors, je te laisse la charcuter.

Le sourire de Keenan s'effaçait peu à peu. Vanter ses mérites, oui. Ouvrir sa dulcinée, non. Il tenta de convaincre le psy, en vain. Ce dernier était catégorique. Il ne procédera pas à l'extraction de la puce. Acceptant sa défaite, il conduisit Ana dans la salle de réception pendant que

Juan s'affairait à récupérer son matériel de soin à l'étage. Julio, quant à lui, appliquait les consignes précédemment données.

***

À quelques kilomètres de là, une grande femme rousse regardait avec avidité l'écran de l'ordinateur devant elle. Un homme tapait sur le clavier à toute vitesse, ouvrant et fermant diverses fenêtres. Des programmes cryptés s'enchaînaient. Sentant son regard peser sur lui, il ouvrit un logiciel spécifique où on voyait deux points clignoter sur un plan d'une maison. Sa tête se redressa, un sourire en coin en l'apercevant.

— D'ici ce soir, j'aurai réussi à annihiler le système de sécurité de la baraque, se réjouit-il, sûr de lui. Et vous pourrez entrer sans éveiller les soupçons. J'en profiterai également pour vous communiquer les plans et les positions de notre agent ainsi que de la fille.

La femme posa sa main sur l'épaule de l'homme, ravie de cette nouvelle.

— Bravo, Marc, dit-elle d'une voix mielleuse. Bon travail.

***

De retour à la demeure, tous accélérèrent le pas quant aux préparatifs de l'extraction de la micropuce. La table basse se revêtit d'un champ opératoire. Le set de pansements, de compresses et de sutures jaillit de la petite valise, apportée par Juan. Puis, des récipients en inox, seringue, bistouri, une paire d'écarteurs et des pinces prirent place au fur et à mesure. Chaque objet faisait l'objet d'un passage à l'alcool à 90° avant d'être posé sur le champ stérile.

Ana se sentit prise d'un tournis. Son cœur s'emballait. Une goutte perla derrière sa nuque. La vue des instruments la torturait. Et les produits qui sortaient de la valise de Juan ne la rassuraient pas non plus. Alcool, anesthésiant local, antiseptique. Elle perçut clairement le son d'un claquement de gants sur la peau. Julio s'empara de la main de la jeune femme et lui posa un oxymètre de pouls sur son index. Il lui expliqua que c'était pour veiller les pulsations cardiaques. Son visage devint blanc. Juan se désigna en tant qu'anesthésiste. Julio sera l'assistant du chirurgien. Keenan n'était pas dans son assiette, mais il tentait tant bien que mal de reprendre le dessus. Cette fois-ci, il tenait plus que tout à la patiente. Il ne devait faire aucune bavure médicale.

Juan invita la jeune femme à retirer la manche de son haut et à s'installer sur le canapé. Elle s'exécuta et s'y allongea, par crainte d'évanouissement. L'angoisse s'emparait d'elle doucement. Julio posa sa main sur la sienne.

— Heureusement que Juanito se promène toujours avec du matériel médical pour les "au cas où", dit-il d'un air réjoui. Et puis, on a déjà fait pire ! Ça, c'est un jeu d'enfant pour le Patron.

Ses yeux s'écarquillèrent tandis qu'elle tentait de garder un minimum de sérénité.

— Comment ça ? demanda-t-elle, inquiète.

— C'était en Suède, il y a quelques années. On était à Kebnekaise, et notre guide avait pour habitude de...

Le bruit de l'inox sur la table la fit sursauter. Son rythme cardiaque s'emballa encore.

— Julio ! le fit taire Keenan. Ce n'est pas le moment !

Le Colosse fronça les sourcils. Il jeta de nouveau son dévolu sur Ana.

— Ça s'est fini en amputation, termina-t-il rapidement.

— Quoi ? s'égosilla-t-elle.

Keenan foudroya son homme du regard. Julio avait la fâcheuse tendance d'utiliser l'humour quand il était lui-même sujet aux angoisses. En même temps, à force de côtoyer Juan...

Au même moment, ce dernier vint au secours de la jeune femme tout en badigeonnant la boursouflure du bras avec d'antiseptique.

— Mais ne la fais pas stresser comme ça ! Ne l'écoutez pas, il dit que des conneries.

Ce dernier remplit la seringue d'anesthésiant. Le produit monta dans la fiole.

— Ça s'est terminé en une double amputation, corrigea-t-il en souriant. Tu as oublié le doigt.

— Ah oui, c'est vrai ! s'exclama Julio.

Ana se retourna vers Keenan, apeurée.

— Les circonstances étaient différentes, dit-il en essayant de garder son calme. On était en altitude, il faisait extrêmement froid… Enfin, bref ! Ce n'est pas le sujet ! Je te promets que tout ira bien. Respire.

Elle hocha la tête et entama ses exercices de respiration. Son rythme cardiaque s'atténua. Elle fit signe qu'elle était prête. Juan retira l'excédent de produit. Elle frissonna en voyant l'aiguille approcher. Un dernier regard à Keenan puis elle se mit dans sa bulle.

Les yeux rivés sur les moulures du plafond, elle se concentra pour éviter le moindre mouvement tandis qu'on lui plongeait la seringue dans la chair. Elle serra les dents sans broncher. Le liquide traversa son corps. Juan toucha de temps à autre la zone jusqu'à ce qu'elle ne ressente plus rien. À cet instant, Keenan, qui était resté en retrait, entra en scène. Elle ferma les yeux à sa demande. Elle ne voulait pas devenir une source de distraction. On n'entendit plus que le bruit des instruments et les consignes du chirurgien. Compresses. Plus de lumière. Écarteurs.

L'évocation de ses objets la mettait mal à l'aise. Ses ongles transperçaient sa peau. Ses yeux s'enfonçaient davantage sous ses paupières. L'idée même de voir son propre sang la rendait plus angoissée. Elle fit tout pour conserver son calme.

Keenan essayait de se concentrer sur ses faits et gestes. L'anxiété la gagnait. Le rythme cardiaque augmentait petit à petit. Il trouva rapidement l'objet indésirable. Pince. Tout le monde retint son souffle. L'instrument s'inséra dans la chair. Il s'en empara délicatement. D'une main ferme, il retira l'intrus. Un petit bruit métallique retentit dans un récipient en inox. Ana sourit. Compresse. Suture. Pansement. Opération terminée. Les gants claquèrent. Elle ouvrit les yeux. Keenan était agenouillé devant elle, un léger sourire aux lèvres.

— C'est terminé, Mademoiselle, lui dit-il.

— Merci, docteur, lui répondit-elle, apaisée.

Elle le couvrit du regard comme jamais auparavant. Il l'embrassa sur le front. Elle lui prit la main. Il l'aida à se relever. Elle découvrit son pansement.

— L'incision est fine et sur quelques centimètres, lui assura-t-il. Tu risques de ressentir une petite gêne pendant quelques jours.

— Une blessure de guerre en plus. Merci à vous, dit-elle à l'équipe.

Julio porta sa main sur son cœur. Elle réajusta la manche de son haut. Juan entreprit la désinfection du matériel. Ana aperçut la micro-puce dans le bol. Elle s'en empara et la scruta de toutes parts.

— Dire que j'avais cette chose en moi... murmura-t-elle. C'est fou...

Keenan passa sa main derrière elle.

— On a un coup d'avance, à présent, lui dit-il. Il faut l'examiner, voir si on ne trouve pas un numéro d'identification ou la provenance.

Les doigts de la jeune femme se refermèrent sur le bol.

— Est-ce que je pourrais aider l'un de vous à faire quelque chose ?

— Venez avec moi, Patronne, s'empressa de dire Julio, armé d'une loupe et d'une pince. Votre vision est certainement meilleure que la mienne !

Ils s'éloignèrent vers la grande table. Keenan la regarda s'éloigner, un pincement au cœur. La pression aurait dû redescendre, mais cette crispation dans sa poitrine, ses battements incessants et ces pensées affluentes disaient tout le contraire.

— Hey, Roméo, murmura Juan. C'est quoi, cette tête ?

Sa gorge se noua. Il détourna le regard vers le psy.

— Tu crois qu'il nous reste combien de temps avant qu'ils ne débarquent ici ? C'est une bombe à retardement, ce truc...

— Je l'ignore. On pourrait avoir une journée, deux peut-être. Mais, au moins, vous l'avez trouvé, essaya-t-il de le rassurer.

— Certes, mais…

Il revint sur Ana. Elle rit à une blague de Julio. Il lui tapa gentiment sur le bras. Le visage de Keenan s'assombrit.

— Imagine, pour la protéger, que je doive… qu'on doive… se séparer… la quitter…

Ses mots lui déchiraient le cœur tant un futur sans elle lui semblait inconcevable. Sa mâchoire se crispa.

— Pourquoi est-ce que tu penses à ça ? lui demanda son ami en lui posant la main sur l'épaule.

— Mon intuition, Juan… Mon intuition…

Ce dernier soupira.

— Tu sauras prendre la meilleure décision, j'en suis persuadé.

Keenan fit la moue. Il n'en était pas aussi certain.

Pendant ce temps, Ana jouait aux exploratrices. Dans une main, elle tenait la pince et la puce. De l'autre, la loupe. Elle parcourait lentement le grain de riz. C'est ainsi qu'elle découvrit une série de chiffres et de lettres gravés. Julio s'empressa de les noter sur un carnet. Celui-ci déchira le papier et partit avec. Il lança des recherches sur son ordinateur. Juan le rejoignit, tandis qu'Ana retourna auprès de Keenan.

— Merci, dit-elle avec un petit sourire. Pour tout ce que tu fais.

Il la regarda d'un air amoureux avant de la prendre dans ses bras. Ses doigts s'enfoncèrent dans ses cheveux. Il prit le temps de respirer son parfum. Elle resserra son emprise autour de lui.

— Je ferais n'importe quoi pour te sauver, lui promit-il.

Il ferma les yeux et la serra plus encore. *Ma raison de vivre, c'est toi, Ana…*

XIX. Je t'aime

La journée avait filé à toute vitesse et la nuit commençait déjà à tomber sur la propriété. Les investigations concernant le traçage de la puce étaient longues et laborieuses. Juan n'avait jamais encore vu une sécurité aussi complexe. Il utilisait différents logiciels de décryptage d'algorithmes. Pour le moment, aucun n'avait fonctionné. Son dernier espoir reposait sur une nouvelle clé de chiffrement récente et ultra perfectionnée. Il laissa l'ordinateur sur la table basse, espérant obtenir un résultat après s'être aéré l'esprit auprès de Julio, qui avait élu son lieu de travail dans la cuisine. En effet, pour lui, cette pièce était l'essence même de la maison et il pouvait se montrer très productif quand il avait de quoi grignoter sous la main.

Quant à Keenan, il s'était absenté pour passer des coups de téléphone à certains de ses contacts. Son réseau était grand. Il était certain de trouver des réponses. Il laissait des messages, implorant les personnes de le rappeler urgemment. Après avoir fait le tour de son répertoire, il retrouva Ana. Celle-ci s'était endormie sur le canapé dans la grande salle.

En s'asseyant à ses côtés, elle s'agrippa à sa cuisse dans un long soupir, posant sa tête dessus. Son visage était détendu. Même endormie, elle conservait un certain sourire. Keenan passa sa main dans ses cheveux, appréciant chaque instant passé avec elle. Il détournait de temps à autre le regard afin de vérifier l'avancée des recherches sur l'ordinateur portable de Juan. L'angoisse le gagnait peu à peu. Il redoutait l'instant où la puce délivrerait ses secrets. Ce n'était plus qu'une question de temps avant que les acolytes de Tonio ne les retrouvent. Ils savaient où ils étaient à cause de ce gadget. Keenan pensait leur couper l'herbe sous le pied en remontant leur trace. Seulement, rien n'allait dans son sens. Et les heures passées étaient perdues. Ils auraient pu fuir, laisser la puce ici ou la déposer ailleurs. Son pari s'était soldé par un échec cuisant. Il n'avait à présent plus le choix. D'autant que plusieurs ombres commençaient à franchir le portail en silence…

Il sentit Ana remuer nerveusement sur sa cuisse. Sa main se renfermait sur son jean. Elle semblait contrariée. Son rêve n'en était pas un. Sa frimousse se tordait dans tous les sens. Sa respiration s'accélérait. Ses yeux se fronçaient. Il chercha à l'apaiser. Ses doigts glissèrent sur son bras pour la réconforter. Elle se réveilla en sursaut.

— Tu faisais un mauvais rêve, dit-il d'une voix calme en découvrant son visage paniqué.

Ana se redressa lentement.

— Tout va bien, dit-elle en s'étirant. Tu es là depuis longtemps ?

— Depuis que tu m'as pris en otage, cela doit faire une bonne demi-heure.

Elle sentit ses joues s'empourprer.

— Désolée, murmura-t-elle en se rapprochant de lui. Mais on dirait bien que les rôles ont été inversés.

Son air espiègle le fit sourire. Ses bras passèrent autour de son cou. Leurs regards se croisèrent. Leurs têtes s'avancèrent l'une vers l'autre. Leurs lèvres s'effleurèrent. Son cauchemar la hantait encore. Dans celui-ci, il l'abandonnait sans se retourner. Elle sentit son cœur se contracter.

— Si tu savais comme je tiens à toi… poursuivit-elle en posant son front contre le sien. Comme j'ai peur de te perdre.

— Je le sais… dit-il à voix basse en la serrant un peu plus contre lui.

Je le vois.

— Je voudrais tellement qu'on reste ensemble, continua-t-elle d'une voix triste. Mais j'ai si peur que cela ne soit pas possible. Que tu t'en ailles alors que je suis devenue accro à toi... Je ne veux pas que tu m'abandonnes.

Ses yeux s'emplirent lentement de larmes.

— Tu m'as enlevée, mais t'as transformé ma vie d'une telle façon que je ne l'imagine plus sans toi, poursuivit-elle, le cœur battant. Je touche quelque chose dont j'ignorais l'existence. Je ne savais pas que je pouvais ressentir ce sentiment.

Elle se tut. Il sentit sa poitrine se contracter. *Mais si je suis contraint de t'abandonner ? Si je devais te laisser pour te sauver ? Pourras-tu me le pardonner ?* Elle leva les yeux vers lui.

— Je suis tombée amoureuse de toi, Keenan, confessa-t-elle en lâchant une larme. Et...

Son palpitant explosa.

— Je t'aime vraiment, du plus profond de mon âme, dit-elle en le regardant droit dans les yeux.

Il avait vu maintes fois les sentiments d'Ana se refléter dans ses expressions. Mais il n'aurait jamais pensé les entendre un jour. Il passa sa main sur sa joue.

— Je t'aime bien plus encore, Ana, murmura-t-il, emporté par un flot d'émotions qu'il ne pouvait contrôler.

Cette déclaration la transcenda. Elle ne voulait pas y croire. Et pourtant...

Elle se surprit à sourire comme jamais auparavant. Le monde s'arrêta de tourner quelques instants. Et tandis qu'elle écrasait ses lèvres contre les siennes, une nouvelle larme s'échappa du coin de son œil. Keenan lui prit le visage entre ses mains, essuyant la perle d'eau. Son embrassade se renforça. À son tour, il voulait lui montrer tout ce qu'il ressentait pour elle. Mais, comme s'il n'était pas autorisé à l'exprimer, l'ordinateur se mit à biper. L'annonce qu'il attendait tant était tombée. Il détourna les yeux vers l'appareil et s'obligea à s'arracher de l'emprise de sa belle. Elle le laissa filer entre ses doigts, non sans un arrière-goût d'amertume en bouche. Keenan s'installa devant l'écran et se mit à tapoter fébrilement sur son clavier.

— Qu'est-ce que ça dit ? demanda-t-elle en jetant un coup d'œil par-dessus son épaule.

— On a enfin trouvé une correspondance, annonça-t-il d'un air sérieux. Je suis en train de remonter à l'émetteur afin qu'on puisse connaître leur position.

Elle hocha la tête. Sa vitesse de frappe sur les touches s'accéléra. De multiples fenêtres s'ouvrirent et se refermèrent. La danse endiablée hypnotisa la jeune femme.

Absorbé, Keenan lui tendit son téléphone en lui demandant d'appeler Juan. Elle s'exécuta. Il décrocha à la première sonnerie. Elle lui fit un rapide bilan de la situation. Alors qu'elle était toujours en ligne, un nouveau son émanant de l'ordinateur attira son attention. Le visage de Keenan se décomposa. Il tapa plusieurs fois sur le clavier. Le résultat était le même.

— Ils sont ici… murmura-t-il en s'adressant à elle.

Ana ne répondit pas, surprise par autre chose. Un premier point lumineux apparut sur le corps du jeune homme. Les yeux d'Ana s'écarquillèrent tandis que le téléphone glissa de ses doigts. Un second point apparut, cette fois-ci au niveau du cœur.

— Keenan, baisse-toi ! hurla-t-elle en se jetant sur lui.

Il n'eut pas le temps de réagir. Elle le plaqua au sol. Un bruit de sniper retentit. Un cri s'échappa de sa gorge. Elle ferma les yeux, s'accrochant désespérément à lui.

Keenan la fit rouler sous lui. Puis une mitrailleuse prit le relais. Les fenêtres volèrent en éclats. Les coussins explosèrent, les plumes voltigèrent. Tout le mobilier prit des balles. Le corps de Keenan faisait office de rempart. Il la sentait trembler sous ses doigts. Lorsque les coups de feu s'interrompirent, il l'écarta d'elle et s'empara de son visage.

— Ana, regarde-moi, lui dit-il. Regarde-moi !

Elle ouvrit difficilement les yeux. Le bleu de ses iris était submergé par les flots. Ses traits étaient tirés. Elle était terrorisée. Il l'examina rapidement. Aucune blessure. Il redressa la tête. Un nouveau tir reprit. *Putain, c'est après moi qu'il en a,* grogna-t-il en s'abaissant rapidement. *Ils veulent éliminer son "garde du corps". C'est mal me connaître...* Son regard s'accrocha à celui d'Ana. À travers sa prise, il sentait le cœur de la jeune femme en émoi. Quant à lui, son cerveau turbina à cent à l'heure. Il n'avait plus le choix, il devait la mettre hors de danger. Ce qui voulait dire qu'il devait choisir le pire scénario possible. Mais s'il lui faisait part de son plan, elle refuserait catégoriquement. *On va leur faire croire qu'elle est encore avec moi alors que ce ne sera pas le cas...* Cette idée le révolta.

— Tu restes au sol, tu rampes, OK ? dit-il d'une voix autoritaire. Tu vas jusqu'à la sortie la plus proche et tu ne te lèves sous aucun prétexte. Je te rejoins, je vais chercher la puce.

Il essaya de se dégager de son emprise. Elle le tenait fermement par son t-shirt.

— Fais attention à toi, l'implora-t-elle.

Son visage était rougi. Il serra les dents.

— T'inquiète ! Va jusqu'à la sortie, j'arrive !

Le ton employé la fit lâcher. Elle s'exécuta, la peur au ventre. Elle se détourna de lui et commença à ramper sur le sol.

Keenan se leva et s'élança dans la salle. La puce se trouvait dans la seule partie épargnée par les tirs... pour une courte durée. Une nouvelle slave retentit.

Ana s'arrêta et plaqua ses mains contre ses oreilles. Son corps ne contrôlait pas les tremblements. Sa bouche émit un cri silencieux. Elle n'osait pas se retourner.

Keenan glissa sur le sol. Il continua sa traversée. Une balle avait démoli la table sur laquelle était posée la puce. Celle-ci se mélangeait avec les éclats de verre. Il jura et commença à fouiller partout. Il la trouva juste à côté de la paire de menottes que Julio avait laissée traîner. Dans le feu de l'action, il prit le tout et se releva aussitôt.

Lorsque le bruit s'estompa, Ana rampa de plus belle. Elle chevaucha les différents éclats de verre, s'égratignant les bras. Elle accéléra le rythme et arriva enfin à la porte. De nouveaux tirs retentirent. Cette fois-ci, c'était dehors. Elle mit sa main sur sa bouche. Les détonations étaient différentes. Ils se répondaient. *Mon Dieu, Juan et Julio !*

Elle poussa la porte, hésitante. Elle se releva doucement et tourna la tête des deux côtés. Il n'y avait personne dans le couloir. Keenan glissa à côté d'elle. Elle sursauta.

— Il faut te mettre en sécurité, dit-il en sortant une arme de derrière son dos.

Son sang ne fit qu'un tour.

— Mais… Et tes amis ? demanda-t-elle, apeurée.

— Ne t'en fais pas. J'irai les rejoindre après.

— Je ne veux pas que tu me laisses…

Son cœur se crispa.

— Ne t'inquiète pas, se contenta-t-il de dire. Suis-moi !

Il passa en premier. Il vérifia de nouveau le couloir. Il s'empara de la main de la jeune femme et l'obligea à se relever. Ses jambes avaient du mal à la tenir. Elle manqua de tomber. Il la retint et la tira. Ensemble, ils se mirent à courir dans la maisonnée. Les bruits des tirs dehors s'intensifiaient. Ils passèrent devant une porte. Ana évita de peu une balle perdue. Celle-ci fit exploser une vitrine derrière elle. Un cri s'échappa de ses lèvres. Ils arrivèrent vers la porte d'entrée. Keenan s'arrêta un instant. Il lâcha sa main et commença à taper à des endroits différents sur le dessous de l'escalier.

Une forte odeur de sang envahit l'atmosphère. Avant qu'elle ne réagisse, Ana distingua le canon d'un pistolet derrière son crâne. Elle leva les mains en l'air en tremblant.

— Keenan… murmura-t-elle d'une voix étranglée.

Ce dernier se retourna. La vision l'horrifia. En un geste, il mit en joue l'homme qui la menaçait.

— J'aurais vraiment dû te tuer quand j'en avais l'occasion, lui dit-il d'un air mauvais.

Un rire éclata en guise de réponse. Elle reconnut cette intonation. Son cœur s'emballa. Ses larmes coulèrent davantage.

— Tu ne l'as pas fait, répondit Tonio en enfonçant son arme dans le crâne d'Ana. Et maintenant, j'ai le dessus.

***

Quelques minutes plus tôt, un homme était entré dans la maison en fracturant la porte arrière. Guidé par son oreillette, il avait suivi les instructions de son interlocuteur à pas feutrés. Il se retrouva alors face à une bibliothèque dans le couloir.

— T'es marrant, Marc, grogna-t-il. Je suis devant des bouquins ! Il est pas là, notre ami !

— Trouve le loquet pour ouvrir le passage, abruti ! maugréa l'expert informatique.

— Ah oui, pas con.

À ces mots, il se mit à les renverser jusqu'à ce qu'Oscar Wilde lui ouvre le chemin. Il avait pénétré à l'intérieur et avait trouvé Tonio seul dans la salle d'interrogatoire. Le verrou avait sauté par un coup de feu dans la serrure.

Lorsque le prisonnier vit son ami entrer, il ne put s'empêcher de lui sourire.

— T'as une sale gueule, lança son sauveur en se dépêchant de lui ôter les liens.

— T'as vu la tienne ? répliqua Tonio en se massant les poignets.

L'homme sortit une seringue de sa poche.

— Un petit shoot d'héroïne / adrénaline avant d'aller mettre la main sur la fille ?

L'extase s'empara de Tonio, se frottant allègrement les paumes.

— Et comment !

***

De retour au présent, Ana tremblait de tous ses membres contre Tonio. La froideur du canon sur sa tempe était la pire sensation qu'elle avait ressentie. C'est alors qu'un second rire s'échappa. Elle aperçut une autre personne s'arrêter à ses côtés. L'alcool et la sueur emplissaient à présent ses narines. Elle leva les yeux vers lui. Il était tout de noir vêtu. Elle ne l'avait jamais vu auparavant. Enfin si, une fois. Son œil de verre lui confirmait son identité : un de ses agresseurs d'antan. À présent, il visait Keenan avec son flingue. La terreur et l'affolement l'animaient.

— Tu ferais mieux de nous laisser passer, lança-t-il d'une voix rocailleuse.

Tonio écrasa une fois encore le canon dans la peau d'Ana. Elle gémit de peur.

— Je ne vous laisserai pas faire, répondit Keenan en mettant en joue l'homme à l'œil de verre. Plutôt crever !

— Tes désirs sont tes ordres.

Le cœur de la jeune femme se tordit.

— Non ! hurla-t-elle soudainement.

Sans se soucier de l'arme qui la braquait, Ana se saisit de celle qui était à sa droite et la dévia. L'homme, déboussolé, appuya malencontreusement sur la détente. La balle s'extrait du canon dans un grand fracas. Elle évita la jeune femme de justesse et se logea dans le mur derrière eux.

Keenan en profita pour tirer sur Tonio dans le torse. Le projectile s'incrusta dans sa chair. Les effets de la drogue se dissipèrent instantanément. La douleur des blessures passées se diffusa dans son être tandis que la nouvelle le refroidit. Sa main se posa sur sa poitrine ensanglantée, injurieux. Ses jambes lâchèrent. Il s'agenouilla sur le sol. Son pistolet tomba. Il leva la tête vers son ancien Patron, le défiant de terminer son travail.

Pendant ce temps, l'homme à l'œil de verre gifla Ana en l'insultant. La claque fut si forte qu'elle tomba sur Tonio, l'entraînant dans sa chute. Keenan, qui était prêt à tirer, releva son arme pour viser l'homme à l'œil de verre et lui tirer dessus.

Ana tenta de déguerpir. Tonio l'attrapa par la cheville pour la ramener à lui. Elle hurla et s'agita avant de lancer son autre pied dans sa face. Il la lâcha en gémissant. Elle s'extirpa de son emprise. Elle aperçut l'arme non loin. À plat ventre, elle rampa vers celle-ci et s'en empara.

Dans un ultime geste, Tonio se jeta sur elle en hurlant. Ana se retourna et pressa la détente. Elle fut soudainement aspergée de liquide visqueux et chaud. Tonio tomba sur elle. Son poids la comprima. Terrorisée, elle se mit à hurler à pleins poumons. Elle se débattit pour lui échapper. Son regard vitreux éteint continuait à la regarder. Un trou béant sur le front faisait couler à flots l'hémoglobine sur sa paupière, entraînant sur son passage des morceaux de sa matière grise. Son cri déchira l'atmosphère.

Keenan, ayant entendu la dernière détonation, craignit le pire. Affolé, il repoussa le cadavre de Tonio et releva Ana, l'examinant rapidement. Elle n'avait pas l'air blessée. Il l'étreignit de toutes ses forces, étouffant ses gémissements contre son torse. Tout son corps se mit à trembler avec elle.

— Ça va aller, lui dit-il, en scrutant les environs. C'est fini...

Ses doigts glissèrent dans sa chevelure. Elle s'agrippa à lui de toutes ses forces. Son éclat de voix se transforma en sanglot haletant. Il la sentit fébrile. Son corps ne tenait plus. Il la retint encore.

— Il ne faut pas rester là, lui murmura-t-il d'un air rassurant.

Elle dégagea enfin son minois. Le sang de Tonio l'avait éclaboussée. Elle s'était frottée contre son t-shirt. À présent, les gouttes s'étaient jonchées jusque dans la racine de ses cheveux, créant ainsi de grandes traînées. Ses yeux effrayés ressortaient de plus belle. Le rouge l'habillait jusque sur sa poitrine.

Brisé par ce qu'il découvrit, il passa ses mains sur son visage. *Est-ce vraiment ce type de vie que tu veux lui offrir ?* lui demanda sa voix intérieure. Il s'arrêta.

— Il... Il... suffoqua-t-elle. J'ai... Il est...

— Il ne te fera plus de mal, coupa Keenan, déboussolé.

— C'est moi qui l'ai... je l'ai...

Tué, murmura-t-elle du bout de ses lèvres.

— Il le méritait.

Ils sauront où la chercher s'ils te trouvent. Ce n'est pas ça que tu veux, n'est-ce pas ? Keenan secoua la tête.

Il lui souleva le menton, espérant se calmer. Elle le regarda droit dans les yeux. De multiples émotions passèrent sur son visage. Puis, une se détacha en particulier, lui sautant au visage. Il blêmit lorsqu'il l'entendit dire :

— Je t'aime Keenan. Ne m'abandonne pas pour ce que je viens de faire...

Son cœur bondit hors de sa poitrine. *Sauve-la, laisse-la.* Il la jaugea de haut en bas. Ses lèvres s'entrouvrirent à son tour.

— Je t'aime aussi, Ana, murmura-t-il dans un souffle avant de l'embrasser.

Mais je dois te protéger, je n'ai plus le choix... se dit-il tandis qu'il s'écartait d'elle. Son cœur se brisa. De nouveaux coups de feu retentirent. Il retourna à l'escalier et appuya sur un dernier carreau. Une porte s'ouvrit dans le mur. Il prit la main d'Ana, l'entraînant dans cette nouvelle cachette.

La salle était minuscule, semblable à une cellule de prison. Il y avait un lit en fer forgé que l'on pouvait contourner ainsi qu'une fenêtre de sous-sol. Ana pâlit.

— Tu seras à l'abri ici, lui dit-il. Personne ne te trouvera.

Elle se tourna vers lui.

— Tu vas aller aider Juan et Julio ? demanda-t-elle, anxieuse.

Il acquiesça. Elle le lâcha et avança vers le lit.

— Tu viendras me chercher après, n'est-ce pas ?

Il se pinça les lèvres. Il s'empara de sa main et la fit revenir contre lui. Il l'embrassa d'un baiser tendre et langoureux. Elle s'y abandonna. Il tentait de contenir ses sentiments, car il savait pertinemment que ce serait le dernier. Il ouvrit un œil et amena Ana un peu plus vers le lit. Elle se laissa guider, confiante. Puis, il sortit de sa poche la paire de menottes.

Je préfère t'enfermer plutôt que tu me suives... La jeune femme sentit ses mains glisser le long de ses bras. Puis des cliquetis retentirent en même temps. Elle détourna le regard. Son poignet était accroché aux barreaux du lit. Elle revint vers lui, surprise.

— Keenan... Mais qu'est-ce que tu fais ?

Je te sauve. Son visage devint sombre, luttant contre ses émotions. Il recula d'un pas. Elle secoua son bras.

— Tu es en sécurité, à présent, dit-il d'une voix glaciale.

Elle écarquilla les yeux.

— Grâce à la puce, Amemet va croire que tu as réussi à te sauver, poursuivit-il en posant sa main sur sa poche. Je vais les emmener loin. Ils te laisseront en paix.

— Quoi ? demanda-t-elle d'une voix étranglée.

— Tu vas pouvoir recommencer une nouvelle vie.

Elle secoua la tête.

— Mais c'est avec toi que je veux être...

Elle essaya d'avancer. Elle était retenue. Les larmes lui montèrent de nouveau.

— C'est trop dangereux, dit-il en reculant encore.

— Mais non ! Non, non ! Tu n'as pas le droit de me faire ça ! Tu m'aimes, Keenan, n'est-ce pas ? Tu me l'as dit, tu ne m'as pas menti !

Il gonfla son torse pour ne pas ressentir la douleur de ses mots. Son regard se transforma. Il devint dur.

— Je t'ai promis de te protéger, c'est ce que je suis en train de faire.

— Non, Keenan, non ! secoua-t-elle la tête. Libère-moi ! Libère-moi, je t'en supplie !

Il la regarda d'un air indifférent. Elle commença à se débattre avec la menotte.

— J'enverrai quelqu'un venir te chercher quand je serai loin.

Elle s'arrêta, pétrifiée.

— Quoi ?? Mais non, arrête ! Si tu meurs, qui me retrouvera ici ?

— J'ai tout prévu, ne t'inquiète pas, répondit-il, sûr de lui. Il y aura toujours quelqu'un pour toi.

— Mais c'est toi que je veux… pleura-t-elle. Tu ne peux pas m'abandonner… tu as dit que tu m'aimais…

Sa gorge se noua. Il s'avança vers elle, la mort dans l'âme.

— Adieu, Ana.

Elle ne bougea plus, choquée. Il déposa un dernier baiser sur son front en fermant les yeux. L'odeur de nectarine se répandit une dernière fois dans ses narines. *Pardonne-moi.* Il se retira difficilement. Les yeux de la jeune femme étaient inondés de larmes.

— Tu ne peux pas me laisser… dit-elle d'une voix étranglée.

Il lui tourna le dos et commença à s'éloigner.

— Non, Keenan ! Keenan ! Reviens !

Elle tira sur sa menotte. Rien ne bougea.

— Pourquoi tu dis que tu m'aimes si tu m'abandonnes ?? cria-t-elle. T'as joué avec moi, c'est ça ?? C'est ça ?? Tu m'as menti ??

Il s'arrêta. Son poing se serra. *C'est parce que je t'aime que je fais ça…*

Ses ongles s'enfoncèrent dans sa chair. *Mais ça, je ne peux pas te le dire. Tu ne comprendrais pas.* Son cœur s'enterra de plus en plus dans sa cage thoracique. Il essaya de ne rien laisser paraître.

— Crois ce que tu veux, Ana Maria. Mais je ne reviendrai pas. C'est la dernière fois que tu me vois.

Leurs palpitants éclatèrent. Il s'éloigna d'elle. Elle explosa.

— Non, t'as pas le droit !! hurla-t-elle. Pas après tout ce qu'on a vécu !! Reviens ici tout de suite !! Keenan !! Ne me laisse pas !! Pitié ! Keenan !! Reviens !! Keenan !!

Il resta sourd à ses supplications et ne se retourna pas. Il passa le seuil de la porte et la referma derrière lui, sans lui jeter un dernier regard. À travers la cloison, il entendit le déchirement inhumain étouffé de la jeune femme, l'appelant de tout son être. Il s'arrêta un instant. Plusieurs larmes coulèrent le long de ses joues. Son poing s'écrasa sur sa bouche. Sa respiration devenait difficile, il suffoqua. *Pardonne-moi, mon Amour...*

Il écrasa les gouttes d'eau et reprit son souffle. Il se tourna vers le corps sans vie de Tonio. Son regard sur le flingue qu'Ana avait utilisé pour le tuer. Il la récupéra. Pas d'armes, pas d'empreintes, pas de crime. Puis il se dirigea vers l'entrée et avança, la tête haute, le cœur en lambeaux.

Ana continuait de l'appeler, s'égosillant de plus belle. Elle tenta de le suivre. Son poignet se tordit et la fit revenir à son point de départ. Elle essaya de tirer le lit vers la porte. Son poids était tel qu'elle ne parvenait pas à le faire bouger. Sa main libre s'écrasa contre la menotte, accompagné d'un cri. En proie au désespoir, elle pleura toutes les larmes de son corps. Elle s'effondra sur le sol. *Il m'a abandonnée...*

De nouveaux échanges de tirs retentirent à l'extérieur. Elle sursauta. Elle essaya de se hisser sur le lit pour voir à travers la fenêtre. La menotte l'empêchait de se mouvoir complètement. De rage, elle posa ses pieds de chaque côté du bracelet et tira de toutes ses forces dessus. L'os de son poignet craqua, entraînant un cri de douleur. Pour autant, elle ne s'arrêta pas. Se rappelant de séries télévisées, elle essaya de se briser le pouce en le poussant violemment sur le côté. La menotte résistait. Son doigt aussi. À bout de forces, elle se recroquevilla sur le sol, la main en l'air. Elle se mit à prier pour Lui et les autres avec une ferveur dont elle n'avait jamais encore fait preuve. Ses mots étaient espacés par de nombreuses larmes. Les tirs s'éloignèrent de la maisonnée. Elle continua de pleurer et d'implorer le Ciel longuement, sans s'arrêter.

Quelques heures plus tard, Ana entendit des sirènes retentir dans toute la propriété. *Il aura au moins tenu sa dernière promesse…*

Les gendarmes ne tardèrent pas à la retrouver en position fœtale, la tête recroquevillée dans ses genoux, sa main toujours pendante au lit. Son poignet remplissait toute la menotte. Il avait viré au vert. Un agent essaya d'entamer le dialogue, tandis que son coéquipier la libéra en sectionnant le lien du bracelet. *Foutez-moi la paix, ce n'est pas à vous que je veux parler, c'est à Lui. Pourquoi il m'a abandonnée ?* Le regard dans le vide, elle ignorait les hommes en uniforme. Elle n'avait plus la force de dialoguer. Elle refusa de se lever quand elle reprit possession de sa main. Ils la soulevèrent et la mirent sur pied. Lorsqu'ils découvrirent enfin son visage, l'horreur les surprit. De grandes coulées rouges s'affinaient sur son teint cadavérique. Certaines avaient été effacées par le sel, laissant des cristaux en relief. Ses iris glaciaux semblaient dépourvus de vie. On lui apporta une couverture, son corps était gelé. Elle ne ressentait plus rien. Ils l'invitèrent à sortir de la pièce. Elle les suivit sans piper mot. La police criminelle était sur place. Des hommes en blanc balisaient certaines zones. Elle se figea rapidement. Le cadavre de Tonio avait disparu. Il ne restait plus qu'une flaque de sang dans laquelle une traînée avait été faite. Ses empreintes allaient apparaître. Ils sauront que c'est elle qui l'avait tué. Elle blêmit davantage. Ses lèvres s'entrouvrirent.

— Est-ce qu'il y a des survivants ? demanda-t-elle enfin.

— À part vous, non, répondit un des gendarmes.

Le monde s'écroula autour d'elle. Avaient-ils réussi à fuir les tueurs ? Était-ce bien Keenan qui avait prévenu les gendarmes ? On la sortit de ses pensées en l'emmenant dehors.

À l'extérieur, de nombreux véhicules étaient présents. Ça grouillait de partout. Son cœur s'arrêta lorsqu'elle aperçut plusieurs sacs mortuaires. La panique la gagna. *Qui ?* Elle perdit ses moyens. *Qui est là-dedans ?* Ses jambes la lâchèrent. Elle s'écroula sur le sol. Les larmes qu'elle pensait ne plus avoir jaillirent de nouveau. Deux gendarmes la prirent par les bras. Elle refusa le contact. Elle s'extirpa rapidement de leur prise pour accourir vers les défunts. Elle se jeta à côté du premier sac, approchant sa main vers l'ouverture. Quelqu'un tenta de l'en dissuader.

— Madame, ne faites pas ça !

— J'ai besoin de savoir, répondit-elle fermement.

Prenant son courage à deux mains, elle chopa la fermeture éclair et la fit glisser. Elle inspira puis écarta précautionneusement les bords. Son cœur bondit lorsqu'elle découvrit sa victime. Une balle dans la tête. Du sang sur la paupière. Elle recula aussitôt, retenant une nausée. Boum Boum. Elle le regarda encore. Il était mort. Bel et bien mort. Il ne viendra plus la tourmenter, seulement dans ses rêves. Parce que c'était elle qui l'avait tué. Son teint redevint livide. On la prit par les épaules.

— Vous les identifierez plus tard, lui dit un gendarme en essayant de la relever.

— Non ! cria-t-elle en le repoussant. Je dois savoir s'IL est là !

— Qui ça ?

— K…

Elle s'arrêta. Elle ne pouvait pas prononcer son prénom.

— Quelqu'un.

Elle leva ses yeux vers le gendarme.

— Il faut que je sache si c'est vraiment fini.

Il souffla longuement.

— Il faut vous emmener à l'hôpital, dit-il d'un air autoritaire. Votre poignet est en piteux état et vous avez vécu une soirée…

Ana détourna le regard.

— Je ne bougerai pas tant que je n'aurai pas la certitude que mes agresseurs gisent bien sous ces sacs.

Le gendarme la regarda.

— On pourrait vous emmener de force, vous savez ? dit-il d'un air condescendant.

— Si vous faites ça, je ne parlerai pas ! s'entendit-elle dire fermement. Laissez-moi regarder s'il vous plaît, implora-t-elle. J'en ai besoin…

Ce n'est pas le protocole, songea-t-il. Mais au vu du nombre de cadavres, il ne faudrait pas que leur seule piste se taise.

— D'accord, soupira-t-il. Je vais les ouvrir et vous me direz si vous les reconnaissez.

Elle s'empressa de hocher la tête puis se releva doucement. Ils s'avancèrent vers le second sac. Il l'ouvrit. Elle scruta attentivement.

— Je ne le connais pas, dit-elle. Mais il doit être allié avec le premier.

— Vous connaissez le premier homme ? demanda-t-il.

Sa gorge se noua davantage. Une ombre passa sur son visage.

— Il s'appelait Tonio, murmura-t-elle en baissant le regard. Mais je ne connais pas son nom de famille. Je crois que c'est un ancien militaire ou quelque chose dans ce genre. Il m'a fait beaucoup de mal…

— Qu'est-ce qui s'est passé ? demanda le gendarme en prenant des notes sur son calepin.

Elle leva la tête vers lui en fronçant les sourcils.

— Je vous le dirai quand j'aurai fini avec les cadavres.

Je dois faire attention à ce que je dis si je ne veux pas entraîner mes compagnons… songea-t-elle en déglutissant.

— Vous savez que ce n'est pas un jeu, répondit l'agent, suspicieux.

— Je le sais, Monsieur... dit-elle en baissant le regard. Mais s'il vous plaît...

L'homme resserra ses doigts sur son stylo.

— J'ai le sang du premier mort sur mon visage, poursuivit Ana. J'étais en face de lui quand il a été tué. Je sais ce qui s'est passé, alors laissez-moi terminer l'identification.

Sa voix était presque sans vie. Ils se dévisagèrent longuement. Elle obtint gain de cause. Ils passèrent au troisième sac. Elle ne reconnaissait pas non plus l'individu.

Le quatrième cadavre n'était pas visible. Il s'était pris une rafale de balles dans le visage, rendant l'identification impossible pour le moment. Elle insista pour le regarder. Ils acceptèrent. Elle manqua de rendre la bile en le découvrant. Pourtant, elle revint dessus. Même si cette image la hantera jusqu'à la fin de ses jours, elle s'obstinait à continuer. Le corps n'avait pas la stature de Julio ni de tatouages dans le cou comme Juan. Il n'avait pas la morphologie de Keenan non plus. Son cœur lui fit alors défaut.

Elle puisa dans ses réserves pour terminer les identifications. Des nausées s'emparaient d'elle au fur et à mesure, mais elle continuait sans relâche, elle ne devait pas flancher. Quand le dernier corps identifié était celui du type à l'œil de verre, Ana se rendit compte de l'impensable. Ils étaient une dizaine. Sa vision se voila. Ils étaient mobilisés pour elle. Autant d'hommes pour une seule femme. Ses oreilles se mirent à bourdonner. La pression redescendit, sa tension artérielle chuta d'un coup. Elle s'évanouit.

Ana émergea plusieurs heures plus tard dans une chambre d'hôpital. Son poignet était comprimé dans des pains de glace et le bras relié à une perfusion. Son pansement à l'abdomen avait été changé. Sa mémoire l'assénait de coups durs. Le bruit des détonations retentissait dans sa tête. Le départ de Keenan. La mort de Tonio. Elle se raidit dans son lit. Est-ce que tout était vraiment terminé ?

Une infirmière débarqua et lui prit ses constantes. Ana sentit un frisson la parcourir, elle avait des mèches orangées. Pour autant, elle ne céda pas à la panique grandissante.

— Comment allez-vous ? demanda-t-elle gentiment en jaugeant la perfusion.

Ana se mura dans le silence et examina longuement son interlocutrice. Malgré ses cheveux qui lui rappelaient Amemet, elle était un peu plus rondelette qu'elle et ses yeux étaient marron foncé. Elle reporta son attention sur sa main. Il n'y avait aucune trace d'un quelconque tatouage.

— Il y a des enquêteurs qui souhaiteraient s'entretenir avec vous, poursuivit l'infirmière calmement. Est-ce que vous seriez d'accord pour qu'on les fasse venir dès que je finis ?

Le cœur d'Ana se figea. Ses mains s'agrippèrent au drap tandis que son regard se perdit sur le lit. Étaient-ce de véritables agents ou des usurpateurs ? Une nouvelle pensée la traversa. Et si c'était Juan ou Julio qui venaient prendre de ses nouvelles ? *Peut-être même Keenan !* Il aurait pu changer d'avis et revenir à ses côtés. Elle leva les yeux vers l'infirmière et acquiesça en silence.

Deux hommes débarquèrent dès que l'infirmière quitta la chambre. En les apercevant, un soupir s'échappa de ses lèvres. Ce n'était pas eux. Elle les garda dans son champ de vision. Ils étaient en civil. Seule une plaque ornait leur cou. Même réflexe, elle zieuta leurs mains. Elles étaient clean.

— Comment vous sentez-vous, Madame ? demanda le grand brun. Je suis l'agent Duberry et voici mon collègue, l'agent Castel.

Celui qui était un peu plus trapu le salua d'un signe de tête. Ana l'imita.

— Nous venons vous voir afin de vous poser quelques questions sur ce qui s'est passé dans la villa. Vous êtes la seule rescapée et nous aimerions que vous nous racontiez les faits.

Ana se pinça les lèvres. Le cœur battant dans la poitrine, elle revoyait encore les horreurs perpétrées. Elle se contenta de raconter le strict minimum. Elle avait été enlevée. Des personnes en avaient après elle pour une raison qu'elle ignorait. Ils s'étaient entretués. Elle avait survécu.

L'agent Castel lui demanda de regarder des photos. Elle blêmit lorsqu'elle découvrit qu'il s'agissait des dossiers sur lesquels Keenan et ses hommes enquêtaient. Il lui montra une autre série de clichés où elle était la protagoniste. Tout avait été laissé en plan.

— Comment est-ce que ces individus ont-ils pu obtenir de tels documents ? demanda-t-il.

Elle secoua la tête, incapable de répondre. D'autres questions s'enchaînèrent. Elle savait qu'elle risquait gros en taisant certaines informations, notamment le nom de ses compagnons et son implication dans la mort de Tonio. Parce qu'en réalité, elle n'était qu'une victime. Cependant, plus le temps passait et plus les enquêteurs insistaient sur l'identité de ses kidnappeurs, qui n'avaient pas encore été retrouvés. Ana ne supportait pas la pression. Elle se mordit la lèvre jusqu'au sang. Elle arriva à détourner leur attention en évoquant Amemet et sa secte de serial killer. Elle leur livra tout ce qu'elle avait appris. Cependant, la tête crédule des enquêteurs la laissait perplexe. Est-ce qu'ils la croyaient ? La prenait-elle pour une folle ? Elle avait l'impression qu'ils étaient en train de la juger. La culpabilité la rongeait. Alors, le silence clôtura doucement ses lèvres atrophiées par les morsures répétées.

Bientôt, un médecin vint mettre un terme à l'interrogatoire. Il les invita à discuter à l'extérieur. Son comportement était suspect. Il ne tenait pas en place et son ton insistant démontrait qu'il devait leur parler.

Ana sortit du lit dès qu'ils quittèrent la pièce. Elle emmena avec elle la perfusion. Son oreille se colla contre la porte. De manière hachée, elle décrypta les mots du médecin.

— Vous dites qu'elle aurait été enlevée ? Depuis combien de temps ? [...] Alors peut-être que vous ne pourriez rien en tirer. Le syndrome de Stockholm se développe généralement à partir de [...] C'est quand la victime éprouve un attachement pour son bourreau, pouvant aller jusqu'à l'amour. [...] D'après son dossier médical, elle a déjà été agressée. Si c'est le même individu, il devrait revenir la chercher. Enfin, ça c'est si on croit au syndrome de Lima qui est beaucoup moins répandu. C'est l'inverse de Stockholm, quand le ravisseur a de l'affection pour la victime. C'est rare. [...] De toute façon, si on la met sous antidépresseurs, anxiolytiques, il est possible qu'elle s'ouvre à vous. [...]

Les jambes d'Ana flageolèrent. Sa main se posa contre la porte tandis que sa tête se courba vers le sol.

Alors, tout ce que j'éprouve ne serait qu'un réflexe de survie sans avoir de réelle attirance ou d'alchimie ? Non... c'est impossible... Elle fit volte-face et son dos se colla contre la porte. *Je sais ce que je ressens... Ce n'est pas un syndrome, c'est réel !* Sa main se porta à son cœur. *Je sais que je l'aime... Ils ne peuvent pas savoir ce que je ressens. Mais toi... Toi, tu le sais, Keenan...* Sa poitrine se contracta lorsqu'elle évoqua son prénom. *Mais si c'est psychologique, alors ça voudrait dire...* Elle leva la tête vers la fenêtre. *Que tout n'était que mensonge, que je me suis laissée manipuler... Qu'il a abusé de moi... Non, je ne peux pas le croire... Je ne suis pas si faible que ça. Non ! Mais s'ils avaient raison... ça expliquerait pourquoi il m'a abandonnée...*

Elle entendit de nouveau des coups de feu. Dans sa tête. Ses mains se portèrent à ses oreilles. Le visage de Tonio mort lui revint en mémoire. Puis celle du type défiguré. Elle se précipita vers les toilettes de sa chambre d'hôpital pour vomir. En se relevant, elle se vit dans le miroir. *Faible. Insignifiante. Manipulée.* Les mots tournaient. Ils se dessinaient autour d'elle. *Ça suffit, ça suffit !* Son poing vint s'éclater dans la glace. Ses phalanges se colorèrent. *Putain, mais t'es où, Keenan ? J'ai besoin de toi !* Une nouvelle pensée prit le contrôle de son esprit. *"Tu sais bien qu'il ne reviendra pas.*

Tu n'étais qu'une chienne pour lui. Regarde, il t'a abandonnée comme un clebs sur la route. Dès que tu lui as dit que tu l'aimais, c'était fini. Il a joué avec toi. Tu ne l'as jamais intéressé." STOP ! hurla-t-elle.

Son poing cogna de nouveau contre son reflet. De nouveaux morceaux de verre tombèrent. Elle se regarda, brisée. *Personne ne t'aime. Tu es et resteras toujours seule.* La douleur s'empara d'elle. Sa main cramponna sa peau au niveau du cœur, comme pour l'arracher. *Encore manipulée. Faible. Incapable.* Elle sortit de la salle de bains. Elle perçut encore des échos de voix derrière la porte. *Ils doivent être en train de dire que je suis folle... Amoureuse d'un type qui s'est joué d'elle, la bonne blague !* Sa main s'agrippa à l'aiguille plantée dans son bras et l'arracha d'un geste sec. Puis, elle coinça la perche de la perfusion dans la poignée de la porte. *Je ne veux plus les voir.* Elle se retourna vers le lit. *Il s'est bien foutu de moi... Putain !* Elle s'empara d'une chaise et l'emmena vers la fenêtre. *Espèce de sale enfoiré !*

— J'avais confiance en toi ! hurla-t-elle.

La chaise passa à travers la vitre. Des éclats de verre se dispersèrent.

Le son attira les forces de l'ordre. Ils tentèrent de rentrer. Ils n'y parvinrent pas.

Ana contempla cette poignée qui n'arrivait pas à s'abaisser. Des cris retentirent. Elle ne les écoutait pas. Elle s'avança vers l'ouverture lentement. La plante de ses pieds rougit.

Elle monta sur l'encadrement et se hissa. *Plus haut je vais, plus bas je sombrerai.* Elle se retint sur l'encadrement de la fenêtre. Le vent s'engouffra dans ses cheveux. Des mèches s'envolèrent. Elle ne ressentait plus rien. Le jour était en train de poindre. Et pourtant, il restait encore une étoile dans le ciel. Elle la contempla. Puis son regard se porta vers les ténèbres. *T'entends ce silence, Ana ? C'est ta délivrance.* Il devait y avoir trois étages. Elle écarta les bras. *J'aspire à ce sentiment de ne plus rien ressentir. Je n'en peux plus de souffrir. Et je déteste tellement être seule...*

Elle n'entendit pas la porte s'ouvrir d'un coup. De puissantes mains la rattrapèrent avant qu'elle ne puisse tomber. Pendant un instant, elle crut que c'était Keenan qui était venu la secourir. Mais ce n'était pas lui. Jamais plus il ne la protégerait. Que ce soit des autres ou bien d'elle-même, il avait disparu. Il l'avait abandonnée. Elle hurla sa peine à pleins poumons. Elle se débattit, lançant des coups de pied au personnel médical qui tentait de l'approcher. L'infirmier eut toutes les peines du monde à la maintenir.

Ana gesticula tellement qu'elle parvint à s'extraire de son emprise. Elle lui échappa pendant un instant. Il la rattrapa et la plaqua au sol. Son agression sexuelle lui revint subitement en mémoire. Son cri déchirant brisa le cœur des infirmières, trop habituées à entendre ce genre de son.

Le visage d'Ana s'inonda de larmes. On lui injecta un sédatif. Et tandis qu'elle sombrait, elle se fit la promesse solennelle de LE retrouver. Qu'importe le temps qu'elle passera. Des jours, des semaines, des années. Qu'importe le lieu, que ce soit de Lima à Stockholm, elle le retrouvera. Et ce jour-là…

À Suivre.

Première édition : Février 2026
Dépôt légal : Février 2026

www.ingramcontent.com/pod-product-compliance
Lightning Source LLC
LaVergne TN
LVHW010556100826
845148LV00014B/2737